缘结 如意藤

元与西藏

包丽英／著

姚雪垠长篇历史小说奖获得者包丽英以史为基，以文为脉，为您铺就结缘雪域之路……

内蒙古出版集团

内蒙古人民出版社

图书在版编目（ＣＩＰ）数据

缘结如意藤：元与西藏 / 包丽英著 .—呼和浩特：内蒙古
人民出版社 ,2016.5

ISBN 978-7-204-14052-7

Ⅰ . ①缘… Ⅱ . ①包… Ⅲ . ①长篇小说－中国－当代

Ⅳ . ① I247.5

中国版本图书馆 CIP 数据核字 (2016) 第 128619 号

缘结如意藤　元与西藏

作　　者	包丽英	
责任编辑	朱莽烈　于汇洋	
装帧设计	宋双成	
出版发行	内蒙古人民出版社	
地　　址	呼和浩特市新城区中山东路 8 号波士名人国际 B 座 5 楼	
印　　刷	内蒙古爱信达教育印务有限责任公司	
开　　本	710 × 1000　1/16	
印　　张	17.75	
字　　数	270 千	
版　　次	2016 年 7 月第 1 版	
印　　次	2016 年 7 月第 1 次印刷	
印　　数	1—4000 册	
书　　号	ISBN 978-7-204-14052-7/I · 2710	
定　　价	35.00 元	

图书营销部联系电话 :（0471）3946298　3946267
如发现印装质量问题，请与我社联系，联系电话 :（0471）3946120

内容导读

蒙古立国时，在当时的中国版图上有八个各自独立的政权，中部有金和西夏，南部、东南部有大理（今云南）和南宋，西部、西南部有畏兀儿（新疆）和吐蕃（清朝时始称西藏），北部、西北部有蒙古和西辽。在这八个独立政权中，西夏和畏兀儿的国民都信奉佛教，也有吐蕃僧人在其地传教。因此在成吉思汗逼降西夏，畏兀儿主动归附之后，蒙古人已与藏传佛教发生接触。同时，蒙古兵威之盛，通过在这些地区传教的吐蕃喇嘛，亦为雪域高原僧众所知。

公元 7 世纪，松赞干布以武力统一青藏高原各部族，建立吐蕃王朝，迎来了藏族历史上最辉煌的时期。吐蕃在国力最为强盛时，领土曾扩张到青海、西康等地。随着政权巩固、国富民强，松赞干布做出了用佛教作为集权国家共同思想基础的决定。此后，来自印度的佛教，经过藏民族的吸收与改造，发展成为具有浓郁民族特色、地域特色，并且可与汉地佛教、南传佛教相并列的佛教重要支派——藏传佛教。

藏传佛教在漫长的发展过程中，逐渐形成了一些具有强大政治势力的教派。其中，宁玛派奉早期传密宗入吐蕃的莲花生为祖师，该派僧人穿红色袈裟，戴红色僧帽，俗称"红教"；噶当派以显宗为主，主张显、密相互补充，在修习次第上主张先显后密，该派信徒最多；萨迦派是著名僧人款·贡却杰布（1034—1102）所开创的一个新教派。当年，贡却杰布在后藏仲曲河谷建立起一座"白宫"，这就是有名的萨迦寺。因萨迦寺围墙涂有象征文殊、观音和金刚手的红、白、黑三色花纹，所以该派俗称"花教"；噶举派系由在家的佛学大师玛尔巴创立，"噶举"意为佛语传承。平时，玛尔巴按印度密宗习惯，着白色僧裙和上衣，因此该教俗称"白教"。该教是藏传佛教各系中支派最多的一系，有"四大八小"之说。

早在畏兀儿归附蒙古之时，吐蕃的北面就已与蒙古领土交界。窝阔台汗继位后，派次子阔端经营西夏故地。阔端通过数年用兵，直接控制了吐蕃外围的东、南诸路，对吐蕃形成了大包围之势，统一吐蕃势在必行。

窝阔台汗十一年（1239）秋，阔端派大将多达那波率领一支蒙古军进入前藏地区。这是一次试探性进攻，阔端的目的是想了解吐蕃的政治、宗教现状，以便将来物色一个有声望、有号召力的人物前来凉州商讨吐蕃诸部归顺蒙古大事。

两年后，窝阔台汗病逝，汗位之争旋起。此间，阔端派多达那波作为金字使者，携带邀请诏书和礼物前往吐蕃，邀请其地宗教领袖往凉州与之一会，共商吐蕃归附蒙古大事。在吐蕃各教派法主多对阔端的邀请犹豫不前时，萨迦派法主萨迦班智达（亦称萨班）却主动应召，这才有了后来闻名于世的凉州会谈。

萨班系萨迦派第四祖。他学识高超，熟知佛理，虽然他的宗教活动主要以后藏的萨迦寺为中心，但他在前藏也拥有极高的声望。萨班与阔端的凉州会谈，是历史上的一项重大事件，它最早建立起吐蕃与蒙古统治集团间的直接政治关系。阔端授予萨班管辖吐蕃全境的权力，从而达到统治吐蕃的目的，奠定了其后元朝在西藏建立行政体制的基础。而萨班在阔端的支持下，从一个教派法主登上了政治活动家的舞台，取得了在吐蕃僧俗势力中的领袖地位，亦成为蒙古在吐蕃进行行政管理的代理人。

元朝建立后，萨迦派领袖八思巴被封为国师，领总制院（后改宣政院）事，总掌西藏政教大权。至此，西藏作为中国的行政区域、中国的西南边疆，才正式固定下来。

蒙哥（成吉思汗四子拖雷之长子，1251年至1259年在位）登基，蒙古政局趋于平稳，当时，萨班已是六十九岁的老人，不久即在凉州圆寂。圆寂前，萨班将自己的法螺与衣钵正式传于侄儿八思巴。八思巴既是萨迦派第五祖，也是后来的元朝帝师。八思巴继承法位时，蒙哥汗对吐蕃的统治模式已然发生变化，不再是独以萨迦派为尊，而是将蒙古的分封制移植到了吐蕃。分封过程中，萨迦派仍被划归阔端后王，如此一来，萨迦派的势力与其他以大汗兄弟子侄为施主的各派势力相比就明显逊色。若想改变这一现状，尽快寻找一位出身拖雷系的亲王为其靠山就成为当务之急。经过权衡，八思巴选择了与他有过两面之缘的大汗亲弟忽必烈。其后的历史发展证明，八思巴不仅慧眼独具，而且，他对忽必烈的坚定追随亦为他赢得了忽必烈一生未变的信任。

蒙哥汗病逝后，忽必烈取得汗位，即位之初，即将八思巴封为国师。忽必烈的目标是创建一个与大蒙古国、汉地传统王朝都有继承关系的元帝国，所以他格外关注对吐蕃的治理，定策通过安抚并争取各教派僧人的支持，将一切权力收归国家，将吐蕃真正统一到蒙古汗国之中。他派遣金字使者入藏调查，在吐蕃建立和完善驿站制度，在此过程中，八思巴一直给予了他最大的支持和配合。

至元元年（1264），八思巴和弟弟恰那多吉受忽必烈委派，返回吐蕃完成忽必烈交给他们的使命：在吐蕃设置中央王朝的机构，建立新的行政体制。八思巴不辱使命，经过艰苦的努力、斗争和与各地政教首领反复商谈，首先对吐蕃近六十万人口进行了米德和拉德的划分。在此基础上，八思巴借鉴蒙哥汗当年在前藏地区诏封万户长的做法，主持划分了十三万户，调整和确定了各万户的辖区，建立了万户的管理机构。之后，八思巴正式建立了管理吐蕃地方政教事务的萨迦地方政权，这个政权的最高首领是八思巴，以后为历任帝师。此外，八思巴还仿照蒙古的"怯薛"制，创设了拉章组织（由十三种侍从官员组成）。八思巴创建的这种政教合一的行政体制，被后来的五世达赖所借鉴和采用。

至元四年（1267），八思巴奉旨返京。他向忽必烈汗进献了由他创制的新型文字——八思巴文。八思巴文也称方体字，被忽必烈钦定为国字，主要应用于元代官方文书及官方造发的印章、碑刻、牌符、钱钞等上面，也翻译了不少汉文书籍、藏文或梵文佛经。虽然后来八思巴文因其字母过多，书写不便，最终被蒙古学者搠思吉斡节尔改进的蒙古文所取代，但它在蒙古文化史上确曾占据过重要的地位。

因八思巴完成在吐蕃的政治建制和创立新字之功，至元七年（1270）四月八日，忽必烈下旨，敕封西土法主八思巴为"皇天之下、大地之上、西天佛子、化身佛陀、创制文字、辅治国政、五明班智达八思巴帝师"，并赐玉印。其时，南北统一战争已拉开序幕。次年，八思巴出居临洮，忽必烈希望他能够凭借帝师的威望安定甘青藏族地区，保证元军攻蜀的胜利，并有效协调在甘青的阔端后王、朵思麻宣慰司、巩昌总帅府之间的关系。

出镇临洮之初，八思巴并没有辞行帝师职务，当时他的本意还要返回京城。然而，至元十一年（1274），萨迦派发生了一些必须由八思巴亲自解决的事情，需要他返回吐蕃一趟。在向忽必烈奉表辞行时，八思巴辞去了帝师一职，将帝师法座交给了他的异母弟。再次回到吐蕃，八思巴确定了胞弟恰那多吉的遗腹子作为自己的继承人，免除了野心勃勃的贡噶桑波的本钦职务。正当八思巴致力于理顺萨迦政权的关系，确保吐蕃及所有藏区始终如一地臣属和效忠中央政府时，他却于至元十七年（1280）的十一月在萨迦南寺的拉康拉章突然圆寂，虚年四十六岁。

忽必烈与八思巴一别成永诀，他的内心却一刻也不曾忘怀这位与他亦师亦臣亦友的吐蕃高僧。据载，有元一朝共十四位帝师，他们中既有与八思巴一脉相承的款氏家族成员，也有八思巴的弟子。纵观八思巴之后的历任帝师，无一人在声望和影响上超出八思巴。作为一位杰出的宗教及社会活动家、佛学大师和政治家，八思巴顺应历史发展的潮流，用毕生精力促使吐蕃和广大藏族地区归附元朝中央，为加强吐蕃与内地的联系而不懈努力。八思巴和忽必烈开创的中原皇室与藏区佛教领袖的宗教、政治关系的格局，影响了元明清三朝数百年。不仅如此，八思巴主持或参与的元朝在藏族地区建立军政机构、建立行政体制、建立驿站、清查户籍、推行法律等工作，都极大地推进了藏区与内地的政治、经济、文化联系，对于西藏成为中国不可分割的一部分，对藏族形成认同统一的民族心理，对藏汉、藏蒙民族关系的发展，都建立了不朽的功勋。

元朝在忽必烈治理下达到鼎盛时期。忽必烈平定云南，并域吐蕃，灭亡南宋，完成了中国历史上规模空前的大统一。元朝的疆域"北逾阴山，西及流沙，东尽辽左，南越海表"，其里数只能以经度和纬度计算。这样的大统一，拆除了宋、金、西夏、大理、吐蕃、畏兀儿、西辽、蒙古等各政权并立以来的此疆彼界，结束了中国三百余年的分裂割据局面。

在大一统的局面形成后，忽必烈接受郭守敬的建议，派出十四个观测队，分赴全国指定区域进行实地测量及天文学工作，其观测范围北到北极附近，南到曾母暗沙（位于南沙群岛南端），具体观测区有北海、铁勒、衡岳、南海等二十七处，而在南海所设的观测点就在黄岩岛（中沙群岛中唯一露出水面的岛礁）附近。这就是历史上有名的"四海测验"。

大元帝国的广阔疆域，奠定了今日中国版图的雏形。在风云变幻的中世纪，在中国实现大一统的进程中，成吉思汗、窝阔台、蒙哥、忽必烈、阔端、萨迦班智达、八思巴……这些无疑都是那个时代最令人无法忽略、也最令人无法忘怀的名字，他们作为民族领袖、宗教领袖，作为政治家和社会活动家，在历史赋予他们的舞台上，或仗剑驰骋，纵横捭阖，或奔走和谈，斗智斗勇。不可否认，他们的身上固然有着那个时代留给他们的鲜明而又深刻的烙印，即便如此，在新疆、西藏、台湾、中沙群岛、南沙群岛陆续固定下来并最终成为中国领土不可分割一部分的过程中，他们的功绩恰如那天空中灿烂永恒的星座，闪耀着不可磨灭的光彩。

目录 | contents

缘结如意藤：元与西藏

第一章　皇子阔端初入吐蕃

壹

初秋的凉州，空气中仍残留着令人不适的燠热。

城中，昔日的节度使府灯火通明，却不闻任何喧杂之声，显得异常安静。原来的节度使府正堂权作帅府，里里外外被修缮一新，掩去了几度战火留下的痕迹。随着江山易主，如今这里已成为蒙古右路军统帅阔端与诸将升座议事的场所。

气派的帅府里，桌案圈椅、一应家具齐备，粉刷一新的墙壁不事装饰，只在一侧挂着一幅硕大的羊皮地图。

阔端敞着衣领，抱着双臂，在挂图前站了很久。他昨天才从蒙古本土返回凉州城，几个月前，他返回汗营参加忽里勒台（集会），在忽里勒台上，他被父亲窝阔台汗任命为西路军攻宋主帅。

蒙古与南宋，在双方合力灭金前其实并没有过多的交集。虽然从成吉思汗立国后两国就有贡使往来，也多是为了试探对方虚实。至蒙古大举攻金，两国有过几次小的军事合作，即便如此，在政治上，两国间仍旧没有实质性的关系。

蒙古第一次西征结束，成吉思汗将灭亡西夏提到议事日程。蒙古大军在

1

成吉思汗的指挥下，连战克捷，西夏不到两年而亡。就在西夏末主投降前夕，成吉思汗在六盘山病逝，临终之时，他留下联宋灭金的遗命。蒙古与金国素有"灭丁杀祖"之仇，而南宋与金国亦有"国亡君辱"之恨，新仇旧恨是两国形成联合的纽带。

然而，对于这样刚刚并肩作战过的"盟友"，他们之间的战争又是因何而起呢？

说起因由，还得追溯到窝阔台即位后的"三大征"。

在成吉思汗病逝后的第三年（1229）春天，按照成吉思汗生前所立，经忽里勒台正式选举和确认，其三子窝阔台成为蒙古第二代大汗。窝阔台即位伊始，便着手进行三大征：其一，命蒙古名将绰儿马罕率十万骑兵出征原花剌子模故地，消灭逃亡多年并试图复辟的花剌子模旧主札兰丁，巩固第一次西征的成果；其二，派另一名蒙古将领渡过鸭绿江，出征背盟的高丽人，以确保蒙古全力攻金时东线的安全；其三，联宋灭金，完成成吉思汗的临终遗命。

绰儿马罕不负重托，很快击败札兰丁，令中亚、西亚的复辟力量遭到重创，短期内不堪与蒙古为敌。

东征高丽的战争以其将领洪福源的迎降而告初胜。此后，高丽一方有过几次反复，尚不至于对蒙古掌握的辽东地区产生威胁。

随着东、西两侧的局势趋于稳定，蒙古加快了灭亡金国的步伐。按照蒙宋协定，蒙古主力假道于宋，从南北东西同时向金国发动了全面攻势。著名的三峰山战役，成吉思汗之子拖雷以三万骑兵消灭了五倍于己的金军精锐主力，这也是金国赖以支撑的最后一支抗蒙力量。经此战，所有金国的抗蒙名将除一人逃脱外，其余全部阵亡。消息传到汴京，金哀宗不得不避走蔡州。

窝阔台汗六年正月（1234 年 2 月 9 日），蒙宋联军攻克蔡州，金哀宗在幽兰轩自缢。根据当时蒙宋朝廷订立的协约，金国灭亡后，陈州（今河南淮阳）及蔡州（今河南汝南）以南划归南宋，陈蔡以北划归蒙古，蒙宋平分河南诸地。两下交割完毕，蒙古汗国留下汉将刘福为河南道总管，负责新领地防务，主力则依约撤离河南，返回河北。

南宋与金国可谓百年世仇。宋钦宗靖康二年（1127），北宋为金国所灭，九皇子赵构泛舟海上，赵宋一脉不绝，建立起南宋政权。从高宗赵构始，直到孝宗、光宗二帝，一味苟安江南，全无恢复中原之志。到宁宗时，经权臣韩侂胄积极运筹，组织过一次北伐，结果却是铩羽而归，宋廷不得不以献上韩侂胄的人头来向金国乞和。

宋至理宗即位，国事日非。王公大臣结党营私，互相倾轧。军队腐败，缺额严重。土地兼并严重，物价飞涨，普通百姓生活艰难，怨声载道，起而抗争者前赴后继。这一切都动摇着南宋政权的根基。

而此时，蒙金经过二十余年的战争，金国统治已是岌岌可危，气数将尽。多少年来对金国委曲求全、以钱帛换取和平的南宋朝廷，也一反蒙金战争之初的观望态度，先是停止向金国称臣纳贡，接着与新兴的蒙古帝国南北夹击，不断出兵袭扰金国南部边境，意图恢复北宋时期的国土。蒙宋合力灭金后，南宋淮东安抚使赵范、淮东制置使赵葵见蒙古主力撤离，河南陈蔡以北只留下一支汉军驻守，力量薄弱，有机可乘，遂将一封奏折递在理宗案头，提出了抚定中原、守河（黄河）、据关（潼关），恢复三京（汴京、洛阳、归德，也即今开封、洛阳、商丘），阻止蒙古大军渡过黄河南下等五条计策。

此奏折一上，在朝廷中引起巨大震动，一时间朝议纷纷，不少大臣如邱亦等人坚决反对轻启战端。这些人中，有些原本也不赞成联蒙灭金，他们担心金国灭亡后，宋朝廷会为自身招来更危险的敌人。可惜当时皇上并没有采纳他们的建议。如今，金国既亡，他们觉得还是与蒙古相安无事最好。

只有右丞相郑清之支持二赵，坚决主张出兵蒙古分地。

战和不定间，理宗想起历代先皇未酬的壮志，不由得萌生了建立超越父祖功业的念头。理宗执意如此，与他在位时天灾人祸不断，国内各种矛盾日益激化有一定关系。他的想法，灭金之后，他若能一举收复三京，对鼓舞士气，凝聚民心，转移和缓解经济压力都有莫大帮助。何况，理宗从心里也觉得蒙古军队没有想象中那么可怕，正如郑清之力陈，若非南宋借道、宋军相助，蒙古能否灭金也未可知。而今蒙古主力北撤已有一段时日，陈蔡以北刘福守军势单力孤，倘若不利用这个机会打对方一个措手不及，只怕以后更没机会出兵复国。

理宗主意既定，不听多数朝臣一面备战，一面讲和的计策，一意用兵。六月，他调赵范从黄州（今湖北黄冈）出兵陈蔡，命赵葵、全子才率淮西六万军队攻取泗州，会师汴京（今河南开封）。汴京由金降将崔立驻守，全子才兵至汴京，崔立部下杀主将投降，全子才不战而收复汴京，命人向朝廷报捷。不久，赵葵也至汴京与全子才会合。此时，全子才因后继粮草迟迟未至，不敢轻举妄动，足有半个月没踏出汴京城一步。赵葵担心蒙古主力不日南下，催促全子才立刻兵发洛阳。全子才被逼无奈，不得不敷衍似的派部将徐敏子率一万三千人夺取洛阳，又派杨谊率一万五千强弩军跟进。两军只给五日粮。

徐敏子兵至洛阳，发现城中并无守军，只有贫穷民家三百余户开城投降。徐敏子心中起疑，总觉得胜利来得太过容易，似乎里面蕴藏着什么阴谋。第二天，军队粮草不敷，不得已采蒿和面，权作军粮。

强弩军行至洛阳东，遭到伏击溃散，将士逃命心切，慌乱中你拥我挤，不慎跌入洛水，溺死者甚众。主将杨谊只身逃走。强弩军遭到重创的同时，占领洛阳的宋军因断粮无法坚守，不得不弃城而去。

另一边，赵范、赵葵、全子才分进合击，几乎兵不血刃拿下陈蔡以北的大部分州郡后，才发现他们都上了刘福的当。

刘福其人，心机深沉，颇有谋略，他奉命留守蒙古分地，一直十分留意宋军动向。得知宋军分路北上，他自忖寡不敌众，一面将军情紧急上奏汗廷，一面坚壁清野，带着合城青壮劳力一起撤到河南北部边境，等待蒙古主力南下回援。这也是宋军所复州郡都是空城，迎降民户既穷且疲的真正原因。不过数日，分占各州城的宋军便普遍面临断粮危险。赵葵往汴京催粮，怎奈久候不至，而蒙古主力正在南下汇集河南诸州郡，刘福也杀了个回马枪，赵葵等只好逃回京城。

陈蔡以北诸州城重又回到赵福手中，南宋朝廷一举收复三京（汴京、归德、洛阳）的计划失败，不得不紧缩兵力，加强北部防务。南宋水师强大，远非蒙古可比，理宗有恃无恐。不过，他在盛怒之下，还是将赵葵、全子才等主战将臣全部降职了事。

贰

窝阔台汗怨怒南宋背盟，于次年（1235）六月召开忽里勒台，定策同时向西、向东、向南用兵，这是窝阔台在位时组织实施的第二次"三大征"：西征欧洲、东讨高丽、南伐南宋。窝阔台汗决定派遣数路大军远征诸国，遂下令全民动员。其征集办法如下：蒙古人十人中，一人西征，一人南征；中州每十户，一人南征，一人东征。

由于大那颜拖雷在三峰山战役后的十月即病逝于蒙古汗廷，在选择南征部队的统帅时，窝阔台汗经过慎重考虑，将中路军的统率权交给了他最钟爱的三子阔出，将西路军的统率权交给了次子阔端。东路军则由蒙、汉将领共同节制，配合中路军夺取京湖诸城。

阔端参加完忽里勒台，辞别父汗，兼程返回凉州驻地，准备集结兵力，择日南下。

虽为窝阔台汗次子，阔端却既不像兄长贵由那样，身后有一个强势的母亲为其支撑，也不像三弟阔出那样，自幼深得父亲宠爱。相反，由于生母早逝，阔端在孩提时代承受过太多的委屈，也几乎从不被父亲关注。所幸阔端意志顽强、胸怀大志，当他一天天长大，逐渐展露出令人惊叹的行政管理能力和军事指挥才能，他的才智渐为祖父和父亲所认可，西征结束后，成吉思汗开始让他像拔都、蒙哥等人一样独当一面。

此次大举南征，窝阔台汗交给阔端的任务是攻取四川诸地。从昨晚到今天，阔端一直都在研究进军路线。

王妃遣人来请阔端吃晚饭，催了几次，阔端有些不耐烦，命侍卫将晚饭送到他的帅府，他就在帅府用餐。大约过了一刻钟，一个人走进来，整整齐齐地摆好碗盘，又倒了杯热茶，方才劝道："王爷且歇息片刻，尝尝王妃为您准备的烤野鸡肉和油渍饼。"

阔端听见声音熟悉，回头一看，不由笑了，"塔海，怎么是你？"

塔海是阔端的心腹爱将，还有按察尔和多达那波，他们都是阔端帐前最受倚重的亲信将领，而这三员将领也确实各有才能。尤其是塔海，他虽然年轻，但在跟随阔端前，他曾给窝阔台汗做过两年宿卫和一年多的侍卫长，算得上窝阔台一朝的后起之秀。

塔海在阔端面前随便惯了，一边动手扯下一只烤鸡腿，一边嬉皮笑脸地说道："我来见王爷，正好遇到侍卫送饭，就帮他送进来了。王爷，这烤野鸡肉蛮香的，我跟您沾点儿光，安慰安慰我的肚肠。"

阔端恍若未闻，拿起一根雕刻着精美花纹的指示棍，走到地图前。他对塔海说："你来看这里。"随着话音，他手中的指示棍在地图上的几个地方点了点，"你有什么想法？"

塔海脸上的表情变得严肃起来，眼神中闪过思索的光芒。"王爷的意思莫非……"

阔端点点头："对，这正是我最担忧的地方。"

塔海当然明白阔端的顾虑所在。事实上，这也是他匆匆来见阔端的原因。金国虽灭亡，但仍有秦（今甘肃天水）、巩（今甘肃陇西）等二十余州未下，尤其是亡金巩昌府总帅汪世显据地坚守，至今不肯出降。倘若西路军离开陕甘南下，汪世显兵出巩昌，抄其后路，只怕西路军难免顾此失彼，甚至还可能功亏一篑。

"既然如此，何不变动一下行军路线？"

"哦？说来听听。"

"改道西进，全力攻取秦、巩，规复陇右。我听说汪世显是金将中的翘楚，如果能将他收在王爷帐下，王爷岂不如虎添翼？"

"只是大汗的命令……"

"将在外君命有所不受。先汗在世时，对于在前线指挥作战的将领，只确定大的方向，从不会过问细节。大汗想必也是如此。何况，我隐隐有种感觉，"塔海的语气稍稍停顿了一下，似乎有些踌躇，"不知道对不对啊，只是个人的感觉而已。"

"你有话但说无妨。"

"是。王爷，我是这么想的，我们现在还不真正具备灭宋的条件。在宋、金、西夏中，金国、西夏所据，严格而论除了险山关隘，就只有黄河而已。宋却不同，它的北部边疆以东多为沼泽河川，又据长江之险，我们没有水师，不习水战，这是一。以西又多为山岳关隘，我们的骑兵很难施展，这是二。所以，只怕随着战事的深入，我们会遇到诸多困难。"

阔端沉默片刻，放下指示棍，回到帅案后坐下来。塔海拿着鸡腿还没顾上吃，随手将鸡腿放进阔端面前的碗里。

阔端毫无胃口。每逢大战前后他常常如此，是以患上胃痛之症，此时，他的胃部又在发胀并隐隐作痛。

"王爷，您还是先把晚饭吃了吧，我们边吃边谈。"塔海催促道，声音里透出内心的关切。

阔端将盛着烤鸡的银盘推到塔海面前："这只烤鸡都归你。"他边说边拣了一块油渍饼放进嘴里，心不在焉地咀嚼着，权充晚餐。

对于塔海的分析,阔端深有同感。这次回到汗营参加忽里勒台,从父汗对西征、东征及南征的部署上,他其实也能明显地感觉到父汗对南征的重视程度远不及对西征——甚至不及对东征的重视。对于东征,父汗似乎志在必得——高丽几降几叛,父汗当然不能容忍。而西征军队虽只有区区六万人,却集中了整个蒙古汗国最精锐的军队——长子军,配备的也是眼下国内最先进和最新式的攻城器械,西征军的统帅又是能征善战的堂兄拔都和蒙古国开国名将、常胜将军速不台。不仅如此,父汗对于西征的目标是相当明确的,就是巩固和扩大成吉思汗长子术赤家族的封地,将罗斯之地和钦察草原纳入蒙古帝国版图。

相比之下,对于南征,父汗似乎并没有一举征服南宋的把握,所有的进军安排都更像是一种军事试探,既无明确的主攻方向,又无统一的指挥和协调,并且战线过长,兵力分散。也许对父汗而言,南征只是西征的辅助,对于有过背盟之举的南宋,进攻是最好的防守,以武力威慑,可确保南宋在蒙古倾力西征期间采取守势……

塔海不知道阔端在想些什么,不敢冒昧动问,只是默默啃着鸡腿。阔端勉强吃了一块油渍饼,就再也吃不下去了。塔海见他脸上露出一丝痛苦的表情,知道他的老毛病又犯了,急忙命侍卫去传军医。对于主帅的胃病,塔海从这时起就留了心。但此时此刻塔海并未想到,阔端日后接受医治的过程,竟成为他与藏传佛教结缘的开始。

阔端服过药,塔海正准备将他送回王府安歇,却听到门外传来一阵小脚丫急促跑过的踢踢踏踏的声音,阔端与塔海对视一眼,脸上不由都露出会心的笑容。

只消片刻工夫,一个虎头虎脑的小男孩跑了进来,他跑得太快,塔海怕他摔倒,上前一把将他抱在怀里。

小男孩一副早有所知的表情:"我正找你呢,塔海。"

"蒙可都,你怎么来了?"阔端敛起笑容,问儿子。阔端与王妃婚后至今,膝下只有二子:长子名叫亚里吉台,年方七岁;次子名叫蒙可都,比亚里吉台小三岁。亚里吉台自幼体弱多病,这使阔端对次子寄予的希望反而更多一些。

塔海初来王府时做过一年阔端的侍卫长,那时他经常带蒙可都一起玩耍。他不是把蒙可都当成小主人,而是当成子侄一般疼爱,这使蒙可都与他的感情极为亲近，平常没事总喜欢缠着他。他呢，也乐此不疲，对蒙可都可谓百依百顺，有求必应。

蒙可都顾不上回答父亲的问话，他调皮地拧了拧塔海的脸颊："塔海，我们现在就走吧。"他的手劲够大，塔海的脸顿时红了一片。

塔海把脸板了起来，"说好明天的。二王子，你怎么可以说话不算数？"

"我改变主意了。明天，你一定有事要忙，不可能有时间带我去骑马。你是大人，更要说话算数，既然明天你肯定没空，为什么不能今天就做明天的事？"

塔海诧异："净说点儿大人话。你怎么知道我明天没空？"

"父王回来，连饭都顾不上跟我们一起吃，你又来这里见父王，不是有事是什么？"

"服你了，走就走。不过，我警告你啊，不许再拧我的脸了，被你拧坏了怎么办？我还没成亲呢。"

"那我跟母亲说说，让你跟我小姨成亲好不好？"

"好啊，你要跟王妃说就得快点。王爷，我带二王子去骑马了，您还是早些安歇吧。"

塔海说着，把蒙可都放下来，拉着他的手向外走去。突然，他想起什么，边走边问："我说，二王子，你有小姨吗？"

蒙可都回头问阔端："父王，我有小姨吗？"

阔端想笑，又忍住了。他正色回答："你只有大姨，没有小姨。"

蒙可都吃惊地望着塔海，"那怎么办？"

塔海也不停下脚步，转眼间，一大一小两个人已出了帅府，来到院中。塔海俯身举起蒙可都，让他骑在自己的肩膀上，这才埋怨道："没有嘛，你瞎许的哪门子愿！"说着，他驮着蒙可都开始奔跑，越跑越快，蒙可都在他肩上颠簸着，快乐地又是笑又是叫。阔端目送着他们远去，摇摇头，叹了口气，脸上不觉浮出浓浓的笑意。

叁

次日，阔端在帅府召开了一个高级别的军事会议，众将经过商议，达成一致意见：暂缓南下，改道西进，先行收复秦、巩未降诸州。择定出征日期后，阔端将他的作战计划呈明汗廷，同时，命多达那波留驻甘陕之间，以为西路军后援。按察尔和塔海则随他出征。

十月，西路军进至巩昌城下，做好了攻城准备。不料这时战局发生变化，金巩昌总帅汪世显不战而降，率着老军民，携牛羊酒币，迎候在道旁。阔端也不下马，传来世显，问道："我征伐多年，所到之处皆望风而降，为何只有你据城固守，与我对抗？"

世显神态从容，不卑不亢地回答："身为人臣，岂可有负圣上重托？卖主求荣之事，罪臣断断不会做，不屑做。"

"金亡已久，你究竟为谁而守？"

"国虽亡，君虽逝，身为主帅，却不能不为巩昌城无数军民着想。大军一批批攻来，罪臣无所适从，今观大王所率军队，宽厚不杀，罪臣想大王必能保全合城军民，所以出城来降。"

阔端闻言甚喜，这才跳下战马，与世显正式叙礼相见。礼毕，阔端主动与世显携手入城，一路谈笑风生。阔端的性格与长兄贵由完全不同，既不好大喜功，又遇下多有恩义，是以部将皆愿为其所用。此时，他对世显一见如故，早怀将世显收在麾下之念，而世显见他质朴随和，虚怀若谷，亦萌相随效力之心。

当晚，阔端在军帐设宴款待世显全家及其部曲。其时，世显膝下已有五子，次子德臣年方十三岁，进退得体，眉目聪慧，十分引人注目。阔端问些读书、鞍马之事，唯有德臣对答如流。阔端格外喜爱这个孩子，招手让他过来，问道："你叫什么名字？"

"回殿下：小人名叫德臣。"

世显插了一句："德臣系末将膝下次子。"

阔端点点头，命塔海取来一柄弯刀，亲手为德臣挂在腰间，德臣谢恩。阔端笑问："德臣，你今年几岁？"

"小人今年一十三岁了。"

"你是否愿意入侍王府，跟随在本王身边？"

德臣朗朗回答："大王有诏，小人之幸。愿为大土效犬马之劳。"

阔端又征询世显意见，世显自然不会反对，于是，阔端又赐德臣金银、良马，此后就令德臣随侍左右。

阔端仍委世显巩昌府总帅一职，世显欣然拜受。

对世显下属，阔端一律予以叙用重赏。世显表示，愿尽起巩昌之军，从征蜀地，阔端越发爱惜世显忠直禀性。

是夜，酒宴尽欢而散。待众人相继拜辞离去，阔端独留下世显和通译，将帅二人促膝长谈。阔端就征南一事问计于世显，世显胸有成竹地回答："末将初至巩昌为帅时，曾听一位移居巩昌的盐川同乡告诉我。噢，容末将多说一句，我的这位同乡许多年前曾在郭宝玉手下为将，解甲归田后在巩昌小住半年有余，我与他相交甚厚。就是他告诉末将，当年，主帅的祖父成吉思汗攻金之时，唐朝名将郭子仪之后郭宝玉观天而降。当先汗向郭宝玉问及如何平定中原时，郭宝玉回说：'中原势大，不可轻忽，西南诸蕃勇悍可用，宜先取之，藉以图金，必得志焉。'先汗深以为然，遂以武力震慑诸蕃，不使其成为金之鹰犬。但当时先汗的进攻重点尚且不在诸蕃，而在西方。如今西夏、金朝相继灭亡，蒙宋交恶，大汗志在实现统一大业，末将仍以郭帅之计奉主帅：灭宋，需先平定西南诸蕃、南方大理。"

阔端顿悟，起身向世显深施一礼："多谢将军赐教。"

世显急忙伸手相搀："不敢。主帅切莫折煞末将。"

将帅相视，惺惺相惜之情油然而生。

窝阔台汗八年冬（1236），阔端率世显等出大散关。世显自请为先锋，渡嘉陵江，直取大安（今陕西宁强）。阔端亲率塔海攻打沔州，遣按察尔取文州。待沔州、大安俱下，阔端与世显会合，兵进仙人关。宋廷在仙人关布下重兵，抵抗顽强，世显、塔海合作，连攻数日未下，遂与阔端商议，将兵马分为三队，轮番进攻，昼夜不息。

按察尔所部却进展顺利，连破宕昌（今甘肃宕昌）、阶州（今甘肃武都东）、文州（今甘肃文县），破城后，为招徕吐蕃十族，以阔端之名，皆赐其酋以银符。不久，阔端、世显、塔海等并力攻下仙人关，与按察尔会合，进至迭州（今甘肃迭部）。阔端遣先已归降的吐蕃诸酋进城谕降，迭州等地的吐蕃人自知难敌蒙古兵锋，也都归降了阔端。原金国熙州（今甘肃临洮）节度使、吐蕃王室后裔赵阿哥昌父子归降后，被阔端任命为迭州安抚使。阔端允许其在迭州境内召集吐蕃流亡部落，修城立寨，恢复生产。赵阿哥昌与其子赵阿哥潘在阔端的支持下，施行了许多善政，而阔端也由此与吐蕃上层建立了联系。

秋末，阔端兵进成都。成都乃四川西部重镇，制置司所在地，管辖数十个州，经济发达，奈何无险可守。当西路军分路进攻四川内地州、郡时，宋将赵彦呐率军退守夔州（今四川奉节），使成都成为孤城。十月十八日，阔端进逼成都，宋将迎战失利，成都遂被蒙古军攻克。此后，阔端派世显等分路进攻，南宋军队望风披靡，仅一个月，蒙古军便连破蜀地五十四州。年底，中路军统帅阔出在京湖前线病逝，消息传来，窝阔台汗以加强秦、巩防务为由调阔端北返，阔端只好留下世显、塔海继续在蜀地作战，自己则引主力退回陕西，后又返回凉州驻跸。

阔端撤走后，宋军于次年年初重又收复成都。

春天，塔海、世显密切配合，夜袭武信城得手，夏天攻占金州，一度进至巫山地区。此后，蒙古与南宋在川陕之间形成相持局面，在长子西征军驰骋欧洲、所向披靡之际，蒙古南征军与南宋军队之间却只有零星战事，总体处于休战状态。

鉴于对南宋的进征毫无进展，阔端萌生了尽快拿下吐蕃的念头。

早在高昌回鹘（元称畏兀儿，今新疆）归附蒙古之时，吐蕃（吐蕃在清朝时始称西藏，元明时称吐蕃，也称西蕃、卫藏）的北面就已与蒙古领土接界，至窝阔台汗时期，阔端受命经营原西夏国特别是甘（甘肃）青（青海）之地，他通过数年用兵，直接控制了吐蕃外围的东、南诸路，已对吐蕃形成大包围之势，统一吐蕃势在必行。

自回到凉州军营，有无数个白天、夜晚，阔端站在帅府的地图前，将目光久久地落在吐蕃这个地名之上。

肆

灭宋必先征服吐蕃，次图大理，进而从西、南、北对南宋形成战略合围，这是蒙古帝国最终完成统一人业的战略需要。但在实现这个宏伟目标之前，阔端对那片奇险高峻、人迹罕至的雪域高原就怀有几分好感。

他的好感缘于一次治病的经历。

　　长年的军旅生涯使阔端患上了缠人的胃病，攻克成都后，经塔海引荐，一位吐蕃僧人来到军营，专为阔端治疗折磨他多年的病痛。这位吐蕃僧人是一位接受了具足戒的比丘，精通医术，学识丰富，近些年一直在甘肃、四川、青海等地传教和行医，受到人们的崇敬，被大家尊称为喇嘛（上师，善知识之意）大夫。

　　塔海虽为武将，却是一个既有心又细心的人。有心与细心，是一种做大汗宿卫必备的特质。塔海在窝阔台汗身边四年多，对窝阔台汗的家事与烦恼就算不是一清二楚，也了解个七七八八。事实上，与自己的胞弟拖雷相比，窝阔台汗膝下最缺少的就是如拖雷长子蒙哥那样心机深沉、智勇双全的继承者，身边最缺少的就是如拖雷夫人苏如那样温婉聪慧、处事练达的贤内助。这是窝阔台汗深藏内心、无人可述的烦恼，也是他后期越来越沉湎于杯中之物的根源所在。

　　在塔海的印象中，窝阔台汗的儿子们和夫人们似乎彼此都有矛盾，尤其是大汗长子贵由与三子阔出之间，更是存在着汗位之争。由于这个缘故，贵由对于三弟阔出的恨意，就不单单是兄弟间的忌惮那么简单，而是暗藏着一种你死我活的对立。然而阔出英年早逝，贵由庆幸少了一个对手，可没想到的是，贵由的兴奋劲儿还没持续几天，窝阔台汗就又将阔出的长子、自己的宝贝孙子失烈门接到身边亲自抚养，俨然将这个孩子置于继承人的地位。对于窝阔台汗的这一决定，贵由和他的生母、六皇后乃马真又气又急，不过，一切尚在未知之间，他们也不会就此放弃。不难想象，一旦窝阔台汗撒手西去，未来政局必将出现动荡。

　　塔海十四岁时成为窝阔台汗的宿卫，在窝阔台汗身边待了将近四年。他的内心是忠诚于窝阔台汗的，与此同时，他却始终深深厌恶着错综复杂的宫廷争斗，而且，他也不是那么喜欢颐指气使的六皇后，不是那么喜欢刚愎自用的大皇子贵由。的确，对于窝阔台汗至近的亲人，他必须效忠他们，迁就他们，甚至必要时不惜以生命为代价保护他们，但当窝阔台汗命他协助阔端出镇原西夏故地时，他还是很高兴能够离开这些人，到一个陌生而又广阔的天地施展才干。

　　他是在与阔端的朝夕相处中，一步一步开始了解这位从来不被父亲宠爱却最终得到父亲重用的二皇子的。

与刻板狭隘的大哥贵由相比，阔端的秉性里多了几分宽容和坦荡，与宅心仁厚的三弟阔出相比，阔端的秉性里又多了几分睿智果决。塔海第一次了解到阔端丰富的内心世界和可贵人品，是在窝阔台汗做出将原属拖雷家族的一千户划归次子的决定之后。

当年，在决定金国生死存亡的三峰山战役中，拖雷以三万人一举击溃金军的十五万精锐主力，创造了以少胜多的神话，而拖雷本人，亦因此役被崇尚武功的蒙古人视为成吉思汗再世，拖雷个人的威望也远远超过了他的兄长窝阔台汗。从古至今，功高震主之臣几乎无一善终，拖雷注定不能逃脱同样的命运。为避免新兴的蒙古帝国因兄弟阋墙走向分崩离析，拖雷毅然选择了代兄而死——喝下萨满教主为他准备的，据说可以将长生天的诅咒从三哥窝阔台身上转移到他自己身上的符水，数日后，他即在自己的封地病故。

拖雷逝后，窝阔台汗感于四弟对他的一片忠心和赤诚，在相当长的一段时间内充当了拖雷家族的保护者。然而，随着时间的推移，耳边充斥着种种谗言，窝阔台汗对拖雷家族的疑心又开始抬头了，为了渐次削弱拖雷家族的势力，他下旨将拖雷家族的一千户划归阔端。

阔端不能违抗父命。然而这么做，又实在与他的做人准则相悖离。从万安宫回到营地，塔海第一次看到阔端忧虑满怀的样子。

阔端迟迟不肯去见四婶苏如，也不肯接收自己的新属部。拖雷去世后，他的正妻苏如夫人已成为这个家族的灵魂人物，她同样也是阔端和塔海共同尊敬的女人。按蒙古习俗，幼子守灶，成吉思汗去世时，将自己遗产的绝大部分留给了嫡幼子拖雷。拖雷英年早逝，若非苏如夫人严格约束诸子及部众，必要时不惜委曲求全，只怕在更早的时候，这个家族就会因招致更多的猜忌而四分五裂。

窝阔台汗亲自催问了这件事情几次，阔端实在拖不过去了，这才很不情愿地带上塔海，动身来到苏如夫人的营地。苏如委托长子蒙哥全权处理此事，蒙哥办事认真，早已将一千户登名造册，就等阔端前来验收。阔端与自己的几位亲兄弟并不亲近，却与堂弟蒙哥的感情极好。用这样的方式与蒙哥相见，对他而言无疑是一种折磨。

蒙哥比阔端小两岁，在成吉思汗诸孙中，以心机深沉、果敢刚毅为祖父称许。堂兄弟已有多日不见，蒙哥神态平和、宁静，与阔端简单交谈了几句，就命随从将名册奉上。阔端看也没看，随手交给塔海。蒙哥不解，问阔端是否立刻点视部众，阔端摇摇头，起身告辞。

阔端匆匆忙忙的样子让蒙哥觉得奇怪，他问道："阔端哥，你刚来营地，怎么急着要走？你今天还有别的事情吗？"

"哦，我……"阔端语塞。阔端此刻的心情极度矛盾，他不想留下来，因为他实在无法面对蒙哥那双尽知一切的眼睛。可他又不善于撒谎，不知道该如何搪塞。

蒙哥上前，轻轻地拍了一下阔端的肩头。他的脸容严肃，眼中却闪动着温暖的光芒。

"走吧，跟我去见额吉吧。"他对阔端说。

阔端明显地愣怔了一下。在塔海的印象里，他还是第一次见到二皇子这般举止失态、犹豫不决的样子。

其实，何止是阔端，同样的感觉塔海也有：蒙哥越是神态平和，言谈如常，他越觉得不安，觉得愧疚。

蒙哥早已洞悉了阔端的无奈，脸上不觉滑过一丝笑容。最初，在伯汗下旨将拖雷家族的属部划归阔端所有时，他也感到过不解，甚至由于愤怒，他也产生过向伯汗据理力争的念头。是母亲说服了他。母亲说，蒙古，是大汗的蒙古，术赤家族也好，察合台家族也好，拖雷家族也好，都是大汗的子民。大汗，是先汗生前选定的万民之主，是大那颜拖雷不惜一死也要维护的亲兄长，所以，无论到任何时候，无论在任何情况下，拖雷家族都必须无条件地服从大汗，唯大汗之命是从。何况，接受这一千户的人是阔端，是大汗最优秀的儿子，把这一千户交给他，母亲相信他一定会善待他们。更重要的是，既然不能做出别的选择，还不如干脆利落地交出一千户，如此一来，既可以让大汗看到拖雷家族的忠诚，让某些别有用心的人借机挑起事端的阴谋落空，还可以让蒙哥和阔端的兄弟情谊不会因为这件事蒙上阴影。母亲觉得，阔端是个值得蒙哥用心结交的人。

母亲用一个浅显的道理说服了蒙哥：小不忍则乱大谋。正因为洞悉了母亲的良苦用心，蒙哥才亲自操办了移交诸事。等他将一切准备停当，却迟迟不见阔端前来接收。今天，好不容易等到人来了，阔端又是一副心虚理亏的样子。堂兄的这种表现恰好印证了母亲对他的评价：窝阔台汗的儿子阔端，是个心怀坦荡的君子。

蒙哥含笑解释道："额吉已在家中备下酒宴，今天参加宴会的人，除了咱们自家人，还有堂兄新接收的这一千户中的千户长、百户长们及家眷，额吉想让你跟他们先熟悉一下。"

阔端什么也没说。他也不知道该说些什么。四婶的好意显而易见，可四婶越是如此，他的心情越是沉重。

苏如夫人的大帐依然洁净、温馨。宾客们还没有到来，只有忽必烈和几个侍女正在帐中帮着苏如夫人安排座席。拖雷膝下有子十人，其中，长子蒙哥、四子忽必烈、六子旭烈兀、七子阿里不哥均为苏如亲生，余者为庶出。可能与母亲教子有方有关，苏如夫人亲生的四个嫡子长大后都很有作为，蒙哥是蒙古帝国的第四任大汗，也是蒙古历史上除成吉思汗之外最杰出的大汗。在他手上，重新确立和完善了国家纲纪，振兴了国力，使散乱的民心再度凝聚起来，为最终元朝的大一统奠定了坚实基础。忽必烈是大元帝国的开创者，旭烈兀是伊儿汗国的第一位君主，阿里不哥也做过蒙古大汗，曾与四哥忽必烈争夺汗位，最终战败而降。一母所生四子，个个做过皇帝，这在中国乃至世界历史上都是绝无仅有。

此时，帐门敞开着，蒙哥请阔端先进。苏如夫人正将什么东西打进包裹，抬头看到阔端，急忙向他迎了上来。

她的脸上露出阔端从小就熟悉的慈爱的笑容，阔端就那样站着，呆呆地望着她。

"孩子，你来了。你有多久没顾上来看望四婶了？快进来喝口热茶，让四婶好好看看你。"像所有的母亲一样，苏如浅浅的抱怨里满含着真心的疼惜。

阔端的眼眶顿时红了。

苏如将阔端的一双手拢在自己的手中，温柔的目光久久落在阔端的脸上。阔端费力地忍住泪水，说了一句："四婶，对不起。"

没有人会误解他的意思。他不是为了没顾上来看望四婶道歉，而是为了父汗不明智的决定道歉。

苏如叹口气，笑了："傻孩子，你道什么歉啊？再过半个时辰，客人们就该到齐了。蒙哥、塔海，你们俩也进来。趁着这点空闲，咱们娘几个好好说会儿话。忽必烈，你来见过你阔端哥哥。"

忽必烈听话地上前，施礼见过阔端。忽必烈的形容酷似祖父成吉思汗，每次见到他，阔端的心里总会产生一种莫名的亲切和温暖。

苏如为阔端和塔海都准备了礼物。给阔端的礼物，是她亲手缝制的丝绒战袍和高筒马靴；给塔海的礼物，则是一根粗粗加工的深褐色皮带，皮带上面嵌满了珍珠、宝石，十分名贵。塔海是开国功臣之后，从他十四岁成为窝阔台汗的贴身侍卫起，苏如就对他很熟悉。

几个人坐下来，随意地闲聊着。谁也不提属部接收之事——不是有意回避，而是事情已经过去，对于已经发生的一切，苏如夫人绝不萦怀。真正放不下的或许只有阔端一人，尽管他努力迎合着大家的话题，可塔海看得出来，他的心情一直很沉重。

正因为担着无法言明的心事，一向海量的阔端在宴会开始不久就有了几分醉意。苏如知道他还要回去向父亲窝阔台汗禀明接收情况，遂让蒙哥给他换上了奶茶。

酒宴的气氛初时还算融洽。苏如夫人谆谆告诫与宴的千户长和百户长们，要他们像忠于拖雷家族一样忠于阔端，因为阔端不仅是窝阔台汗的儿子，还是一位令人敬重的英雄。

众人心领了夫人的教诲，一一拜见他们的新主人。可是，这些曾经受过苏如母子诸多恩惠的部属及其家眷，他们真的就对窝阔台汗的安排心悦诚服吗？

慢慢地，大家的话变少了，所幸酒宴已近尾声。

阔端向四婶和蒙哥兄弟辞行，苏如叮嘱塔海一定要照顾好他。在阔端跨上坐骑向四婶挥别时，塔海看到他的眼中闪动着晶莹的泪光。阔端平素喜怒极少形于色，这是成吉思汗的几个孙子，如拔都、贝达尔、阔端、蒙哥以及忽必烈所共有的特性。可是，再坚强的人也有脆弱的时候，就像此时的阔端，让塔海觉得既陌生又亲切。

飞马驰出一段路程，阔端渐渐放缓了马速。塔海赶上他，与他并辔而行。阔端的心绪似乎平复了一些，唯眼角处有些泛红。他一直目视着前方，当他终于开口说话时，他的语气里饱含着浓浓的惆怅："你知道一个失去了母亲，又得不到父亲关爱的孩子，他的心里会藏着怎样的自卑和伤痛？在得不到爱的冷漠环境中，他又该如何长大？"

塔海吃了一惊，一个字也没敢回答。

　　阔端自顾自地说下去。他已经顾不得那么多了，这些话他藏在心里太久太久，以前他从未对任何人说起过，此时此刻，他却只想借着酒劲一吐为快。至于听他倾诉的对象是谁，对他来讲并不重要。"母亲去世那一年，我只有八岁。母亲活着时，父亲对她就没有多少恩爱。等到母亲离去，父亲几乎忘记了我的存在。是啊，父亲有那么多妻子、儿女，他还要忙于征战，忙于协助祖父处理政事，他还有阔出这样既乖巧又可爱的儿子，忘了我也应该在情理之中吧？"

　　应该吗？果真应该吗？那些孤独冰冷的童年记忆，会对这个人的一生产生怎样的影响呢？塔海默默地思索着。

　　阔端完全沉浸在自己的思绪中，眉宇间游动着几丝苦涩的纹路。"那个冬天好冷啊，那是我有生以来所经历的最寒冷的一个冬天。因为我不只身上冷，心里也如同结了冰一样。当然，我是成吉思汗的孙子，还不至于缺衣少食，可我依然感到无比的寂寞。后来，我开始发高烧，每天昏昏沉沉的，难受得要命。在我记忆最模糊的时候，我似乎看到了母亲，她来到我身边，给我喂药，晚上，她搂着我，给我讲故事，直到我在她的怀抱中可以稍稍安稳地入睡。一天，两天，我的烧退了，病也一点点好了起来。有一天早晨，当我醒来时，我看见四婶正在我的帐中忙碌。我知道，这些天不知疲倦地照顾我、陪伴我的人是四婶，可是她给我的母亲一样的感觉，就在我看到她的那一刻成为永恒。"

　　阔端说不下去了，忍了许久的泪水顺着他的鼻翼两侧滚滚而下。这是塔海第一次看到这位坚强的二皇子流泪。他不知道该如何安慰他，事实上，他所能做的，只有静静地倾听。

　　许久，阔端和塔海都没再说话，他们的前方，开始出现了万安宫模糊的轮廓。

　　"后来呢？"见阔端一直沉默着，塔海忍不住追问。

　　"后来？哦……"阔端愣了愣，急忙收回飘远的思绪，沉缓地讲了下去，"我身体复原后，四婶回到了她自己的营地。她是我四叔的妻子，她有一大家子人需要照顾，而且她当时还怀着四弟忽必烈。不只如此，部落里的事、后宫里的事，也需要她帮助四叔和祖母、祖父打理，她是出身高贵的克烈部公主，也是我祖父母最信任的儿媳，她的身份决定了她不能只做一位母亲。

她未尝不想把我接到身边亲自抚养，可她不能这么做有另外一个原因，这个原因就是，我是堂堂的蒙古国三太子的儿子，我在名义上还有那么多位母亲，如果她接走我，就如同给父亲和他的妻妾难堪。不过，她虽然不能将我接在身边，却无时无刻不在关心着我。为了让我真正地摆脱孤独，坚强地面对不幸，她让蒙哥经常过来陪伴我。蒙哥既是我四叔的长子，也是我父亲的养子，这个身份使他有了能来陪伴我的充分理由。蒙哥从小就聪明、好强，像四婶一样善解人意。他特别喜欢读书，我慢慢受到影响，相应地也学到了不少知识。我们还经常在一起练习骑射武艺，彼此勉励，是对手更是朋友。不知不觉中，我快乐了许多，心胸也变得开阔起来，我知道该怎么做，才无愧是成吉思汗的孙子。假如那时，没有四婶，没有蒙哥，今天的我会变成什么样，我自己也不敢想象。"

不经意地，阔端的目光与塔海充满理解的目光遇到了一起。直到此时，阔端似乎才意识到，这一路上听他倾吐心声的，竟是一位父汗派到他身边不久，与他还远远算不上熟识的年轻将领。

"王爷。"犹豫片刻，塔海轻轻唤道。

"你想对我说什么？"

"您是不是觉得无法面对苏如夫人和蒙哥王爷，才一直不肯去接收您的新属部？"

"不。我不肯，是因为我觉得父汗做错了。四婶，她是一个有大智慧、大胸怀的女人，她怎么可能不明白父汗的用心？可她还是毫无怨言地接受了父汗的旨意。当年，四叔是为保全父汗才喝下符水，选择替兄赴死，自从四叔离开人世，四婶就失去和承受了太多。她原本不该失去和承受这么多！难道，国家的安定和团结，就只能靠着一个女人的忍辱负重才能换取？我，理解不了，真的理解不了。"

没错，我也理解不了。塔海在心里说。

"您，想劝说大汗吗？"

"无论如何，绝不能再让父汗做出同样的事情。"

"我不知道自己能做些什么，可我会尽自己所能帮助您。"

"你吗？"

"是。"

"理由呢？"

"对我而言，从现在的这一刻起，您不再只是大汗的儿子，而是我愿意一生追随的主人。"

阔端注视着塔海的眼睛。从这双明亮的眼睛里，他看到的是忠诚，是坦荡，是不可更改的决心。

"谢谢你，塔海。"

"您言重了。其实，我更感谢机缘。若非机缘，我不可能来到您的身边……"塔海稍顿，接着语有深意地补充道："而且，今天，我很庆幸自己认识了您。"

伍

阔端果然说服了父亲。此后，窝阔台汗不再存有谋夺拖雷家族利益的念头。但阔端很清楚，这件事之所以得到圆满解决，与塔海在暗中帮了他不少忙有关。塔海跟他一道去接受新属部本来就是父亲的有意安排，父亲未必完全相信他这个做儿子所说的话，但父亲绝对相信从少年时代起就跟随在他身边的塔海不会欺骗他。

正是由于在这件事上的合作与默契，阔端与塔海之间开始建立起彼此信任的感情。加上塔海长于指挥，勇谋兼备，阔端天性爱才，对他十分赏识，渐渐地，两个人的关系在主仆将帅之外，又多了几分兄弟之情、朋友之谊。

成都被蒙古军占领后，塔海奉命驻守城郊，喇嘛大夫恰好借住在城郊的一位农户家中。塔海偶尔从人们的议论中得知喇嘛大夫的神奇之处，不敢尽信，先将喇嘛大夫请至军中为他的副将治疗腹泻之症，结果喇嘛大夫药到病除，令塔海大为惊奇。数日后，塔海设宴款待喇嘛大夫，席间，他向喇嘛大夫询问是否能根治胃痛痼疾，如果能根治，大约需要多长时间？喇嘛大夫回答，他只有见到病人才能确定是否可以根治，以及治疗时间的长短，毕竟，一切病症的疗效都与病人的个人体质密切相关。至于在短期内缓解病痛，他倒是有这个把握。

塔海确定喇嘛大夫诚实无欺，这才放心地将他推荐给主帅阔端。

喇嘛大夫的治疗初见成效时，恰遇阔端奉旨从成都北撤，他遂将喇嘛大夫一同带回了陕西。

每日朝夕相处，阔端与喇嘛大夫渐渐变得熟稔起来，治疗及处理政务之余，两个人有时也会谈古论今。喇嘛大夫是个既健谈又博学的人，通过喇嘛大夫的介绍，阔端对吐蕃历史以及藏传佛教在吐蕃的曲折发展过程有了一定的了解。

其实，在佛教传入青藏高原之前，本教曾是雪域居民主要信仰的宗教。本教崇拜天、地、水、火、雪山等自然物，其发展分为三个时期：笃本、伽本和觉本。笃本和伽本俗称"黑本"，是原始本教，而觉本为"白本"，是系统化了的本教，为本教主流。

公元 7 世纪，松赞干布以武力统一青藏高原各部族，建立了吐蕃王朝，迎来了藏族历史上的辉煌时期。吐蕃在国力最为强盛时，领土曾扩张到青海、西康等地。随着政权巩固、国富民强，松赞干布开始思考要用什么样的宗教作为集权国家的共同的思想基础。几经思考，他选择了佛教。

当时，由印度释伽族的公国酋长净饭王的王子乔达摩（释迦牟尼）所创立的佛教，已在南亚和中国广大地区传播和兴盛起来。佛教对最高神的崇拜，以"缘起说"解释世界和对人生提出的"因果报应""生死轮回"等说教，颇受这些国家的统治者和大众推崇，也颇与他们长期以来对生活、对人生的心理愿望相吻合。而这些国家在佛教传入后所呈现出的社会、经济的安定和繁荣，亦对松赞干布产生了强烈的吸引力。

公元 632 年，年仅十六岁的松赞干布亲往尼波罗（今尼泊尔）迎娶赤尊公主，公主入藏时，携来释迦牟尼八岁身量的不动佛像、弥勒菩萨像、度母像等。

唐贞观十五年，松赞干布又向处于佛教鼎盛时期的唐帝国求娶公主，太宗皇帝许嫁文成公主，文成公主入藏时，又携来一尊释迦牟尼十二岁身量像及大量佛经。

为供奉诸圣像，便于国民修福礼拜，赤尊公主主持修建了大昭寺，文成公主主持修建了小昭寺。与此同时，为翻译梵文经典，输入印度佛法，松赞干布又下令创制了新体藏文。

松赞干布之后，佛教在雪域高原几经兴灭，终于在 11 世纪实现了教理的系统化和修持的规范化，迈上了"上路弘法"和"后弘期"的坦途。自此，来自异域他帮的佛教，经过藏民族的吸收与改造，发展成为具有浓郁民族特色、地域特色，并且可与汉地佛教、南传佛教相并列的佛教重要支派——藏传佛教。

藏传佛教在漫长的发展过程中，逐渐形成了一些具有强大政治势力的教派。其中，宁玛派奉早期传密宗入吐蕃的莲花生为祖师，传法以分散发展为主，教徒一般是在家僧人，安家立业。因该派僧人穿红色袈裟，戴红色僧帽，所以俗称"红教"；噶当派的奠基人是古格王朝从印度迎请的著名佛教大师阿底峡，他以显宗为主，主张显、密相互补充，在修习次第上主张先显后密；萨迦派是著名僧人款·贡却杰布（1034—1102）所开创的一个新教派。萨迦，即白土之意。当年，贡却杰布在后藏仲曲河谷一片呈灰白色土质的地方建立起一座"白宫"，这就是有名的萨迦寺。因萨迦寺围墙涂有象征文殊、观音和金刚手的红、白、黑三色花纹，所以该派俗称"花教"。萨迦派不禁止娶妻，但规定生子后不再接近女人；噶举派系在家的佛学大师玛尔巴创立，"噶举"意为佛语传承，平时，玛尔巴按印度密宗习惯，着白色僧裙和上衣，因此该教俗称"白教"。白教是藏传佛教教系中支派最多的一系，有"四大八小"之说，四大支为噶玛、蔡巴、拔戎、帕竹，帕竹之下又分出八小支，这还不算其他更小的支派。

除上述这些大的教派外，还有希解派、觉宇派、觉囊派、廓扎派、夏鲁派等小教派。

阔端对于吐蕃的人文及历史所知有限，与喇嘛大夫相识后，他如饥似渴地求教、学习，这本身既是出于未来经营吐蕃的需要，也与他内心对神秘的藏传佛教产生了浓厚兴趣有关。阔端在一种特殊的环境中长大，他以坚强的外表掩盖着内心的敏感、悲凉与辛酸，即使终于得到父亲的承认，被委以重任，他仍旧没有真正的归属感。他时常感到迷茫，不知道自己从何而来，又会以什么样的面目离开人世。而佛教对人伦、对生死的洒脱解释，恰好能起到抚慰他心灵的作用。

对于阔端，喇嘛大夫以治病为主，并未着意传教，这是他与一般吐蕃高僧的不同之处。尽管如此，喇嘛大夫却欣喜地发现，阔端的身上隐藏着很深的佛教情结。喇嘛大夫当然不可能预知未来，但有一点他毫不怀疑，如果真的有一天，来自雪域的藏传佛教与蒙古高原这个新兴的民族产生了千丝万缕的关系，那么，那个坚定的导引者，必定就是眼前这位正在接受他治疗的皇子。

喇嘛大夫本身是萨迦派僧人，他尤其推崇萨迦派现任法主，也就是萨迦第四祖萨班·贡噶坚赞（1182—1251）。他告诉阔端，萨班二十三岁时受比丘戒，对"所有萨迦寺藏书均曾加以分析，并破一切邪见"，于藏学、文学、语言学上均有建树。他广学佛教经论，通晓五明，获得了"班智达"（大学者）的称号。他著述颇为丰富，其主要著作有《能仁教理明释》《乐论》《经义嘉言论》《语言摄要》《诗论花束》等几十种。不只如此，萨班还从印度佛教学者龙树等人所著的格言诗集《百智论》《修身论智慧宝树》《益世格言》《颂藏》《百句颂》中选辑七十余首，进行加工，加上自己所创作的三百多首，汇编成著名的《萨迦格言》。由于他的这部格言除了佛教内容外还吸收了藏族的民间文学传统，并长于运用人们日常所接触到的事物以及熟知的故事传说进行比喻，因此很容易被各阶层人士理解和传诵，对扩大萨迦派的影响起了重大作用。

在虔诚的萨迦派僧人中，能全文背诵《萨迦格言》的人不在少数。喇嘛大夫举了其中的一些例子，比如：

在《萨迦格言》中，萨班主张君王应依照佛法治理国家：

> 国王应遵照佛法护国安民，
> 不然就是国政衰败的象征；
> 如果太阳不能消除黑暗，
> 那就是发生日食的象征。

主张君王对臣下要施行仁政，反对暴虐：

> 经常以仁慈护佑属下之王，
> 就很容易得到奴仆和臣民；
> 莲花盛开的碧绿湖泊里，
> 不用召唤，天鹅也会飞集。

> 即使是秉性极为善良的人，
> 总遭欺凌他也会生报复心；

檀香木虽然属性极其清凉，
若反复钻磨也会燃烧发光。

主张在治国用人方面实行选贤任能：

如果委任圣贤当官，
事情成功幸福平安；
把学者当宝贝供于幢顶，
地方即可吉祥圆满。

主张刻苦学习，博采众长：

学者在学习的时候受苦，
若处安乐哪能博古通今？
贪图微小安乐享受之人，
不可能获得大的幸福。

格言即使出自小孩，
学者也要全部学来；
即使是野兽的肚脐，
也要从那儿把麝香割取。

萨班赞美谦虚谨慎，反对骄傲自满：

学问小的人自大傲慢，
学者为人和蔼而自谦；
小溪经常地大声喧嚣，
大海往往是静默无言。

他尤其主张依靠大人物，顺应潮流，他认为这是事业成功的诀窍：

> 弱小者如把伟人依靠，
> 乃是获得成功的诀窍；
> 一滴水虽然十分微小，
> 若汇入大海就不会干涸。

> 如果把伟大人物依附，
> 低下的人也会变成大人物；
> 请看由于攀附于大树，
> 藤蔓也爬到树尖高处。

他还主张采用灵活的办法去完成对己对人都有利益的事业：

> 只要是对人对己有益的事，
> 无论你怎么去做都可以；
> 善于采取巧妙的办法，
> 绝不会有人说你狡猾。

正是由于本着这样的为人处世之道，萨班才可能在未来不计个人安危，远赴凉州与阔端商谈吐蕃归附一事，为藏族及中国历史写下了崭新的一页。事实上，萨班在《萨迦格言》中反映出来的志向和胸怀，也颇能引起阔端的共鸣。

在治疗的最后阶段，喇嘛大夫津津乐道地给阔端讲述了关于这位萨迦四祖的种种灵异故事，特别是他坚定的信仰和出众的辩才。喇嘛大夫说，在印度有一批信仰大梵天，反对佛教的饱学之士，他们专程到吐蕃向萨班挑战，双方展开激烈的辩论，结果，萨班驳倒了他们，使他们皈依了佛教，他们出家时剃掉的头发一直保留在萨迦寺的钟楼上。在吐蕃，也有一位名叫涅秀·坚白多吉的佛学大师不服萨班的声望，派他九大弟子中最有学问的伍由巴·日贝僧格前去同萨班辩论，经过几天的辩驳，伍由巴承认失败，对萨班十分敬仰，长期服侍其左右，成为萨迦派最重要的东、西、上三部弟子中的西部弟子。

此外还有古格王室的成员，出身于西夏王族的领主等人，都成为萨班的忠实信徒。

喇嘛大夫的讲述在阔端面前打开了一扇奇妙的大门，门里面是完全不一样的风景，阔端不由对法主萨班生出许多崇敬与向往之情。而这种崇敬与向往之情，也为日后著名的凉州会谈奠定了最初的感情基础。

阔端经营西夏故地多年，又奉命经略甘青诸地，这些地方，都有着坚实的汉传佛教和藏传佛教基础，佛教的影响往往是潜移默化的。阔端虽然像他的祖父成吉思汗一样信奉长生天，可他也像祖父一样，并不排斥任何其他宗教。临洮的赵阿哥昌、赵阿哥潘父子归降后，阔端开始直面藏传佛教，而今，为了并域吐蕃的需要，他对那个神秘的地方和神秘的宗教都产生了了解的欲望。

半年后，折磨阔端多年的胃痛痼疾终于得到根治，喇嘛大夫向阔端辞行。他说他在外多年，年事已高，准备回返吐蕃。行前，阔端感谢喇嘛大夫为他治疗之恩，欲赐予厚礼，喇嘛大夫坚辞不受。不得已，为示感激之情，阔端亲将喇嘛大夫送出营外。

二人依依惜别。阔端问："师僧可否留下姓名？"

喇嘛大夫微笑回答："僧人叫什么名字并不重要，僧人的名字连自己也时常忘记。大王果真顾念僧人为大王疗疾之情，只需记得僧人与大王这段时间的交往、交谈，记得时常怀有敬佛、崇佛之心，如此，也就不枉僧人与大王相识一场了。"

阔端点点头，"师僧之言，我自当铭记。但不知此一别我与师僧是否还能相见？"

喇嘛大夫回答："见与不见，僧人已在大王心中，大王亦在僧人心中，又何必纠缠于些许俗缘呢？"

阔端受教，却终究有些难舍。喇嘛大夫知道阔端是个重情守义之人，在他与阔端相处的这段时日里，阔端给他留下的最强烈和最深刻的印象莫过于此。这是一种难能可贵的品质，这种品质尤其令喇嘛大夫感动。他双手合十，向阔端深施一礼，转身离去。

夹着雨丝的微风送来他最后几句话："我与大王一定还会相见，不在今生，也在来世！"

陆

窝阔台汗十一年（1239），阔端决定对吐蕃进行一次军事试探。

是年秋天，阔端派大将多达那波率领一支蒙古军途经青康多堆、多迈和索曲卡，进入前藏地区。由于蒙古军在藏北遭到部分噶当派僧人的武装抵抗，为起到杀一儆百的作用，多达那波下令烧毁了该派的寺院热振寺、杰拉康寺，并将抵抗者全部杀掉。

但是，多达那波并没有攻打热振寺和杰拉康寺之间的达隆寺，后来也没有进攻拉萨河上游著名的止贡寺。达隆寺和止贡寺分别属于噶举派属下的两个支系，当时虽有达隆寺为迷雾所笼罩，止贡寺因寺主懂得法术，从而使两寺幸免于战祸的种种传言，但传言不过是为了遮掩其背后所隐藏的事实。真实的原因是：噶当派僧人众多，且对蒙古大军进行了武装抵抗，所以才会遭到蒙古大军的报复。而致力于广收信众、光大教门的噶举派僧人在西夏、西辽、畏兀儿（高昌回鹘）传教时，已与蒙古人发生过接触，对蒙古军队的作战能力素有所知，他们不愿与蒙古人为敌，战争初始便暗中派人与多达那波接洽，多达那波求之不得，欣然充当了噶举派的保护者。

短短数月，多达那波一举平定吐蕃全境，派遣信使向阔端报捷。不久，信使带回阔端的命令：多达那波暂时留驻在吐蕃，着意经营。多达那波在吐蕃镇守期间，谨记成吉思汗对一切宗教一视同仁的训诫，与当地僧俗势力开始了和平接触和友好交往。他频繁召见噶举、萨迦、宁玛以及不久前与蒙古军队有过敌对行为的噶当派僧人，与他们广泛交流和探讨吐蕃归顺蒙古的途径。他还帮助重建了不少毁于历次战火的寺庙，此举也为他赢得了当地僧俗信众的信任。

窝阔台汗十三年秋（1241年8月），窝阔台汗身染重病，许多时日缠绵病榻。阔端在凉州得知父亲的情况，担心原西夏故地局势有变，而汪世显、塔海转战于四川前线，按察尔在甘南坐镇未可轻调，他只能令多达那波从吐蕃撤回凉州。对阔端而言，蒙古军队的这次入藏，主要目的还是想要了解吐蕃的政治、宗教现状，以便未来通过物色一位有声望有号召力的人物来凉州与他商讨吐蕃诸部归顺蒙古的大事。另外，则是秉承窝阔台汗的旨意，在藏区寻找一位教法精通的高僧，到蒙古传教，最终达到利用佛教对吐蕃实行统治的目的。

在确定入藏将领的人选时，阔端也是经过充分考虑才将这个任务交给了多达那波。阔端手下众将，如汪世显、按察尔、塔海、多达那波等人都绝非只会用兵的武勇之夫，他们各有所长，并且哪一个都算得上文武双全，机智敏锐，然而他们当中，最谙熟藏区事务，对吐蕃僧俗民众坚持怀柔政策的人还是多达那波。阔端最终确定由多达那波带兵进据吐蕃，正是基于对他品性和才能的了解。事实上，多达那波也确实没有辜负阔端的信任，他在吐蕃驻留期间，充分了解到吐蕃当地僧俗势力的割据情况，以及各教派的不同地位和不同实力。他将这些情况进行汇总后，向阔端作了《请示迎谁为宜的详禀》，详禀中最核心的内容是：僧伽团体以甘丹（噶当）派为大，善顾情面以达隆法主为智，荣誉德望以枳空·敬安大师为尊，通晓佛法以萨迦·班智达为精。

多达那波建议阔端从上述这些人当中选择一位作为代表，前来凉州磋商吐蕃归附蒙古事宜。详禀送入王府时，阔端正在接待汗廷使者，他受父亲召见，需要立刻返回汗廷一趟。因此，他听了汇报，无暇细思，也没有给出明确指示。不过，多达那波看得出来，主帅的心中已有倾向。

十数日后，窝阔台汗在病床上听取了阔端关于出兵吐蕃的汇报。他对这件事已经不很关心，他更关心的是，在他逝后，是否能确保孙子失烈门顺利登上汗位。窝阔台汗平生最宠爱皇后为他所生的嫡子阔出，阔出早早亡故，他只能将希望寄托在爱孙失烈门身上。

窝阔台汗交代阔端好好看护侄儿失烈门，阔端望着父亲憔悴的脸容，内心深处五味杂陈。

当年，二太子察合台、四太子拖雷按照父亲成吉思汗的临终遗命，推举窝阔台继任大汗位时，窝阔台坚持不肯登基。直到与会的王公贵族和术赤家族、察合台家族、拖雷家族的代表做出将汗位约定在窝阔台一系的承诺之后，窝阔台才登上汗位。

多年来，阔端对父亲的感情一直停留在忠诚和敬仰之间，从未产生过发自肺腑的热爱。这不能归咎为他心胸狭窄，事实上，他的心胸并不狭窄，可他终究是人，一个有血有肉、有爱有恨的人，只要是人，就难免有自己的执念。他并非特别为自己是窝阔台汗的儿子而感到自豪，尤其厌烦自己生在大哥贵由和三弟阔出之间。如果三弟活着，大哥注定与汗位无分，事情反倒好办些。可偏偏三弟故去，大哥岂能眼看着乳臭未干的侄儿凌驾于自己之上？

阔端固然不喜欢与他龃龉多年的大哥，可是将江山交在不谙世事的侄儿失烈门手中，他同样觉得不能放心。他并不想参与这些事，对于未来的汗位之争，他宁可置身事外。

他琢磨着该如何向父亲表态，他很想找到一些模棱两可的词句，可一时又想不起来。

窝阔台汗并未催促儿子，他的精力已大不如前，说了一会儿话就有些疲乏了。他微微合上眼睛，似乎入睡了。当他睁开眼睛时，他看到忽必烈、失烈门、阔端都在他的身边。

这些日子，因大汗生病之故，凡在汗营的子侄孙辈都得轮流入侍万安宫。忽必烈像失烈门一样，几乎每天都要来看望伯汗，他负责为伯汗阅读前线传来的战报。以前这个任务是蒙哥的，蒙哥作为拖雷家族的长子率领长子军随拔都西征后，窝阔台汗将这个任务交给了忽必烈。忽必烈做事不像兄长蒙哥那么一丝不苟，但他自有他的长处，这个年轻人思维活跃，见解独到，常令窝阔台汗耳目一新。

此时，西征前线又有捷报传来。继三月拔都、速不台征服罗斯全境后，紧接着又从三个方向突入波兰、匈牙利。进攻波兰的军队由贝达尔率领。在察合台诸子中，贝达尔排行第二，察合台的长子南图赣多年前已殁于第一次西征的战场，此后贝达尔便成为诸弟之兄。窝阔台汗组织第二次西征时，察合台汗国派出的长子军名义上由察合台的长孙不里率领，其叔贝达尔从征，可是不里年轻，那些功臣勋将并不服他，所以，真正能够指挥这些人的始终是作战经验丰富、勇谋兼备的贝达尔。四月九日，贝达尔在里格尼志战役中一举击败由日耳曼、波希米亚、波兰三国军队合编而成的波日波联军，完成了对波兰的征服。

四月十一日，由拔都、速不台率领的蒙古主力，在赛育河以不到七万人的兵力，战胜了匈牙利四十万人的军队，缴获匈牙利国王印玺，呈送大汗报捷。

夏秋季节，蒙古军继续向西攻伐。整个欧洲惊慌失措，远离战场的国家都在加强防御，英国甚至禁止船舶出海捕鱼。当时的欧洲，还没有一个国家的军队可以抵御蒙古人的进攻。短短数月，蒙古军队从容地推进到奥地利首都维也纳附近。

拔都的目标是乘胜征服整个欧洲。西线接连不断的胜利消息好似一剂良药，令窝阔台汗的心情变得愉快起来，精神状态也好转了许多。阔端、忽必烈和失烈门陪大汗吃了一顿午饭，饭后，窝阔台汗让阔端和忽必烈离开了。阔端刚刚返回汗营，旅途劳累，忽必烈昨晚值夜也很辛苦，他吩咐他俩都回去休息。

窝阔台汗只留下爱孙失烈门，他还有些话要向孙儿交代，现在，这个孩子是他最放心不下的人。

阔端惦记着去看望四婶，遂与忽必烈同行。途中，他问忽必烈蒙哥是否有信来，忽必烈回说有。

忽必烈比阔端小九岁，他出生在成吉思汗攻克金中都的那一年（1215）。在以征伐为能事的草原人当中，忽必烈显得有些另类。他不像他的哥哥弟弟、堂兄堂弟们那么看重荣誉，也不像长兄蒙哥那样文武兼修，甚至，他做事还有几分懒散。平素，他喜欢结交各民族尤其是汉民族中的饱学贤能之士，讨论历朝历代的兴亡得失，并乐此不疲，他的所作所为不免会让某些人侧目，但他从不在意。

可能因为年龄相差太多的缘故，阔端与忽必烈的关系始终不像他与蒙哥那样友爱相知，但忽必烈是苏如夫人的儿子，单凭这一点，阔端对忽必烈也怀有几分天然的亲近之情。

忽必烈倒是对阔端极其尊重。他将大哥几封来信的内容全都扼要地讲给了阔端，阔端这才知道西征途中贵由跟拔都发生争执的经过。贵由对拔都的厌恶由来已久，尤其嫉妒拔都成为长子西征军的统帅，他认为这个统帅理应由他这位大汗的长子担任，他觉得他的才能与拔都相比不相上下。可父亲还是义无反顾地选择了拔都，这个决定令贵由愤恨不已。怀着抵触情绪，贵由在整个西征过程中都采取了一种消极不合作的态度，后来，在西征军攻克基辅的庆祝宴会上，贵由与察合台的长孙不里更是公然污辱了身为统帅的拔都，并擅自离开了军队。

这件影响恶劣的事情发生后，幸亏蒙哥及时据实上报，窝阔台汗对儿子和侄孙不尊重统帅，破坏西征军团结的行为十分震怒，下令贵由与不里立刻回到军中向拔都道歉，否则，他定予以严惩，将贵由与不里流放边远之地，永不叙用。

迫于窝阔台汗的压力，贵由和不里不得不向拔都认错。拔都以他特有的宽容大度原谅了他们，但嫌隙已经开始埋下。从这件事后，拔都多将指挥权交给速不台、贝达尔和蒙哥三人，而对贵由和不里，他只给他们布置一些辅助攻城的任务……

大哥贵由的为人，阔端比任何人都清楚。他对贵由的所作所为一点都不惊奇，让他感到忧虑的是这件事所传递的一个不祥的信号：蒙古国内部蕴藏着巨大的离心力和分裂苗头。一旦窝阔台汗撒手西去，谁也无法预料未来的局势。

这才是最可怕的。

阔端深思的目光与忽必烈的目光相遇。从堂弟那双聪慧的眼睛里，他看到里面分明有着与他完全相同的内容。

柒

十二月，窝阔台汗病势日沉。两个月前，察合台已在自己的封地病故。窝阔台从小与二哥的感情最为深厚，而且，当初若无二哥的热心推戴，他也不可能稳稳坐上大汗的宝座。二哥病逝的噩耗带给窝阔台汗的打击几乎是致命的，他自知不起，急忙召来六皇后乃马真、苏如夫人、阔端、忽必烈以及重臣耶律楚材、镇海等人，明确将爱孙失烈门指定为自己的继承人。他希望众人能当着他的面表态拥立失烈门为汗，大家却都看着六皇后一言不发。窝阔台汗明白过来，为了爱孙，他决定放下身架。他屏退众人，独留下六皇后。没有人知道夫妻二人谈了些什么，大约半个时辰后，汗宫传来窝阔台汗崩逝的消息。

拔都在西征战场得到窝阔台去世的凶讯时，已是第二年（1242）四月。因窝阔台汗之子贵由、合丹等皆在长子西征军中，他们必须返回首都和林（哈剌和林）参加葬礼，拔都遂下令西征军全线东返。

西征军的撤退令备战的欧洲君主无不松了口气，半个欧洲因为窝阔台汗的死而得到上帝拯救。

拔都遣兄长斡尔多、三弟别儿哥随贵由、蒙哥赴首都奔丧，他本人则回到伏尔加河畔风光秀丽的萨莱城，建立了后来统治欧洲长达二百六十年（1242—1502）的金帐汗国。金帐汗国，统治疆域在蒙古四大汗国中最为广阔，其势力范围包括锡尔河、咸海以北的吉尔吉斯平原，里海、黑海以北的乌拉尔河、伏尔加河、顿河、第聂伯河诸流域，罗斯诸公国领地，远至波兰、匈牙利，多瑙河流域。

隆重的葬礼在贵由等人回到和林后举行。按照窝阔台汗生前的安排，失烈门是当然的汗位继承人。然而，失烈门年幼仁懦，寸功未建，功臣宿将对他并不心服，加上性情强悍的六皇后乃马真百般阻挠，人们就更加不能也不想奉其为主。事实上，自窝阔台汗病故，包括阔端在内，都颇有默契地对窝阔台汗的遗嘱绝口不提。

乃马真一心想将自己的儿子贵由推上汗位，但她的种种努力，又因金帐汗拔都的坚决抵制而同样不能如愿。阔端早料到会有这样的结果。从贵由负气与拔都发生冲突，他就知道这是贵由一生中最大的失算。拔都虽远在金帐汗国，但他是成吉思汗长子术赤的儿子，位高权重，他的意见人们不敢不认真对待。另外，贵由遇下寡恩，这也是他不能顺利继承父位的内在原因。

阔端成为贵由和太后乃马真再三争取的对象，这件事令他疲于应付。他每天昏头涨脑，极想早日逃回驻地。怎奈汗位人选一日不能确定，他就一日不能离开。

倒是蒙哥显得泰然自若。在贵由和失烈门之间，蒙哥明确表示他支持贵由。阔端算是服了他的这位堂弟，一次闲聊时他问蒙哥为什么。蒙哥淡淡一笑，反问他："那你说又该如何呢？"

阔端明白蒙哥的意思。既然汗位已经约定在窝阔台一系，而窝阔台的儿孙中除了贵由和失烈门，别人又与汗位无分，在这种情况下，除了支持贵由，他们这些人，还能做出别的什么选择吗？

很久以前，阔端也曾为父亲继承汗位而喜悦过、兴奋过，也曾希望汗位能在窝阔台一系永远传承下去。但阔端从本质上来说是个务实的人，与忠诚父亲、忠诚家族相比，他更忠诚祖父成吉思汗辛苦创建的伟大基业。特别是在父亲病逝后的这段日子，他耳闻目睹了贵由和失烈门的汗位之争，而这两个人又都明显不是合适的大汗人选，他更加对当年父亲一定要将汗位约定在窝阔台一系的做法产生了怀疑。

如果让他选择，他宁愿选择蒙哥，或者堂兄拔都，当然这些想法，他永远不会告诉任何人，包括与他相知最深的蒙哥。

童年时代的凄凉记忆给阔端造成的创痛是永久的。当阔端渐渐长大，被父亲委以重任后，他的兄弟、堂兄弟们都已纷纷娶妻生子，有的还妻妾成群，他却从来不以女色为意。每当想到父亲的妻妾们彼此争宠、互相猜忌，同父异母的兄弟们钩心斗角的旧事，他就深深地感到厌倦。他的王妃是四婶亲自为他挑选的，那时候他已年过二十，父亲觉得他总不肯成亲于他这位未来的大汗面上无光，可他亲自相劝，儿子又总是一笑置之。无可奈何中，他只好请弟媳苏如帮忙。

苏如视阔端如亲子一般，为了让阔端满意，她真是煞费苦心，千挑万选才从家族的女孩中相中一位身上有一半契丹血统的功臣之后。阔端见这位姑娘品貌端庄秀丽，性情沉静温柔，是个典型的大家闺秀，加之又是四婶的族亲，终于同意成亲了。婚后，个性敦厚的阔端对王妃倒是十分尊重、呵护。

婚后第二年，王妃为阔端生下一子，这是阔端的长子，窝阔台为这个孙子起名亚里吉台。此后，直到父亲窝阔台登临汗位后的第三年，阔端的次子蒙可都才出生。又过了六年，阔端如愿得到一个女儿，这是阔端最钟爱的孩子，阔端为她起名墨卡顿。

此次奉旨返回和林，阔端安排多达那波辅佐长子亚里吉台坐镇西夏故地，他和王妃只带着十岁的次子蒙可都和四岁的女儿墨卡顿返回和林看望他们的祖父。与祖父见面后，阔端把小兄妹带到四婶苏如的营地，交给四婶亲自照料。阔端从小就眷恋着四婶的慈母之爱，让自己的一双儿女在四婶身边接受教诲，哪怕几天也好，是他由来已久的心愿。窝阔台汗病逝之后，蒙哥从西征战场返回，他格外喜欢聪明伶俐的蒙可都和天真活泼的墨卡顿，遂与阔端商议，将蒙可都和墨卡顿一并认作养子和养女，留在身边悉心抚养。

汗位之争迟迟没有结果。考虑到汗位虚悬终非长久之计，不得已，经诸王公贵族商议，决定暂由太后乃马真摄政。

从感情上来说，阔端虽不反对贵由继承父位，不过，他也不想为此尽心费力。既然忽里勒台已决定由乃马真摄政，他惦记封地诸事，遂请求乃马真允许他回镇凉州，以防不测。

行前，他问儿子和女儿是继续与苏如奶奶待在一起，还是跟他一起返回凉州，结果，儿子和女儿都表示要留在奶奶身边，过些时候再回凉州。阔端丝毫不觉得惊讶，他只叮嘱两个孩子要懂事，听苏如奶奶和蒙哥阿爸的话，第二天，他和王妃向苏如辞行。

蒙哥带着弟弟忽必烈亲自将阔端夫妇送出营地。行前，阔端与蒙哥拥抱了一下，又捶了捶蒙哥的肩膀，认真地说道："虽然确定由太后摄政，你还要多操心国事才好。"

蒙哥没作回答，只是微微苦笑。

阔端明白这苦笑的含义。确实，乃马真摄政虽为权宜之计，可是蒙古大汗一日不能确定，这种不安定的状况就一日不可能改变。乃马真绝不是一个会轻易听取他人意见的女人，她有魄力，也不乏机变、头脑，可她从不具备如她丈夫一般的政治远见和容人之量，换言之，以她摄政，谁也不知道未来的蒙古政局会产生怎样的变数。阔端还可以在属于自己的那方独立天地发挥才干，蒙哥坐镇蒙古本土，纵然有拖雷家族强大的政治实力作为后盾，仍不得不面对来自乃马真的防范与掣肘。

这苦衷，阔端懂。

但是，除了蒙哥，阔端不知道他还有别的什么人可以托付。

"谁都可以放弃，你不能。"阔端直视着蒙哥的眼睛，执拗地说道。

蒙哥领受了阔端的嘱托。为了祖父辛苦创建的江山，即使再难，他也必须勉力支撑。

"你放心，阔端哥。有祖父的在天之灵守护着我们，就算历经磨折，我们最终也一定能找到正确的出路。我有这样的预感。"一直静静地站在阔端和蒙哥身边的忽必烈，微笑着插进话来。

阔端惊讶地看了忽必烈一眼。只见堂弟那双明亮的眼睛里，闪射出一种少见的、坚定的光芒。

阔端与蒙哥对视，说也奇怪，这一刻，他们久已压抑的心情居然变得轻松了不少。

阔端回到凉州不过数月，他的身边接连发生了两桩大事，其中之一便是汪世显在四川前线病逝。

临终前，汪世显致书阔端，请求由次子德臣嗣巩昌便宜总帅之位。世显膝下共有七子，其中以次子德臣文才武略最为出众。十七岁时，德臣即从世显和塔海出征四川，屡立战功。因此，于公，世显觉得只有德臣能子承父业，继续光大汪家门楣；于私，德臣从十三岁就扈从阔端，深得阔端钟爱、器重，而世显自降蒙古，阔端与他以心相交，他感念阔端知遇之恩，自然想在众子当中选择一个最能令阔端放心和满意之人。

不久，塔海和德臣护送世显的灵柩返回巩昌，阔端赶到巩昌，亲自主持了世显的葬礼。这令世显的葬礼极尽哀荣，也令世显的亲朋故交诸子对阔端感激不尽。之后，阔端升帐，命德臣接替父位，暂时坐镇巩昌，兼辖秦、巩二十余州事。

第二件大事，则是丞相镇海避祸凉州。

乃马真摄政期间，蒙古上层内耗增多，对宋战事几乎处于停滞状态，只有汉将史权和张柔在淮南、泗州等地有些小规模的军事行动。乃马真任用佞臣奥都蛮，罢免了两朝重臣耶律楚材和镇海，耶律楚材由是郁郁而终。镇海上书乃马真，直言要乃马真远小人，亲忠臣，恢复窝阔台汗时期的法纪纲常，乃马真恼羞成怒，欲逮捕镇海处以重罪。镇海索性逃到凉州，请求阔端庇护，阔端毫不犹豫地将他置于身边。

乃马真得知镇海逃到凉州，气急败坏，遣近侍阿勒赤带带领一队人马前往凉州索人。阔端根本没将阿勒赤带放在眼里，隔日才在王府召见阿勒赤带，接见时，镇海就在他的身旁。

阿勒赤带仗着自己是乃马真身边的红人，又与贵由交厚，起先态度十分蛮横。阔端的性格算是好的，也不多言，走下帅案，抡起一掌，重重抽在阿勒赤带的脸上。之后，他只对阿勒赤带说了几句话："你，带着你的人立刻滚出凉州府！如果在一个时辰之内还让我看到你们，我保证你们哪一个都见不到明天的太阳。告诉太后，镇海丞相我留下了，如果她想要镇海丞相，就让她带着军队来要！"

阿勒赤带没想到阔端的态度如此强硬，这一巴掌打得他清醒了许多。多年来，阔端手握重兵，专擅一方，是个太后和皇子贵由都惹不起的人物，他若一味相强，只怕立刻人头不保。阿勒赤带不敢多言，当天便灰溜溜地离开了凉州府。

撵走了阿勒赤带，阔端和镇海的内心绝不轻松。阔端倒不担心乃马真会与他兵戎相见，说真的，现在的蒙古帝国甚至已经没有了自相残杀的资本。他和镇海一样，只剩一种感觉，那就是：心凉。蒙古政局混乱若此，着实超出了他们的预想，长此以往，只怕曾经如日之升的蒙古帝国终会被这帮佞人拖向万劫不复的深渊。

　　阿勒赤带回到万安宫，将阔端的话原原本本地转述给了乃马真和贵由。贵由对母亲无端罢免耶律楚材、镇海等朝廷重臣本来就存有异议，对母亲居然派阿勒赤带前往阔端处索人更觉不妥，现在听说阿勒赤带在阔端那里碰了钉子，他不怨阔端抗命不遵，反怨母亲凡事都不与他商量。他心里憋着气，与母亲争执了几句，拂袖而去。乃马真犹豫了。的确，镇海毕竟是三朝老臣，而阔端她又不能得罪太深，思前想后，她只能权当一切事情都不曾发生过。

第二章　凉州会谈

壹

阔端忧心国事，奈何回天乏力。在蒙古政局陷入混乱之际，他只能更加用心地经营西夏故地，以备未来平蕃攻宋之需。

多达那波多次进谏，仍然希望阔端首先解决吐蕃问题。阔端与镇海商讨此事，镇海也赞同多达那波的建议。如今的蒙古帝国举步维艰，但绝不能裹足不前，一旦未来政局有变，经营好吐蕃，就能抢占先机。阔端想起他与喇嘛大夫的谈话，终于决定派多达那波作为金字使者，由军队护送，携带邀请诏书和礼物前往吐蕃，邀请萨迦法主萨迦班智达往凉州一会，共商吐蕃归附蒙古大事。

萨迦派是藏区实力最为雄厚的教派之一，其创始人贡却杰布出身于吐蕃王朝时期的贵族家庭——款氏家族。贡却杰布的祖先也是吐蕃历史上第一批出家的"七觉士"之一，所以，这个家族有着很深的佛教渊源，在吐蕃之地拥有崇高的威望。

从贡却杰布起，萨迦寺的寺主就采取由款氏一脉族内家传的办法。贡却杰布圆寂后，其子贡噶宁布（1092—1158）继承了他的衣钵。如果说贡却杰布是萨迦一派的创始人，那么真正使萨迦派发扬光大，迈上强大稳定之路的却是他的儿子贡噶宁布。

贡噶宁布一生勤勉。在他传法的四十八年间，他广招门徒，大力传法，被奉为"萨迦五祖"中的第一祖。贡噶宁布膝下共有四子，因长子英年早逝，次子索南孜摩成为萨迦第二祖，后来，三子扎巴坚赞继承兄位成为第三祖，四子贝钦沃布未出家，负责娶妻延嗣。

贝钦沃布生有二子，其长子跟随三伯父出家，为萨迦第四祖，这就是在蒙藏关系史上占据重要历史地位的萨迦班智达·贡噶坚赞，世人多称萨班。次子桑察·索南坚赞负责延续子嗣。

萨班学识高超，熟知佛理，虽说他的宗教活动主要以后藏的萨迦寺为中心，但他在前藏的影响同样不容小觑。阔端在各具影响的吐蕃诸教派中最终选择萨班作为藏区僧俗势力的代表，一方面固然是基于感情因素，另一方面则是经过全方位的权衡比较后才做出的决定。

藏历第四饶迥木龙甲辰年（1244）九月，多达那波再次进入吐蕃。这一次，武力威慑已被放在次要地位，多达那波向萨班宣读了阔端的诏书，这份诏书后来被收录在《萨迦世系史》中。

诏书全文如下：

> 长生天气力里，大福荫护助里。
>
> 皇帝圣旨里。
>
> 萨迦班智达贡噶坚赞贝桑布知之。
>
> 我为报答父母及天地之恩，需要一位能指示道路取舍之上师，在选择时选中了你，故望不辞道路艰难前来此处。若是你以年迈为借口（不来），那么以前释迦牟尼为利益众生做出的施舍牺牲又有多少？（对比之下）你岂不是违反了你学法时的誓愿？你难道不惧怕我依边地的法规派遣大军前来追究会给无数众生带来损害吗？故此，你若为佛教及众生着想，请尽快前来，我将使你管领西方之僧众。
>
> 赏赐给你的物品有：白银五大锭，镶缀有六千二百粒珍珠的珍珠袈裟，硫黄色锦缎长坎肩，靴子（连同袜子）——环纹缎缝制的一双，团锦缎缝制的一双，五色锦缎二十匹。着多尔斯衮和本觉达尔玛二人赍送。
>
> 龙年（1244）八月三十日写就。

这是一封措辞还算温和的邀请书，然而里面所隐藏的强硬之意却任谁也不会误解。阔端明确告知吐蕃僧众和萨班本人：如不奉诏，他将再次对吐蕃之地动武。

萨班对阔端其人可谓知之甚深。阔端多年统军经略西北、西南地区，势力强大，在藏人眼中最具威势。许多藏人不知有蒙古大汗，却知有阔端。如今，阔端以诏书的形式邀请萨班，表明他并非以地方王的身份邀请萨班，而是代表蒙古汗廷与萨班谈判。而萨班的身份也绝非单纯的萨迦法主，而是代表着吐蕃的各种僧俗势力。

萨班接旨后，不敢怠慢。他请多达那波稍候一段时日，他将与吐蕃僧俗各界的领袖人物具体协商后再赴凉州与阔端一会。多达那波同意了，他知道在条件不具备时，自己不能急于求成。

五年前，多达那波领兵突入吐蕃，对噶当派武装僧人的抵抗进行了无情的镇压，从那时起，吐蕃僧俗人众特别是吐蕃上层对蒙古的武力之盛就心存恐惧和敬畏。何况从成吉思汗开始，蒙古军队所向无敌，从蒙古高原到中原内地，从中亚到欧洲，兵锋所至，无不克捷。与之相比，吐蕃却经历了长期的分裂割据，根本没有一支力量可以与蒙古对抗。萨班对此自有考虑。他在与各地方各教派势力广泛接触并充分商讨对策后，做出了前往凉州的决定。

是年，萨班六十有二，已是一位老人。他不顾年老体衰，同意远赴凉州，一方面固然是为吐蕃众生谋求和平，不使吐蕃僧俗重新饱尝战祸之苦；另一方面则是为了到更远的地方弘扬佛法，他希望佛法的光芒照耀在蒙古的土地上。

为赴凉州之约，萨班做了精心的准备。因预料到自己此行不可能在短时间内返回，萨班首先将萨迦寺交给了他最重要的三个弟子（上部弟子释迦桑波、西部弟子伍由巴、东部弟子夏尔巴）共同掌管；其次，他向各派发出邀请，请他们派遣一批精通"大小五明"和密宗的学者与自己同行。除此，他还准备了大量的显密教经典。

释迦桑波、伍由巴和夏尔巴多次恳求萨班将他两个年幼的侄儿八思巴和恰那多吉留在萨迦，至少将恰那多吉留在本寺，不要让年幼的孩子饱受鞍马劳顿之苦。这只是表面的说辞，他们真实的想法是，法主萨班此去凉州前途叵测，万一发生变故，他们也好尽心抚养八思巴兄弟中的一人，令其继承法主衣钵。

八思巴的父亲桑察·索南坚赞生于阳木龙年（1184），作为家中幼子的他，担负着繁衍后裔、掌管家务的重责。他一共娶了五位妻子，长妻为他生下八思巴（1235 年出生）和恰那多吉（1239 年出生），次妻为他生下一子（仁钦坚赞，1238 年出生）和一女，三妻生两女，四妻生一女，五妻生一子（意希迥乃，1238 年出生）。这样，八思巴同父异母的兄弟姐妹就有六人，他是家中长子，而恰那多吉是家中幼子。

八思巴出生于父亲五十二岁的那年。当时桑察已步入老年，膝下却还没增添一子半女。八思巴恰在其父怀着绝嗣的恐惧时来到世间，他的出生给桑察和兄长萨班带来怎样的欢乐和希望不言而喻。

藏历阴土猪年（1239）十二月二十二日，桑察在拉堆地方圆寂，此时八思巴年仅四岁，恰那多吉刚出生不久，教育和抚养幼小的八思巴兄弟的责任就由伯父萨班承担起来。

萨班应召准备前往凉州时，八思巴年方九岁，恰那多吉五岁。萨班见众弟子苦苦哀求，一时倒有些拿不定主意。他温声征询两个侄儿的意见。不等八思巴说话，恰那多吉回答："我虽年幼，可伯父法主已然年迈。今法主不惮风霜，我和长兄又怎能安享清闲？我是一定要去的，能与法主在一起，再苦再累我也不会抱怨。"

众人没想到幼小的恰那多吉对伯父如此孝顺，态度如此明确又如此坚决，感慨之余，不由都流下泪水。八思巴的心里丝毫没有犹豫，而且，他也绝不会将年幼的胞弟独自留在萨迦寺的，无论未来的局势如何发展，他都要对胞弟尽到照顾之责。

鉴于恰那多吉的坚持，这件事只好按照萨班最初的设想确定下来。待一切准备妥当，萨班带着两个侄儿，在多达那波和蒙古军队护送下，踏上了漫漫旅途。

萨迦派一直有着法位相传的惯例，八思巴是萨班的当然继承者，萨班带上他，既是为了随时随地对他进行教育，也是为了向阔端显示诚意。抛开这两者不说，萨班也不能将年幼的侄儿独自留在萨迦寺。萨迦一系原本人丁不旺，老年得子的现象十分普遍。八思巴幼年丧父，身为伯父的萨班对他而言既是授业传法的老师，又是严厉慈爱的父亲。何况，凉州一行前途未卜，藏区的形势同样不容乐观，将八思巴兄弟带在身边，事实证明是个明智的选择。

路过苏浦时，八思巴正式受戒出家。萨班伯侄此行十分缓慢，这里面有许多不得已的原因。萨班虽然是在取得吐蕃僧俗上层的普遍支持后才决定前往凉州的，可拥有信众最多的噶当派因曾遭受蒙古人的攻击，对于阔端的邀请自上而下都采取了消极抵制的态度。作为深谋远虑的萨迦派法主，萨班比任何人都清楚阔端的真实用意，阔端派遣多达那波以先礼后兵的姿态入藏，并不是单纯地为请一位高僧到蒙古传教，而是要找到一个能代表藏区僧俗各界又能被蒙古方面认可的代理人，与他商谈解决吐蕃归顺大事。一旦吐蕃和平归附，噶当派对蒙古人所怀有的敌意就会成为影响藏区稳定的隐患。为此，在与阔端商谈前，萨班必须尽可能地说服持不同意见的噶当派僧人，以期最大限度地取得他们的支持。

萨班担心久候会令阔端生疑，于是请多达那波代为致信阔端，说明他的意图和打算。阔端深赞萨班的细致，回信嘱咐多达那波不必催促，只需尽心保护就好。

得到阔端大王的体谅，萨班焦虑的心情一扫而空。他一路传教，也如愿说服了噶当派的不少高僧。两年后的一天，凉州城模糊的轮廓终于出现在萨班伯侄的视线之中。

贰

原本，阔端早在期待着与萨班的这次相见，可是当萨班即将到达凉州之时，他却因为另外一件更重要的事情不得不返回蒙古本土。行前，他交代多达那波和代镇凉州的塔海对萨班伯侄妥为安置、照拂。

乃马真在她摄政的第五年（1246），身体状况越来越差，这使她更加迫不及待地想将儿子贵由推上汗位。众所周知，贵由虽身为窝阔台汗的长子，窝阔台汗生前对他却不甚钟爱，而是偏爱着三子阔出。阔出逝后，窝阔台汗又将阔出之子——爱孙失烈门立为汗位继承人。遗憾的是，失烈门在祖汗病逝时尚且年幼，此后也无机会建立起令人信服的功业，加之乃马真坚决反对，他想继位几乎没有可能。

乃马真最属意的人当然是自己的儿子贵由，然而，她想将贵由推上汗位，同样面临着重重困难。

第一个困难是，人们即使不看好失烈门，对违背窝阔台汗遗命却仍旧心存顾虑。

第二个困难是，贵由自幼体弱多病，加上性格孤僻、刻板、多疑，别说外人，就连他自己的几个亲兄弟都不怎么喜欢他，觉得他不是理想的大汗人选。

第三个困难则是，贵由在西征战场曾以恶毒的语言公开污辱身为统帅的堂兄拔都，而且当时，他对拔都根深蒂固的嫉妒与敌意也给西征军的军事行动造成诸多困扰。事后，贵由虽然受到父亲窝阔台汗的严厉惩处，并迫于父亲的压力向拔都认错，拔都却自此对气量狭窄的贵由十分厌恶。五年前窝阔台汗病逝，拔都从地中海沿岸返回封地，定都萨莱，正式建立了金帐汗国。从那时起到现在，拔都凭借长支子孙的身份和两次在西征战场建立的赫赫战功，其威信在整个蒙古已达到无人可望其项背的程度。如果贵由的继位得不到他的首肯，许多人宁愿选择观望与等待。

只是，乃马真等不及了，贵由也等不及了。

五年摄政期间，乃马真举帝国之富，广泛邀买人心，终于为她的儿子铺开了一条通往汗位的道路。而拔都在汗位虚悬的几年，眼看着乃马真恣意弄权，信用佞人，硬将一个好端端的国家搞得乌烟瘴气，心中也不免焦虑万分。为国家计，他觉得以贵由毫不容情的性格，倒的确比较适合收拾他母亲留给他的烂摊子。这是他心思动摇的一个原因，另一个原因则与苏如夫人的暗中劝说有关。

对拔都而言，他即使可以无视太后乃马真，也绝不能无视拖雷系的当家人——他的四婶苏如。

自察合台逝后，其后王的影响已一落千丈。金帐汗国远离本土，统治着广袤的征服地，拔都根本无暇东顾。而窝阔台一系虽然还掌握着汗权，可真正握有蒙古帝国政治命脉的始终是拖雷家族。成吉思汗的四个嫡子中，长子术赤与幼子拖雷的感情最为和睦，他们的妻子又都是当年草原第一大部克烈部的公主，这种双重的亲缘关系令术赤之子与拖雷之子从未因有形的距离而斩断彼此间亲密的关系。何况，拔都像阔端一样尊重四婶，这个女人完全是为了蒙古的未来才劝说他放弃成见，他不能允许自己拒绝这种高尚的请求。

拔都的让步或者说默许，令贵由的继位变得容易了许多。

乃马真担心夜长梦多，派出使者火速召回在外地的亲王和贵族，阔端就是奉诏返回和林，参加在首都举行的选汗大会。

对于贵由终于能够如愿继位，阔端的态度很平淡，既不反对，也不支持。他个人原与汗位无分，也从不做非分之想，他只是希望身为西路军的统帅，能尽快与萨班商谈吐蕃归属问题，或者说，他希望早日将吐蕃之地纳入帝国版图。

选汗大会结束后，贵由在鼓乐声中成为蒙古的第三任大汗。

第二天，贵由在万安宫召见了阔端，一同得到召见的，还有蒙哥。

贵由这次能够如愿以偿登临大汗之位，在很大程度上得益于拖雷家族的支持，作为回报，贵由将军国重任委以蒙哥。

贵由坐在父亲曾经坐过的宝座上，志得意满，一向鲜有笑容的脸上也露出一丝如释重负的笑容。

这样的场合，不容阔端和蒙哥叙旧畅谈，他们只是对了对眼神，便在两边的椅子上坐了下来。

此前，阔端与贵由的感情并不融洽，但如今，双方的身份已由兄弟变成君臣，阔端还是给予了新汗足够的尊重。贵由对阔端的态度也发生了明显改变，不管怎么说，阔端是他的亲兄弟，与他人相比，贵由更愿意相信自己的血亲。

贵由直截了当地问："镇海丞相还在凉州府是吗？"

阔端点点头，"在。大汗的意思……"

"我想让镇海丞相官复原职。还有波斯、突厥斯坦、河中等地，也需要重新选派官员。你们两个以为如何？"

乃马真摄政期间，崇信巫术，所任用的官员多是不学无术之徒，这也是蒙古帝国国力迅速衰退的原因。

阔端和蒙哥当然不会反对。

蒙哥建议，重新恢复窝阔台汗时期所重用的财政大臣牙老瓦赤的职权，处死贪赃枉法、惑乱国政的太后信臣奥都蛮。听了他的话，贵由稍稍犹豫了片刻，最终还是下定了决心。

阔端不能不佩服蒙哥的刚毅与果决。严格而论，蒙哥与贵由在性格中的确存在着某些相似之处：首先，他们都不喜欢追求宴乐和奢华；其次，他们都沉肃谨严，不徇私情。但蒙哥示之以人更多的还是他的明智、公正、雷厉风行和收放自如，而与之相比，贵由却时常显得有些偏执、狭隘、薄情寡义。

贵由对蒙哥说："昔日父汗在位，忠实地执行了成吉思汗的方针政策、法令法规，是以建树颇多。你现在的任务，就是协助我重新确立两位先汗的法度纲常。"

"是。"蒙哥接旨。

"阔端。"

"在。"

"你那边，吐蕃归附蒙古一事有何进展？"

"萨班伯侄已至凉州。昨天晚上，我刚刚接到多达那波的来信，正要呈给大汗。"他说着，从怀中取出一封信件，交给侍卫，侍卫将它放在贵由的案头。

贵由展信细细阅读。作为蒙古的新一任大汗，贵由很希望在自己手上建立起超越父祖的功业，而收服吐蕃，进而实现大一统，就是他要建立的最大功业。

多达那波在信中详细向阔端汇报了萨班到达凉州后即开始给各族僧俗信徒讲经说法，并以仁慈之心为当地百姓施药治病的情况。他说，萨班学识渊博、品德高尚，他的所作所为赢得了蒙古、畏兀儿、当地藏族及来自汉地许多僧人的信服，听经之人甚多，声誉极佳。信的最后，多达那波建议在凉州城外为萨班建造府邸及寺庙，以示蒙古对佛教的尊崇，对吐蕃的重视。

阔端一直注意着贵由的表情，见贵由的脸上露出满意的笑容，他不失时机地就划拨款项，在凉州城外给萨班伯侄建造府邸、寺庙一事请贵由示下，贵由表示可行。

"那么，我是否可以尽快返回凉州，代表大汗的意志，与萨班商谈吐蕃归附诸事？"

贵由摆摆手，说道："这个暂且不急。你还需多待一段时日，先协助蒙哥处理好奥都蛮的事情。"

"是。"

接着，贵由又对南征及第四次东征做出部署，中午时，他觉得有些疲乏，便令阔端和蒙哥离开了。

阔端仍与蒙哥同行，去看望四婶和自己的一双儿女。转眼又有一年没见到儿子、女儿了，儿子、女儿对他却无丝毫的生分。这五年，蒙可都和墨卡顿在奶奶苏如和养父蒙哥身边待的时间比在阔端夫妇身边还长，不知不觉中，蒙可都已长成了十五岁的英俊少年，目光炯炯，虎虎生威，无论气质还是言谈举止都与养父蒙哥神似。墨卡顿比蒙可都小六岁，不仅出落得粉嫩精致，而且活泼快乐，与奶奶最亲。想也能想到四婶在这两个孩子身上倾注了多少心血，看着他们如此身心健康地长大，又如此懂事、孝顺，阔端只觉得无限宽慰。这是他孩提时代不曾得到的生活，他终于让自己的孩子们得到了。

一年前，自幼体弱多病的长子亚里吉台不幸夭亡，令阔端夫妇悲恸不已。此次，阔端即将动身前往蒙古时发现王妃怀上身孕，阔端将这个孩子的到来视为长生天的恩赐，是长子的重生，因此格外谨慎。考虑到王妃年近四旬，孕育不易，阔端不想让她饱受旅途劳顿之苦，这次并没有带她返回和林。

对阔端而言，尽管他很想快些回到凉州与萨班伯侄会面，照顾王妃，不过，身为臣子，他不能不尊重贵由汗的心愿。既然不能立刻回返凉州，阔端索性安心地留在了和林，与四婶一家以及孩子们享受一段时间的天伦之乐。

这期间，镇海回到汗廷，继续担任丞相一职，贵由将内政多交与镇海处理。

在以贪污罪斩杀了乃马真的信臣奥都蛮后，贵由与意见严重分歧的母亲发生了争吵，最后，乃马真被迫让步了。

不管怎么说，蒙古现在的主人是她的儿子。

这件事大大提高了贵由的威信，却影响了乃马真的健康。不久，乃马真要求回到窝阔台汗国的都城叶密立（今新疆额敏县）颐养天年，后来就在那里病故。

没有了母亲的掣肘，贵由开始按照自己的心愿治理朝政。可惜有些遗憾，贵由自幼身体多病，经常不能临朝，这使他无力彻底革除母亲摄政期间的种种弊政。

阔端再次向贵由提出辞行，这回，贵由同意了他的请求。

叁

贵由汗二年（1247）初，阔端从和林回到凉州。他返回凉州的第一件事就是在王府召见萨班，这也是在吐蕃（西藏）正式并入中国版图的过程中发挥过重大作用的两个伟大人物的第一次相会。

初见之下，阔端对萨班就生出几分好感和信任。萨班体貌魁伟，品相端庄，言谈之间，既谦逊有礼，又富于智慧。阔端请萨班上座，感兴趣地问道："法主何故愿奉诏而来？"

萨班回答："伯父先法主在世时曾有预言：日后北方有迎请使者来，不要疑惑，应当前去，这对教法和众生都有利益。僧人谨记先法主教诲，为佛法而来，为吐蕃而来，为天下众生而来。"

阔端闻言，越发对萨班肃然起敬。

阔端知道萨班还带着两位侄儿，这会儿不见两个孩子，不由关切地问道："怎不见法主爱侄？"

萨班回道："未有召见，他们都在府外等候。"

阔端微笑："法主多心了，在我这里，没有诸多规矩，法主与我，只需自在相处就好。多达那波，你去把两个孩子带进来。"

"是。"

多达那波去不多时，带着八思巴和恰那多吉进来了。是年，八思巴十二岁，恰那多吉年方八岁，两个孩子都长得眉清目秀。尤其是八思巴，小小年纪，眉宇间已有几分英锐、成熟之气，格外引人注目。

八思巴本名罗追坚赞，因他三岁时能口诵《莲花修法》，众人惊异，皆以为圣者，故称八思巴（藏语意为圣者）。阔端将两个孩子唤在身边，拉着他们的手，上上下下端详了好一阵儿。他先问八思巴："这一路很辛苦吧？在凉州还住得惯吗？"

八思巴在后藏是公认的神童，不仅记忆力超群，而且极有语言天赋，他这一路上都在学习蒙古语，又在凉州待了多半年，近三年的学习使他回答阔端的问话时并没有任何障碍："伯父法主为利益众生来到蒙古之地，法主不以为苦，小僧是晚辈，又怎会感到辛苦？何况，小僧伯侄三人多蒙大王关照，我们在凉州如回家一般自在。"

阔端对八思巴的机敏很惊讶，转问恰那多吉："你呢？"

阔端与八思巴说话的时候，恰那多吉的视线一直落在阔端的脸上，在他小小的心灵中，对这个人，他居然一点都不觉得陌生。此时听到阔端问话，他语气认真地回道："路上虽然辛苦，可是能与伯父和哥哥在一起，能见到大王，我就觉得很幸福。"

听了这个孩子的话，阔端越发对八思巴和恰那多吉心生怜爱，就让小哥俩坐在自己身边。他先向萨班转告了临来时贵由汗的嘱托，然后，他与萨班随意交谈起来。他们的谈话不受约束，颇有几分天马行空的感觉。后来，宴席摆上了，宾客们也陆续来到王府，这是阔端为欢迎萨班伯侄而举行的一场盛大的宴会。

宴会结束后，阔端对萨班说："我看就让八思巴继续跟随法主学习佛法，至于恰那多吉，我另有安排。从今天开始，就让他住在王府，着蒙古服，学蒙古语，法主以为如何？"

萨班如何不明白阔端的用意。阔端显然对吐蕃归附志在必得，为此，他才着意培养恰那多吉，以备蒙古未来之需。

"一切但凭大王安排。"萨班应允，语气神态沉稳如故。

其后的日子，阔端但有闲暇，常与萨班一起谈论教法和吐蕃地方民俗风情，感情日渐亲厚。阔端尊重萨班，萨班对胸怀社稷、深谋远虑的阔端也十分钦敬。此时阔端身边，既有景教徒，也有萨满巫师，萨班未来凉州之时，每逢大朝会和其他重大活动，习惯上由景教徒和萨满巫师坐在僧众之首。萨班来到凉州之后，通过他的讲授，阔端开始明了佛教教义，成为黄金家族中第一个信奉藏传佛教、敬重喇嘛的亲王，此后，凡遇到相同的聚会，均由萨班坐在众人之首。

阔端十分理解萨班弘扬佛法的决心。在他离开蒙古本土返回凉州前，他已命多达那波在城外为萨班建造了一处府邸。与此同时，萨班利用王府的巨额拨款和当地信众的布施，按照天地生成的理论，以凉州城为中央，象征须弥山，兴修和扩建了东南西北四部寺，象征世界四大部洲。东部为幻化寺（汉称白塔寺，距今武威城东四十里），南部为灌顶寺（汉称金塔寺），西部为莲花寺，北部为海藏寺。

待阔端回到凉州，他对萨班的传教更是给予了大力支持，各寺广设讲场，供给一切所需。萨班讲经时，要有四名翻译把他的话同时翻译成蒙古语、畏兀儿语、汉语和当地安多藏语，其讲经场面宏大，信众听经风气之盛由此可见一斑。在阔端和萨班的共同努力下，原本在凉州就有基础的藏传佛教很快盛行起来。

四月，王妃在王府生下一个健康的男婴。这是阔端的第三个儿子，阔端一生，膝下只有三子一女。孩子出生在阔端与法主萨班相见之后，阔端认为这是佛缘，内心充满喜悦。

萨班派八思巴携带大量礼物前来看望小王子。二人似乎真的是有缘，当八思巴俯身去看小王子的时候，小王子竟在摇篮中睁开眼睛，一双黑亮的眸子久久盯着八思巴的脸。那一刻，尽管自己其实还只是个孩子，八思巴却被一种奇妙的感觉击中了，那是对生命的敬畏，更是一种类似于父亲般的柔软的爱。

小王子满月时，萨班在幻化寺为孩子举行了盛大的祈福仪式。阔端请萨班为小王子赐名，萨班认真考虑之后，给孩子起名"只必帖木儿"，他希望这个孩子长大后像钢铁一样结实。不久，蒙可都代表奶奶和养父回凉州城看望父母和小弟弟，墨卡顿却因为马惊摔伤了腿，遗憾地没能与二哥同行。第二天，德臣在戎马之余，也带着四弟良臣来看望阔端，一时间，王府宾朋如云，变得热闹起来。

蒙可都与德臣都是武将。未见之前，蒙可都对德臣就已久仰大名。德臣自继承父位，多次扈从南征，每逢临阵无不身先士卒，撤退时则亲自断后，勇冒锋镝。由于这个缘故，德臣虽年轻，在蒙古汗廷，在许多将士的心目中却享有极高的威望。

两个年轻人一见如故。不久之后，经蒙可都力荐，德臣成为养父蒙哥麾下最受倚重的汉将之一。

阔端最近身体不是很好，极想让次子留在身边。蒙可都体谅父母，致信养父，请求暂且留在凉州。蒙哥很快回信，嘱咐他多在父母面前尽孝，尽快熟悉和接手王府事务。

蒙可都不愧是苏如夫人和蒙哥亲自调教出来的孩子，十六岁的他头脑清醒，处事果断。他经常代父巡镇西夏故地，有了儿子做帮手，阔端顿时感觉轻松了许多。

在成为萨迦派大施主的同时，阔端仍然不忘他最重要的使命。他与萨班在经过长达半年的反复谈判与协商后，终于达成了吐蕃正式归附蒙古的重大协议，就双方隶属关系及户口登记、征收赋税、地方官吏任命管理等问题，由萨班亲自执笔，写了一封致吐蕃各地僧俗首领的公开信，这就是著名的《萨迦班智达致蕃人书》（简称《致蕃人书》）。

毫无疑问，《致蕃人书》既是一份凉州会谈纪要，也是一份蒙藏联合公告，更是一份西藏正式归入中国版图的重要历史文献。

《萨迦世系史》中全文收录了《致蕃人书》的内容。

萨迦班智达贡噶坚赞致乌思藏善知识大德及诸施主的信

祈愿吉祥利乐！向上师及怙主文殊菩萨顶礼！

具吉祥萨迦班智达致书乌思、藏、纳里速各地善知识大德及诸施主：

吾为利益佛法及众生，尤为利益所有操蕃语之众，前来蒙古之地。召我前来之大施主（指阔端）甚喜，曰："汝领如此年幼之八思巴兄弟与侍众一起前来，是眷顾于我。汝以头来归顺，他人以脚来归顺，汝系因我召请而来，他人是因恐惧而来，此情吾岂能不知！八思巴兄弟先前已习知吐蕃教法，可仍着八思巴学之，着恰那多吉学习蒙古语言。若我以世间法护持，汝以出世间法护持，释迦牟尼之教法岂有不遍弘于海内者欤？"

此菩萨汗王对佛教教法，尤其对三宝十分崇敬，以良善之法度护持臣下，对我之关怀更胜于他人。曾对我云："汝可安心说法，汝之所需，吾俱可供给。汝作善行吾知之，吾之所为善否天知之。"彼对八思巴兄弟尤为喜爱。彼有"为政者善知执法，定有益于所有国土"之善愿，曾曰："汝可教导汝吐蕃之部众习知法度，吾当使之安乐！"故众人俱应努力为汗王及王室诸人之长寿而祈祷祝愿！

当今之势，此蒙古之军旅多至不可胜数，窃以为赡部洲已全部入于彼之治下。与彼同心者，则苦乐应与彼相共。彼等性情果决，故不准口称归顺而不遵彼之命令者，对此必加摧灭。畏兀儿之境未遭涂炭且较前昌盛，人民财富俱归其自有，必阇赤、财税官及守城官（八剌哈赤）均由其人自任之。汉地、西夏、阻卜等，于未灭亡之前，将彼等与蒙古一样看待，但彼等不遵命令，攻灭之后，无计可施，只得归降。其后，因彼等悉遵命令，故现在各处地方亦多有任命其贵人充当守城官、财税官、军官、必阇赤者。吾等吐蕃部民愚顽，或企望以种种方法逃脱，或希求蒙古因路远而不来，或期待与蒙古交战而能获胜，凡以欺骗办法对待（蒙古）者，最终必遭毁灭。各处投降蒙古之人甚多,因吐蕃人众愚顽之故,恐只堪被驱为奴仆贱役,能被委为官吏者,恐百人中不到数人。吐蕃投顺者虽众,但所献贡品不多,此间贵人们心中颇为不悦。

前此数年,上部地方未曾被兵,余率白利归顺,因见归顺甚善,故上部阿里、乌思、藏等部亦归顺,白利各部亦归顺,故至今蒙古未遣军旅前来,亦已受益矣!此情上部众人或有不知者。当时,有口称归降但所献贡品不多、未能取信而遭兵祸者,其人民财富俱被摧毁,此事想尔等亦有所闻。与蒙古交兵者,往往自恃地险、人勇、兵众、甲坚、弓马娴熟,希冀战胜,但终遭覆亡。

众人或以为,蒙古本部乌拉及兵差轻微,他部乌拉及兵差甚重,殊不知与他部相比,蒙古本身之乌拉及兵差甚重,两相对比,他部之负担反较轻焉。

(汗王)又谓:"若能遵行命令,则汝等地方各处民众部落原有之官员俱可委任官职,由萨迦之金字、银字使者召来彼等,任命为吾之达鲁花赤等官。"为举荐官员,汝等可派堪充来往信使者,将该处官员姓名、百姓数目、贡品数量缮写三份,一份送来我处,一份存放萨迦,一份由各方官员收执。另需绘制一幅标明某处已降、某处未降之地图,若不区分清楚,恐已降者受未降者之牵累,遭到毁灭。萨迦金字使者应与各处之长官商议行事,除利益众生之外,不可擅作威福,各地长官亦不可未与萨迦金字使者商议而擅权自主。不经商议而擅自妄行是目无法度,若获罪谴,吾在此亦难求情,唯望汝等众人齐心协力,遵行蒙古法度,必有好处。

对金字使者之接送侍奉应力求周到,盖因金字使者返回时,(汗王)必先问彼:"有逃遁者乎?遇拒战者乎?对金字使者善为接待乎?有乌拉供应乎?降顺者坚诚乎?"若有对金字使者不敬,彼必进危害之言,若恭敬承事,彼亦能福佑之。若不听从金字使者之言,补救甚难。

此间对各地贵人及携贡品来者俱善礼待之,若吾等亦愿受到礼遇,吾等之长官俱应以上好贡品,遣人与萨迦之人同来,商议进献何种贡品为好,我亦可在此计议,然后回自己地方,对己对他俱有利益。我于去年遣人告知汝等如此方为上策之议,然未见汝等照此行事者,岂汝等愿在败灭之余方俯首听命耶?汝等今日不听吾言,将来不可谓:"萨迦人去蒙古后对我毫无利益。"吾怀舍己身利他人之心,为利益所有操蕃语之众而来蒙古地方，听吾之言，必得利益。汝等未曾目睹此间情形，对耳闻又难以相信，故此仍有心怀犹豫者，诚恐将有如俗谚"安乐闲静鬼当头"所说之灾祸降临，乌思、藏之子弟生命将有被驱来蒙古之虞。我无论祸福如何，均无后悔，盖因上师及三宝护佑之恩或可得福也，汝等亦应向三宝祈祷。

汗王对吾关切逾于他人，故汉地、蕃、畏兀儿、西夏之善知识大德及官员百姓均视为奇事，前来听经，十分虔敬。不必顾虑蒙古对吾等来此之人如何对待，均甚为关切，待之甚厚。听从我之人均可放心安住。

贡物以金、银、象牙、大粒珍珠、银珠、藏红花、木香、牛黄、虎（皮）、豹（皮）、草豹（皮）、水獭（皮）、蕃呢、乌思地方氆氇等物为佳，此间甚为喜爱。此间对于一般财物颇不屑顾，然各地可以自己地方最好之物品进献。

"有金能如所愿"，其深思焉！

愿佛法遍弘于各方！吉祥！

早在成吉思汗和窝阔台汗时期，利用教派势力统治吐蕃，解决吐蕃问题就是蒙古的既定方针。这一方针政策是根据吐蕃的特殊情况制定的。虽然当时吐蕃尚且没有一个统一政权来动员和组织大规模的武装抵抗，但由于吐蕃地域辽阔、气候寒冷、地形复杂等因素，如若蒙古方面单凭武力对吐蕃进行征服，也并非易事。

当年，成吉思汗在结束西征东返蒙古之际，原本也有亲率西征大军，从吐蕃西面扫过，乘胜降服吐蕃的打算，最终因雪域高原特殊的地理条件而作罢。作为一个善于审时度势且用兵灵活的政治家和军事家，既然用武力征服吐蕃并不是最好的也不是唯一的方式，成吉思汗便开始考虑扶持有威望的宗教领袖出面劝说和号召吐蕃僧俗势力归顺蒙古。当然，成吉思汗本人在世时并没有机会将他的想法付诸实施，当他在西夏战场病逝，他的儿孙们却很好地实施了他的计划。

萨班与阔端的凉州会谈，是历史上的一项重大事件，它最早建立起了吐蕃（西藏）与蒙古统治集团之间的直接政治关系。阔端授予萨班管辖吐蕃全境的权力，从而达到统治吐蕃的目的，奠定了其后元中央政府在西藏建立行政体制的基础。而萨班在阔端的支持下，从一个教派的法主登上了政治活动家的舞台，取得了在吐蕃僧俗势力中的领袖地位，同时成为蒙古在吐蕃进行其行政管理的代理人。

应该说，吐蕃自古以来就与中国内地保持着密切、友好的关系。公元641年，吐蕃赞普（赞普一词，意为君权神授）松赞干布迎娶唐宗室之女文成公主。公元710年，松赞干布玄孙弃隶缩赞又娶唐宗室之女金城公主。金城公主入蕃三十余年，致力于唐蕃友好。随着双方关系的日益密切，不少汉族人进入吐蕃，而一些吐蕃贵族子弟也被派往唐朝国子监学习汉文化。当时，双方派遣的使臣可谓不绝于途，进行着修好、朝贡、互市、庆吊、会盟等活动。密切的经济文化往来也加深了双方的政治关系，公元729年，弃隶缩赞赞普向唐玄宗上表，称："外甥是先皇帝舅宿亲，又蒙降金城公主，遂和同为一家，天下百姓，普皆安乐。"

唐末，吐蕃与唐朝皆经过战乱，吐蕃王朝崩溃，唐朝灭亡，进入五代十国至辽、金、宋时期，吐蕃与内地之间虽交通受阻，但并未完全割裂政治、经济往来。蒙元时，经过蒙古的武力威慑及和平谈判，吐蕃终于正式纳入中国版图。元朝建立后，萨迦派领袖八思巴被封为国师、帝师，领总制院（后改宣政院）事，总掌吐蕃政教大权。至此，西藏作为中国的行政区域、中国的西南边疆，正式固定下来。

肆

萨班在凉州逗留期间，萨迦寺曾数次派人请求萨班返回藏区，萨班经过慎重考虑，决定留在凉州，他觉得驻锡凉州比返回吐蕃更利于佛法弘扬。他给吐蕃各寺院及弟子们捎去很多布施和礼品，同时向他们表明了自己要在凉州继续传播佛法的决心。

不出萨班所料，根据他与阔端商谈结果形成的《致蕃人书》，在吐蕃之地产生了强烈反响。吐蕃经过长达四百年的分裂割据，互相争战，僧俗百姓饱尝战乱之苦，从内心向往幸福安宁的生活。所以，对于吐蕃能以和平而非战争的方式并入蒙古帝国版图，大多数人持赞成态度，也心甘情愿地承认了萨班的领袖地位。只有寺院最多、势力最强的噶当派僧人，由于热振寺和杰拉康寺事件，表现出消极的态度和不满的情绪。只是当时，和平统一为大势所趋，他们也莫可如何了。

贵由汗统治期间（1246 — 1248），蒙古对宋战事仍处于停滞状态，贵由汗空有雄心壮志，然则他自身并无其祖、其父的雄才大略，加上他迷恋巫药，疾病缠身，在政治、军事上建树不多。与他相比，阔端以凉州为中心，倒是将周边之地经营得有声有色。

三年（1248）初，登上汗位第三个年头的贵由汗，以窝阔台汗国的世袭领地受到威胁，必须一举征服欧洲为借口，不顾诸王、贵族反对，下令进行第三次西征。祭旗出征那天，突然阴云密布，狂风大作，吹断了代表大汗本人的大纛。皇后海迷失命萨满做了占卜，得出的结论竟然是：此乃祥瑞之兆。

贵由即将西征的消息传到凉州，阔端十分震惊。阔端比任何人都清楚，今日的蒙古帝国，无论从军事力量、政治力量还是从经济力量上，都不足以支撑起如此规模的远征。

那么，贵由执意如此，究竟又是为何呢？

阔端能够想到的最有可能的一个原因就是：西征不过是个借口，贵由的真正目的，是借西征之名，通过战争的手段，将金帐汗拔都的权力收归汗廷。对于麾下只有区区四万蒙古骑兵，却统治着东到额尔齐斯河、西至今波兰、匈牙利的广阔领土的拔都，贵由绝不敢掉以轻心。就算拔都对贵由的即位做出让步，贵由仍旧无法忘记他对拔都的忌恨，更无法忘记由于拔都的消极抵制，才令他花费了漫长的五年时间方能登上了那个对他而言近在咫尺却又遥不可及的汗位。

在贵由的印玺上刻着这样一段文字："天上之上帝，地上之贵由汗，奉天帝命而为一切人类之皇帝。"这段文字真实地反映了贵由的天命观。作为蒙古大汗，贵由不能容忍这个世界上还有一支比他更强悍的力量存在，为此，他必须剪除拔都。

阔端何尝不知，所谓覆巢之下，安有完卵？一旦两大蒙古集团之间发生内战，只怕帝国的灭顶之灾就在眼前。

这段时间于阔端而言是一段最煎熬的时光。为了排解内心的烦闷，阔端更加频繁地前往幻化寺听萨班讲说佛法。他向佛主祈祷：愿善的力量可以化解人们心中的仇恨。

一次法会结束，阔端问萨班，是否可以创建一种新型的蒙古文字。成吉思汗统一蒙古高原后，曾令被俘获的乃蛮太傅、畏兀儿族学者塔塔统阿帮助他创立蒙古文字,但那是帝国草创时的一种权宜之计。当时,为尽快创立文字,适应新兴帝国的需要,塔塔统阿只能借用畏兀儿字母拼写蒙古语单词,后期,还做过用西夏文拼写蒙古语言的尝试。这种直接借用他族语言的方式固然简捷,却很不完善。后来,随着帝国版图的日益扩大,蒙古在与中亚各国交往中开始使用波斯文(回回字),在与金宋等国交往时则使用汉文。由于没有统一的文字,一方面造成了帝国在与他国文化交流中的诸多不便,另一方面也阻碍了蒙古民族自身文化的发展。

与博学多才的萨班相识后,阔端开始考虑是否可以根据蒙古人自身的语言特点,创制出一种更加完善的文字。

萨班早有此意。自从来到凉州,萨班有感于蒙古统治下的民族众多,语言复杂,如果不能创制出一种新的、可以在庞大帝国通用的文字,也不利于佛法在蒙古统治地的传播。

两个人的想法不谋而合,一席长谈后,阔端将这个艰巨的任务交给了萨班。

事隔不久,西羌发生叛乱,进占松潘草原。消息传来,阔端将讨伐西羌的任务交给德臣。德臣越过川北荒凉草地,直抵松潘草原,一举将羌人击退而还。

如今,即便是佛主的力量也不能令阔端完全摆脱忧闷焦虑的心情,他无时无刻不在关注着贵由汗西征的情况。他并非没有想过劝止贵由,但是连苏如夫人和蒙哥,连那么多功臣勋将都做不到的事情,想必他也只能徒唤奈何。是啊,以贵由的个性,又岂是他这个贵由从未放在眼中的弟弟能够说服得了的?

四月,贵由汗继续向西行进,目标直指金帐汗国。而拔都提前得到四婶苏如的密报,也派弟弟别儿哥和昔班率领军队进至七河地区,在阿力麻里(故址在今新疆霍城)附近扎下营盘。

一场冲突看来难以避免。不料,贵由在进至离阿力麻里只有七日路途的阿拉套山中时,突然旧疾复发驾崩。

贵由既亡,西征军队群龙无首,随即东返。

此次出征,海迷失皇后并未要求伴驾,她对丈夫的崩逝也表现得极其平静,只是派使臣将讣告送往各地。阔端在凉州接到讣告,预感到蒙古政治格局又将发生重大变化。

对于兄长的突然亡故，阔端的内心一方面不乏惋惜之情，另一方面亦有几分轻松，毕竟，贵由的亡故避免了帝国的内战，他相信一切正如萨班所言：天意如此。

为争取蒙古贵族中最有权势的那些人的同情，海迷失特意遣专使去见苏如和拔都，向他们通报了贵由病故的消息。苏如请海迷失的特使带回一件丝绸衣服和一顶华贵的罟罟冠，以示对贵由的哀悼和对海迷失的慰问之忱。拔都原本心胸宽广，如今逝者已矣，他与贵由之间的一切恩怨也就烟消云散了。他派弟弟昔班代他参加贵由汗的葬礼。行前，他要昔班转告海迷失，要她一如既往，与大臣们共同治理朝政，照拂一切庶务。不仅如此，拔都担心海迷失骤然临朝无力担当重任，还特地吩咐那些幼辈宗亲们作为其辅弼，直到忽里勒台选出新的大汗为止。

阔端必须返回蒙古本土，参加贵由汗的葬礼。吐蕃局势安稳，对此，阔端倒没有太多担忧。行前，他给萨班讲述了十余年前他奉命接收四叔拖雷属部的往事。对于他那时的无奈、犹豫、负疚，直到这一刻，他依旧记忆犹新。

在凉州居住传教已经两年多的萨班对蒙古宫廷的权位更迭以及内斗纷争素有耳闻，对窝阔台汗、贵由汗、拔都汗、大那颜拖雷、苏如夫人、蒙哥这些人的名字也耳熟能详。作为萨迦派的法主和吐蕃归附蒙古的主要倡导者，萨班无时无刻不在关注蒙古的政局变化。牵一发而动全身，在吐蕃，并非所有的教派都心甘情愿地接受凉州会谈的结果，也并非所有的僧俗人众都愿意接受萨迦派的领导。一旦蒙古政局不能保证平衡过渡，蒙古大汗无所作为的状况持续下去，那么吐蕃的和平归附也前景堪忧。他对阔端说："大王既已心向佛主，无所适从时，佛主必会为大王指点迷津，佛主在心，大王只需听从心的指引即可。"

阔端心扉洞开。他知道，这也是萨班的行为准则。

伍

忽里勒台正式召开前，苏如夫人和拔都都认可了海迷失的摄政地位。

海迷失在瞬间登上了权力的顶峰。遗憾的是，她丝毫不具备她婆婆乃马真太后的那种魄力，完全辜负了人们对她的信任。在不过一年多的摄政期间，她大部分时间都单独与萨满教的巫师们待在一起，练习长生之术，从不认真治理国家。而她为贵由所生的两个儿子，忽察和脑忽也都建立了自己的府邸，他们热衷于同商人做买卖，或与母后对抗。如此一来，蒙古帝国就出现了异常混乱的情况，一个地方有三个统治者，弄得群臣和百姓无所适从，不知该听谁的指令。

在这种毫无法度的情况下，王公贵族们按照自己的意愿攫取财富，各地的达官显宦结党营私。也有一些贤明的大臣向海迷失皇后进言，希望她以社稷为重，扶正祛邪，海迷失皇后却一律屏而不纳。她的一意孤行，导致国家如同久病之人，越发疲弱不堪。

当越来越多的将臣贵族感受到危机，他们开始寄希望于远在罗斯的金帐汗拔都，希望他能出面力挽狂澜。拔都也感到自己不能再坐视不理，无奈当时他正罹患足疾，行动不便，遂以兄长的身份，派几个弟弟分别出使察合台汗国、窝阔台汗国和蒙古本土，要求全体宗王和贵族到他的驻地来，以便举行忽里勒台，推举新的大汗。

拔都的倡议遭到了窝阔台家族和察合台家族中某些人的坚决反对，他们以蒙古的政权中心在和林为由拒绝前往。阔端心中有数，不过在此前他还要等待一个消息。

蒙可都先有点沉不住气了，趁着父亲留他商量一些事情，他问父亲是否要赴伯父拔都汗之约。

阔端注视着儿子，反问："你觉得该如何呢？"

蒙可都在父亲面前从不掩藏自己的想法："当然得去。如果父王不方便出面，儿子愿代父王前往。"

"可是，一定要去的理由呢？"

"父王看看现在的政局，再看看那个女人的所作所为，我不知道父王怎么想，反正我是觉得一点希望都没有了。为国家计，当务之急是赶紧选出一位大汗来。可是，无论脑忽、忽察，还是失烈门，他们都不是理想的人主之选。不，这么说还不够恰当，他们根本就不是什么人主之选。不瞒父王，我太年轻，也没什么威望，要是我能选择，我最想选择的人是蒙哥阿爸，或者拔都汗也好。"

阔端静静听着儿子直抒胸臆，久已压抑的心情突然变得开朗起来。儿子不仅有思想，还这么正直，这是做父亲的骄傲。不过表面上，他依旧显得很严肃，"你怎么会想到你蒙哥阿爸？"

"这累积了快十年的弊政，还有这么个烂摊子，除了蒙哥阿爸，恐怕别人谁也收拾不了。蒙哥阿爸智勇双全，曾祖父活着时，他就跟随在曾祖父身边秉承教诲，尽管那时他还是个孩子，曾祖父却放心地对他委以重任。他参加过两次西征、两次南征，立下赫赫战功，威望仅次于拔都汗本人，在处事公正严明方面，连拔都汗也与他无法相比。除了他，难道父王的心目中还有别的更合适的人选吗？"

"有没有并不重要。重要的是，蒙可都啊，我的儿子，你可是窝阔台汗的孙子。"

蒙可都明白父亲的意思，他直视着父亲，无意回避这个问题："对不起，父王。对我而言，最重要的是国家，不是家族。"

阔端脸上的笑意一闪而过，"为什么要说对不起呢，儿子？"

"正如父王所言，我是窝阔台汗的孙子，是父王的儿子。不管怎么说，这可是至高无上的汗权啊，祖汗在天有灵，想必一定不希望有我这样的孙子吧？"

"如果是这样，你祖汗也一定不希望有我这样的儿子。"

"父王？"

"有其父必有其子嘛。"

"父王！"

"没关系，为了国家，相信你祖汗最终会理解的。"

"不过，父王……"

"怎么？"

"既然父王的想法如此，我们为何不赴拔都汗之约？"

"不急，儿子。至于为什么，你很快就会明白的。"

"我可以跟父王一起去吗？我听说，伊塞克湖素有中亚热海之称，那里的风景很美丽。"

"真的只是领略一番金帐汗国的异国风光？"

听父亲这样问，蒙可都反倒有点不好意思了，他挠挠头，含糊地回答："我想跟父王在一起。再说，我也有段日子没见到蒙哥阿爸了，我想蒙哥阿爸一定会赴拔都汗之约的。"

这才是真心话。蒙可都无非是想尽自己所能，助养父一臂之力。

阔端将手搭在儿子的肩膀上，注视着儿子忸怩的表情，脸上露出了慈爱的笑容。

几天后，蒙可都才明白父亲到底在等些什么。

他在等来自汗营的消息，或者说，他在等四婶苏如的决定。

海迷失和她的儿子们是不可能同意到拔都的封地举行忽里勒台的，许多王公贵族也持观望态度，但随着苏如夫人——这位在蒙古帝国最具威望的实力人物——派出了蒙哥兄弟后，他们反对的声音越来越低，最后不得不纷纷派出自己的代表。

阔端启程前，带着儿子来见萨班。在佛前做过祈祷，萨班问他：“大王的眼中是否看到荆棘丛生？”

阔端回答：“是。”

萨班再问：“大王的耳中是否听到佛的指引？”

阔端回答：“是。”

萨班又问：“大王的心中是否恢复平静？”

阔端回答：“是。”

“大王放心前去，一切因缘，自有结果。”

“是。”

父亲和法主说些什么，蒙可都一句都没听懂。

阔端与堂兄拔都一别十三年。从西征战场到定都萨莱，拔都一次都没有回过蒙古本土，此次重新聚首，两个人最深的感受莫过于岁月无情。离约定的大会举行时间还有几天，拔都陪先行赶到的蒙哥兄弟、阔端、贝达尔等人一同饱览了伏尔加河畔的秀丽风光。

谁也不提即将到来的汗位之选，大家只述离情，只述兄弟情谊，这是成吉思汗的孙子们最后的和睦相聚的场面，因为此后，他们不是生离，就是死别。

海迷失的特使阿勒赤带最后一个赶到。本来脑忽、忽察也动身来参加忽里勒台，却在中途折回了，他们觉得，与会的众人一定会在他们这两个贵由汗的嫡亲儿子中选择一个继承汗位。

身为长支子孙，掌管着疆域最广阔的金帐汗国，拔都无论从威信还是个人实力上都有资格召开这样一个会议，而与会的王公贵族大多看好拔都，包括蒙哥在内。蒙哥第一个倡议由拔都继承汗位。

他的倡议立刻赢得了一片赞许之声，除阿勒赤带一人坚决表示反对外，连在第二次西征时与拔都发生过矛盾的不里也默认了这个结果。贝达尔和不里都是察合台一系的主要代表，而窝阔台家族中，前来参加会议的，除了阔端父子，以及与阔端一样同为窝阔台汗庶子的合丹，就只有海迷失皇后的特使阿勒赤带。

贝达尔和阔端都明确表明了态度，愿奉拔都为汗。蒙可都坐在父亲身边，神态宁静，但阔端分明看到儿子的眼中闪过某种失望之色。

"蒙可都的心里，除了他的蒙哥阿爸，只怕其他人都不是最合适的大汗之选吧？"阔端暗想。

大家纷纷向拔都举杯祝贺，看来由拔都即大汗位的确是众望所归。拔都的脸上却没有任何笑容，当大帐重新归于平静时，他从座位上站了起来，所有的目光立刻集中在他的脸上。

拔都沉稳地说道："我很感谢诸位对我的信任，但我并没有这样的才能，可以出任蒙古大汗。我认为，可以成为蒙古大汗的人，务必要具备一种品质，那就是大智慧、大气度，像我的祖汗成吉思汗那样。不瞒诸位，从我倡议召开这个忽里勒台大会开始，我一直都在认真考虑这件事，现在，我想提出一个人选。"

说到这里，他有意停顿了一下，见与会众人虽表情各一，或不解，或焦急，或信赖，但无不面露期待之色，他方才从容不迫地说了下去："这个人常年跟随在成吉思汗身边，耳闻目睹过成吉思汗的札撒和诏令，见过世上的善恶，尝过一切事情的甘苦。这个人就是蒙哥。为今之计，要重振蒙古帝国的声威，大汗之位非蒙哥莫属！"

也许是出乎意料，大帐中重又陷入耐人寻味的沉寂。蒙可都不安地扭动了一下身体。从儿子微微颤动的眉峰，阔端能够体味得到儿子此刻的心情有多么激动，又有多么紧张。

蒙哥站了起来，镇定地说道："如果拔都汗不肯继承汗位，又有谁可以安然坐在这个位置上呢？我的资历和战功都无法同拔都汗相比，虽然拔都汗推举我，我却不敢担此大任。"

贝达尔在第二次西征时与蒙哥同生共死，情谊深厚，除了堂兄拔都外，他的确觉得蒙哥是最合适的大汗人选。他首先赞同拔都的提议："拔都汗说得不错。那时候，征钦察，平斡罗斯，蒙哥兄弟指挥的几场大仗让我心服口服。我愿意遵从拔都汗的心愿。"

"是啊，蒙哥。为了我们共同的事业，你就不要固辞了。"阔端从惊愕中清醒过来，怀着真诚的喜悦直抒己见。

既然拔都无意汗位，术赤系、察合台系、窝阔台系都有人如此拥戴蒙哥，蒙哥的才识胆略又向为众人所知，多数人也就不再坚持推举拔都为汗，而开始转向蒙哥。

只有海迷失皇后的特使阿勒赤带坚决表示反对，他声嘶力竭地吼道："你们公然违背窝阔台汗的遗命，将汗位转让给他人，你们这些人是要受到长生天的惩罚的。"

"请你说得明确些，什么叫作'转让'给他人，阿勒赤带特使？难道蒙哥不是成吉思汗的孙子吗？在成吉思汗的子孙中，你能找到比蒙哥更得成吉思汗的赞许、信任、器重和喜爱的人吗？如果连蒙哥都不具备继承汗位的资格，汗位只能属于根本不具备继承汗位资格的脑忽、忽察、失烈门，那么，我请问你，你想将我蒙古帝国引向何方？你这样苦苦坚持，到底是何居心？"拔都瞥了一眼面红耳赤的阿勒赤带，心平气和地问。

"你一定要说脑忽、忽察、失烈门都没有资格，那么窝阔台家族就没有别人了吗？阔端王爷是窝阔台汗的次子，他的才能不下于蒙哥，为什么他不能成为汗位继承人？"

阔端的脸上浮出一丝苦笑："承蒙阿勒赤带特使这个时候想起了我。不过，我尚有自知之明，自认不具备领导一个横跨欧亚的大帝国的智慧，以前不具备，现在同样不具备。至于我的才能，我常常想，如果我能及蒙哥兄弟的一半，我也会为之感到自豪。"

阿勒赤带怒极，一时竟找不出合适的话反驳。

蒙可都给父亲斟满酒，他用这个举动表达了对父亲的感激和热爱。

不里虽不反对由拔都即位，却不同意将汗位转入拖雷一系，他极力想劝服二叔："贝达尔叔叔，你难道忘了当年察合台汗是怎样忠于窝阔台汗的吗？他与窝阔台汗情深义重，一生唯大汗马首是瞻。我们都是他的儿孙，怎么能违背他老人家的心愿呢？"

贝达尔望着侄儿，平静地回答："爱父亲和对国家忠诚并不矛盾。当年，父亲之所以用生命维护窝阔台汗，绝非单纯地出于手足之情，更多是因为窝阔台汗代表着国家。我虽是一个只会打仗的粗人，对于大是大非还能看得清楚，正因为我是察合台汗的儿子，我才不会为自己的决定后悔，更不会自食其言！"

不里无奈地望了阿勒赤带一眼，他用目光告诉阿勒赤带，他已经对发生的一切无能为力了。

见阿勒赤带、不里理屈词穷，拔都不失时机地要求与会人员立下协约：次年春天将在克鲁伦河畔再次召开忽里勒台大会，以便在各系诸王都到场的情况下正式确认伊塞克湖协议，风风光光地将蒙哥拥上汗位。拔都很清楚，尽管有着他的热心拥戴，蒙哥的即位仍会遇到来自方方面面的阻力，但是拔都决不放弃。堂弟蒙哥是他心目中唯一可以领导蒙古帝国走向繁荣昌盛的大汗人选，为了确保蒙哥登上汗位，哪怕到时被迫动用武力，他也会在所不惜。

同样的想法，贝达尔有，阔端有，蒙可都也有。

第三章 初会忽必烈

壹

数日后，参加会议的人们陆续返回驻地。拔都与蒙哥兄弟、阔端父子以及贝达尔依依惜别。

为确保蒙哥的安全，拔都派两个弟弟别儿哥和昔班率领军队一直将蒙哥兄弟护送到哈剌和林附近。直到蒙哥一行返回，海迷失皇后和她的两个儿子才意识到事态的严重，他们立刻派出使者去见拔都，说："我们不同意选举窝阔台系以外的大汗，伊塞克湖协议是一个无效协议。"

拔都一笑置之，根本不予理会。

果然，与拔都、阔端等人所预料的相同，蒙哥的继位遇到了诸多阻力，原定于四月份举行的忽里勒台在反对者的干扰下无法如期举行。谁的心里都不是很有数，不知未来的事情将如何演变。

冬天到来，王妃生了场病，缠绵病榻多日。蒙哥得到消息，派了一支亲信卫队护送墨卡顿回凉州省亲。

自参加完贵由汗的葬礼，阔端夫妇转眼又有两年多没见到爱女了。昨天，听说女儿已至凉州境，阔端便派蒙可都前去迎接。蒙可都从小与妹妹一同在苏如夫人身边长大，兄妹感情极好，父亲的安排正合他的心意。他带了几个人，迫不及待地就要动身，幼弟只必帖木儿没事总喜欢缠着二哥，这会儿也要跟他一起去接从未见过面的姐姐。

最近一段时间，萨班伯侄被阔端接入王府。萨班精通医理，在他的调治下，王妃的病基本痊愈了。为欢迎女儿归来，阔端特意在王府安排了宴会，这会儿，宴会还未开始，大家听八思巴讲述佛教大师莲花生降妖伏魔的故事，倒也听得津津有味。

阔端请来的客人，除了家人、萨班伯侄，其余都是他最亲信的将领、王府官员及其家眷。主人好客，客人也就觉得自在，加上有萨班伯侄在场，气氛更是和谐、融洽。

渐渐地，客厅的光线暗淡下来，侍女进来点上灯烛，王妃心里渐觉不安，加上思念女儿，正想再派人去看看女儿走到了哪里，这时却听外面侍卫通报：公主到！

根据在伊塞克湖形成的决议，蒙哥已是蒙古新任大汗，因此墨卡顿的身份并非王女，而是汗廷公主。阔端尊重蒙哥，给了女儿应有的礼遇。

话音甫落，盛装的墨卡顿袅袅婷婷地走进大厅。

她的出现，犹如一道最明媚的春光，刹那间照亮了整个房间。

墨卡顿的容貌巧妙地融合了父亲与母亲各自的优点，肤色健康，眉眼乌黑，加上秀挺的鼻翼，圆润的红唇，看起来既聪慧又端庄。墨卡顿首先拜见父母。王妃久不见爱女，一把抱住女儿，喜极而泣。阔端在一旁静静地看着她们，眼角不觉有些湿润。

墨卡顿柔声劝慰着母亲："母亲，别哭，别哭。我回来了，您该高兴才是。"她撒娇地搂住母亲的脖颈，关切地询问："您的病好些了吗？真的不要紧了吗？"

"母亲没事，都好了。"

"那我明天就给奶奶写信，告诉她这个好消息。省得她再为您担心。"王妃是苏如夫人的族亲，也是苏如夫人千挑万选才相中的侄媳。王妃像丈夫一样，对这位了不起的女人充满了爱戴与敬意。

"好，本该如此。"

墨卡顿重新见过父亲，不过，不是刚才那么正规的礼节，而是带有一点点调皮。阔端是父亲，总不能像妻子那样表露感情，他吩咐道："女儿，这里其他人你都熟悉，快去见过法主伯侄。"

其实，墨卡顿一进门就看见了萨班伯侄。她听话地走到萨班面前，惊讶地注视着他。她在蒙哥阿爸的营地见过海云法师，也见过那摩法师，但是他们的装束与萨班的装束明显不同。

"墨卡顿，愣着做什么！"已回到自己座位上的蒙可都提醒妹妹，他的语气虽严肃，脸上却挂着愉悦的笑容。

墨卡顿醒悟，急忙以贵族少女的礼节见过萨班和八思巴。她格外留意八思巴，八思巴起身回礼时，墨卡顿心中暗想，原来父亲一再提到的小佛爷是这个样子的，他好庄重，好沉稳啊。

然后，她来到恰那多吉的面前。

恰那多吉早就站了起来。他的周身似乎都被罩在墨卡顿清澈的眼波中，一张清秀的面孔涨得通红。墨卡顿见他紧张得一副手足无措的样子，觉得他很可爱，想了想，从手腕上摘下她戴了多年的檀木香串，拉过他的手，轻轻地放在他的手心里。

"这个香串是奶奶送我的生日礼物，也是我最喜欢的东西，我把它送给你。"她笑吟吟地看着他说。

恰那多吉从始至终没敢抬头。然而他的心里，却有一股莫名的暖流在缓缓流淌，流遍全身。这对他而言，是一种从未有过的感觉。

阔端要女儿回到座位上，王府总管守信宣布宴会开始。

清晨，恰那多吉起床，像往常一样来到与王府东门只隔一条街的筵禧书院。

筵禧书院是凉州城唯一一所官办学校，原有几十年的历史，蒙夏战争期间毁于战火。阔端移驻凉州后，接受汉族谋臣的建议，在王府之外，以幸存下来的藏书阁为中心，重新修缮和扩建了书院。书院占地面积近两千亩，中间靠北的藏书阁是一座重檐歇山顶建筑，高有三层，雕梁画栋，十分气派。西夏崇尚佛教，凡在佛教兴盛的州府，这样的建筑式样比较普遍。藏书阁南面建有供学生学习的处所，如明理堂、明义堂、明智堂等等。东跨院是住宿区，院落很大，里面花草繁密，北侧辟有几间大卧房，为学生提供住宿；南侧建有一处独立院落，里面的房屋均为单间，供书院的先生居住、歇息。西跨院是生活区，里面设有厨房、膳房、水房、浴室等。打理书院的一应仆役，一律住在北院。中午和晚上，学生都集中在膳房用餐，先生们的伙食自然更丰盛些，而且会有专人送到他们的房间。自阔端重建筵禧书院，午、晚餐的费用一直由王府承担。其他各项开销，大部分由官府按月拨付，也有少部分来自当地士绅及富户的捐助。因此，书院招收的学生几乎都是家中不设私塾的官宦贵族、富商大贾的子弟，而平民家庭中，只有极少数品学兼优者才能进入书院读书。

恰那多吉是身份比较特殊的学生，这种特殊表现在，他不像其他孩子那样住在书院，也只在上午有课，而教授他的先生，都是阔端精心为他挑选的在西夏故地久负盛名的大儒，他要跟他们学习蒙古语、汉语、藏语及各类经史典籍。

恰那多吉自幼博闻强识，他的聪明丝毫不输于哥哥八思巴。但是按照款氏家族的传统，恰那多吉担负着延续子嗣的重责，所以他并不能像胞兄八思巴那样一意修佛。

从小到大，恰那多吉凡事都听从伯父和哥哥的安排，他像哥哥一样，将振兴萨迦派看成是自己与生俱来的责任。现在，他又一切听从阔端大王的安排，他很勤奋，却并不快乐。在偌大的王府，阔端、王妃都将他看作自己的孩子，仆人们细心地照料着他的饮食起居，伯父和哥哥虽然不是经常回王府居住，可无论他们人在哪里，都一样对他疼爱有加，他知道这一切，可他就是快乐不起来。

不快乐，还觉得冷，觉得孤独。至于为什么，他也说不清楚。

近些日子，他常常夜不成寐，清晨起来，总觉得胸闷，无精打采。他努力想让自己显得正常，可他的确越来越瘦弱了。

阔端首先注意到他的变化。这次阔端邀请萨班伯侄回王府居住一段时间，除了为生病的王妃考虑之外，还有一个原因，就是想让萨班和八思巴多陪陪这个少言寡语的孩子。

每天跟伯父、哥哥一起参禅，的确令恰那多吉的心情平静了许多，胸闷的症状也有所缓解，可到了夜里，他依旧睡不安稳。

奇怪的是，昨晚从宴会上回到自己的卧房，恰那多吉却享受了一次最踏实、最充足的睡眠。当清晨的阳光照射在他的脸上，他睁眼看到被自己紧紧握在手里的檀木香串时，第一次觉得他的四肢百骸都流淌着一种莫名的活力。

随后，这种活力被他带到了课堂上。他主动回答先生的提问，见解独到，令先生称奇。上完课，与先生一同用过午餐，恰那多吉辞别先生回到王府自己的住处。他一走进卧房，就发现他的床上整整齐齐地摆放着三只大小一样的木箱，箱盖全都打开着，但房间里并没有其他人。他觉得好奇，走过去一看，脸上顿时露出惊讶的表情。原来三只木箱里装着不同的物品：一只装着璎珞串、香袋、手帕、黑色小方毯；一只装着衣帽、鞋袜，当然都是典型的蒙古服装式样；还有一只装着一副价格不菲的翡翠象棋和一个木质棋盘。

这些都是给他的吗？是谁给他的呢？难道……

他正发着呆，蓦然听到一阵轻快的脚步声已至门前。他急忙回过头，墨卡顿那张娇俏的、喜气洋洋的脸出现在了他的眼前。

墨卡顿手里端着一个托盘，托盘上放着茶壶、茶杯和一盘看着酥香诱人的小点心。

恰那多吉分不清自己是醒着，还是在梦中，一双眼睛只顾呆呆地盯着墨卡顿看，既不动，也不说话。

墨卡顿将托盘放在桌案上，走到恰那多吉面前，"看到你的礼物了？喜欢吗？"她问。

墨卡顿临回凉州前，忽必烈的王妃察必帮婆婆苏如夫人为阔端夫妇、蒙可都兄弟、萨班伯侄以及塔海、按察尔、多达那波、德臣这些阔端的心腹爱将全都精心准备了礼物，墨卡顿用了一上午的时间，将带来的礼物一一分发下去。

萨班伯侄的礼物是由她亲自送到后花园的。宴会次日，萨班和八思巴就告别阔端离开了王府，恰那多吉又要到筵禧书院上学，知道他们三个人都不在，墨卡顿便命人将礼物放到了他们的卧房里。

此刻，墨卡顿说些什么，恰那多吉完全没有听到心里去。他与墨卡顿面对面站着，当他终于确定这一切都不是梦境时，他的一颗心不由怦怦乱跳起来，脸上重又涨满了红潮。

墨卡顿细细察看着恰那多吉的脸色。恰那多吉无意中触到她的目光，又慌张地避开了视线。这真是一种古怪至极的感觉，像生了某种病，一会儿冷，一会儿热，却偏偏令他欲罢不能。片刻，墨卡顿微笑道："你的脸色真的不是很好——怎么说呢，感觉弱弱的。难怪父王要我多注意照顾你。从今天开始，你想吃什么，需要什么都跟我说，我来帮你准备。你呀，可以把我当成你的姐姐，不用跟我客气。"

恰那多吉仍旧不知道该对墨卡顿说些什么，可他又怕他一味的沉默会令墨卡顿不快。

墨卡顿却丝毫不介意："我听父王说，你的名字叫恰那多吉。那以后我像父王一样，就叫你恰那好了。"

恰那多吉欲言又止。他蓦然发现，外面的天这么冷，他的手心里却都是攥出来的汗水。

墨卡顿琢磨着该如何消除这个小男孩的拘谨，她一眼瞥见装象棋的箱子，顿时有了主意。

"会下象棋吗？"她问。她知道恰那多吉会下，上次在蒙古本土与父亲见面时，父亲提过这件事，还说恰那多吉聪明，一学就会。若非如此，察必王妃也不会特意将西域进贡的翡翠象棋送给他。

恰那多吉点了点头。

墨卡顿走过去，从箱子中取出棋盘，"来，你帮我一下，把棋盒拿到这边来。我们杀几盘，怎么样？"

这一招果然见效，当两个孩子在案几上摆好棋盘和棋子时，恰那多吉的神态明显放松了许多。

"我们谁先走？"墨卡顿问。

"你。"这是墨卡顿第一次听到恰那多吉说话，恰那多吉的蒙古语已经说得十分流利。

"可是，光这么下也没什么意思，要有罚的才行。"

"怎么罚？"

墨卡顿想了想，"这样吧，如果你输了，就让我用毛笔在你的脸上画上几道。如果我输了，嗯……"墨卡顿伸出了手，"你就在我的手掌上打一下，好不好？"

恰那多吉觉得有趣，同意了。

墨卡顿的象棋下得还行，不过与恰那多吉相比不在一个水平。恰那多吉是个心地敦厚的孩子，棋过半局，他已发现墨卡顿不是他的对手，可他不想赢墨卡顿，又不愿让她看出来，所以每盘棋都下得很慢很谨慎。墨卡顿只当恰那多吉认真，并不催促他，边走棋边取点心来吃，她往自己嘴里放一块儿，就给恰那多吉喂一块儿，恰那多吉的心思全在象棋上，墨卡顿喂他，他也不拒绝。等他们下完第二盘棋时，一盘点心已经被他们分着吃光了。两个孩子一共下了五盘棋，第一盘下成了平局，接着，恰那多吉连输了三盘，墨卡顿毫不客气，恰那多吉每输一盘，她就拿起毛笔蘸上墨汁，在他的脸上描画几笔。最后一局，墨卡顿输了，她乖乖地伸出手，等着恰那多吉打。恰那多吉见她那么守信，故意高高地扬起了手臂，墨卡顿护疼，恰那多吉的手掌还没落下来，她就吓得闭住了眼睛。结果，恰那多吉的手轻轻地落在了她的手心上。

墨卡顿睁开眼，看到恰那多吉正在向她微笑，她还是第一次看到这个男孩的笑容。此时，他的一张脸被她画得像只小花猫一样，她不由说了一句："好可爱！"

恰那多吉没明白她的意思。

"来。"墨卡顿拉着恰那多吉的手，来到铜镜前。恰那多吉看到镜子中自己的那张被画花的脸，先是愣怔了一下，接着笑了起来。

只不过是一瞬间的事情，那久被遗忘的、简单而又纯粹的快乐重又回到了他的心间。

贰

参加过为欢迎公主归来而举行的宴会，萨班和八思巴第二天一早就离开了王府。这些日子，萨班和八思巴为主持西部莲花寺镀金铜佛开光仪式，一直住在寺庙中，此后，又有一些具缘人接受了萨班的灌顶。八思巴惦记弟弟，决定先回王府一趟。

萨班年事已高，八思巴不想让他来回奔波，他宁可自己多辛苦点儿。行前，他告诉伯父，会向阔端大王告假，带恰那多吉来莲花寺住上几天。他戌时才赶回王府，因为不想惊动阔端和王妃，他直接来到后花园。每到夏天，这里小桥流水，果木成荫，景色宜人，阔端为萨班伯侄着想，将这里的院落辟成禅房，供他们伯侄居住。

虽然天色已晚，恰那多吉的房间里依然亮着灯光，八思巴敲了敲门，屋里传来恰那多吉的声音："请进！"

八思巴推门走了进来，恰那多吉抬头看见他，脸上露出惊喜的笑容："哥哥，怎么是你？"

八思巴走到桌子前，问："在做什么？"他充满爱抚的语调中并未流露出内心的惊奇。

究竟有多久，没听到过弟弟这么活泼欢快的声音了？就弟弟这个年纪的孩子来讲，他是过分得懂事了，懂事得令人生怜；他也过分得沉静，沉静得令人担忧。

"我在抄写经文。"

八思巴想起来，明天下午，恰那多吉的功课就是抄写经文。

"明天下午再抄好啦，晚上还是早点睡吧。"

"可……"

"怎么？"

"明天下午，公主……我……"

"公主？公主怎么了？"

"哥哥，明天下午，我想去骑马。"

"骑马？外面的天有些冷，没关系吗？"

"没关系，我觉得还好。"

"和公主一起去？"

恰那多吉犹豫着承认了："是。"

"约好的吗？"

"嗯。公主说，我的脸色太苍白了，多出去骑骑马，身体会变得健壮些。我可以去吗，哥哥？"

"当然可以啦。不过，这经文不少啊，如果抄到很晚，上午又要上课，会不会太辛苦？"

恰那多吉摇摇头，"不会，我一点都不觉得辛苦。对了，哥哥，你怎么回来了？法主呢？"

"这些日子，莲花寺有一场法会。法主惦记你，让我回来看看。你最近，身体没有关系吗？"

"我很好。对不起，让法主和哥哥担心了。"

八思巴审视着弟弟的脸。眼前这张稚气的脸上不经意地显现出这个年纪的孩子所特有的开朗，这是一种多少年来他和伯父的任何努力都无法换来的开朗。刚刚出生就失去父亲，在襁褓中又与母亲天人永隔，恰那多吉的内心该藏着怎样的孤寂？怎样的痛苦？

八思巴能体会，怎奈爱莫能助。

值得庆幸的是，恰那多吉一直打不开的心结，却让那个善解人意的少女轻而易举地打开了。

即使是宴会上短短的相处，八思巴仍从少女示之以人的妩媚中，看到了她深藏不露的智慧与坚强。他真的很感谢命运安排他们兄弟与阔端大王相会，整整三年的朝夕相处，阔端大王于他们兄弟而言已经代替了父亲的位置。他只是一直有些牵挂弟弟，可他现在放心了，想到弟弟的身边有公主陪伴，他更加无所牵挂。

八思巴不再劝阻恰那多吉，他知道，即使辛苦，弟弟也心甘情愿。他道了晚安，恰那多吉正欲相送，被他拦住了。他准备明天见过阔端大王后就返回莲花寺，毕竟，他不能让年迈的伯父太过操劳。

清晨，八思巴来到王府正厅门外，求见阔端。阔端立刻让他进来了。八思巴走进房间，才发现蒙可都、墨卡顿都在。对于八思巴回到王府，阔端有点意外，不过更多的还是高兴。他问八思巴什么时候回来的。八思巴回答，他昨天晚上才赶回来，考虑到天色已晚，就没有打扰大王和王妃。

八思巴礼貌地见过蒙可都和墨卡顿。蒙可都的脸色不同寻常，只回了个礼，就对父亲说他要出去一趟。墨卡顿向八思巴抱歉地一笑，也跟在哥哥身后一起离去了。

八思巴意识到一定发生了什么事情，只是他不便贸然询问。他对阔端说："大王，几日后莲花寺有个法会，小僧与大王见过，就想先行赶回莲花寺。法主一个人操劳，小僧实在放心不下。"

阔端摆摆手："我知道你心急，但你还得安下心来，多待一日。我已和王妃商定，明天动身前往莲花寺祈福，还有恰那和只必，我们一起走。正好也能赶上五天后的法会。"

"那么……"

"嗯？"

八思巴本来想问公主是否也一起去，话到嘴边却变成了："二王子是否同行？"

"他正心情不好，我再劝劝他，最好让他也去。在佛主面前，还有什么心事不能放开呢？"

"二王子，他心情不好吗？"

"他心情怎么会好？你来看看这个。"

阔端说着，将放在桌上的一封信递给八思巴。八思巴略一踌躇，见阔端正用慈爱的目光看着他，他明白这是阔端大王对他的信任，急忙接过信，匆匆浏览了一遍。

原来，这封信是贵由之子脑忽写给蒙可都的。信中，脑忽用称得上尖刻的措辞把堂弟蒙可都痛骂了一顿——他还算有所顾忌，没敢直接指责二叔阔端，只是暗示二叔同样不配做窝阔台汗的子孙——难怪刚才蒙可都的脸色那么难看。

八思巴看完，默默地将信交还给阔端。

阔端指指身边的座位，示意八思巴过来坐下。他问："你怎么看？"

八思巴略一沉思："小僧以为，以二王子的情性，绝不会因为这封信就改变心意的。"

"当然不会。说句实在话，就是我与蒙哥大王争夺这个汗位，他也会站在蒙哥大王一边的。对他而言，蒙哥大王是唯一可以振兴成吉思汗事业的人。就像他自己所说的，与家族相比，他更爱国家。所以，他断不会因为几句难听的话就产生动摇。"

"既然如此，大王所烦恼的，一定是汗位虚悬越久，越会对蒙哥大王不利。"

"你分析得没错。快一年了，大家除了争吵，什么事都做不了。现在只能寄希望于四婶和拔都汗能够说服那些持反对意见的人，尽快召开忽里勒台了。我自然是支持蒙哥大王的，可脑忽、失烈门他们终究是我的亲侄儿，在理智与人情中抉择，有时难免会感到左右为难啊。"

"小僧明白。"

"这也是我要到莲花寺礼佛的原因，希望佛主能为我指点迷津。"

"是。"

"一会儿恰那上完课，我派人去把他接回来。中午，你们两兄弟，还有只必，就在王府跟我和王妃一同用餐好了。"

"小僧谨遵大王之命。不过，二王子和公主……"

"不用管他们了，他们有事要忙。你没来之前，蒙可都气得要命，若依着他的脾气，立刻就要动身回汗营，去找脑忽决斗。多亏墨卡顿劝住了他。墨卡顿说：与其被脑忽激怒，做出不智之举，或者将时间浪费在无谓的口舌之争上，不如鼓起勇气，就做一回窝阔台家族的叛逆。她建议她哥哥，索性以窝阔台汗的亲孙身份，公开致信察合台汗国、窝阔台汗国的王公贵族及各位亲族长者，劝说他们为了成吉思汗开创的事业，为了国家利益，放下狭隘的家族观念，为未来的蒙古帝国推举一位真正能够领导它走上繁荣昌盛之路的大汗。她说，只有这样做，才是对脑忽这些人最好的回击。蒙可都觉得她的话有理，这才稍稍消了气。你也了解的，本王这个儿子性情耿直，脾气又急，估计他马上就要给那些宗亲写信，只是写信的事，还得墨卡顿帮他才行。"

"哦，原来是这样。想不到公主小小年纪，竟有这样的心计和胆识，着实令人钦敬。"

听着八思巴的赞誉，阔端脸上露出了得意的笑容。这是做父亲的得意，他并不想加以掩饰。

"的确，那会儿听她劝她哥哥的那些话，连本王也有点意外。不过细想想，墨卡顿自幼是在她的苏如奶奶身边接受教育，耳濡目染，有这样的主见也不足为奇。"

八思巴颔首频频。

"对了，你与恰那见过面了吧？你有没有觉得，这段日子，恰那的气色红润了许多？本王的这个女儿啊，以前看她在奶奶身边也是娇生惯养的，没想到她还这么会照顾人，把恰那和只必，还有我和她母亲都照顾得很好。你是知道的，只必以前天天缠着他二哥，蒙可都简直快被他烦死了，却拿他一点办法也没有。自从墨卡顿回来，只必好像把他二哥忘了，蒙可都再也不用设法躲着他。这些且不提了，最让我惊讶的是，近些时候，我发现蒙可都、塔海、守信这些人，有事竟也喜欢跟她商量。不瞒你说，墨卡顿小时候我还没太觉得什么，这次她回来，我是真的开始舍不得她了。可是，也不能把她总留在王府啊。"

八思巴的心不由往下一沉，忙问道："公主要回汗营吗？什么时候？"

"等天气暖和了再说吧。但愿到时候，能顺利举行忽里勒台。"

八思巴沉默了。他想到弟弟，一个念头蓦然掠过脑际：公主如此美丽温婉，又如此多谋善断，犹如佛主握在手中的一颗璀璨的明珠，未来某一天，他是否可以将弟弟托付给公主呢？

这件事如果让伯父出面，以大王对伯父的尊崇，还有他那么疼爱弟弟，想必他一定会加以考虑。问题是，公主和弟弟的年纪都还幼小些，现在就提出此事是否不妥？

要么，还是先等等再说。可是，要等多久才合适呢，一年？两年？

叁

蒙可都和墨卡顿到底没与父母以及八思巴兄弟同行。

不知道是否因为这个缘故，路上的气氛一直显得有些沉闷。阔端是揣着心事，他无法放开对未来政局的忧心，如果蒙哥不能顺利登基，只怕蒙古帝国的内讧就在眼前，一旦窝阔台系与察合台系联手，与掌握着帝国政治、军事命脉的拖雷家族刀兵相见，那么，无论谁胜谁败，都无法避免帝国覆亡的命运。

自从四年前与萨班在凉州初见，经过萨班的引导，阔端对藏传佛教的信仰变得坚定起来。每当阔端心怀迷茫的时候，他都坚信佛主一定会为他拨开心中的迷雾，这也是他热衷于同萨班论佛说法，或参加各种佛事法会的原因。蒙可都却与父亲不同，他虽敬重萨班和八思巴伯侄，视恰那多吉如亲弟一般，可他始终无法像父亲那样，将参悟和礼佛当成生活中不可或缺的一部分。与成为一名虔诚的佛教徒相比，他更喜欢做一名武将，在战场上建功立业。

其实何止阔端，八思巴的内心同样轻松不起来。伯父年近七旬，身体越来越虚弱，这些年，伯父一直不知疲倦地致力于佛法的传播和扩大萨迦派的影响，身为萨班的侄儿，萨迦派未来的法主，他除了尽心尽力协助伯父，内心深处却不无隐忧。他不知道，未来的蒙古政局变化会对他们伯侄的命运产生怎样的影响。他更不知道，一旦伯父离去，年轻的他是否有能力担负起将萨迦派的事业发扬光大的重任。还有，从阔端大王与伯父的交谈中，他对伊塞克湖协议形成的艰难过程有所了解，蒙古帝国内部的汗位之争如此激烈，倘若真的出现阔端大王一直担心的结果，这个曾经所向无敌的新兴帝国在内耗中消亡，那么，倡导了凉州会谈的萨迦派，在吐蕃的影响是否也会随之一落千丈？

除此，唯一让他感到宽慰的是，弟弟的心境快乐了许多，但他也担心，担心公主离开王府。

恰那多吉从未忘记自己身为款氏家族一员所肩负的责任，这四年间，无论语言、各民族的经典还是佛学知识，他都努力学习，希望自己不要辜负伯父和阔端大王对他的期望。除此以外，他终究还是个孩子，他寂寞的内心似乎只有墨卡顿一个人能轻易走进去，也只有这个女孩，可以唤醒他沉睡已久的热情。

墨卡顿回家的时间不长，刚刚一个月。她虽是个很感性的女孩子，可对藏传佛教所知甚少，也不存在信仰之说，至少暂时并不存在。她对萨班和八思巴只是怀有天然的好感，这是因为他们是父母和养父蒙哥所推崇的人。至于恰那多吉，第一次看到他，他那腼腆、懂事却又身体单弱的样子就让她对他充满怜惜，她把他当成了自己的另一个弟弟，爱护他一如爱护幼弟只必帖木儿。

昨天下午骑完马，是墨卡顿帮恰那多吉收拾的行装。对于墨卡顿不能与他们同行，恰那多吉就算心里失望，也决不会表露出来。墨卡顿给恰那多吉准备了一包点心，要他带给法主萨班。她将小方毯打进包裹里时，一再叮嘱恰那多吉，寺庙里的房间潮湿，睡觉时一定记得把毛毯铺在身体下面。她还答应恰那多吉，等他从莲花寺回来，她就教他射箭和打马球。她要恰那多吉像个真正的蒙古人一样，有一副强健的体魄。

与墨卡顿相处的一个月，是恰那多吉记忆中最快乐的时光，他在不知不觉中被这个女孩子的真诚所打动，积淀在心头的阴郁一点点地消散，他的脸上开始有了光泽，眼睛里的光芒也变得越来越明亮。这个沉默寡言的孩子，有一次居然会向墨卡顿讲起他和伯父、哥哥从吐蕃来凉州途中的所见所闻。

现在，墨卡顿不在他的身边，他对她难免有些惦念。不，不是有些，而是……

真正没有一点烦恼的或许只有只必帖木儿，这个孩子偎在母亲的怀中睡得正香。结果整个旅途中，每个人都是心事重重，大家几乎没有任何交谈。

下午，一行人终于来到莲花寺。在佛主面前，在萨班的开导下，阔端纷乱的心情趋于平静。此前，萨班牢记阔端的嘱托，对蒙古新字的创制花费了许多心思。一日清晨，他偶见一女子持揉革搔木跪地，遂以此为征兆，依搔木形创制蒙古字母，分阳、阴、中，强、虚、弱性母音三种。他将这些新创字母演说给阔端，阔端很高兴，也很感兴趣，不过，其时尚有一些字母需要推敲，两人遂约定，待蒙古新任大汗产生，新字完善，就由阔端呈报给大汗，将这种蒙古新字尽快推广开来。

第二天的法会，萨班要侄儿八思巴主持。阔端作为萨迦派最大的施主，为所有参加法会的僧俗人众布施了茶饭，又赠给每位僧人一套僧衣、僧帽和鞋袜。

八思巴三岁时能记诵莲花修法，八岁时能记诵佛本生经，九岁时，由他讲述《喜金刚续第二品》，众学者无不摒弃傲慢之心，静静听受。至凉州的这些年，他更加勤勉向学，一二千言，过目成诵。因他很好地掌握了伯父萨班的教法，加上他天生的、令人惊叹的口才，这一次的法会令年仅十六岁的他声名鹊起。

阔端从不怀疑八思巴的人品才华，对他这次在法会上的表现尤其满意，法会结束后，他对萨班说："小佛爷（这是八思巴成为忽必烈的上师前，蒙古人对八思巴的通称）果然天资聪慧，本王坚信，有一天能将法主的事业发扬光大者非他莫属。说句不谦虚的话，本王的王府，一向是蒙古、汉、女真、契丹、西夏、畏兀儿等各族各界人才的汇聚之所，在这点上，王府绝不逊于汗宫。小佛爷虽年轻，但本王觉得，他不应该局限住自己的眼界和心胸，今后，本王会安排他多与这些人接触，通过他们，小佛爷可以了解和掌握各个国家的历史和文化，积累未来进入蒙古宫廷的必备知识。法主以为如何？"

萨班深以为然。

阔端与萨班交谈之时，八思巴正在自己的房间，写下了他的第一篇命笔作文《怙主赞颂》。

不久，"箭的传骑"来到凉州，传达拔都汗的口谕：别儿哥正在赶往和林的途中，与此同时，拔都已命兄长斡尔多率领军队进驻七河地区，待别儿哥到达和林后，必须在四月前召开忽里勒台，拥立蒙哥为汗，不得再做无谓拖延。拔都的传语中有这样一句话：凡是违背《大札撒》（蒙古的第一部成文法）的人都得掉脑袋。

多年堂兄弟，阔端比蒙哥还要了解拔都的个性，这位金帐汗是祖父成吉思汗在世时一再嘉许的那种人：意志坚定，一言九鼎，然而没有野心，也绝不蛮干。事实上，一旦术赤系与拖雷系联手，而窝阔台系与察合台系明显人心不齐，例如像贝达尔父子、阔端父子、合丹等都是心向蒙哥的，在这种情况下，海迷失母子、失烈门、不里等人及其追随者根本不可能是拔都和蒙哥的对手。而且，面临一触即发的内战，接到口谕的王公贵族不得不仔细掂量掂量自己该站的位置，就算仍然心存顾虑，他们中的大部分人仍会按照拔都的愿望选择赴会。

不仅如此，阔端心知肚明，在众人犹豫、观望的这一年中，苏如夫人温和、稳健且又不乏智慧的外交攻势已开始胜过海迷失的金钱收买。毕竟，这种外交攻势是以拖雷系强大的政治、军事实力为其后盾，加之海迷失与她的两个儿子以及窝阔台汗指定的继承人失烈门的确不堪重托，越来越多的人心早已转向蒙哥，这些人所等待所需要的无非就是眼前这样的一个契机而已。

阔端命侍卫速返凉州城传蒙可都来莲花寺与他一会，届时，他们父子将直接从莲花寺启程前往蒙古本土。阔端原本还想带上王妃和女儿，谁知王妃无论如何不肯同行。

而且，没有丝毫商议的余地。

王妃表面的理由是她的身体尚未复原，不耐长途跋涉，她要阔端只带蒙可都参加选汗大会即可。真实的原因是，她怕万一女儿回到汗营，就不能再继续留在她的身边。不管怎么说，女儿是汗国公主，在汗营，也有好多让女儿牵挂的人。作为母亲，她无法不怀有自私的想法。阔端如何不明白妻子的心思，为人夫，为人父，他体谅妻子，钟爱女儿，既然妻子坚持，他也只得作罢。

阔端的让步令八思巴暗暗松了口气。

其实，在得知墨卡顿公主必须同阔端大王一起返回汗营的那一刻，八思巴的内心的确产生过一种极其复杂的似心凉又似担忧的感觉。自幼许身佛门，在伯父的影响下，八思巴早习惯于以一种悲悯的心态看待俗世万物，可这样的超脱唯独用不在胞弟身上。对八思巴而言，胞弟恰那多吉是身在红尘的另一个他自己，凡是他心甘情愿放下的一切，哪怕是最平凡的快乐，他都希望胞弟能够得到。正因如此，他才不忍心看到胞弟听说公主即将离开时眼神里那仿佛结了冰的寂寞。

行前，阔端问萨班："帝国兴旺与否全看这一次众人选择的结果，但不知我佛是否会垂青天命之主？"

萨班回答："大王请放心前去，如意藤已握在人主手中。"

肆

二月下旬，阔端父子经过长途跋涉，终于与苏如夫人、蒙哥以及先行赶到的别儿哥相会，此后他们一直住在苏如夫人的营地。三月，远在花剌子模、钦察、欧洲的诸王贵族也陆续赶回汗营，察合台一系，贝达尔正在生病，不能亲自赴约，遂派长子作为全权代表。只有海迷失母子、失烈门、不里等人仍以种种借口拒绝赴会，大家等了一个月，见他们毫无动静，别儿哥和阔端都建议不要再拖延下去，他们觉得，群龙无首的局面越久，越对国家不利。

别儿哥代表拔都汗本人，阔端又是窝阔台汗尚在世上的儿子中最年长的一位，他们的意见举足轻重。这样，在伊塞克湖协议形成的两年之后（1251），蒙哥终于在众口一词、众望所归中登上汗位，成为蒙古的第四任大汗。这是蒙古帝国又一位非常有作为的大汗，而蒙哥登临汗位的第一件事，就是惩治异己势力，巩固拖雷系从窝阔台系夺取的权力。

所以如此，也算事出有因。

原来，蒙哥登基伊始，不甘心失败的海迷失之子脑忽、窝阔台爱孙失烈门等三位王爷在海迷失的暗中支持下，共同策划了一场阴谋，准备趁参加喜宴之时发动政变，以迅雷不及掩耳之势将蒙哥废黜掉。不料他们暗藏在马车中的武器偶然被蒙哥的一位鹰夫发现，鹰夫迅速将他们的异动报告了蒙哥。由于蒙古自立国以来从未发生过同类事情，所以蒙哥一开始并不相信。但忽必烈、别儿哥、阔端等人都认为鹰夫不会说谎，蒙哥才做了相应的准备。当脑忽等人进入大帐时，蒙哥于谈笑风生间就将这些人控制起来，随后，侍卫果然从他们的身上搜出了暗藏的利器。

蒙哥命大断事官审理三王案件，三王在事实面前无法抵赖，只能交代了自己的罪行，蒙哥遂将其同党七十多人处斩，其中就包括在伊塞克大会上坚决反对由蒙哥继位的阿勒赤带和他的两个儿子，以及对贵由汗忠心耿耿希望将贵由汗的儿子们推上汗位的丞相镇海。不仅如此，蒙哥还以教唆三王犯罪为由，命亲近侍卫将海迷失和失烈门的母亲沉入湖底。至于三位王爷，因为是近属，蒙哥法外施恩，命他们从征各地。

为防止窝阔台、察合台的后王们联合作乱，蒙哥对他们采取了不同的制约措施。对窝阔台汗国，他采取分而治之的策略，首先将窝阔台汗国分成数片，分封给窝阔台的子孙们。对察合台汗国，则采取了"根除大树，移植幼苗"的策略，将坚决反对他且势力强大的诸王处死，然后从诸王之子中选择忠顺于自己的人，继承其父的王位。

在所有窝阔台和察合台的后王中，他唯独对阔端、合丹和贝达尔优渥有加，不动其封地，不削其权力。

经过一番整肃、清洗，蒙哥很快稳定了蒙古政局，随即，他着手恢复窝阔台汗去世后的十年间被破坏殆尽的秩序。

为整治政局和财税方面的混乱局面，蒙哥汗制定并颁布了各种札撒律令。首先，他通过量才录用，向各地派遣了官员，分别主管该地区的财赋和民刑公事。其次，他下令在全国和藩属汗国进行人口登记，确定税收限额。穷人缴税只占到富人的十分之一或七分之一；对普通牧民，牲畜不足百头者免征；对老年人和失去劳动能力者实行免税制。再次，自成吉思汗以来实行的对基督教、回教、道教、佛教、偶像教等教派豁免赋税的政策依然有效。又次，严禁官员在执行公务时徇私舞弊，贪赃枉法；严禁使臣停住民户，更不得有欺压、勒索行为；严禁商人使用驿站马匹。最后，从各地召集通晓波斯文、畏兀儿文、汉文、藏文和西夏文的人才，使中央向全国及藩属地颁发诏令时能用本地通用的文字，地方向中央汇报情况时亦然。另外，蒙哥汗还下达了释放全国一切囚犯的诏令……凡此种种，都令国家纲纪为之整肃一新。

而蒙哥汗坚持采取"与其充盈库帑，不如抚慰民心"的政策所产生的积极作用，在他专心经营吐蕃、四川诸地，遣军征服大理、波斯，以及后来统一南宋时完全显现出来：汗权得到巩固，国力逐渐恢复，军力日益强盛。可以这么说，正是蒙哥汗统治的九年，才为日后大元帝国的建立奠定了坚实的基础。

随着国家纲纪基本走上正轨，二大汗国也不像后来的元朝时那样处于半独立状态，而是完全听命于中央政府，蒙哥汗自此心无挂碍，派皇弟忽必烈开赴漠南汉地，置经略司于汴梁，向四川、两淮、襄阳方向的各军事要地派驻镇守部队，使其屯田，防守兼备，以规宋朝。同时，他命阔端回镇凉州。

八月，阔端父子回到凉州。自莲花寺一别，转眼又是半年，再见萨班时这位老人已是来日无多。阔端急命大夫为萨班诊治，萨班精通医理，自知油尽灯枯，于是当着阔端的面，将自己的法螺与衣钵正式传于八思巴。不久，萨班即在幻化寺圆寂，享年六十九岁。去世前，他郑重地将八思巴和恰那多吉托付给阔端父子。

萨班的病逝令阔端陷入深深的悲悼之中。虽然，凉州之会是为了实现吐蕃和平归附的政治目的，可是，阔端与萨班却在朝夕相处以及彼此欣赏、彼此扶持中产生了深厚的情谊，这种忘年交渐渐超越了最初的政治需要。对阔端而言，萨班不仅是他宗教上的导师，还是他的良师益友；同样，对萨班而言，阔端不仅是萨迦派的大施主，还是八思巴和恰那多吉的另一个父亲。事实上，萨班之所以能够安心地留在甘青之地传教，正是由于这是阔端的愿望。

阔端一生重情。萨班的离去，旅途奔波的劳累，加上差不多有两年的时间他都在为窝阔台系与拖雷系的汗位之争忧心忡忡，食不甘味，这使得他在操持完萨班的葬礼后突然病倒了。他的病一开始不算太凶急，怎奈一日重似一日，到了十一月初，他便已经卧床不起。王妃自去年病后，身体并未完全复原，况且还有幼子只必帖木儿需要她照顾，而蒙可都、八思巴各有职责，不能经常回来，阔端的心腹爱将多达那波奉命驻守青海，按察尔、塔海又被蒙哥汗调入四川战区，在这种情况下，偌大的王府，只能全凭墨卡顿一人操持。

透过墨卡顿柔弱美丽的外表，是八思巴第一个看出了她令人惊叹的另一面。如果八思巴人在王府，他必定不会对墨卡顿的能力感到惊讶。然而，那个世上最娇惯女儿的父亲却有些出乎意外。他根本没有想到，面对王府繁杂的事务，他那还不满十五岁的宝贝女儿居然从容镇静，游刃有余，她不仅很快接手了王府诸事，而且头脑清醒，知人善任。她以自己最信任的奶娘管理内务，以追随父亲多年的王府总管守信管理仆役，而王府以外的事务，她仍交由各级官员负责，小事她请父亲示下就能做主，大事则必须通报哥哥，由哥哥定夺。由于她调配得当，王府内外上下竟被她打理得妥帖和顺，运转如常。

无论多么劳累，多么悲伤，在父母和幼弟面前她总是一副乐乐呵呵的模样。她每天不辞辛苦地服侍在父亲的病床前，陪父亲说说话，设法缓解父亲的病痛，这虽是一段折磨人的日子，却也是父女二人最亲近的时光。恰那多吉每天下课后都过府探望阔端，听这个孩子讲经说法，阔端时常感到宽解。如果他的归去真是佛主的召唤，那么，他愿意遵从佛主的意愿。他这一生，身为父亲，能有蒙可都、墨卡顿和只必帖木儿这样可心的儿女，身为成吉思汗的孙子，能与法主萨班共同奠定吐蕃并入帝国版图的基础，他已无悔，无愧，无憾。

每天，似乎都能感觉到生命的流逝，阔端抓紧时间却又有条不紊地安排着后事。女儿的终身大事他已全权委托给大汗蒙哥，墨卡顿是蒙哥的养女，同时也是蒙哥最欣赏最钟爱的女儿，阔端从不怀疑，无论在何种情况下，蒙哥都能保障女儿的未来。

与女儿相比，他倒是更操心八思巴兄弟。对于这两个从小就来到他凉州并且在他身边长大的孩子，他钟爱他们不亚于钟爱两个儿子蒙可都和只必帖木儿。他很清楚，身为王位继承人，蒙可都与他这位做父亲的不同，并不是那么笃信佛教，他只能反复交代蒙可都，即使他离开人世，蒙可都和只必帖木儿也不能改变初衷，要继续以八思巴为家族供奉的上师。而且，一旦女儿出嫁，离开王府，他希望蒙可都能担负起照料母亲和幼弟，照料恰那多吉之责。

十一月中旬，正总领漠南军事的忽必烈出于继续贯彻执行"政教合一，以教统政，以政养教，政教一体"这一既定国策的需要，要求萨迦派新任法主八思巴尽快到金莲川与他相见。信到凉州，因阔端病重，而蒙可都正以大汗养子的身份坐镇西夏故地，他极想与四叔忽必烈一会，遂征得父亲同意，打算亲率军队护送八思巴。

行前，八思巴与弟弟恰那多吉话别。八思巴嘱咐弟弟替他多看望多照顾阔端大王，他坚信，佛主佛语会带给阔端大王安慰和力量。恰那多吉答应下来。其实，即使不用哥哥嘱咐，他也一直都在这样做着，这不只是为了报答阔端大王的恩德，也是为了减轻公主肩上的重担。当然，这后一个原因，他绝不会对任何人说起。

月底，蒙可都与八思巴如约来到忽必烈的营地。

其时其地，忽必烈身边不乏如子聪和尚刘秉忠、太一道教大师萧公弼这样的"告天人"，成吉思汗对一切宗教一视同仁的政策极大地影响了他的后继者，这些年，透过子聪和尚以及禅宗领袖海云法师，忽必烈对汉传佛教有所了解，也颇具好感。至于道教大师，忽必烈同样十分敬重。但在他的幕府中，子聪主要还是作为他最亲信、最重要的谋士追随在他身边。他尚且对藏传佛教知之甚少，所以，他这个时候执意召见八思巴，更多的是因为在未来的攻宋战争中，蒙古军队需要借道吐蕃，他希望得到吐蕃宗教领袖的配合和支持。

这原本是一次各怀目的的会面。忽必烈是为未来的战争考虑，八思巴则是不能拒绝大汗之弟的邀请，然而，令两个人始料不及的是，初见之下，他们竟都给对方留下了良好的印象。

在成吉思汗的众多儿孙中，忽必烈是相貌最酷似其祖汗的一个。他的身材不似祖汗那般魁梧，却显得灵活矫健，动静自如。宽广的额头下，一双眼睛炯炯有神，棱角分明的脸上，鼻直口阔，大耳有轮。八思巴观相知人，觉得他福从相生，颇具佛缘，内心先不免生出几分亲切。同样，丰姿俊异的小佛爷学识丰富，聪慧机智，言谈间谦逊有礼，诚实无欺，也颇对忽必烈心思。

当天，忽必烈设宴款待八思巴，席间，他好奇地询问："你们吐蕃曾出现过哪些雄才伟略之人，能不能请小佛爷赐教一二？"

八思巴略一沉思，答道："我们吐蕃史上最杰出的人物有三位。第一位是松赞干布，他素以正直严明、智慧深远著称，始译佛经，创制藏文，为观世音菩萨化身。他曾结好唐朝，娶文成公主为妻，此后派吐蕃子弟赴中华求学，同时诚邀汉族各类工匠、僧侣、医药卜算之士入藏，通过加强汉藏两地文化、经济、宗教、学术等方面的交流，促进了藏区的迅速发展，国势日益强盛；第二位是赤松坚赞，他是吐蕃王朝的鼎盛之主，曾占领安西四镇，河西、陇右之地尽在其辖，一度攻入长安、成都。遣使印度迎请菩提萨埵，建桑耶寺，成立僧团，培养通译，遍译佛经典籍。晚年致力于唐蕃和好，为文殊菩萨化身；第三位是赤热巴金，为金刚手菩萨化身。他在位时唐蕃和盟，在拉萨大昭寺前立唐蕃会盟碑，永志汉藏友好。开设译场，集中人力物力译经，统一译名，藏文由此而趋于规范化。但因崇佛之至，僧人任王朝高官，主持朝政，故而招致反佛大臣暗杀，吐蕃王朝即陷崩溃瓦解之深渊。"

"王者之谋，莫过于此。"忽必烈见八思巴对答如流，欣悦之余，谈兴愈浓，"那么吐蕃地区以学识功德论何人为尊？"

八思巴回答时骄傲之情溢于言表："若以学识功德论，当以法主萨迦班智达为尊。"

忽必烈又问："小佛爷曾追随萨班法主多年，想必从他那里学得不少佛经大义？"

八思巴平静地回答："法主学识功德犹如大海，小僧所学到的只不过是一掬之水。"

年方十六岁的八思巴除佛学之外，文学、史学造诣也相当深厚，他还精通吐蕃、蒙古、畏兀儿等多种语言，出口成章，这一方面固然与伯父萨迦班智达对他的悉心教诲有关，另一方面也得益于他自己的潜心修持。在与忽必烈交谈的过程中，他引经据典，侃侃而谈，既表明了萨迦派的学识功德具有至高无上的历史地位，又表现出自己谦逊朴实的优良品格。忽必烈不由从心底认可了这位小佛爷。

忽必烈有意与八思巴结为施主和福田。蒙可都与四叔盘桓了几日，叔侄二人依旧无话不谈。蒙可都、墨卡顿虽是蒙哥的养子和养女，却自幼深受蒙哥的宠爱，由于这个缘故，从蒙可都和墨卡顿小的时候起，忽必烈就不是将他们视为堂侄和堂侄女，而是将他们视若兄长的亲生骨肉。尤其是墨卡顿，她于孙辈中最得母亲欢心，忽必烈是草原上公认的孝子，只要是母亲所爱，他都视为至宝。

从蒙可都口中，忽必烈得知阔端病势日沉，心中不免担忧挂念。十二月初，他赐蒙可都良马百匹，还给阔端准备了许多名贵补药，令蒙可都先回凉州坐镇，以防不测。至于八思巴，忽必烈最初的想法是想将他置于左右，让他成为自己的上师。蒙可都行前，他与蒙可都探讨过这件事情，因为这是四叔的意愿，蒙可都不便反对，欣然同意。岂料十二月底，蒙可都回到凉州不久，急使送来了最令八思巴担忧的消息：阔端在凉州王宫病故，年仅四十五岁。

八思巴骤闻噩耗，如五雷轰顶，心神皆乱。

自从五年前（1246）来到凉州，八思巴和弟弟恰那多吉在阔端身边度过了自己的童年时光，得到了阔端的诸多照拂，可以说，阔端对他们兄弟而言不仅如父亲一般，也是他们最坚强的靠山。阔端的恩德，八思巴兄弟念念在心，无时或忘。如今阔端长逝，八思巴哀伤痛惜之余，又无法放心独自留在凉州的胞弟恰那多吉，无法放心公主墨卡顿和四岁的小王子只必帖木儿。忽必烈天生颖慧，善于体察下情，此时见八思巴急于返回凉州奔丧，不好再做挽留，遂命部将代为护送。

伍

八思巴回到凉州后，在幻化寺为阔端举行了盛大的追荐法事。

二月，圣旨到凉州，蒙可都正式嗣西凉王位。蒙可都将王府诸事依然交给妹妹处理，他自己则每日忙于操演军马，巡视边关，做好了随时从征南宋的准备。

而今，在几乎同时失去了两个最有力的依靠后，十六岁的八思巴肩负起将萨迦派发扬光大的重责。可是，面对变幻莫测、云诡波谲的局势，少年八思巴的内心也充满了迷茫。

蒙可都谨记父亲的遗嘱，依旧将八思巴奉为上师。但他笃信藏传佛教的程度终究无法与父亲相比，更多的时候，他都留驻于甘青地区，很少到寺庙礼佛，更不可能参加八思巴举办的法会。蒙可都的懈怠，在一定程度上造成了萨迦派在蒙古上层影响力的下降。

而且，是迅速地下降。

这是一个对萨迦派的发展十分不利的因素。

更不利的因素来自于吐蕃内部：蒙哥继位之后，国势日盛，对吐蕃僧俗各界的影响力也远远胜过了他的前任大汗，为此，吐蕃各教派和世俗首领都在积极靠拢汗廷，尤其是噶玛噶举派的大活佛噶玛拔希颇得蒙哥汗的赏识，大有后来居上、取萨迦派而代之的趋势。另外，由于蒙哥汗对吐蕃各教派采取了一视同仁的政策，也使得阔端时期萨迦派一派独大的局面在藏区已然不复存在。

八思巴不得不时常思考诸如此类的问题。阔端去世后，蒙哥汗立刻接管了对藏区的统治权，随着蒙古政治权力的转移，靠近汗廷无疑是吐蕃各教派包括萨迦派在内的最佳选择。

何况，八思巴对噶当、噶举、宁玛这些在历史上就与萨迦派存在竞争关系的教派不能小视。特别是，他对噶玛噶举派的大活佛噶玛拔希的影响始终不敢掉以轻心。

在藏区，噶玛拔希的威望并不亚于萨迦班智达本人。至于年少的八思巴，更是无法与之比肩。因为，噶玛拔希决不仅仅是一位教主，他还承载了一种创举：藏传佛教区别于汉传佛教和南传佛教的最显著的特点——活佛转世制度就始于这位高僧。

从佛教后弘期到十三世纪初，已历经二百余年，吐蕃各个教派的创立也有了百余年的历史。随着各教派经济和政治实力的增长，开始不同程度地遇到了领袖人物的继承问题。

在八思巴出生前，噶玛噶举派僧人认定一个在康区出生的幼年僧人为其主寺楚布寺（在今拉萨西北堆龙德庆县境内）的创建人都松钦巴的转世，之后他们把这个幼儿接到楚布寺接任了寺主之位。这个幼年僧人就是后来一度与八思巴命运产生关联的噶玛拔希（1204—1283），其转世也是藏传佛教中最早的"活佛转世"。

后来，这种"活佛转世"制度在吐蕃各教派中被普遍采用。然而，萨迦派从一开始就与款氏家族直接结合，因此萨迦派没有采用活佛转世制度，它的宗教领袖只能从款氏家族的成员中产生。从萨迦第一祖到第五祖八思巴，因款氏家族后裔稀少，虽在一定程度上避免了争夺继承权的斗争，同时也造成了后继乏人的危机。

八思巴出生前后，吐蕃自身及周边的局势都发生了重大变化。其中最令人瞠目结舌的，是蒙古在北方的迅速崛起。成吉思汗及其子孙的武功之盛，通过在西夏、畏兀儿、西辽王室传教的萨迦、止贡噶举、蔡巴噶举等僧人之口，渐为吐蕃各教派所知。蒙古灭亡西夏后，已占有甘青（甘肃和青海）部分藏区。至窝阔台汗时代，阔端受命统治西夏故地，对吐蕃情况有了进一步的了解，可以说，正是为了保障蒙古军队进攻南宋时侧翼的安全，阔端才决心彻底解决吐蕃问题。

先示以武力，后寻求和平，在吐蕃各教派对蒙古的兵威之盛心怀惧意，对阔端的邀请畏缩不前时，萨迦班智达却毅然带着两位年幼的侄儿踏上了前往凉州的艰难旅程，他的这一举动，也成功地开启了蒙古与吐蕃的和平之门。

随着蒙哥汗继任蒙古大汗之位，八思巴清楚地意识到，蒙哥汗的目标绝不仅限于吐蕃归附，他追求的是对吐蕃的绝对统治权。为了实现他的目标，依靠和重用像噶玛拔希这样在藏区拥有崇高威望的宗教领袖，对他而言不仅必要，而且必须。

事实上，蒙哥汗也正是这样做的。

蒙哥汗在即位当年，就颁布了一道免除僧人赋税、兵差、劳役，保护僧人以及承认萨迦派在吐蕃领袖地位的诏书。次年，又开始在全国范围内进行大规模的括户（人口普查），并扩大了采邑分封制的范围，除在漠南汉地、中原地区、吐蕃地区都按人口征税外，金帐汗国、窝阔台汗国和察合台汗国也陆续开展了这项工作。

无疑，在蒙哥汗全国一盘棋的施政纲领中，吐蕃始终是他关注的重点地区之一。他根据吐蕃地区的实际情况，一方面派多达那波三次入藏，以武力征讨吐蕃未降之部；另一方面与各教派直接接触，加强联合，确定归属关系，以强有力的政治手腕将吐蕃完全纳入蒙古势力范围。而且，为便于清查户口时加强与各派宗教领袖和世俗领袖的联络，减少因括户所引起的惊惧和动乱，蒙哥汗命八思巴派遣僧人与使者一同前往藏区，以确保括户的顺利进行。

八思巴按照蒙哥汗的要求，派出亲信僧人，陪同蒙古使者入藏，并致信吐蕃各教派法主，请他们协助蒙古方面完成括户。与此同时，他还向噶当等派高僧发出邀请，请他们来凉州给他担任授戒的堪布。

佛教僧人将受比丘戒视为人生中的大事，而通过授戒确定的师徒关系也最被看重。年轻的八思巴已充分认识到与其他教派加强联系的重要性，因此才试图用广请授戒师的办法来弥补他远离吐蕃以致与各派高僧接触较少的缺陷。

此时的八思巴，仍是阔端二子敬奉的上师，但他像他的伯父萨班一样善于审时度势，他很清楚，为了完成伯父的遗愿，为了萨迦派的稳固发展，他必须寻求拖雷一系的支持与保护。

只是，佛讲佛缘，他暂且还不能确定，在拖雷系中，究竟谁才是与他有缘的那个人。

陆

蒙哥汗二年（1252）六月，忽必烈奉旨赶回万安宫，蒙哥要在这里与他商讨征服南宋一事。

此前一个月，也就是五月份，旭烈兀已回到自己的封地，准备进行第三次西征。

蒙哥、忽必烈、旭烈兀、阿里不哥系一母同胞。在蒙哥的心目中，这三个胞弟一向是他最信任、最倚重的人，他对他们的信任和倚重程度甚至超过了对自己的儿子。他的儿子们或许可以确保对他忠诚，遗憾的是，他们中的哪一个，都不具备可与三位叔叔相比的威望和才能。蒙哥即位之初，就委忽必烈领漠南汉地，同时将第三次西征的统帅权交给了旭烈兀，如果他御驾亲征，则由阿里不哥代行大汗之责。

蒙哥登基后通过历行整顿与改革，使蒙古内部的军政秩序渐次走向正规，举国上下处处呈现出一派兴旺景象。而权力的稳固、经济的复苏、士气的高涨，也激发了蒙哥汗继续开疆扩土的热情。计划中的南征和西征就是其中最重要的两环。

他将这一使命分别交给了自己的两个胞弟。

从成吉思汗的第一次西征到拔都的第二次西征，加上窝阔台汗时代有名将绰儿马罕，贵由汗时代有留镇波斯的大将拜住等人的数年征战，中西亚多数国家先后降服了蒙古，到蒙哥即位之时，只有木剌夷、报达、西里亚三国处于独立状态。蒙哥汗之所以组织第三次西征，就是为了将上述三国一并纳入蒙古版图。

木剌夷的主体是亦思马因人，这个国家素有"暗杀之国"的称谓。其君主自称"山中老人"，是个令人闻其名而胆寒的人物，此人统治期间，广蓄死士、灌输盲从思想，门徒亦多以刺客为主。但凡君主有命，这些死士、刺客便奔赴各地，专门进行暗杀活动，因此亦思马因人被良善的伊斯兰信众称为"木剌夷"，意即"迷途者"。

许多年前，蒙哥随祖汗西征，途中，可疾云大法官苦思丁身着镇子甲前来谒见成吉思汗。成吉思汗不解，动问缘故，苦思丁回答，他常衣此甲是为了防止亦思马因人的匕首，如不防备，恐有性命之忧，然后向成吉思汗历数了亦思马因人的种种暴力恐怖行径。那时蒙哥虽然只有十二岁，却对苦思丁的话记忆犹新。

从那时起到现在，亦思马因人多次劫掠蒙古商旅，蒙哥即位后，又发生过四百亦思马因人化妆进入蒙占境内，准备阴谋杀害蒙古大汗之事。而这次谋杀计划的败露，成为蒙哥汗决定清除亦思马因人，重建中西亚社会秩序的直接导因。

报达之阿拔斯王朝（750—1258）是阿拉伯国家，在我国史书上被称为东大食或黑衣大食，其首都为报达（今巴格达）。八世纪中期至九世纪中期该国较为繁荣，十世纪走向衰落，至旭烈兀西征时，该国内部倾轧严重，君主哈里发腐败无能，又极其吝啬。后来，哈里发兵败被擒，旭烈兀下令将他关进用黄金建造的屋子里，除了饮用水，屋中的所有用具均用黄金制成，结果，这位视金银如生命，连将士们的军饷都舍不得发放的哈里发就守着这满屋子的黄金，最后饿死在金榻上。

西里亚属于亦思马因派势力范围，系西里亚之库尔德人萨拉丁废去埃及法提玛王朝（亦称南大食）最后一个哈里发而建，萨拉丁自称苏丹，在埃及建立了阿尤布王朝（1171—1250），然后用武力收复了西里亚、大马士革和两河流域北部地区，旭烈兀西征时，该国亦趋于衰败。

木剌夷、报达、西里亚三国，其版图西起地中海东岸，东抵印度河，北起黑海、里海与咸海一线，南达波斯湾、阿曼湾与阿拉伯海，其大部地区处于伊朗高原，易守难攻，因此为了这次西征，蒙哥汗和旭烈兀在战前做了最充分的准备。

在同父异母的十兄弟中，蒙哥汗无疑是九个弟弟共同敬重的兄长，除他之外，忽必烈自幼同六弟旭烈兀、异母弟末哥感情深厚。不料，忽必烈匆匆返回，却与旭烈兀只差一个月便错失了聚首的机会。一对至近兄弟，从此关山远隔，征途遥遥，不知何时还能相见？虑及此，难过与惆怅之情油然而生。

蒙哥如何不了解四弟的心情，他与四弟简单寒暄了几句，便拿出旭烈兀拜辞前写给四哥的信，交给忽必烈。

旭烈兀是典型的武将性格，即使他想念四哥，在信中也只字不提。他反而很认真地与四哥约定，要在战场上与四哥比试比试高低，看谁能建立更大的功业。等他们相见的时候，他们中的哪一个最有成就，到时就由那个人先领蒙哥汗的第一杯酒。

忽必烈被旭烈兀的豪迈与乐观打动，脸上稍稍露出笑容。

蒙哥一直都在留意忽必烈的表情。忽必烈将这封家信读了两遍，珍惜地放回怀中，然后取出另一封信，恭恭敬敬地呈给兄长。

"这是什么？"蒙哥问。

"这是臣弟返回和林前，八思巴托臣弟转来的致大汗的亲笔信。"

"哦，那位小佛爷啊。"

蒙哥似乎在思索着别的事情，过了一会儿，才展开书信。

信中，八思巴首先感谢蒙哥汗对萨迦派在吐蕃领先地位的承认，并表示他与吐蕃信众愿遵照蒙哥汗之命，全力协助蒙古使者，完成在吐蕃进行括户和安抚藏区人心的重任。事实上，八思巴一言九鼎，在他的积极配合下，蒙古在吐蕃的括户进行得很顺利。在此基础上，蒙哥汗开始考虑将吐蕃之地分封给诸王。

不过首先，他要确定一个作战计划。

作为蒙古的第四任大汗，蒙哥生平最大的理想就是实现前三任大汗，尤其是伯父窝阔台汗的遗愿，继续完成对南宋的征服。他就此事想听听忽必烈的意见。忽必烈认为，欲征服南宋，必先征服大理。而今四川一地仍大部分掌握在宋军手上，所幸吐蕃粗定，蒙古军完全可以借道吐蕃，兵进大理。一旦大理归附，就不难形成对南宋的钳击之势。

听忽必烈说出了自己的内心所想，蒙哥显得很高兴："忽必烈，你的分析正合我意。我召你来，正是为了下定攻宋的决心。宋廷尽管权臣当道，君主无能，但毕竟地大物广，兵多城固，再加上儒家忠君思想根植，这一切都不容我们轻举妄动。"

忽必烈深以为然："是。臣弟也是这样想。"

"不过，自宋朝偏安以来，国势日衰，正是我们用兵的大好时机，我不想犹豫不决。因此，我命你率部借道吐蕃，先下大理诸国，完成对南宋的夹击包围。"

"是。"忽必烈接旨。

南征大理的目标既定，蒙哥与忽必烈经过讨论，又一一确定了出征时间、人数以及其他相关细节，这件事商谈完毕，蒙哥终于有心情跟忽必烈商讨另一件事情了。

"去年，你在呈给我的家信中说，你在十一月邀请八思巴往金莲川与你一会，你对这个年轻人有何评价？"

"臣弟与八思巴接触的时间不长，但臣弟觉得，这位小佛爷是可以继承法主萨班遗志的人。"

"可他终究太年轻了。一个十七岁的青年，你认为他在吐蕃能有多大影响力？能有多大作为呢？"

忽必烈明白兄长的意思。此前，蒙哥汗在诏书中重新确定了萨迦派的宗主地位，但萨迦派并非唯一与蒙古上层保持联系的教派，蒙哥汗同时还与噶当派、噶举派等宗教领袖都保持着密切的接触。特别是噶玛拔希，种种迹象表明，汗兄很看重这位影响深远的转世活佛。

然而，忽必烈慧眼识英，坚信八思巴虽年轻，他的人品、才华及能力却绝对不容小视。

蒙哥自己并未见过八思巴，对这位小佛爷不抱任何偏见。相反，八思巴在吐蕃括户中能够全力给予协助，也让蒙哥看到了他的忠心。只是，随着蒙古内部政权稳固，影响力提升，蒙哥想对堂兄阔端统治藏区的方式予以改变。凉州协议签订后，阔端对藏区的管理相对宽松，藏区各教派只要在名义上归顺汗廷，就可以得到阔端的保护，蒙哥却要将吐蕃完全置于帝国的统治之下。

现在，他将他思虑良久的方案拿出来与四弟商榷："且不论小佛爷的影响如何，只要他肯为我所用，我们就要对他予以扶持。我有这样一个想法，自萨班伯侄亲赴凉州会谈，就为堂兄父子所供奉，我们不必改变这种现状。除萨迦派之外，我的想法是，你、旭烈兀、阿里不哥、末哥，还有其他的几位兄弟，都要各自与吐蕃其他教派结成施主与福田的关系，而我，则与各个教派都保持经常的接触，每半年听取一次你们的汇报。如果运筹得宜，这种做法必有利于我们对吐蕃实施掌控，确保各教派都不敢轻易萌生异心。你以为如何？"

"汗兄的意思，是仿祖宗故制，将吐蕃之地分封给诸王？"

"对，我正是此意。"

忽必烈明显地犹豫了一下。

实在说，忽必烈并不很赞同在吐蕃实施分封制。毕竟，将吐蕃各教派分封给诸王，有利有弊，一方面固然可以加强对吐蕃的统治，另一方面也是对吐蕃现有分裂状况的确认。只是，考虑到攻宋在即，而寻找到一种对吐蕃合适的统治方式又不是一件可以一蹴而就的事情，加之兄长对此已有筹划，忽必烈也就不便提出反对意见。

"怎么？"蒙哥敏锐地望着忽必烈。

忽必烈思索片刻，委婉地提议，对吐蕃的分封，应当同时兼顾蒙古的分封制度与藏区各教派林立的现实，使分封诸王能够与藏区各教派结成彼此信任又彼此制约的关系，同时，允许诸王在自己的封地内委派镇守官管理政务和税收。如此一来，在诸王忠诚于大汗的前提下，短期内倒也可以起到对吐蕃地区强化管理，促使吐蕃的教令、军令、政令先行统一到汗国之中的作用。

蒙哥采纳了他的建议。

片刻，蒙哥拍拍忽必烈的肩头，说："我明白你在担心什么。说真的，这也是权宜之计，等完成了征服大业，我们一定可以找到更合适的对吐蕃进行有效治理的方式。"

"是。"忽必烈点头。

兄弟俩又谈了一会儿别的事情，忽必烈向蒙哥汗告辞，准备去看望母亲。在草原上，忽必烈孝顺母亲是出名的，而今出征在即，他想尽量陪陪重病之中的母亲。不久，他就要踏上远征之路，当他勒马回缰，他担心自己再也见不到母亲了。

蒙哥对弟弟说："剩下的这几天，你就留在汗营多陪陪母亲吧。我待一会儿也过去。旭烈兀是上个月走的，现在你又要走了，母亲虽然什么都不说，可我知道她的心里一定很寂寞，也一定很放不下你们。在我们这十兄弟里，母亲最疼爱的人就是你，如果可能，我何尝不想让你留在她身边……"停了停，他又轻轻说道，近乎耳语："也不知道信使现在到了凉州没有？这些天，母亲总在跟我念叨着墨卡顿，我知道母亲是想这丫头了。希望墨卡顿能……"

蒙哥将后半句"赶上见见奶奶"咽了回去。

忽必烈闻言，一双明亮的眼睛里顷刻间涌满了泪水。他强忍着，才没让眼泪流下来。

兄弟默默相望。这一刻，所有的忧戚都在彼此的眼神中传递。

第四章　一相知永相随

壹

从学堂回来，恰那多吉意外地看到只必帖木儿正坐在他房屋前面的台阶上，这个孩子，将头埋在两膝间，小小的肩头不停地抖动着，似乎正在哭泣。

恰那多吉的眼前顿时黑了一下。难道是王妃……不会吧？自从阔端大王病逝，王妃一直缠绵病榻，大夫来给王妃医治过许多次，都说王妃的病根主要在心上，是因为太过悲伤所致。这些日子，墨卡顿不知想了多少办法让母亲重新振作起来，怎奈都收效甚微。前几天，王妃甚至试图自尽过，幸亏侍女看到才被及时救下。从那以后，墨卡顿总是很紧张，在这种身心无法得到片刻放松，又没有人可以依靠的情况下，墨卡顿渐渐变得烦躁易怒，对幼弟和恰那多吉也不像以前那样关怀备至，而是常常将他们置之脑后。

恰那多吉当然不会埋怨墨卡顿，他只恨自己不能为墨卡顿分担。他所能做的唯一一件事，就是尽自己所能照顾五岁的小王子。说起来，他对小王子的怜爱里本身包含着同病相怜的成分，只必帖木儿小小年纪就失去了父亲，而他，从记事起就不知道父母的模样。

他走过去，蹲在只必帖木儿的面前，将手轻轻地放在了这孩子的头上。"小王子，你怎么了？"他尽量放缓语气问。

只必帖木儿抬头望着他，恰那多吉看到他的脸上并没有泪水，他只是在颤抖。

"恰那哥哥……"

"告诉我，发生什么事了？你为什么一个人坐在这里？"

只必帖木儿一下搂住了恰那多吉的脖子，身体仍在不停地抖动。

恰那多吉抱着他，轻抚着他的后背，没有继续追问。他知道，只必帖木儿还是个孩子，他一定是受了惊吓才会这样。

许久，见只必帖木儿的身体抖动得没有刚才那么厉害了，恰那多吉才在他身边坐下来，温声问道："现在可以告诉哥哥，你怎么了？什么事让你这么害怕？"

只必帖木儿点点头，"是姐姐……"

恰那多吉心头微震，"你说公主吗？她怎么了？"

"姐姐她……姐姐她不要我们了。"

"你说什么？"

"是真的。姐姐亲口跟母亲说的，她明天就要离开王府，回汗营奶奶那里去。我还听到她跟母亲发了脾气，她对母亲说：如果母亲仍然不肯站起来，她也不管了，反正这个家也不是她一个人的。她已经派人通知哥哥、上师还有塔海叔叔，她能为我们做的也就这些了。等她离开后，我们愿意怎么过就怎么过，她反正是眼不见心不烦。她还斥责母亲没有尽到一个做母亲的责任，说父亲在天上也不想看到她……恰那哥哥，你说姐姐这是怎么了？我从来没见过她这个样子，凶凶的，那个温柔爱笑的姐姐哪儿去了？还有，她不会真的不要我们了吧？她不会真的永远不回来了吧？不会吧？对不对？"

恰那多吉没及时回答。他的头嗡嗡作响，有那么一会儿，他好像失去了感觉周遭事物的力量。

"恰那哥哥，恰那哥哥……"只必帖木儿使劲摇晃着恰那多吉的胳膊，恰那多吉努力凝聚起心神，将只必帖木儿的小手握在自己的手中。可是，他仍旧不知道该对这个孩子说些什么。

他只迟钝地想着一件事：公主要离开了，离开这个家，离开他们所有的人，从此不再回来。

是这样吗？

不！她怎么可以永远不回来呢？如果她真的永远不再回来，他一定会后悔自己今生与她相遇相识吧？

"恰那哥哥，你去劝劝姐姐好吗？"

"我？劝公主？"他喃喃。

"是啊。你比我年纪大，你说的话姐姐一定会听的。请你对姐姐说，让她不要离开母亲，不要离开这个家好吗？我以后一定会很乖的，无论她说什么我都会好好听她的话，我会帮她照顾母亲，不会再让她那么劳累。只是，请她千万不要丢下我们，千万不要！"

恰那多吉越听越心酸。早早失去父亲的庇护，也许所有的男孩子都会在一夕之间长大？只必帖木儿如此，他又何尝不是如此？的确，他比任何人都看得到公主的辛苦，因为辛苦，公主就要放下她挚爱的亲人？她是这样的人吗？

他不相信。

"恰那哥哥，你现在就去找姐姐好不好？即使姐姐必须回汗营一趟，也请她一定要回到我们身边，好不好？"

恰那多吉点了点头。

他是得跟公主谈一次，他一定要弄清她到底怎么想的。这不仅仅是为了小王子，更是为了他自己。如果他无法确定公主的心意，只怕这一生他都不会真正死心。

如果今生不能再见，除了死心，他不知道如何才能不让自己心痛。

墨卡顿的房门敞开着。

恰那多吉站在门前，看见墨卡顿坐在床边，身旁是她打好的行装。她的手里捏着一封信，正在默默地流泪。

恰那多吉突然间打消了询问的念头，他恍然明白，他并没有这样的权利。不过，在她离开之前，能再看她一眼也好。

他站着。她低垂的脸容显得有些苍白，他第一次看到她的无助，她的软弱。

她似乎感觉到了什么，抬起头。

他们无言相视。良久，她匆匆抹去泪水，脸上闪过一抹苦涩的笑意："恰那，你来啦？进来吧。"

他踌躇片刻，走到书案前在椅子上坐下来。

"恰那。"

"是。"

"明天……"

"我知道。"

"你知道？"

"小王子告诉我的。"

"哦。"

停了停，恰那多吉问："东西，都收拾好了吗？"

"嗯。"

"明天，什么时候出发？"

"早晨。"

早晨……那么，明晨的分别，会是永别吗？恰那多吉的心像被什么东西狠狠揪扯着，一下，又一下，他开始觉得喘不过气来，这样的感觉难受至极，他却只能拼命地忍着，忍着。

墨卡顿走到恰那多吉身边，将信递给了他。

信是蒙哥汗亲笔所书。他飞快地浏览着信中的内容，原来，是苏如夫人病重，蒙哥汗要求公主尽快赶回汗营，与奶奶再见一面。

"恰那，你说，奶奶她不会有事的，她一定会好起来的对不对？可父汗为什么要说那样的话，让我回去跟奶奶见最后一面？他为什么不说是因为奶奶想我才让我回去陪伴她？为什么？我好害怕！父王已经走了，我不要再失去奶奶，我还没有好好地在她身边尽孝呢。"

恰那多吉不由自主地避开了墨卡顿的目光，他实在想不出该用怎样的谎言来安慰这个忧心如焚的少女。

在过去的一年里，他只看到她的坚强，也依赖着她的坚强，却忘了，她其实只比他大两岁而已。

"公主，你放心地回去吧。我明天就向先生告假，这一段日子，我一定会替你照顾好王妃和小王子的。"

墨卡顿微微摇了摇头："你还是念书要紧。现在，父汗已经登基，他的个性和为政之道与我父王完全不同，他正着手改变父王在吐蕃的治理上失之以宽的局面，这一点，无论哥哥还是多达那波伯父都与我的想法相同。恰那，这些年，法主和我父王一直坚持让你学习蒙古文和其他语言，我明白他们的想法，这是他们为你安排的路，所以，无论有多辛苦，你都要坚持下去。家里的事，你不用太担心，我今天一早已经给哥哥、小佛爷、塔海叔叔都写了信，我想哥哥很快会做出安排的。我不在的这段时间，如果哥哥自己实在顾不上，就由塔海叔叔代行王府诸事。小佛爷，我拜托他有空的时候回来看看母亲，看看你和小弟，还有，我请他给母亲讲讲佛法，我想这会让母亲的心情恢复平静。我了解母亲，她这一生都在依赖着父王，如今，她又在依赖着我，只有我决然离去，才有可能让她真正地变成一位坚强的母亲。"

从相识起，墨卡顿在恰那多吉的心中就是一个与众不同的女孩子，对于她心思缜密，恰那多吉从来不觉得吃惊，此时，他想的是另一件事，"话虽如此，你对王妃的态度……"

"你怎么知道……"墨卡顿的惊讶转瞬即逝，叹口气，"是小弟告诉你的吧？其实我也是没办法。今天早晨，我一接到父汗的来信，心就完全乱了。我必须尽快赶回汗营，可母亲总是那个样子，我实在放心不下她。我当时想，如果我离开王府，她就必须坚强，她是母亲，别无选择。希望她能理解我的苦心，能原谅我。"

"她当然会原谅你，你不用担心。只是，我很抱歉，公主。"

"你为什么要说抱歉？"

"我好像一点用处都没有，什么都帮不到你。"

墨卡顿蹲在恰那多吉的面前，握住他的手，仰脸看着他："你帮我很多了。你自己恐怕都没有意识到，在父王病逝前后，我心里能依靠的人，不是哥哥，不是母亲，而是你。"

恰那多吉任她握着自己的手，第一次让自己的目光长久地停留在她的脸上。以前，他从来没有这样的勇气，将她脸上每个微小的表情都深深地刻在心底。

她的手很温暖，一如既往地温暖。也许这是最后一次，他与她还能如此接近，如此亲近……

"公主。"他轻轻唤道。他依然有一种想问她的冲动：你要走多久？什么时候才能回来？你还会回来吗？他依然有一种想对她说的冲动：请你一定要回来，一定要回到我们身边来。

"你说。"

"没……没什么。也没什么。"所有的话都在嘴边，可他就是问不出口也说不出口。

她猜得出他在想些什么，只可惜，她无法给他承诺。他与她，他们的命运从来不掌握在自己的手中。

恰那多吉极力掩藏的无奈、留恋、忧伤，何尝不是她心中的无奈、留恋、忧伤？对命运，他们有太多的无奈；对彼此，他们有太多的留恋；对分离，他们又有太多的忧伤。

"明天早晨，你要怎么走？"恰那多吉不能不问这个问题，他关心的是墨卡顿的安全。

"父汗派人来接我了。我考虑母亲身体不好，把父汗的侍卫安排在王府外的驿馆里。明天早晨，他们会来接我。"

"那么，我……"

"不用。"墨卡顿干脆地拒绝了恰那多吉的请求，"你还要去学堂，别误了正事。"

她不会让恰那多吉送她，她也不会让任何人送她，她其实比任何人都害怕面对离别的场面。

"回去吧，我们就在这里，就这样告别好了。今天晚上，我打算陪母亲好好说会儿话，你说得对，我不该那个样子对她。我走后，请你替我照顾好小弟。还有你，"她停顿了一下，站起身来，恰那多吉也站了起来，他们彼此久久相望。她的手指轻轻地抚过他的脸颊，凝视的目光里有泪，有笑，有担忧，更有祝福，"答应我，你一定要保重啊。等我回来的时候，一定要让我看到一个更健壮的你才行。"

她温暖的手指如同抚在他的心上。恰那多吉紧绷着的心弦突然断裂了，泪水顺着他的面颊滚滚而下。

"你一定会回来的，对吗？"这一句问话，他几乎用尽了所有的力气。

她点了点头，没有丝毫犹豫。

"那么，我答应你。"只要她能回来，无论她说什么，他都可以答应，都可以无条件地做到。

前提是，她得兑现诺言，回到他的身旁！

贰

蒙哥汗二年秋（1252 年 8 月 28 日），苏如夫人在汗营病故。

墨卡顿日夜兼程，在离奶奶病逝前的六天赶回汗营。她衣不解带，侍候了奶奶六天六夜，她的陪伴与服侍，她的一片纯孝之心，都给饱受病痛折磨的老人带来了极大的安慰和满足。苏如夫人走时很安详，逝前，她紧紧握着少女的手，对守候在她床边的蒙哥说："墨卡顿是天上的主赐给我的宝贝（苏如夫人终生信仰景教，景教是基督教的一个分支，很早就在克烈部拥有众多信徒），我活着时，她把快乐带到了我心里，我走后，最大的心愿就是在天堂里看到她幸福。她是个好孩子，难得的好孩子，有头脑，有主见，是非分明，可越是这样，她会活得越辛苦。想来一切都是主的旨意，我的孙女们有的是带着我的血，有的是带着我的祝福来到人世上，只有这个孩子，她是带着我的心、我的眼睛、我的筋骨来到这世间。你是她的父亲，我只想嘱咐你一件事，未来的日子，就让她自己安排自己的人生吧，就算你身为大汗，也不要对她有所勉强。"

蒙哥将母亲和女儿的手一并拢在自己的双手中。他不是用语言，而是用这个简单的动作表明了他的态度。

墨卡顿满脸都是泪水。此时此刻，她的心虽被永别的恐惧绞得鲜血淋漓，却还是向奶奶展开了笑颜。在最后的时光里，奶奶不止一次对她说：奶奶的眼睛虽然看不见了，可你的样貌早已刻在了奶奶的心上。奶奶走时，别的什么都不想带走，只想带走你甜美的笑容。

隆重的葬礼在忽必烈赶回汗营后举行，旭烈兀远在西征的战场，前方战事繁复，蒙哥敕命他在波斯设灵帐遥祭。

忽必烈请旨护灵。苏如夫人的遗体将被送往起辇谷安葬，这里是成吉思汗、拖雷等人的墓葬地。

肯特山下，一处林木茂密的空地上，深深地挖掘出一个巨大的坑穴。坑内，一顶白色的帐幕门扉洞开。苏如夫人的棺木就被安放在帐幕的正中央，棺木前放着一张长条案，案上摆满了牛肉、马肉、羊肉和马湩（马奶酒）、马乳等各色供品。此外，给苏如夫人陪葬的还有九匹母马和它们的小马驹，以及九匹鞍具齐全的白色骏马。苏如夫人生前用过的金银器皿、珠宝首饰亦随她埋入墓穴。

下葬完毕，墓坑随即被填平，一万匹马践踏九遍，然后将原先连根揭起的草皮重新覆盖在上面，地貌又恢复到原来的模样，似乎一切都没有发生过。两堆熊熊燃烧的篝火旁边各立有一柄长矛，一根指头粗的牛毛绳索系在矛尖上。绳索上缀满各色各样粗麻布的布条，长长的送葬队伍和马匹默默地穿过绳索和两堆篝火，顺着来路返回。两名萨满巫婆，在火堆两边洒水和背诵咒语。

这是一种蒙古萨满教的净化方式，它既为死者祈祷，也为生者祝福。

当所有的仪式结束，送葬队伍仍由忽必烈率领返回汗营。忽必烈还有一些事情要与兄长商议，临行，他抽时间去看望侄女墨卡顿，苏如夫人去世后，她一直都在生病。

墨卡顿不肯随忽必烈返回和林，她说，她想多陪陪奶奶。

最终和墨卡顿一起留下来的，还有忽必烈的儿子，墨卡顿的堂弟真金。真金年方十岁，是忽必烈的次子，系王妃察必所生。因忽必烈的长子早夭，此后，真金一直被视为忽必烈的长子。真金与墨卡顿自幼在奶奶身边一同长大，他们之间的感情远比许多亲姐弟更为亲近。

忽必烈放心地将真金托付给了墨卡顿。

忽必烈返回汗营的当天，蒙哥汗在万安宫接见了他。忽必烈拜见兄长时，有好一会儿，兄弟俩相顾无言。

征服大理的目标既定，由于南宋实行了坚壁清野，而汗国的经济状况在恢复当中，蒙古汗国尚无条件立刻对大理发起进攻。忽必烈总领漠南军事后，在郝经、赵璧、姚枢等藩府汉臣的帮助下，一边忙于在南宋京湖、两淮防区的北部重镇唐、邓、汝、蔡、亳、颖等州筑府屯田，一边在河南大治弊政，兴利除害。

作为全部计划之一，忽必烈经蒙哥汗批准，命五朝（指成吉思汗、窝阔台汗、乃马真摄政、贵由汗、蒙哥汗五朝）老将、都元帅张柔移镇亳州，命万户史枢驻守唐州，命万户史权镇守邓州。史枢、史权二人都是五朝元老、蒙古国公、勋将史天泽的侄儿，天泽行三，史权是天泽长兄大倪之子，史枢则是天泽次兄天安之子。同时，蒙哥汗亲旨对巩昌总帅汪德臣委以重任，命他修复历次攻蜀战争中遭到毁坏的沔州城城垣、房屋，部署官署，德臣很快完成使命，得到蒙哥汗嘉许。

　　窝阔台汗、贵由汗两朝，汪德臣即以智勇双全而闻名于蒙宋诸军。蒙哥汗初年（1251），南宋名将余玠趁蒙古政局未稳，重整四川防务，直达被蒙古占领十几年的汉中地区，汪德臣与邻近各军昼夜驰援，余玠闻其名而退。不久，蒙哥汗召德臣入朝，换赐新符印，使其仍任原职，德臣所奏地方利病诸事，悉数被蒙哥汗采纳。

　　忽必烈要向兄长汇报的正是张柔等人镇守诸州，在储备粮秣、开凿河渠、沟通水运等方面所取得的进展，他觉得，近一年的屯田初见成效，下一步，就是要借道吐蕃，正式对大理用兵。

　　在接到母亲病逝的噩耗之前，忽必烈已派出使者赴大理谕降，与此同时，他很清楚，不经过战争，蒙古国不可能拿下大理。

　　蒙哥先询问了安葬母亲的情况，忽必烈回说一切都很顺利。

　　"起来吧。"蒙哥指指鼓凳，让忽必烈坐下说话。

　　忽必烈的神情显得哀伤、倦怠，显然，他还没有从母亲长逝的痛苦中挣脱出来。

　　"墨卡顿呢？她怎么没跟你一起过来？这孩子走的时候一直在发烧，我说不让她去，她不肯，非要送奶奶最后一程。她没事吧？"

　　"母亲安葬那天，她昏倒了。我让许国祯给她做了诊治，她服了几天药，总算退烧了。可她不肯跟我一起回来，一定要在起辇谷的灵帐为奶奶守灵百日。难怪母亲在世时，在那么多孙女中唯独对她宠爱如珍，她的确是一个非常重感情，又非常明事理的好孩子。"

　　"是啊。母亲临终前曾对我说过，她的孙女们有的是带着她的血，有的是带着她的祝福来到人世上，只有墨卡顿是带着她的心、她的眼睛、她的筋骨来到这世间。说起来，我自己的几个儿女，还有那么多侄儿侄女，若论起事亲至孝，谁也赶不上她和真金。对了，真金回来了吗？"

　　"没有，他和墨卡顿在一起。"

　　蒙哥点了点头："我想到了。"

　　蒙哥于诸子侄中，最疼爱真金。年幼的真金十分懂事，蒙哥登基不久，一次因生病身体发热，夜晚烦躁难以入眠。依祖制，诸子侄需轮流入侍，别的孩子常常是待着待着就睡着了。只有真金，为了让伯汗减轻病痛，整整一宿一眼未合，一边陪伯汗聊天，一边用新汲的井水为伯汗擦拭身体。第二天早晨，蒙哥的烧完全退了，这时他才看到，真金的一双小手被冷水激了一夜，手背、手心都已起皮开裂，他居然一声不吭。当时，他心疼地埋怨真金，真金却笑着说："没事儿，侄儿并不觉得有多痛。伯汗生病，侄儿只恨不能以身相代。伯汗是我蒙古国的希望，只要伯汗平安健康，侄儿于愿足矣。"

真金并非只是嘴上说说。后来又有一次，蒙哥背部长痈，深受其苦，真金听大夫说，只有将毒疮里的脓血清理干净，才容易痊愈，他竟不嫌污秽，用嘴将蒙哥毒疮里的脓血一点点吮出。亏了他，蒙哥的病很快好了。这两件事令蒙哥对真金的品性有了很深的了解，从那以后，他一直十分钟爱真金。

忽必烈明白兄长的这番感慨是发自内心的。这些年来，兄长疼爱真金更胜过疼爱自己的几个儿子。而真金，也是他这个做父亲的至爱和骄傲。他沉默片刻，将话题转到他最近正在筹划的一件事上。

"大汗容禀：臣弟自经营漠南汉地，按照大汗的安排，遣张柔、史权等屯田唐、邓等州，授之兵牛，敌至则战，敌退则耕，确在很大程度上加强了西起邓州，东至黄河口的防卫能力。但臣弟考虑，河南、四川等地的州治多在水上筑成，既然派将屯田镇守，何不因势利导，同时开展蒙古和汉军的水上训练？"

"这个计划有点意思，你不妨细说给我听。"

"大汗本意，屯田是为日后征宋战争做好粮食储备，但在实际操作时，镇守军队不同程度地在沟通水运方面做了大量工作。比如张柔，他在亳州开通河运，立栅水中，遍置侦逻于水路，确实起到了训练水军的作用。我们与南宋一战，最后必定决于水军力量的高下。因此，依臣弟愚见，我们何不将张帅的这个做法推广开来？大汗知道，邓州、唐州的治所建于汉水支流的湍水、堵水，颍州的治所建于颍水，光州的治所建于淮水支流的黄水等，这些地方都适于我们建立水军。其实，自祖汗以降，为适应战争需要，我们在全骑兵的基础上渐次建立了边兵、签兵、炮兵、步兵、通信兵、水兵等七个新兵种，到窝阔台汗时代，又组建了匠军这样专门的技术兵种和质子军，与诸国相比，我们也算得上诸兵种俱全了。但臣弟觉得，我们在统一蒙古、征西辽、攻西夏、灭金以及三次西征中，炮兵、通信兵、工兵这三个兵种发展算是最快的，比较之下，只有水军的发展滞后，而我们要想征服南宋，就必须建立起一支强大的水军才行。"

蒙哥怀着一种无以名状的心情注视着四弟，没有立刻做出答复。母亲在世时，常说四弟"思大有为于天下"，如今，经过一年独当一面的历练，四弟越发显现出不凡的政治远见。平心而论，仅从才能评判，他的三个胞弟可谓各有所长：忽必烈心机深沉，敏慧好学，胸怀大志；旭烈兀英勇善战，指挥有方；阿里不哥崇尚武功，荣誉感极强。他们每一个都能让他委以重任。然而，在三个胞弟当中，最令蒙哥放心不下的，恰恰是他的四弟忽必烈。如果说，蒙哥本身是一切旧有传统、旧有法律和旧有规则的维系者，那么，忽必烈却一直做着改变和打破这旧有一切的努力。当然暂时，他们兄弟间这种若有若无的矛盾被很好地隐藏于"让马蹄踏出更远"的豪情壮志之后，即便如此，蒙哥的心中，对四弟的感情天平却始终不能不在爱护与猜忌之间摇摆不定……

"大汗？"忽必烈并未回避兄长的目光。兄长那张棱角分明的脸，在他心目中一向代表着智慧与决断，从小的时候起，他对兄长就怀有一种类似于对父亲的敬重。此刻，他只是对兄长的沉默感到奇怪。

蒙哥"唔"了一声，走下桌案，在忽必烈对面的鼓凳上坐下来。兄弟俩离得很近，忽必烈蓦然发现，登基后不间断的操劳，使兄长的面容变得憔悴了许多，他的心中不由一阵难过。

"忽必烈。"

"是，大汗。"

"你的想法很好，就这么办吧。如果在临水州治建立水军，利州（今四川广元）应该是首选的地点，利州治在汉水，又是入川的咽喉要冲，战略地位重要，又占天时地利之便。于我而言，当务之急还是夺取川蜀之地。你觉得诸将中谁堪大任？"

"大汗的心中一定早有合适的人选。"

"你呀，真是个鬼精灵！一下就猜中了我的心思。"蒙哥微叹，语气似赞似嗔。停了停，他又说道："我命汪德臣领兵入蜀，也是为你南征大理做个铺垫。"

"大汗所虑甚是。待突入四川，就由汪德臣修筑利州，驻守屯田其地。以汪德臣之才，当不负大汗所托。"

"既然我们的想法一致，这道旨就由我亲自来拟吧。"

"大汗……"

"怎么了？"

"大汗，拟旨的事交给阿兰答儿好了。大汗事必躬亲，岂不太过劳累？我真的很担心大汗的身体。"

"不妨事。倒是你，母亲的葬礼刚刚办完，你不如在汗营住上一段时间，休整一下也好。你说呢？"

"大汗的好意臣弟心领了。但臣弟的心里真的很急，还是想早日拿下大理。"

"你想何时离开？"

"臣弟想明日就拜别大汗。待凯旋之日，臣弟再与大汗倾心长谈。"

"也罢。为兄的庆功酒，就等着你回来后再斟满。"

"谢大汗。"

叁

蒙哥汗二年（1252）冬，汪德臣领兵入蜀，掠成都，迫近其南一百五十公里的嘉定（今乐山），后虽被余玠率援军击溃，汪德臣却如蒙哥汗所愿，成功地打通了忽必烈南征大理的通道。

遗憾的是，余玠经略四川功勋卓著，并取得嘉定会战的大捷，却反而遭到谗臣妒忌、诬陷，被理宗召还临安（今杭州）。余玠本想向理宗申辩，岂料理宗避而不见，根本不给余玠分辩的机会。余玠愤懑成疾，七月，这位与孟珙齐名的南宋名将于家中服毒自尽。余玠死后，生前官职被尽数削去，家属、亲信亦遭迫害。

蒙哥汗三年（1253），忽必烈受京兆分地（陕西西安）。之后不久，德臣奉旨修筑利州城池，蒙哥汗命四川北部蒙古占领区的各处屯戍悉听其节制。德臣受蒙哥汗信任之重，由此可见一斑。

夏天，忽必烈率大军抵达六盘山，正式准备进兵大理。为商议借道吐蕃一事，他派人就近赴凉州邀请八思巴往他的军营一会。同时，他令德臣驰报利州建城情况。

自成吉思汗时起，六盘山便成为蒙古军队的屯兵之地。这里草肥水美，蒙古军暑热时来此放养战马，秋凉马肥后起兵而去，已成惯例。忽必烈自离京兆，率兵到此已有月余，眼见各部战马膘壮肚圆，这几天正合计着择日发兵大理。

德臣比八思巴早一日赶到忽必烈的军营。与他同行的，还有他的四弟汪良臣。世显七子中，德臣排行第二，世显临终时，荐他继承巩昌帅位。老三直臣、老四良臣少年从军，初为德臣军中偏将，这兄弟二人皆英勇善战。贵由汗三年（1248），直臣阵亡，是年良臣只有十七岁。德臣于诸兄弟中一直偏爱比自己年幼九岁的四弟，觉得四弟统兵之才与他不相上下。这次拜见总理漠南军事的忽必烈亲王，他特意带上四弟，既是为了给四弟争取一个尽快引起蒙古上层特别是忽必烈认可的机会，也是为了落实巩昌守备军帅的人选。

德臣兄弟于军帐中大礼参拜忽必烈。忽必烈的个性有几分像祖父成吉思汗，不耐俗礼，不拘小节，不等德臣兄弟见礼毕，他走出帅案，一手一个拉起二人，笑道："快起来，快起来。你们远道而来，何不坐下自在说话？这些个礼数能免就免了吧。"

德臣与忽必烈打过交道，深知这位亲王的为人，所以笑了笑也就在一旁的椅子上坐下了。良臣却由于惊奇，眼睛一直盯着忽必烈，并没有立刻入座。

虽是亲兄弟，德臣与良臣的外形却有所不同。德臣身量不高，良臣却是身形高大挺拔。忽必烈上下端详了良臣一番，见这个青年目光如炬，一表人才，心中先不免生出几分喜爱。

"你叫良臣？汪公诸子，你当排行第四？"

"是。殿下如何知晓？"

"我久慕汪公威名，可惜无缘谋面。汪公家事，我也算略知一二。来，坐吧。"他拉着良臣的手，让他坐在德臣身边，他也不回帅座，就在兄弟二人的对面坐下来，谈话随即切入正题。

德臣有备而来。此前，德臣择州东宝峰山修筑城垣，专心在利州屯田、建城，他在向忽必烈汇报了建城诸事后，为持久计，又呈请在利州地区免徭役，减课税，运粮、屯田以充实利州贮备。忽必烈一概应允。随之，德臣请以兄长忠臣权领总帅府事，又荐四弟良臣为巩昌军帅，领兵屯利州嘉陵江南为外卫，同时屯田于白水。

忽必烈面露微笑，问良臣："你兄荐你担任要职，你可有信心不负国家所托？"

良臣朗朗答道："臣有信心！"

忽必烈遂准德臣所奏。

这个话题告一段落，忽必烈想起一事，问道："德臣，你有多久没见小佛爷八思巴了？"

"臣最后一次见到小佛爷，是在阔端大王逝后。"

"那么也近两年的时光了。你和良臣在我这里不妨多待几日，明日，我将在我的营帐设宴款待你兄弟二人和小佛爷。"

"莫非，殿下的意思是，明日小佛爷要来军营拜见殿下？"德臣先是一愣，继而惊喜交集。德臣少年时即跟随阔端，受阔端影响最深，对萨班伯侄十分敬仰。

"是啊，按路程推算，他明天就到。"

"那么，可否准我兄弟前去迎迓一程？"

"也好，将军请便。"

第二天巳时，侍卫来报，八思巴一行已至营外。

为示尊崇，忽必烈命子聪和尚刘秉忠及一干藩府将臣步出两里，代为迎接。

半个时辰后，侍卫来报：吐蕃僧人、萨迦法主八思巴求见。

忽必烈命传。

不多时，八思巴在德臣兄弟、子聪等人的陪同下来到大帐。大帐中已摆好酒宴，忽必烈走下桌案，不等八思巴见礼，与他执手相见。

一别近两年，忽必烈与八思巴于六盘山再度相会，二人久别重逢，都怀有几分喜悦和激动。

忽必烈与八思巴简单寒暄了几句，见时间正好，命众人入席，一为八思巴、德臣兄弟接风，二为款待征途辛苦的藩府将臣。

这一次相聚，八思巴用浅显的语言，给忽必烈讲述了西夏、大理等国国君信奉佛教的情况，以及藏传佛教发展的历史。年轻的八思巴的确很善于抓住忽必烈的心理，经过他不遗余力的宣传，终于对"思大有为于天下"的忽必烈产生影响，使这位原本就与众不同的蒙古亲王改变了单纯地利用吐蕃僧人为己服务的目的，而转为对藏传佛教的崇信。比照历史上的先例，忽必烈意识到，他若想得到佛教徒的拥护，就有必要效仿那些崇佛的君土，与八思巴建立更进一步的关系。

他让王妃察必首先与八思巴结为施主与上师的关系。

至于他本人，大战在即，他首先要考虑的还是如何尽快征服大理。

以白蛮族（今白族先民）为主体建立的大理国，是一个独立的割据政权，到忽必烈平定大理为止，已立国三百余年。若上溯到前面的南诏，前后存在则达五百余年。该国南诏时附唐，建立大理国后，又向宋朝称臣纳贡，要求互市，宋朝也曾册封大理白万为"云南八国都王"。但当时无论是南诏国还是大理国，都相对独立，唐宋两个王朝即使在最强盛时也无法改变这种局面。

而今，历史将统一的重任交给了方兴未艾的蒙古帝国。

八月，忽必烈兵进甘肃临洮，遣使再赴大理劝降未果，决定兴兵讨伐。八思巴向忽必烈辞行，准备先行返回凉州，为伯父萨迦班智达的灵塔举行开光仪式。之后，他打算按照伯父临终前的交代，回到藏区随伍由巴大师受比丘戒。

萨班生前，座下有东、西、上三部弟子，伍由巴是其西部弟子。萨班远赴凉州时，曾委托他、东部弟子夏尔巴、上部弟子释迦桑波共同管理萨迦寺及萨迦派一应事务。

行将分别时，忽必烈向八思巴提出了一个要求，请他按照佛教仪式为自己灌顶。

所谓"灌顶"，本是印度古代的一种仪式，国王即位时取四大海之水灌于头顶表示祝福，后来佛教密宗也采用了这种仪式。佛教的灌顶主要有传法灌顶和结缘灌顶两种，忽必烈倒是不拘哪一种，只是希望通过灌顶，正式皈依佛教。

八思巴慎重考虑之下，并没有马上同意。他对忽必烈说："恐您不能遵守法誓，况此次又无精通翻译者，不如日后再说。"

"须守何种法誓？"忽必烈好奇地问。

"灌顶之后，由上师坐上首，弟子当以身体礼拜，悉听上师首语，不违上师意愿。"八思巴据实以告。

忽必烈很干脆地回答："这个做不到。"

八思巴并不勉强："前方战事要紧，灌顶之事，且待僧人下次拜会，再与亲王商议。"

"也罢！"

两个人在营外依依惜别。之后，忽必烈继续挥师南下。途经康区时，忽必烈遣使至粗卜寺邀请噶玛拔希前来会晤。对于吐蕃归附蒙古，噶举派各支系的反应与噶当派完全不同，他们的寺主积极靠拢蒙古上层，希望凭借蒙古统治集团的支持，壮大自身的力量。

噶举派的重要分支之一噶玛噶举派的第二任寺主噶玛拔希也是一位才名远播、德高望重的大喇嘛，他比八思巴年长三十一岁，是藏传佛教的第一位转世活佛。忽必烈天性爱才，既知藏区有这么一位了不起的人物，自然很想将他网罗麾下。

噶玛拔希应邀前往，在康区谒见了忽必烈。果然，忽必烈对他十分赏识，有意将他与八思巴一并置于左右，加以扶持。心思缜密的噶玛拔希并不看好尚且只是一位亲王、个人实力与其兄无法相比的忽必烈，他借口还要到西夏故地传教，离开了军营。此后，他与他的噶玛噶举派一直暗中结好于大汗蒙哥。

八思巴并不知晓这些事。他甚至不知道，当时的忽必烈还没有真正确定自己想要供奉的上师，至少，八思巴不是唯一的人选。对忽必烈来说，他即使多供奉几位上师也无妨，这并非什么难事。如同多年前他的祖父成吉思汗所说：无论佛教、道教、伊斯兰教、基督教、萨满教，我都加以保护，加以崇信，他们信仰的神或主，会保佑我战胜对手，保佑我的儿孙坐稳偌大的江山。所以，如果噶玛拔希不是选择了蒙哥汗，忽必烈与八思巴的关系很可能走上另外一条道路。

八思巴为伯父的灵塔举行过开光仪式后，按照原定计划启程前往吐蕃。行至朵甘思（今四川甘孜、西藏昌都）地方时，他停了下来，这是因为，他从往来于朵甘思的客商口中得到了伍由巴大师圆寂的消息。而且，就他了解的情况，他已敏锐地意识到，随着蒙哥汗的即位，藏区形势已然发生了某种微妙的变化。

对吐蕃括户完成后，蒙哥汗正式按各教派的势力范围将吐蕃分封给诸王，诸王可按自己的意愿与各教派直接建立关系。这种做法打破了过去蒙古王室处理吐蕃事务都要经过萨迦派法主同意的惯例，也在一定程度上动摇了萨迦派一派独尊的特殊地位。事实上，在蒙哥汗的分封中，萨迦派仍被蒙哥汗划给了阔端大王的后人，这样一来，萨迦派的地位就输给了蒙哥汗直接掌握的止贡派以及亲王旭烈兀掌握的帕竹派。另外，八思巴听说蒙哥汗已召请帕竹派的恰那贝、噶玛噶举派的噶玛拔希到他的宫廷，而萨迦派并未有人接到召请，形势的发展显然对萨迦派不利。不仅如此，当时萨迦派与止贡派发生争执，萨迦一方派遣后来担任首任本钦的释迦桑布等三人从吐蕃步行到宫廷去与止贡派对质。面对上述情况，八思巴即使返回萨迦，势必也难有作为。

面对上述种种变数，年轻的八思巴在通盘考虑、几经权衡后，做出了一个明智的决定：萨迦派若想保住自身的宗主地位，就非得赶快找到一位出身于拖雷系的、权势过人的宗王做其靠山不可，这于萨迦派而言已是当务之急。自然而然地，八思巴想到了忽必烈。他与忽必烈有过两次相会，时间虽说不长，聪明睿智的亲王却给他留下了极其深刻的印象。如今，伍由巴大师既已去世，八思巴便改变主意，中途折返南下，希望能早日见到奉命征伐大理的忽必烈。

一路辗转，饱受风霜，八思巴在途中与顺利平定大理，正奉旨班师的忽必烈相遇时，已是蒙哥汗四年（1254）初。

忽必烈十分重视八思巴的这次到来，安排了一次规格高出前两次的欢迎仪式。

在林立的仪仗中，八思巴骑马穿行，忽必烈的幕僚与亲厚将领全在帐外迎候。忽必烈确实给予了八思巴极高的礼遇。作为一位目光深远、头脑清醒的蒙古亲王，忽必烈深知八思巴的这次觐见有着怎样非比寻常的意义。如果说前两次八思巴觐见忽必烈还有受命而往的意思，那么这一次则是年轻的法主反复思考后做出的选择。

在蒙哥汗的诏命中，已明确将吐蕃的蔡巴噶举派及其势力范围划分给忽必烈，可忽必烈并不十分情愿遵守这种划分。严格来说，忽必烈根本就不赞同在吐蕃实施分封制。他觉得，在藏区实行稳固的统治，更重要的是建立一种健全的行政体制。八思巴在此时主动归附，让他看到了通过八思巴在整个藏区实施统治以及取得藏区民众支持的可能。就算抛开他对八思巴早已形成的信任和好感不提，仅从政治角度考虑，他也十分看重八思巴的这次来归。

可能由于彼此都能推心置腹，忽必烈与八思巴的关系很快变得密切起来。八思巴善于传教，不拘泥于佛教条文，总能巧妙地将忽必烈一家与佛教连在一起，以佛教的形式道出忽必烈内心的愿望，这也是忽必烈很快将他奉为精神导师的主要因素。

忽必烈在征服大理后从前线带回一枚释迦牟尼佛牙舍利，八思巴在军中得见这枚佛牙，十分欣喜，写了一篇《释迦法王功德赞颂及祝愿文》，除表达了自己对释迦牟尼的虔敬心情外，还将佛教"慈悲护持众生"的宗旨融入忽必烈"思大有为于天下"的思想中，使忽必烈更加坚信，要当治国平天下的君主必须得争取佛教的护佑。

不久，八思巴随忽必烈回到桓州与抚州之间的草地。这时的忽必烈，开始产生了在漠南草原建立一座城池的念头。

肆

忽必烈远征大理的成功，使蒙古帝国的疆域又向西南继续延伸，既完成了对南宋的战略包围，又打通了向南亚、东南亚扩展的通道。而且，云南（忽必烈征服大理后，蒙哥汗接受他的建议，将大理改称云南）自此"衣被皇朝，同于方夏"，不再是唐宋时期那个独立的割据政权，而是被直接纳于蒙古帝国的统辖之下。

远征大理的成功，也使忽必烈成为征服东方的最大赢家，他的军事才能为不少重武轻文的蒙古诸王贵族认可，亦为他日后争夺汗位加大了成功的筹码。

前次，忽必烈曾请八思巴为其灌顶，只因无法接受八思巴提出的条件，导致这事被暂时搁浅。不过，忽必烈仍旧希望接受灌顶仪式，他与王妃察必商议此事，察必想到一个折中的办法："听法及人少时上师坐上首。皇子、驸马、官员、百姓聚会时，恐不能震慑，由王坐上首。吐蕃之事悉听上师之教，不与上师商量不下诏书。其余大小事项因上师心慈，难却别人之请，不能镇国，故上师不必过问。"

忽必烈觉得这个主意不错。

八思巴对于灌顶一事也是煞费苦心，不仅派人召请数名精通汉、藏、蒙语及佛经大义的译师，而且做了最为详尽和充分的准备。三月初三，八思巴为忽必烈等二十五名具缘的蒙古上层人士三次传授喜金刚灌顶。这是在蒙古地方首次传授密宗金刚乘的教法。受喜金刚灌顶之后，忽必烈在八思巴的领诵下默念《总轮续》。

作为接受灌顶所献的供养，除了忽必烈向八思巴奉献的大量财物之外，还有其以亲王身份颁赐给八思巴的一份诏书。这是萨迦派从蒙古汗国得到的第一份正式诏书，是以对它极其珍视，诏书后来一直被供奉在萨迦寺内，许多僧人对它的内容都能流利背诵。

忽必烈在诏书中明确指出，他是依靠成吉思汗和蒙哥汗的福德发布诏书的，他和察必王妃都已接受灌顶，皈依佛法。他通过文字的形式，向属于萨迦派势力范围的后藏僧人宣告了他已正式承认八思巴是自己宗教上的导师，并主动承担起保护以八思巴为首的萨迦派的职责。他的这一举动，对于当时地位已急转直下、处境举步维艰的萨迦派和八思巴而言，具有怎样重要的意义不言而喻。

为感谢忽必烈对萨迦派的鼎力支持，八思巴亦作颂诗以献。

> 由于先世所积之无数福德，
> 家庭及本身都富足而完满，
> 由天神之主来做人间之王，
> 成吉思汗对众生犹如太阳！
> 人主的具足所有福业之子，
> 被贵人们当顶宝一样尊崇，
> 善待众生使其能继绝存亡，
> 大地之主因此能战胜各方。（指窝阔台）
> 其弟具有福德如慈悲心肠，
> 敬奉皇帝使骨肉和谐欢畅。
> 用诸种方法利益其他众生，
> 此大智慧者为众人之怙主。（指拖雷）
> 其长子更具有福德及威严，
> 具大慈悲对他人如母爱子，
> 事业自成受海内百姓拥戴，
> 蒙哥汗为全世界吉祥之光！

自此，十九岁的八思巴成为比他年长二十岁的亲王忽必烈的上师。历史让忽必烈与八思巴选择了对方，也让他们在日后的交往中渐渐超越了一般意义上的政治需要，并因对彼此的信任和欣赏而产生了终生不渝的友谊。

随着与忽必烈的感情日渐亲厚，八思巴禀明忽必烈，希望亲王殿下能派人往凉州去接自己的胞弟恰那多吉，好让他们兄弟在王府一聚。忽必烈确实从内心尊重着八思巴，当即吩咐侍卫长燕真调派一支精锐骑兵，负责护送和沿途保护恰那多吉。

恰那多吉不能违背兄命，墨卡顿亲自为他准备行装。墨卡顿是在八思巴应忽必烈之约离开凉州之后才回到王府的。对于这个她精心照顾的少年，她确实有着种种不放心。她叮嘱恰那多吉："你自小就来凉州，住在王府里，骤然到草原，要住毡帐，生活上想必会有许多不便之处。不过慢慢会习惯的。我最担心的是你身体单薄，不耐寒冷，虽然抚州附近的冬天比凉州暖和一些，你还是不能大意。记住了吗？"

恰那多吉很不情愿地"嗯"了一声。

墨卡顿不由抬头看了他一眼。恰那多吉坐在桌边，眼睛望着窗外，一副心不在焉的模样。墨卡顿的嘴角不觉溢出一丝笑意。平素，恰那多吉安静、懂事，不过偶尔，也会向她耍耍小孩子脾气。墨卡顿一直惯宠着他，无论他做什么，她都觉得很可爱。

"你过来看看还缺什么我没有准备？"

恰那多吉一动不动。

墨卡顿也不勉强他，将貂皮袄放入衣箱最上面，然后合上了箱盖。貂皮袄本是金帐汗国的贡品，用一色的上等黑貂皮制成，手工无可挑剔。蒙哥汗在蒙可都觐见时将它赐给了养子，蒙可都一直没舍得穿，后来在跟妹妹闲聊时，得知恰那多吉怕冷，蒙可都生性豪爽，就让妹妹将这件珍贵的貂皮袄转送给了恰那多吉。

装好衣物、用具，墨卡顿又开始收拾笔墨经书。不管她如何忙碌，恰那多吉就是不肯过来帮她。考虑到恰那多吉自小没离开过凉州，也从未见过蒙哥汗和忽必烈，墨卡顿不免多唠叨了几句："恰那，上师这次接你过去，你恐怕要在四叔的营地住上一段时间。这会儿有空，我大概给你说说四叔家里的情况，你也好心中有数。说起来，我父汗和四叔虽是同胞兄弟，可他们的个性完全不同。我四叔开朗随和、不拘小节，你在他面前大可不必太拘谨。察必四婶是四叔的正妻，她既贤惠善良，又不乏机智决断，父汗有一次曾当众夸赞，在奶奶的众多儿媳中，唯有察必四婶可与奶奶相类。对父汗而言，这已是难得的褒奖了。我知道，即使不用我拜托，四婶也一定会照顾好你的。还有，四叔的长子早夭，现在真金是诸弟之兄，他跟我其他的堂兄弟不太一样，见了面你就知道我为什么这样说了。在某些方面，你们两个人倒是挺相像的。另外……"

"我不会在那里待太久，我很快就会回来的。"恰那多吉语气闷闷地打断了墨卡顿的话。

墨卡顿用看小傻瓜一样的眼神看着恰那多吉。

恰那多吉却不管墨卡顿怎么想，"我能照顾好自己，我也不需要别人照顾，除了……"他顿住。他想说：除了你，我只愿让你照顾。可话到嘴边他说不出口，只能换成了另一句紧要的话："我很快就会回来。你呢，在这里等我。这件事，我们必须讲定了才行。"

墨卡顿笑着答应了。

恰那多吉从桌边站了起来，恋恋不舍的目光急促地掠过墨卡顿嫣红的脸颊。他真的不想离开她太远、太久，对他而言，她永远都是这世间最温暖最明媚的春光。

他们刚刚相聚，又要分离，他的心里真的有许多不舍。如果可能，他希望她能永远陪伴在自己身边……

"恰那，待会儿，你去向我母亲辞行吧。还有小弟，他一定很舍不得你，你告诉他你很快回来。"

"嗯。公主，明天，你会来送我吗？"

"会的，我一早就过来。"

"说好了，你要等我啊。"恰那多吉再次强调。他目光闪动，缓慢的语气里多了一种执拗的味道。

伍

自奉旨总理漠南事务，一年中大部分时间，忽必烈都与他的幕臣们驻跸于金莲川，冬季来临，才会移驻他处。

金莲川，原名曷里浒东川，是金世宗选择的一个理想的行营之地。大定八年（1168）五月，金世宗以"莲者连也，取其金枝玉叶相连之义"，颁诏将葛里滸东川命名为"金莲川"。

桓、抚、昌三州构成的金三角，决定了处于这一重要地理位置的金莲川迎来了重新兴旺发达的历史时期。作为亲王的忽必烈，本身与同时代的许多蒙古皇室后裔有着明显不同的政治抱负，早年即"思大有为"，广泛延揽人才，为未来的宏图大业做着精心的准备。乃马真称制元年（1242年），忽必烈曾诏请中原地区的佛教领袖海云法师到漠北藩府，谦问佛法大意，始喜佛教。海云南还，忽必烈请求他将爱徒子聪留给自己，海云应允，从此，子聪得伴忽必烈左右。子聪聪颖好学，兼通儒、释、道三教。他不但自己孜孜不倦地向忽必烈讲述治理天下的道理，还将友人张文谦、李德辉等中原名儒举荐到忽必烈帐下。

时隔不久，河北真定封地的燕真、董文炳、董文用等人，也先后奉召，成为忽必烈的亲信幕臣。金朝状元王鹗、文学泰斗元好问以及张德辉等社会名流也闻讯北上会见忽必烈。在这些贤能之士潜移默化的影响下，忽必烈对博大精深、光辉灿烂的汉文化有了深刻的认识，并产生了强烈的汲取和学习的欲望。

蒙哥汗即位后，即令胞弟忽必烈总领漠南汉地军事。忽必烈奉旨南下，驻跸于金莲川，征天下名士而用之，得开府，专封拜，建立了蒙元史上著名的"金莲川幕府"。这些通过各种途径聚集在忽必烈周围的社会名流中，既有满腹经纶的学者，也有精通治国的谋士；既有独具一技之长的工匠，也有英勇善战的武将。毫不夸张地说，金莲川幕府已然成为一个文武兼备、人才汇集的政治集团。在这些人的支持和协助下，忽必烈果断地起用各族人才，对蒙古传统的统治方略进行了大胆改革，并在中原的邢州、河南及关中等地实行试点和综合整治，采用中原地区历代王朝沿袭下来的封建政治、经济制度，即震惊朝野的所谓"汉法"，取得了显著效果。中原汉地的各族文人学士，普遍对这个文韬武略的蒙古亲王寄予厚望，奉他为中国之主，愿效犬马之劳。

中原农耕文化与草原游牧文化相碰撞，必将产生强烈的震荡。忽必烈的所作所为，与蒙古传统的统治模式背道而驰，不可能不动摇和触犯某些保守的蒙古贵族集团的利益，使他们在感到恐惧的同时为维护自身的利益走向联合，对这位他们视为"祖宗叛逆"的亲王群起而攻之。更为致命的是，这种忠实于"蒙古法"的情绪也影响到蒙哥汗本人，使他逐渐对自己的胞弟产生了某种忌惮之心。在这种情况下，可以想象等待着忽必烈的将是怎样的血雨腥风。

忽必烈对于来自朝廷的这股"寒流"并非没有一点察觉，然而，他过于乐观地估计了胞兄对自己的信任，他觉得，既然他的为政之道有利于国家富强、昌盛，就不必多做解释。何况，无论作为兄弟还是作为臣子，他都对当今大汗问心无愧。

秋初，恰那多吉与护送他的蒙古骑兵在金莲花依然盛开的季节来到忽必烈的行营。

与凉州相比，名闻遐迩的金莲川果然有着别样的风景。触目所及，但见湖泊如镜，小溪如练，森林与绿地错落有致，成群的梅花鹿、黄鹿、山羊、羚羊觅食其间，一动一静，生机无限。略带潮湿的空气中弥漫着悠远的清香，犹如大自然独有的赐予，令人心旷神怡。间或掠过的秋风微凉，在金色的花海中卷起阵阵波浪。花海之外，是缎带一般的闪电河，碧绿、鲜亮、珠光点点。多少年来，它总是缠绕着一望无际的草原，不知疲倦地向远方流去。

恰那多吉被眼前的美景迷住了，他徜徉其间，想日后将自己看到的一切都记录下来。

八思巴在行营之外迎接胞弟。一晃近一年，兄弟二人不曾相见，八思巴看到弟弟，难掩久别重逢的喜悦，眼睛里不觉闪现出激动的泪光。恰那多吉有点腼腆地与哥哥拥抱了一下。他也很想念哥哥，伯父去世后，他们兄弟相依为命，哥哥虽然忙于传教，为了巩固萨迦派的地位而不懈努力，但不管如何繁忙，哥哥都没有停止对他的关心，无论到了哪里，哥哥都会在第一时间写信给他。正因为有了哥哥的庇护，当然，还有王府其他人的关爱，他才觉得自己没有被佛主、被生活抛弃，他内心孤独的角落才会被希望的阳光照到。

八思巴拉过弟弟的手，目光落在那张清俊的脸上："你又长高了不少。不过，要是再胖点儿就更好了。"

恰那多吉害羞地一笑。

"走吧，跟我去见王爷。"

"是。"恰那多吉顺从地应道。

兄弟二人携手而行，边走边谈。离开王府一年，八思巴始终都在惦记着王府中的每一个人。

"王妃的身体怎么样了？"

"王妃的身体比哥哥走时稍好一些。上次公主带她去了一趟幻化寺，她们在那里住了一段时日，回来后，王妃的心情平静了许多。看样子，她终于从阔端大王病逝的悲伤中挣脱出来了。"

"王爷（指蒙可都）有没有回来过？"

"没有，可能没机会吧。一个月前他有信来，说他已从汗营直接开赴四川前线。塔海将军也回到了军中。听说，原先在四川的按察尔将军被大汗派往青海驻地。"一年前，多达那波在青海去世，蒙哥汗接受蒙可都的建议，命按察尔接替了他的位置。

"小王子每天都去学堂吗？"

"是啊，每天都去。不过，从前些时候开始，公主安排了一些侍卫，下午陪他练习骑射，有的时候还到凉州城附近打猎。他更喜欢这样呢。哥哥是没见他，他的一张小脸晒得黑黑的，一张口就是弓呀箭的，我看他快活地像在草地上撒欢的小马驹。"

"真是想念这孩子啊。"八思巴轻叹。对于只必帖木儿，他总是怀有一种特别的怜爱。

"他也很想念哥哥，他托我代问哥哥好。"

"公主这次回来，还像以前一样忙碌吧？她一个姑娘家，王府的大事小情够她操持的。"

"岂止。王爷回不来，大汗有旨，她还得经常代王爷巡视封地。有时候看她那么操劳，我真的……"恰那多吉没再说下去。何况，他那种为她心疼的感觉也无法对别人言明。

八思巴微微笑了。这几年，他们兄弟经历了太多的事情，先是伯父示寂，接着又是阔端大王和苏如夫人辞世，再后来，蒙可都被蒙哥汗委以重任，离开了王府。在这种情况下，八思巴即使有心为弟弟求娶公主，也没有合适的机会提出。何况，八思巴很清楚，公主是大汗的女儿，她的婚事尚需大汗做主，八思巴虽与汗廷保持着密切的联系，却至今没有直接得到人汗的召见，在这种情况下，向大汗提及将公主许配给自己的弟弟几无可能。所以此次，八思巴坚持接弟弟来金莲川小住，确实存有通过忽必烈王爷向蒙哥汗提亲的用意。

对八思巴而言，这是他目前最大的心事。

远远地，便看到燕真魁梧的身影。燕真是忽必烈的贴身侍卫，忽必烈派他前来迎接恰那多吉。两下相会，八思巴为燕真引见了弟弟，燕真上下打量了恰那多吉一番，由衷赞道："这孩子可真够俊美的！瞧瞧，这眉毛，这眼睛，瞅着比上师还精神。"

八思巴看了看弟弟，目光中满含欣慰之意，恰那多吉的脸却一下子红了起来。

不多时，一行人来到忽必烈的大帐。在燕真和八思巴的引导下，恰那多吉先以蒙古宫廷礼节拜见了忽必烈。忽必烈摆摆手，示意他平身："你走近些，让我好好看看你。"

恰那多吉听话地走到忽必烈面前。忽必烈注目端详了他好一阵儿，温声问："你今年多大了？"

恰那多吉回道："小臣今年一十六岁。"

"那么，比真金大四岁了。说来也巧，我与上师相识时，他也是只有十六岁。晚上的家宴，我让你见见我儿真金。以后，你就和真金一起念书吧，我让真金陪你。"

"谢王爷。"

"在我这里，你不必拘礼。来，坐下吧，陪本王说会儿话。"

"是。"

恰那多吉恭顺地坐在忽必烈身边。他平素少言寡语，一旦交谈起来，却能让人感觉到他的佛学、文学和历史知识都相当完备，忽必烈对这个温雅俊美的少年更加喜爱。聊了差不多半个时辰，忽必烈命燕真带恰那多吉先去见过王妃察必，一会儿一块儿参加晚宴。

察必出身于弘吉剌氏，是济宁忠武王按陈的女儿。忽必烈在漠北潜邸时娶她为妃，极为宠幸。史书上称她容颜"极娇且媚"，但忽必烈之所以钟爱她，容貌还居其次，他最迷恋的是她的豁达大度与聪明睿智，这个女人于他而言，是一位不可多得的贤内助。

察必早就命人给恰那多吉准备了全套的衣物、被褥、用具。她像母亲见到久别的爱子，拉着恰那多吉坐在身旁，嘘寒问暖，恰那多吉想起墨卡顿说过的话，对这位夫人的贤德慈爱也算感同身受。

当晚的家宴上，恰那多吉第一次见到了从学堂回到府上的王子真金，以及真金的先生窦默老夫子。真金果然是墨卡顿说过的那种人，言谈举止与众不同，既谦和，彬彬有礼，又有一种内在的刚性。真金出生于乃马真摄政二年（1243），也许是因为他自幼成长于忽必烈"广延文学四方之士讲论治道"的漠北潜邸之故，从小即濡染儒学，崇信儒术。及年龄稍长，在中原名士姚枢、窦默等人苦心孤诣的教诲下，更是脱尽草原游牧贵族重武轻文的陋习，日益显示出不凡的抱负和远见。

真金对恰那多吉一见如故。真金本身是个很有亲和力的孩子，而恰那多吉只是生性腼腆，尤其在墨卡顿面前，他常常无法直言内心所想，但这并不意味着他就会拒人于千里之外。真金的善意显而易见，他们从佛学谈到儒学，很快发现他们无论在志向还是为人处事上都有许多相通之处，这使他们很快成为彼此欣赏的朋友。忽必烈见两个孩子如此谈得来，问窦老夫子能不能再多教一个学生，窦默欣然同意。

窦默，与当世经学大师许衡、中原名儒姚枢等人，从忽必烈在漠北潜邸时就追随其左右，被忽必烈视为左膀右臂。忽必烈让恰那多吉跟随窦默学习中原文化，也是希望恰那多吉在目前这个阶段能够兼学百家，博采众长，不断增长知识，增加才干，以备未来之需。在这一点上，他的想法和做法都与堂兄阔端一般无二。

对于自己要走的路，恰那多吉从未有过逃避的念头。只是偶尔，他也会想，如果他不是碰巧出生在款氏家族，不是碰巧见到阔端大王，他的人生，又将如何呢？

他只知道，如果他不是碰巧出生在款氏家族，不是碰巧见到阔端大王，他就无法与墨卡顿相遇。

陆

在忽必烈的鼎力支持下，八思巴在蒙古上层的传教活动进行得很顺利。法主萨班离开萨迦前往凉州与阔端大王会晤前，曾委托上部弟子释迦桑波、西部弟子伍由巴、东部弟子夏尔巴共同管理萨迦内部事务。一年前，伍由巴大师病逝，释迦桑波与夏尔巴商议后，派人往忽必烈行营，请求八思巴兄弟返回后藏地区主持教务。八思巴没有同意。他觉得，他和弟弟暂且留在忽必烈身边，更能拉近本派与拖雷家族的关系，而这件事，已直接关系到本派的生死存亡。

既然不能成行，为示歉意，八思巴委托教中弟子带回了大量布施。与此同时，他还请弟子带去了他的几封亲笔信，信中，八思巴广请吐蕃各教最著名的高僧到内地为他传授比丘戒。明年（1255），他将满二十岁，已到了接受比丘戒的年龄。

自秋初来到忽必烈身边，一晃已是隆冬季节。冬季到来纵然逐草而居的生活的确辛苦一些，恰那多吉也很快习惯了。他每日同真金一起念书，一起游玩，应该说，这是一段充实、平静而又愉快的日子。是啊，在这里，无论王爷、王妃，还是窦先生、侍卫长燕真，他们每个人都对他关怀备至，哥哥也经常回来陪伴他，真金更是将他视为知己的伙伴，身处这种充满着爱的环境，他不能不将寂寞深深埋在心底。他一直克制着，不让自己回想凉州王府的一切，然而，随着时间的推移，他对墨卡顿的思念也在与日俱增。他想好了，等过完正旦（阴历正月初一），他就请求哥哥帮他向忽必烈提出辞行，他答应过墨卡顿很快回去，他不愿食言。

每当想到墨卡顿，他的内心除了思念，总有一些小小的怨怒与猜疑。离开凉州的半年，墨卡顿只写来过两封信，两封信都是写给察必王妃的。尽管在信中，墨卡顿一再拜托四婶照顾好他，可这反而让他感到失望。正是这一次的别离让他意识到，无论他如何在意墨卡顿，无论他如何在她的视线中，他却似乎从未真正走进她的心里。

而他，从初见她的那一刻，就可能已在心中期待着一个可以长相厮守的结局。

离正旦只有半个多月了，恰那多吉和真金不用再去上学，真金请求父亲，想和恰那多吉一起到抚州城游玩几天，忽必烈没同意。真金又去请求母亲，察必出面帮儿子说情，忽必烈方勉强应允了。为慎重起见，他派燕真带一队精锐骑兵，亲自保护儿子和恰那多吉。

确定好后天一早出发，趁着无事，真金兴冲冲地来找恰那多吉。恰那多吉的帐子离真金的住处只有不到两里地，不过平常，他们多在学堂见面。在草原，所有的帐门都不会上锁，真金叫了一声恰那的名字，没人应答，他见帐门虚掩着，便推门走了进去。

恰那多吉不在帐中，不知道去了哪里。真金眼尖，一眼看到摆放在床上的四方几上摊开着几页纸，毛笔架在笔架上，看样子，恰那多吉出去前正在写信或写文章。真金到底是个孩子，好奇心驱使着他走过去随手将那几页纸拿了起来，想看看恰那多吉究竟写了些什么。原来，这是一封写给墨卡顿的信，因为抬头写着"公主"的字样，真金不觉笑了。恰那多吉在信中，描述了王廷为庆贺正旦所做的种种准备，他的笔触一如他的为人，细致，生动，娓娓道来，给人一种身临其境之感，但从始至终没使用任何表露感情的词句。

真金翻到最后，见信已写完，只差落款。他一边琢磨着该如何拿这件事打趣恰那多吉，一边将信放回案几上。这时，他的视线被一个小小的牛皮箱吸引了，它放在四方几靠里的一边，站在床边就能看得很清楚。这个牛皮箱，外形倒是挺普通，不过里面居然设有六个箱格，此时，箱盖打开着，箱中装着什么一目了然。信，都是信，除了信之外没有别的东西。六个箱格，四个箱格都被占满，目测一下，怎么也在百封以上。淡黄色的信皮显然是写信人自己制作的，真金抽出几封看了看，只见每一封的信皮上都标明了写信的日期，而最早的一封写于恰那多吉到达金莲川的当天。也就是说，从恰那多吉来到王廷，他每天都会给墨卡顿写一封信，那么，到现在应该有一百六十多封信了。

真金呆了片刻。

接着，他醒悟过来，迅速将所有的信件还原，然后悄然离开了恰那多吉的帐子。他的一颗心跳得很急，初时的坦然消失无踪，此时的他，很怕会被别人尤其是恰那多吉看到他在这里。

他也不知道自己这是怎么了，就是突然觉得很慌乱，很惭愧，为自己无意中发现了恰那多吉的秘密。这会儿的心境与刚才完全不同，刚才，他还想着如何跟恰那多吉开开玩笑，问他是不是喜欢上了墨卡顿姐姐？是啊，尽管他年龄还小，也从未有过如恰那多吉一般的感情经历，可是，恰那多吉的痴情却无法不打动他。那些可能永远不会交给墨卡顿姐姐的信让他明白了一件事，就是：最深沉的爱往往不在嘴上，而在心里。他决定尽自己所能，帮助恰那多吉实现他的心愿。

柒

真金与恰那多吉的抚州之行很愉快，恰那多吉得到一尊用整块儿翡翠雕成的制作极其精巧的四面佛，翡翠固然已是上品，最难得的还是其艺术价值。雕刻者可谓匠心独运，于一体雕出四佛，而四佛形态各异，面部表情或喜或怒或笑或嗔，无不栩栩如生。

回到金莲川，已是正旦喜宴的前两天。恰那多吉将四面佛献给忽必烈，忽必烈视为珍奇，命王妃察必收好，新年伊始供入佛堂。藩府将臣也从关中、河南、山东、河北诸地纷纷赶回金莲川，一为述职，二为相聚。如果因公务缠身实在不能离职，也会各自派来子侄兄弟。五朝老将张柔之子张弘范和德臣之弟良臣差不多同时到达王廷，良臣是代兄入贺，弘范则另有公干。数月前，弘范奉父命北上觐见蒙哥汗，汇报父帅张柔在亳州建立水军的进展情况。弘范在汗营待了一段日子，辞行时，蒙哥汗命他带封家信给忽必烈，并将亳州屯田建军诸事一并面呈忽必烈，正好张柔也有此意，弘范便直接来到忽必烈的行营。

弘范是张柔第九子，出生于窝阔台汗十年（1238），比恰那多吉年长一岁。他日后成为元初最杰出、最重要的汉将之一。忽必烈慧眼识英，对这位十七岁的少年将军格外爱重，而弘范目睹了忽必烈的风采，亦暗暗为之心折。

正旦之日，儒臣们照例要奉上《贺正旦表》，八思巴也献上了自己的新年祝词。

忽必烈是蒙古宫廷中愿意主动接受汉地传统文化思想的代表人物，因此，在忽必烈的王廷中，采用了一些汉地宫廷的礼仪，其中一项即在汉历的正月初一接受臣下的朝贺。八思巴既入忽必烈的藩府，自然受到这种习俗的影响，也会在新年时写祝词向忽必烈一家祝贺新年。这后来成为一种定例，不论八思巴是在忽必烈的宫廷，还是在吐蕃，或者是在往返于汉地和吐蕃之间的路途中，都要计算好时间，在年前写好新年吉祥祝词，保证在正月初一送到忽必烈的手上。八思巴所写的祝词，在形式上类似于儒臣们的《贺正旦表》，在内容上则是佛教的祈愿文，祈愿佛法僧三宝护佑平安吉祥，保佑忽必烈一家福德圆满，健康长寿。八思巴的这些祝词都是诗体，词句华丽、流畅，即使里面有许多佛教的术语，也并不显得艰涩呆板，不失为藏族古代诗词中的佳品。

这一次，忽必烈命八思巴将祝辞念出来给他听。八思巴十岁即到凉州生活，在伯父萨迦班智达和阔端大王身边接受了最严格的教育，天生颖悟的他，不仅佛法精深，而且兼通藏、安多、蒙古、汉、梵等多种语言。祝辞的内容他早烂熟于心，于是，他直接用蒙古语将祝词诵出：

祝愿吉祥！

顶礼文殊菩萨！

顶礼福德遍照三界、慈悲遍通一切、无上救护世间之佛陀！

为成就圆满祖业及解脱、利乐根本之尊胜人主体坚长寿之故，谨献此吉祥祝词。

祈愿你这权势如大海、如须弥山、如日月珍宝之神中之神健康长寿，所愿俱得成就！

你心地洁净，所行功业广大，祈愿你在此成为众生依止处之大地上胜于各方！

你之福德深广无量，具足各种珍贵功德，祈愿你在智慧龙王所依止之吉祥大海中胜于各方！

你出身家族洁净高贵，财富受用等同如意宝树，祈愿你在尊胜众神所依止之须弥山胜于各方！

由自在威赫之坛城，放射出炽热之光辉，摧毁来犯之黑暗敌众，祈愿你像太阳照临各方！

由慈悲光明之坛城，放射出利乐之银辉，消除匮乏的煎逼，祈愿你像月亮照临各方！

祈愿福德大海中所生出的美妙悦目之佛像，如产生一切利乐之如意宝胜于各方！

祈愿佛陀、佛法及佛子战胜诸种魔敌，以护佑世间之法力，使得以上祈愿实现！

为皇子胜于各方之故，持守清净戒律、智慧无畏之说法僧八思巴撰此祝词。

为皇子菩萨忽必烈平安吉祥之故，写于阴木兔年（1255）新年之时。

这篇声情并茂且别开生面的祝词引来阵阵喝彩。

忽必烈大喜，下令赐给八思巴兄弟金银粉及金银法器，对其余藩府将臣及其家眷也各有丰厚赏赐。这也是忽必烈与长兄蒙哥之间的不同之处，蒙哥沉断寡言，不喜燕饮，不好侈靡，每逢行赏，俱有计划。忽必烈的个性却是豪侈与简朴兼而有之，在藩府时对臣下，建立元朝后对四大汗国及藩属国的诸王贵族，对朝廷重臣的赏赐都极其慷慨。

隆重的朝会结束后，就是持续三天的大型酒宴。这种酒宴后来在忽必烈立国后成为质孙宴（又称诈马宴）的前身，只是当时对王公大臣的服装未做规定。恰那多吉、张弘范都是第一次参加王廷的酒宴，他们算是开了眼界。恰那多吉在凉州城不止一次参加过阔端大王举办的宴会，弘范甚至还有机会参加过一次蒙哥汗在汗宫举办的接待欧洲使节的宴会，即便如此，无论哪一次，从规模，从热闹、奢华程度都无法与此次宴会相比。先不说别的，光酒的种类就有几十种，有多种产自汉地的名贵粮食白酒，有西域葡萄酒、金帐汗国葡萄酒、吐蕃青稞酒，有黑马湩、甜马湩、酸马湩、奶酒，还有各种口感极佳且度数偏低的果酒、南方米酒等。除此以外，为了照顾参加宴会的子聪和尚、八思巴以及妇女孩子，宴会上还特意为他们准备了十多种果汁。

宴会在王帐旁边临时搭建的银顶大帐中举行。银顶大帐，顾名思义，系仿成吉思汗的金顶大帐而建，包顶与帐中的立柱都饰以银色，且比金顶大帐少用了九个哈那。虽面积不及，仍可轻松地容纳二三百人与宴。自窝阔台汗以降，蒙古宫廷接受贤相耶律楚材的建议，部分地采用了汉地礼仪，对君、王、臣、民的住所、衣着、日常用度、饮宴、出行等方面都做出相应的规制，是以忽必烈从不僭越。宾客在规定的时间陆续入席后，可先行品尝各色点心、炸果子，奶皮子、白奶油、黄油、甜奶酪、奶干、软奶酪、炒米等蒙古人喜爱的小吃，牛、马、驼的鲜奶以及用黄芪、北芪、木香花、山丁果叶等熬制的奶茶。

待吉时到，忽必烈一家就座后，燕真便宣布酒宴正式开始。

酒宴之上，歌舞齐备，众人起立，首先恭祝忽必烈夫妻父子新年之喜。忽必烈照例请大家随意。侍者穿梭其间，忙于将九道菜肴摆上众人面前的餐桌。第二个九道菜上桌时，前面的就需要撤下，如此类推，直到第九个九道菜摆上，所有的菜品才算上齐。王廷的厨师，利用牛、羊、猪等家畜，鸡、鸭、鹅等家禽，鹿、驼、狍、幼獐、土拨鼠、天鹅、雉鸡等野味，以及山珍、冷水鱼、冬季可以储存的菜品煎炒蒸炸，精心烹制出九九八十一道佳肴，有一些难得一见的珍馐，比如鹿唇、天鹅炙等，令在座所有人赞不绝口，回味无穷。

等到猫耳汤、荞面肠、葱花饼、馅饼等主食上席时，大家其实都已经吃不动了，只好做个样子，稍做品尝。

忽必烈于豪爽的天性中也有其细致的一面，这一点从头天的宴会中规中矩，后两天的宴会则在安排上比较随意上能够看得出来。第二天和第三天的宴会，不会讲究那么多的规矩，宾客们也不会完全按照职位身份高低就座，酒至半酣时，也难免有走桌敬酒、随意交谈的现象，每当这时，忽必烈一概视而不见。

弘范、燕真、阿术、良臣等年轻将领凑在一起，大家谈些用兵之道，布阵之法，十分投机。燕真向安童做了个手势，安童会意，走到真金身边，悄悄说："哥，我们去那里坐一坐。"

安童是蒙古开国元勋木华黎的四世孙，也是真金嫡亲的两姨表弟。

真金正有此意。他原想叫上恰那多吉，见恰那多吉正专心地倾听父亲与上师讨论佛法，也就没有打扰他。

郝经刚从山西赶回王廷，来得最晚。忽必烈知道他酒量不行，故意罚酒三杯，真金做过郝经的学生，担心先生不胜酒力，反正都是酒，他便自作主张，命人给先生换上一种口感绵软的果酒。真金的贴心令郝经很受用，忽必烈也不介意，哈哈大笑。

郝经系山西陵州人，金末大家元好问即出于其祖父郝天挺门下。郝经家贫而好学，曾于铁佛寺苦读五载。后馆于张柔家，得以博览其丰富藏书。蒙哥汗六年（1256年），受召北见忽必烈于沙陀，条呈数十事，甚受器重，之后留王府侍奉忽必烈。

在与忽必烈的闲谈中，郝经得知前几日蒙哥汗有家信来，他担心这封信与攻宋计划有关，遂斗胆相询："臣闻大汗有家信来，可是大汗对攻宋一事已有谋划？"

忽必烈反问："郝先生还是不赞同蒙占倾力攻宋吗？"

"是。如今时局不稳，臣以为现今阶段国家的当务之急是与宋廷讲和通好，以安百姓。一统天下者，以德不以力。敌方尚未有败亡的迹象，我方便倾国而出，倘遇内乱外困，将陷我国于不利。"

真金、弘范、良臣等闻听忽必烈、郝经谈及未来战事，不由一个个的脸上都露出关切神情，侧耳倾听。其他人见状也停下交谈，不多时，大帐里变得格外安静，忽必烈、郝经的对话清晰可闻。

"祖父在世时，南攻唐兀惕（西夏），西伐哈剌契丹（西辽国），降服畏兀儿，大举西征，尽皆奏凯；伯汗在世时，消灭金国，组织第二次西征，帝国版图继续扩大；今大汗登临汗位，组织第三次西征，吐蕃、大理无不俯首称臣，大汗建立的功业可追先汗。接下来，大汗想实现一统江山的目标也在情理之中。"

"非臣固执己见，臣只就事论事。想我蒙古自立国以来，连年征战，民困军疲，在短时间已然凋敝的国力尚不足以内支撑如此巨大的征伐行动。何况，宋为定居国家，放弃野战，将攻克敌之坚固城池作为首要目标，诚以我之短克敌所长。以臣揣测大汗部署，进攻重点当在西线的四川防区，希求从西路取得突破，辅以中段的京湖防区，东段的两淮防区。然四川一带地势险恶，用我有限的兵力与宋庞大的军力拼消耗，加之没有强大的水军做后盾，假以时日，臣担心我军必显败绩。"

"那么，先生有何良策赐教于我？"

"臣有二策。"

"先生请讲。"

"结盟饬备，以待西师；修德简贤，待时而动。"

忽必烈深思片刻，说道："先生所言，我当尽快奏明大汗。说到西师，大汗在来信中还真是告之我六王爷旭烈兀在库希斯坦的作战情况。据战报，六王爷率领的西征军已攻克敌大小堡寨二十余座，歼灭亦思马因士卒五万余名，进展顺利。另外一件纯属家事，但事关本王的侄女墨卡顿，与先生聊聊也无妨。先生在漠北时，墨卡顿做过先生的弟子——当然，她也是先生门下唯一的女弟子。我记得那时，若不是母后亲自出面讲情，先生还不肯收下她呢，然而后来却对她青睐有加，赞赏备至。一别若干年，先生想必也很惦念她吧？"

"是啊，臣几个月前还接到过公主的书信，她邀请臣到凉州做客。想起来，公主颖悟勤奋，眼界开阔，忠孝双全，真是难得。她若非女儿之身，当为王佐之材。"

"先生言之差矣。大汗对他的宝贝女儿可是委以重任，这小丫头坐镇王府，巡视边关，颇有当年监国公主的风采。"

郝经若有所思。他居蒙古多年，对成吉思汗西征期间，委任三女儿阿剌海为监国公主，阿剌海内控北骑，外驭南兵，调配诸路，让将臣咸服的往事耳熟能详。他暗叹蒙古习俗果然有别于中原，女子地位不亚于男人，这也是成吉思汗立国前后，不少女子能够参决政事，影响政局的原因。"大汗的来信说些什么？公主怎么了？"

"我也不知道该算是好事？还是难事？你们汉人有句话是怎么说的？唔……让我想想……好女百家求，对，就是好女百家求。这些年，向大汗求亲的人太多，各有各的方式，大汗都有些应接不暇了。不过，大汗心中倒也有几个中意的人选，他来信与我商议，让我和夫人帮他参谋参谋，看哪一个可做驸马。"

郝经当即起身，抱拳施礼："公主终身大事，非同小可，还望王妃、王爷千万费心。"

忽必烈笑道："不必多礼，请坐。看来，夫人说得一点没错，为人刚正的郝先生，其实仁慈的内心如奶油一般柔软。"

八思巴、真金的目光不约而同地落在恰那多吉的脸上。恰那多吉的神色平静如初，几乎看不出任何变化。但不知为什么，他们却分明感到一股寒寂之气，正一点一点地从他的周身渗出。

寒寂之气，那该是怎样的绝望啊！

八思巴知道自己不能再等下去了，无论结果如何，他必须做出尝试。他十分后悔自己对这件事总是一拖再拖，这些年，他忙于传教，日夜操劳、奔波，阔端大王逝后，他更是一门心思致力于萨迦派地位的稳固。这是其中的一个原因。另一个原因则可能是因为，在他的内心深处，仍将弟弟看成了一个孩子。

真金微微抿住了嘴角。他一定要为恰那多吉争取一个机会，但显然，他对这件事另有打算。

捌

三月，因需接受比丘戒之故，八思巴与恰那多吉向忽必烈辞行。恰那多吉先陪哥哥来到河州（今甘肃省临夏），等哥哥接受比丘戒后，他准备回凉州一趟。他还有一个心愿未了，待他了结了这桩心事，他想征得哥哥同意，转回萨迦寺，从此一心侍奉佛主。

四月中旬，八思巴到达河州，受到八思巴邀请的涅塘巴、恰巴等八位高僧也陆续赶来河州与八思巴相会。五月十一日，八思巴从诸位高僧那里接受了比丘戒，成为一名具足资格的比丘。受戒仪式结束，八思巴又返回忽必烈暂住的忒剌地方，与此同时，他派人将弟弟送回凉州。

恰那多吉回到凉州时，墨卡顿并不在城中。蒙可都转战于四川前线，墨卡顿代行兄职，前往甘青之地巡视。直到返回王府的第三天，恰那多吉才终于见到墨卡顿。

墨卡顿与恰那多吉久别重逢，很想问问他关于四叔和上师的近况，但她刚刚回来，还有公事要办，便对恰那多吉说：她先去见母亲，然后还要给兄长写封信，晚上，她会去找恰那多吉。

在房间匆匆吃过晚饭，墨卡顿正打算去一趟后花园，忽听侍女入报："公主，公子求见。"

王府中人，对八思巴先称小佛爷，后称上师；对恰那多吉，则一直以"公子"相称。

墨卡顿与恰那多吉相识五年，恰那多吉还是第二次来她的房间。以前，几乎都是她去看望恰那多吉。五年中，他们差不多有两年半天各一方，所以但凡能在一起，墨卡顿对恰那多吉总是像姐姐对弟弟一样百般疼爱，而恰那多吉在墨卡顿面前则一直有些拘谨。

恰那多吉会不请自来，倒让墨卡顿有些意外。

她向侍女做了个请恰那多吉进来的手势。工夫不大，恰那多吉出现在房门前，墨卡顿像往常一样，上前迎住了他，他却不肯往里走，只是站在门边，默默地望着墨卡顿。

墨卡顿不知出了什么事，笑着问道："怎么了，恰那？"

恰那多吉没有回答。

墨卡顿见他的脸色不同以往，心里不免有些发慌。情急之下，她拉住了恰那多吉的手，"恰那，你……"

恰那多吉的心不由自主地颤抖了一下。她柔软的手掌温暖依旧，这温暖让他千垒万垒的决心摇晃了一下，他急忙稳住心神，抽出手，将一样东西递在墨卡顿的面前。

　　原来是他们第一次相见时墨卡顿送给恰那多吉的那个檀木香串。五年来，恰那多吉总是把它放在离自己心口最近的地方。

　　"还给我？"墨卡顿诧异。

　　恰那多吉点了点头。

　　"为什么？"

　　"我打算离开王府了。一旦离开这里，我不想带走与王府有关的任何记忆，不，我不想带走与你有关的任何记忆。"恰那多吉心里痛苦，语气却是冰冷的。

　　将香串还给墨卡顿，然后毁掉那些信，从此，他与这个女子再无牵绊。

　　"你要走？去哪里？什么时候？"

　　"我回王府，只是为了想再见王妃和小王子一面。还有，想把这个还给你。现在，我的心愿已经了结，我很快就会离开的。我要回吐蕃去，回萨迦寺，暂时没可能的话，我会待在金莲川。"

　　墨卡顿注视着恰那多吉，她已经开始悟出他真实的心意，却不急于点破。她接过香串，套回到自己的手腕上。看着她如此镇静地就收回了香串，恰那多吉先是一阵心寒，接着又有几分不舍。那香串真的只是香串吗？放弃了它，恰那多吉等于放弃了自己生命中最快乐的时光。他的心里蓦然升起了一股对她的怨气，他扭头就要离开。

　　"等等。"墨卡顿叫住了他。

　　"你要说什么？"

　　"你为什么一定要离开王府呢？这里不是你从小就住惯的家吗？"

　　"我的家？"恰那多吉回视着墨卡顿那双神采奕奕的眼睛，突如其来的愤怒使他完全丧失了理智。他原本并不想说，然而，此刻的他，面对着可以预知的永远无法相见的未来，久已压抑的委屈、妒忌、爱恋和怨恨终于都像火山一样喷发出来，即使说完他会后悔他也顾不上了，"就算这里是我的家，难道你还要我在这个家里看着你出嫁，然后再若无其事地为你送上祝福？对不起，我没那么虚伪，我做不到！我不明白，你有什么权力这样对我！从与你相识，除了担心你何时会离开，就是为了你的离开而伤心难过，为了思念而备受煎熬。我也真够傻的，居然坚信自己无论为你做什么都是值得的。可最后呢？我所有的忍耐最后又换来了什么！我受够了！我真的受够了！是啊，你是公主，大汗的女儿，你的人生会得到无数人的祝福，不缺我一个！"

可能因为第一次看到恰那多吉发火，墨卡顿一开始多少有些愣怔，直到恰那多吉把话说完，看着他起伏不定的胸膛和微微喘息的样子，她的脸上不觉露出了笑容。

"好可爱！"她说，依旧是那种戏谑的口吻。

这是他们第一次下象棋时墨卡顿说过的话。当时，因为他输棋，她用毛笔在他脸上轻轻描画，他的心门就是那个时候被她打开的。此刻，望着她明媚的笑颜，恰那多吉觉得自己快要疯掉了。

"你！你可真……"

"我还从来没有听你一下子对我说过这么多的话呢！你这小孩子什么都好，唯一的缺点是太沉默了！"墨卡顿停了停，脸上的笑意更浓了，"我说，你呀，真的就那么喜欢我吗？"

恰那多吉浑身一震，紧盯着墨卡顿的脸。他看出墨卡顿是在逗他，于是赌气回道："你想哪里去了，才没有呢。"

"是吗？"

"当然。"

"你真的想回萨迦？"

"嗯。"

"你一定要走也可以啊，不过在走之前，你怎么也得先把我的东西还给我吧？"

"你的……什么东西？"

"信啊。"

"什……什么信？"

"你在四叔的行营写给我的那些信啊。"

"我没有写……你怎么知道？"

墨卡顿避而不答："那些信，你带回来了吗？"

"没有，我扔了。"

"扔了，你就口述给我吧。"

"不！"

"恰那，你不要这么任性好不好？也许明年，你就要成亲了，不赶紧长大怎么能行？"

"你在说什么！谁要明年成亲？"

"你啊。"

"开什么玩笑！我不会成亲的，我不会娶任何人！"

"如果是大汗赐婚，你也敢拒绝他吗？"

"那又如何！让他杀了我好了。"

墨卡顿见恰那多吉的脸涨得通红，不忍心再继续跟他逗趣。她叹口气，正色道："你呀！我都不知道该对你说什么才好了，要我说，你可真像个小孩子！当然了，有些事也怨我，父王去世后，我一直忙忙碌碌的，总想替母亲和哥哥多分担一些，照顾好你和小弟，没有时间去想多余的事情。若不是真金提醒我，只怕我到现在还一无所知呢。"

"真金王子？"

"是啊。现在你该明白了吧？"

"明白……什么？"

"我如何知道你写信的事。"

恰那多吉的脸上露出迷惑的表情，"你到底什么意思？真金王子，他对你说了些什么？"

"他写信给我，问我将来会选择嫁给我最喜欢的人？还是嫁给最喜欢我的人？他虽然不知道我有没有喜欢的人，但他知道那个最喜欢、最珍惜我的人是谁。"

"他知道？怎么会？"

"这有什么！真金一直都是个有心的孩子。"

"他知道,你却……"恰那多吉喃喃低语,语气中透露出内心的无限隐痛。

"只是以前没很留意而已。恰那，我很庆幸，我最喜欢的和最喜欢我的是同一个人。"

"你……说什么？"

"恰那，我并不确切知道自己喜欢你的原因，但我能确定，你是我愿意照顾一辈子的人。我已经把我的想法禀明父汗了。"

如此悲喜起伏，远不是少年所能承受的。有好一会儿，恰那多吉的脸色变幻不定，大脑一片空白。

当他终于清醒过来，他看到墨卡顿摘下香串，像他们初见时那样，拉过他的手，轻轻地放在他的手心里。"这个，属于你。记着把那些信给我，我从来没有到过金莲川，读了你写给我的信，我相信自己一定会像你一样看到那里的一切。"

恰那多吉将香串紧紧地攥在手中，如同攥紧他那来之不易、失而复得的希望。

"公主。"良久，他轻轻唤道。

"嗯？"

"你刚才说的，都是真的吗？"

"是。"

"你说，我是你愿意照顾一辈子的人？"

"对。"

"你说，你已经把你的意愿禀明了大汗？"

"没错。"

"那么，王妃……"

"母亲一直那么钟爱你，她怎么可能不愿意呢？"

"蒙可都王爷也知道吗？"

"大汗知道这件事，二哥自然也就知道了。我了解二哥，只要是我的决定，他不会反对的。"

"可是，大汗呢？大汗不同意该怎么办？"

"不会的。我是奶奶的宝贝，她早就为我设计好了一切。奶奶临终的时候曾对父汗说，让我自己安排自己的人生，父汗答应了她。只要父汗答应了，他就一定能做到。"

从永诀的预想被拉回到相守的现实，幸福来得太过突然，恰那多吉虽依然似信非信，脸上却不由自主地旋出了轻松的笑意。这是过去的五年里，她在他脸上从来不曾见过的笑容。没想到，他的笑容也可以这样开朗，这样无忧无虑。

恰那多吉走近墨卡顿，用手捧住了她的脸颊。于他而言，这是一个大胆的举动——是她的承诺给了他莫大的勇气。

"这一切都是真的吗？还是我在做梦？"

她用微笑迎住了他的目光，清澈的双眸中闪烁着动人的光泽。过去，只有在梦中，他才可以像这样无所顾忌地凝视她，才可以像这样无所顾忌地跟她在一起。

"我不是在做梦，对吗？"

她柔柔地注视着他，竟有几分感慨。挽不住的时光啊，不知不觉中，他的个头竟长得比她还要高了。

"也就是说，从今往后，我每天都可以跟你在一起，只要我愿意，我可以随时随地见到你？"

"我想，一年以后，应该如此。"

恰那多吉表情一滞，"为什么是一年以后？"

"你忘了吗？我要给奶奶守孝三年。明年，等我守孝期满，到时候你若没改变主意，我会请父汗赐婚。"

"改变主意？你说我吗？"

"是啊，恰那。你还小，也许……不管怎么说，万一到时你改变主意，我会尊重你的选择。"

"你是傻瓜吗？要说这种蠢话！"恰那多吉微叱。

墨卡顿一笑，丝毫不介意他的恼怒。

恰那多吉的双手落在墨卡顿的肩头，将嘴凑近她的耳边。这是最合适的角度，她可以听到他的低语，他却可以避开她的目光。有句话他必须告诉这个他在世间最心爱的女子，只是，他还不太习惯感情外露，而且，他也不愿让她看出他内心对她的渴望："公主，你曾经有过那样的体验吗？灵魂离开了肉体，那一瞬间，痛到了极点，也冷到了极点。那种感觉实在太可怕了，如果让我再经历一次，我一定活不下去。"他停顿了片刻，眼窝刺痛，想到那一刻，他仍有一种血液停止流动的感觉，"那个时候，我以为自己就要永远失去你了。其实，从我们相识开始，你就带给我太多的折磨与痛苦，可是，我能感受到的一切欢乐和幸福，也缘于我们的相遇。所以现在，你仍旧认为我有选择的余地吗？无论过去、现在还是将来，选择权始终都握在你的手里。"

"恰那，对不起……"

"我不要听你道歉。别忘了，是你亲口说的，你会照顾我一辈子！你可不要食言哦！"

玖

八思巴前往河州受比丘戒期间，忽必烈再度派遣金字使者召请噶玛拔希。忽必烈倒是不计较噶玛拔希上次在出征大理途中离他而去一事，战争期间，他原也无意将八思巴、噶玛拔希长留身边。但这一次有所不同，平定大理之后，蒙哥汗仍命忽必烈总领漠南汉地军务，忽必烈求贤若渴，很想让噶玛拔希也像八思巴一样成为自己的左膀右臂。

噶玛拔希不得已前往金莲川与忽必烈见面，内心深处仍如两年前一样，从未将忽必烈视为自己的保护人。

年过半百的噶玛拔希老于世故，深知与其将自己和噶玛噶举派的命运交付给亲王忽必烈，还不如交付给可以主宰忽必烈命运的蒙哥汗。何况，忽必烈身边已经有了八思巴，这位年轻的萨迦法主，不仅为忽必烈所倚重，还深得察必王妃的尊崇。而他，和八思巴原本分属不同的教派，许多年来，噶举派、萨迦派既相容又相争，诚所谓道不同不相与谋，噶玛拔希并不愿意与这样的人共事一主，这是其一。

其二，他也不看好忽必烈的所作所为。

噶玛拔希再次选择了离去。这一次，忽必烈深为恼火。噶玛拔希的势利及多变，与年轻的八思巴博学、忠诚、朴实和谦逊的品格形成了鲜明对比，也使忽必烈对噶玛拔希不复再有擢用之念。

忽必烈不出征时，夏季通常在金莲川驻营，冬季则到桓、抚间临时寻找避寒之所，或在旧桓州，或在离燕京不远的奉圣州之北。金莲川幕府的幕僚们，大多习惯于定居生活，而不习惯于"居穹庐，无城壁栋宇，迁就水草无常"的游牧生活方式。为了解决这一矛盾，忽必烈于蒙哥汗六年（1256）三月，命子聪和尚选择合适地点兴筑新城。子聪根据《黄帝宅经》中"凡修宅次第法"和"阳宅图说"，相中了桓州以东、滦水北岸的龙冈之地为建城地点。

龙冈北依南屏山，南临金莲川，东、西两面皆是一望无际的广阔草原，地势平坦，宜于建城。

开平府的兴建整整用了三年时间。第一年，始营宫室；第二年，复修宫城。建造开平府所用的数十万工匠皆来自中原地区和汉中一些地方，而建筑材料如木料、砖瓦、石料等大多就地解决，桓、抚一带实在没有的，才由中原和燕山地区输运过来。

开平府的构筑运用了汉式古代筑城方法，这种方形城池可以说是自古以来平地筑城所沿用的形制。而在城门外加筑瓮城，也是古代中国传统的建筑方式，早在汉代已被广泛采用，主要是为加强重要城门的防御而设置。城内的宫殿式样亦模仿宋代城市建筑。如大安阁，是沿用了汴京城熙春阁的建筑式样，并在阁后修建鸿禧、睿思二殿。城内的街道规范划一，东西南北各城门两两相对，但主要干道并不直通，皆有宫城或里城阻挡，并且常在道路的另一端与横街交汇成十字路口。

开平府位于蒙古漠北草原的南缘，地处战略要冲。它北连朔漠，便于与和林的蒙古汗廷保持联系；南接内地，便于控制华北和中原。把开平府定为驻节之所，符合忽必烈以一个亲王身份总领漠南军务的需要。尤其在从大蒙古国到元王朝建立的进程中，蒙古统治者的政治、文化、军事中心也逐渐实现了从漠北的和林向大都（北京）的转移。而开平城的修建，恰恰成为这个草原游牧帝国向中原王朝转化的过渡阶梯。

第五章　龙虎斗

　　对于忽必烈在漠南汉地所推行的改革，蒙哥汗的心中很不是滋味。按照蒙哥汗原来的意图，无非是要以忽必烈镇守中原，旭烈兀镇守西域并统兵专征阿拉伯诸国——或者更直白点儿说，派两个亲弟弟分别控制帝国的两翼，其目的是为了确保帝国的权力永远归属于拖雷系，并以武力和经济实力作为后盾，巩固其历尽血雨腥风方从窝阔台系夺取的汗位。

　　然而，忽必烈像一头难以驾驭的猎豹，一旦出笼，就无所顾忌。他从各方面得到的情报都证实：忽必烈在漠北期间即已留心和关注漠南汉地事务，并在藩府中聚集了一批以汉儒幕僚为核心、文韬武略兼备的谋臣勇将。尤其是在受命总领漠南军务之后，忽必烈更加如鱼得水，不仅即刻移驻金莲川，筑城建府，而且继续延请各地名士，求教治国之道。如此所作所为，怎不令人起疑？

　　忽必烈放手实行"新政"，成效显著，深得中原百姓拥护。然而此举难免侵害了某些惯于肆意征索的蒙古贵族的利益，他们纷纷上书，恶意中伤和挑拨蒙哥汗与忽必烈之间的关系。一些贵族大臣还抓住忽必烈兴建开平府这个由头，屡进谗言，诬陷忽必烈"王府得中土人心，其志不在小"，"王府人擅权为奸利事（财赋输于王府），贪赃枉法，其谋不在近。"

耳闻目睹漠南汉地在各个方面取得的巨大进步，蒙哥汗周围的守旧势力一再抨击忽必烈用汉人、施汉法的"叛逆"行径，加之藩府势力日益壮大，百姓怀德，天下归心，也引起了蒙哥汗的疑忌。如此一来，久存于蒙哥汗与忽必烈之间关于如何治理汉地，是沿用"蒙古法"还是使用"汉法"的矛盾便不可避免地爆发了。

六年冬（1256 年腊月），蒙哥汗召开忽里勒台，决定亲征南宋。会上，他命幼弟阿里不哥辅助自己的儿子玉龙答失留守和林，自己则率蒙古主力分路南下。忽必烈未得与会，蒙哥汗以四弟患有足疾为由，令其留在桓、抚之间休养。这样，他就冠冕堂皇地解除了忽必烈的兵权。与此同时，蒙哥汗又将正在凉州一带建寺传教的噶玛拔希召至和林，封为国师，赐给他一顶金边黑色僧帽（此即噶玛噶举派黑帽系活佛转世系统的由来。噶玛噶举派创始人都松钦巴被追认为黑帽系第一世活佛，噶玛拔希为第二世活佛），并赐给他一颗金印。由于得到大汗的扶持，噶玛噶举派的权势和影响很快胜过了萨迦派。

面对噶玛拔希的噶举派开始凌驾于萨迦派之上的现实，八思巴并未产生动摇，更不曾改变其继续依附忽必烈的决心。八思巴像他的伯父萨班一样，善于审时度势，更拥有一双识人慧眼。当年，不过十一二岁的他，作为伯父最特殊的弟子，参与了伯父与阔端大王谈判的全过程，萨班在谈判中表现出来的智慧，以及他为利益众生而不惜己身的牺牲精神，无不影响着八思巴的行为准则。何况，八思巴在与忽必烈相处相随相知的过程中，确实对这位能力过人的亲王心存敬重。

七年（1257）春，蒙哥汗从漠北南下，经河西到达六盘山，以王府诸臣属多有擅权等事为名，派出亲信大臣阿兰答儿、刘太平等人理算陕西、河南等处钱谷，在忽必烈的封地关中地区设立钩考局，进行钩考（审计），对忽必烈设置的官府机构和官员一一审查，罗列罪名。在蒙哥汗"先除羽翼，后治魁首"的策略面前，忽必烈既忧且惧，惶惶不安。作为同胞兄弟，忽必烈比任何人都了解自己的兄长。自父亲辞世，是母亲和兄长共同撑起了拖雷家族，而这也养成了兄长毫不容情的铁血性格。几天前，忽必烈顶着被兄长再次误会的压力，从阿兰答儿手中救下姚枢和廉希宪，之后，为寻求佛主保佑，他请八思巴在他的营地焚烧柏枝、酥油、粮食、花果祭神，这是佛教密宗息灾求福的一种仪式。

阿兰答儿、刘太平奉旨钩考，是忽必烈有生以来经历的最为惊心动魄的险情。当他得知自己在河南、关中地区所委官吏几乎全被严酷整肃的消息时，既气愤委屈，又深感无奈。依照他的想法，就想亲赴汗廷向兄长申辩，关键时刻，亲信幕臣姚枢、子聪和尚再三劝说忽必烈主动向蒙哥汗低头，因为他们深知，如果忽必烈只图一时痛快，上汗廷与胞兄对质，很可能彻底激怒蒙哥汗，并因此遭到终身监禁或被蒙哥汗流放边远之地。常言道，覆巢之下，安有完卵？一旦到了那个地步，他们这些藩府谋臣焉得独善其身？这且不论，最为可惜的还是忽必烈在汉地所实施的种种新政以及他们这些人协助忽必烈开创的大好局面就会半途而废。为今之计，倒不如以退为进，以守为攻。

姚枢极力劝说忽必烈："大汗是国君，是兄长；殿下是臣民，是兄弟。殿下不能同大汗计较是非曲直。而今殿下远离在外，与大汗消息不通，大汗心疑殿下，才有钩考之举。依臣之见，殿下何不将诸妃、子女遣归汗廷，做出在那里久居的打算。如此，大汗的疑心自可消除，君臣、兄弟之间也可和好如初。"

忽必烈犹豫不决。

八思巴在关中地区传教，数日前才返回开平府，一回来，他就为忽必烈举行了一场祈福仪式。通过姚枢和子聪和尚，他已察知钩考内幕，他对姚枢的建议深表赞同："蒙哥汗听信谗言，猜忌殿下，此乃情理中事。试想，就眼下殿下的开平城而论，比之哈剌和林又将如何？无论规模、气势都在其上。而开平府又比万安宫高出一筹。何况，论实力，殿下已拥有亡金时期的全部版图外加吐蕃、云南、故夏之地，兵多将广，称雄一方，自古功高震主，殿下威震漠南，如何不令大汗起疑？雪斋先生所言，皆为殿下平安度过这一劫，望殿下三思。"

忽必烈仍然拿不定主意。姚枢、八思巴对视一眼，知道不能太过心急，遂请忽必烈先行回府休息。

忽必烈闷闷不乐地回到察必的寝宫。

忽必烈的矛盾在于他向兄长低头的代价是以家人做人质。直到现在，他也不认为自己做错了什么。他将心事对爱妻和盘托出，察必婉言相劝："血浓于水。大汗与你终究是亲兄弟，你们也曾患难与共，风雨同舟，大汗断不会只偏听一面之词就自断手足。你要为和解做出努力，将误会冰释，将猜忌化解。"

忽必烈困顿地坐在床上，已经不想再去思考。

察必在他身边坐下来，将一杯热茶放在他的手中，温存地说道："王爷，你听我说，你不仅是藩府幕臣的希望所在，更是中原百姓和蒙古百姓的希望所在。所以，王爷，你万万不可只为了儿女情长，辜负了追随你的幕臣和百姓的心。"

"万一……"

"没有万一，生死皆由天命。请王爷就以我和孩子们为人质，去向大汗请罪吧，你一定要向大汗低头。只有大汗相信了你的诚意，只有取得了大汗的谅解，王爷才能真正地安全。"

"问题在于，我真的不知道自己犯了什么罪！"

"你总领漠南军政事务，大胆地采行汉法，大胆地起用汉族幕臣协助你治理汉地，你做的一切本来就犯了那些冥顽不化的皇亲贵族的忌。何况，你还把他们的土地还给百姓，他们仇恨你乃至希望置你于死地是必然的。从你决心挣脱蒙古旧法的桎梏，用一种新的方式治理漠南时起，谗言就一直伴随着你。而大汗，他是忠实于蒙古旧法的，他拒绝改变，这就是你与大汗之间最本质的区别。"

"难道这也算罪？"

"如果大汗认为是罪，那就是罪。大汗纵或顾念兄弟之情，也无法容忍你在漠南的所作所为。为今之计，你能向大汗证明的，只有你一颗忠诚的心。用忠诚去感动大汗，用光明磊落的胸襟去赢得大汗的理解，这才是我们唯一的生路。"

"我之所以在漠南采行汉法，为的正是帝业永固，我问心无愧。我必须让大汗明白，用蒙古旧法治理汉地是根本行不通的。"

"不行，王爷，不行。你听我说，现在还不到时候，你唯一能做和必须要做的，就是屈服，解释要等到以后。"

"这样一来，你会有危险。"

"夫妻同命，爱则同心。我与王爷青梅竹马，如何不了解王爷的为人！请王爷放心，我身在汗廷，但有风吹草动，必定察知，这样，还可助王爷一臂之力。"

忽必烈深深地凝望着爱妻，灯光下察必的面容出奇的温婉。然而，从那双熠熠生辉的眼眸中，他看到的却是一个愿为自己的丈夫牺牲一切的女人那不可动摇的决心。

第二天黎明，姚枢、窦默、子聪和尚再次求见，敦促忽必烈向蒙哥汗请归，以屈求伸，并做好蛰居哈剌和林的准备。忽必烈思虑再三，终于做出决定："我听你们的，我听你们的！"

在派出使者向蒙哥汗请求觐见的同时，忽必烈又派八思巴往离抚州不远的佛教圣地五台山朝拜。

五台山，系中国佛教四大名山之一，据传为文殊菩萨显灵说法的道场。唐朝时，吐蕃王朝曾遣使向唐朝求取五台山图，藏区第一座正规佛寺桑耶寺兴建之前也曾派使者到五台山朝拜，由于可见吐蕃佛教界对五台山的重视程度。萨迦派以文殊菩萨为主要尊奉的神祇之一，据说萨迦班智达到达凉州后亦对五台山十分向往，甚至在梦中游历了五台山。

五台山山区东西长约九十公里，南北宽约六十公里，由于该地"岁积紧凉，夏仍飞雪，曾无炎暑"，又被称为"清凉山"。其山层峦叠嶂，环绕东、西、南、北、中五峰（五台，即：中台翠若峰，东台望海峰，南台锦绣峰，西台挂月峰，北台叶斗峰）。

五台山在北魏时就建有佛寺，北齐时山区扩建寺院二百余所。隋文帝下诏在五峰之顶各建一寺，并遣使在山顶设斋立碑。到盛唐时，五台山即以佛寺众多而享誉东亚，不仅有吐蕃僧人，还有师子（今斯里兰卡）、南天竺（今印度南部）、日本等国僧人专程至五台山巡礼朝拜。至唐开元以后，寺院已臻极盛，有大寺十二所。

此次，八思巴在忽必烈的支持下，开始了他的五台山巡视，其目的之一，正是为忽必烈祈福消灾。

在五台山期间，八思巴不但听受了诸多密法及诠释，而且还写下了四十九篇（首）脍炙人口的诗文。在《赞颂诗——花朵之蔓》题记中，八思巴写道："依忽必烈王之福德，讲经僧八思巴前来五台山向文殊菩萨祈愿时，释迦牟尼显示多种神变，因而生赞颂之心，为使解脱之法幢矗立、护佑众生之故，阴火蛇年七月八日于五台山写成此《赞颂诗——花朵之蔓》。"明白无误地表达了为忽必烈告天祈福的拳拳之心。

同月二十一日，他又做了《文殊菩萨五台山赞颂——珍宝之蔓》，这是一首吟咏五台山的、带有浓郁佛教色彩的诗作。八思巴从佛教的角度描写五台山，别有一番神秘的韵致和情趣。

如须弥山王的五台山，
基座像黄金大地牢固，
五峰突兀精心安排：
中台如雄狮发怒逞威，
山崖像白莲一般洁白；
东台如同象王的顶髻，
草木像苍穹一样深邃；
南台如同骏马卧原野，
金色花朵放射出异彩；
西台如孔雀翩翩起舞，
向大地闪耀月莲之光；
北台如大鹏展开双翼，
满布绿玉一般的大树。

七月，八思巴离开五台山，返回抚州。

也许八思巴不是第一个亲身到五台山朝拜的藏传佛教领袖，却是对蒙藏佛教界影响最大的一个。五台普恩寺中的一座高十米的喇嘛塔，就是他的衣冠塔。后来，他的弟子、藏族高僧胆巴经他所荐谒见忽必烈后，曾受命住持过五台山寿宁寺。而同样也是其弟子的元朝第四任帝师意希仁钦就逝于五台山。可以说，自元朝以降，藏传佛教始在五台山兴起，五台山也由此成为我国四大佛山中唯一的藏、汉佛教并重，青庙与黄庙共接，兼有汉传佛教和藏传佛教的大道场。

正处于特殊历史时期的忽必烈，能得到八思巴始终如一的虔诚祝福和坚定不移的精神支持，不能不说是一种莫大的安慰。

贰

忽必烈第一次的觐见请求被蒙哥汗拒绝了。

忽必烈第二次遣使六盘山，向兄长表明了自己归牧于岭北草原的心迹。

蒙哥汗见函，不由心潮起伏。他不相信忽必烈会毅然决然地离开他苦心经营多年的金莲川，更不相信他这个性格耿直倔强的胞弟会带领妻室，举家归隐哈剌和林。为了证实他的猜测，他特降诏：许留辎重随从，乘驿传觐见，日行二百里。

得到蒙哥汗的诏许，忽必烈当即携眷属向六盘山驰奔而来。

十二月，忽必烈如期来到蒙哥汗的冬营地。得知四弟兼程而至，蒙哥多少有点吃惊，为慎重起见，他命侍卫只准忽必烈一人入见。

蒙哥汗的宫帐内外守卫着三层箭筒士和带刀侍卫，他们用冷峻、怀疑的目光逼视着一切进入宫帐的朝觐者。忽必烈来到宫帐门前，主动摘下腰刀交给侍卫长玉昔帖木儿，几名侍卫护送着他进入帐殿。

忽必烈以隆重的九叩之礼拜见蒙哥汗。

蒙哥端坐于桌案之后。忽必烈能够奉诏而来，使他郁积在心头的愤怒不知不觉地平息了许多。

"平身！"许久，蒙哥只说了这一句话。

忽必烈抬头望着蒙哥，一双明亮的眼睛中渐渐蓄满了泪水。多少委屈与思念在这一刻都化作不轻弹的男儿泪。

蒙哥也久久凝视着自己这位风尘仆仆、忧惧参半的亲胞弟，脑海中不断闪现出一些零碎的却又令人刻骨铭心的画面：父亲的骤亡，母亲的坚毅，他与诸位弟弟们相依为命、风雨同舟的艰难生活……而今触景生情，不觉心头一热。

长别的五年，这还是兄弟二人头一次相会。无论心情多么矛盾，当兄弟重新聚首，骨肉亲情到底逾越了误会和疑虑，血缘这根纽带又一次将两颗勃然跳动的心紧紧连在了一起。

似乎一切都无须解释。血，毕竟浓于水。

蒙哥走下桌案，双手扶起依然跪在地上的忽必烈："起来吧。"

忽必烈站了起来，兄弟二人默默相对。

"大汗。"忽必烈唤了这一句，又哽住了。蒙哥的眼眶泛红，急忙拉着他的手，坐在鼓凳上。

"只有你一个人先回来吗？"

"不是，真金、八思巴和臣弟一起回来的。察必她们应该明后天就能赶来大汗行营。"

"哦？小佛爷也来了吗？到现在为止，我还没有见过他呢。不是我责备你，真金自幼体弱，你为什么让他跟你一起赶这急路呢？"蒙哥一向心疼真金，忍不住抱怨道。

"真金想早些见到伯汗。"

"他们这会儿人在哪里？"

"在帐外等候传唤。"

蒙哥考虑了一下，唤来玉昔帖木儿："你先把真金王子和小佛爷送到隔壁的大帐，让他们休息一会儿，然后吩咐备宴。"

玉昔帖木儿应声而退。

蒙哥从袖中摸出一方洁白的丝帕递在忽必烈手中："就算事情已经过去了，大哥还得说说你。你呀，怎么这些年了，你过去的性格一点都没改改呢？历练了七八年，办起事来还是那么不注意分寸。这些年你在中原、汉中等地的所作所为，尽管取得了一些成效，但你与你属下的擅权，早已引起朝野非议。"

忽必烈揩去眼泪，勉强控制住了情绪，不过他在回答时语气里仍带着一些委屈。毕竟是兄弟，他习惯了开诚布公："臣弟所行诸事，都是为了维护蒙古国的利益和大汗的尊严，也是不得已而为之。地方上的豪强恶势力一日不铲除，漠南汉地就一日不得安宁。"

蒙哥汗稍稍沉默了片刻。马上得天下，下马治天下，但采行蒙古习惯法，还是采行汉法治理国家，的确是他与四弟之间长久以来一直都存在的争端。他的内心深处，是忠于蒙古《大札撒》的，即便这样，他仍然不能说，忽必烈就完全错了。有一点有目共睹，忽必烈坐镇漠南期间，开府金莲川，大胆采行汉法，的确收到了仓廪丰盈、天下归心的效果。

不仅如此，忽必烈始终拥有着一批坚定的追随者。这些人中，甚至包括八思巴这样的宗教领袖。

而他，真正不能接受的或许只是忽必烈的成功？

此时此刻，当猜疑与误会渐渐消散，蒙哥发现自己从始至终最担心的，其实是忽必烈对他的背叛。不过有一点他很清楚，即使在他最怀疑忽必烈的时候，他也没起过自断手足的念头。

蒙哥若不经意地转换了话题："旭烈兀近期的战报你没收到吧？"

"是。旭烈兀那边怎么样了？"

"继去年（1256）十一月旭烈兀攻克麦门底司堡，十二月又下阿剌模特、兰巴撒耳二堡，至此灭亡了延续一百七十七年之久的亦思马因派宗教国后，今年三月，旭烈兀已兵进报达（今巴格达）。此前，窝阔台汗派大将绰儿马罕，贵由汗派宗王拜住攻打报达均无功而返，其后，因绰儿马罕在波斯病故，拜住奉命往见旭烈兀，向他汇报了报达国城坚民众而道路难行等情报，旭烈兀据此做了周密的安排。他首先派使者入城向哈里发谕降，接着派拜住先攻取罗姆地区未下诸地，他本人则率部队由巴格达东三面发起攻击，以达到分进合击，集结优势兵力直插心脏的目的。十月，旭烈兀一举攻克了报达的门户打儿坦克要堡，十一月初，被遣往报达的使节团归营，向旭烈兀汇报了哈里发凌辱诅咒使节的情况，旭烈兀震怒，如今，三路大军已兵临城下。旭烈兀不愧是我们的好弟弟，值得我和你为他骄傲。但我想告诉你的是另外一件事，旭烈兀在每封战报后面，都要加上一句：问四哥好，或者是，四哥若有赐教，请送达我处。旭烈兀与你感情深厚，连我这个做兄长的都有些妒忌喽。"

忽必烈只觉得心里暖融融的："我也惦记六弟啊。这些年，我们十兄弟天各一方，不知何时才能重聚？今晚的宴会，就让我们为旭烈兀的成就开怀畅饮，不醉不归。"

"更为你我兄弟的别后重逢和互相信任，你以为如何？"

忽必烈的眼眶不由又是一红："遵命……"

"好啦，过去的事就让它过去吧，你也无须再为此难过。今天，我们只述离情，不谈其他。不瞒你说，我很想见见小佛爷呢，而且，我真有些想念真金这孩子了。"

叁

忽必烈觐见之后，蒙哥汗下令撤销了钩考局。由阿兰答儿、刘太平等人鼓动起来的轰轰烈烈的钩考运动就这样不了了之。但蒙哥为了给蒙古贵族一个体面的交待，还是颁诏撤销了忽必烈设在漠南汉地的宣抚司、经略司等全部藩府机构，遣返了藩府汉臣。忽必烈也交出了自己所有的权力，同时松下了绷了五年的神经。

　　"草原文化"与"中原文化"第一次激烈的冲突，终于在表面上以和平的而非血腥的方式解决了，然而，最根本的矛盾远未消除。如果蒙古上层集团始终拒绝接受汉法，那么蒙古帝国长期统治中原的梦想终将难以实现。忽必烈从一开始就对此保持着清醒的认识。

　　是年冬，蒙哥汗率大军渡过黄河，拉开了亲征南宋的序幕。而这时，忽必烈已被迫举家返回漠北草原。于权力尽失的忽必烈而言，这风波迭起的几个月，既是一段不堪回首的岁月，也是一段弥足珍贵的时光。因为，无论他的处境多么艰难，藩府旧臣们依然无怨无悔地追随着、信任着、支持着他，而这些人中就包括年轻的八思巴。

　　藩府旧臣已尽被遣散，唯有八思巴作为忽必烈供奉的上师，得以留在忽必烈身边。

　　游猎、饮宴，看似闲来无事的忽必烈却一直关注着前方战事。

　　十余万蒙古大军兵分三路。蒙哥汗亲自率西路军进攻川蜀；南路军由兀良合台率领，经广西、贵州直趋潭州（今长沙）；东路军则委派成吉思汗的侄孙、宗王塔察尔为主帅，四朝老将张柔副之，出荆、襄之地。

　　除兀良合台统率的南路军之外，东、西两路大军的进展都不算顺利，东路军尤其艰难，他们在至鄂州（今武汉市武昌）沿江之地时，因遭遇宋军的顽强抵抗，铩羽而归。蒙哥汗严旨切责，且直言将对主帅予以惩处，塔察尔因此大为不满。

　　成吉思汗征服草原后分封天下，东部多封与兄弟，其后王被统称为"东道诸王"；亲子多封在西部，其后王统称"西道诸王"。塔察尔是成吉思汗幼弟帖木格之后，为东道诸王之首。

　　东路军受挫，使蒙哥汗的计划出现了巨大的纰漏。这时忽必烈却在漠北草原终日消闲，侍卫长燕真提醒他说："大汗对殿下素怀猜忌之心，是以不惮劳苦，乘舆远涉危难之地，亲历征战。如今，大汗身处困境，作为皇弟的殿下却逍遥自在，悠闲度日，倘或大汗听闻，圣心不悦，臣担心届时又将平地风波起。"

　　忽必烈觉得有理，当即修书一封，请求蒙哥汗允许他从征南宋。半个月后，他的家信送抵蒙哥汗的案头，蒙哥汗轻轻抖开柔软的信纸，只见龙飞凤舞的畏兀儿蒙古文跃然纸上：

长生天气力里,大福荫庇护里成吉思汗孙蒙哥汗陛下：

臣弟足疾乃痼疾,时而复发,折磨久矣。大汗日理万机,时派御医探病施药,臣弟感激涕零。今足疾已愈,大汗亲率征宋大军转战,臣弟安敢在斡难河畔独享清闲？祈愿大汗降旨,命臣弟亲率大军驰骋南国疆场,以效力大汗麾下,为我蒙古和先祖而战,即使血洒疆场,又何足为惜？

臣弟闻江南水乡湖泊纵横,河网密布,我军骑兵优势无法展开,加上宋军民坚壁清野、众志成城,致宗王塔察尔在鄂州战场无功而返。但若鄂州不下,势必对大汗攻宋产生诸多掣肘。因此,臣弟思之再三,愿请兵再征鄂州,以为大汗侧援。

臣弟之心,耿耿如日月。大汗察之。

以书请战,敬祈钧裁。

臣弟忽必烈戌日百拜顿首

蒙哥汗正为塔察尔攻打襄樊失利而烦恼,欲临阵换帅却又难得其选。读罢忽必烈的亲笔信,他的胸中涌起一股无以名状的热浪。这个让蒙哥又爱又敬又不能完全放心的四弟,有的时候,蒙哥真的不知道自己剥夺了他的兵权究竟是对还是错？

旭烈兀的第三次西征,以武力的方式连接起亚欧、亚非、非欧等洲的洲界,巩固了东西、南北方的交通要道,为当时国与国、地区与地区乃至洲与洲之间的政治、经济、文化、贸易往来创造了极为便利的条件,亦使蒙古国的国力进一步得到加强。在这种情况下,为了完成统一大业,蒙哥汗定策对宋用兵。出征前,按照蒙古幼子守灶的习俗,蒙哥汗将军国庶务悉数委以胞弟阿里不哥。

唯独对忽必烈,他有意没做任何安排。

他等待着,也期待着。果然,背负着种种委屈的忽必烈到底派人向他请战了。这虽在他的意料之中,却也让他感到欣慰。从中,他体味到的是手足之情,是成吉思汗的儿孙所共有的血性。

非但如此,忽必烈征服大理的经验同样为他所需要。

从东路军在鄂州失利,他已经在考虑更换东路军的主帅,这一刻,他毫不犹豫地确定了主帅的人选。

肆

不久，信使带回了蒙哥汗的圣旨。

有了这道圣旨，忽必烈就可以名正言顺地召回那些跟随他多年，却因为钩考风波被迫还乡的藩府旧臣了。时隔不久，子聪和尚、窦默、姚枢、郝经、廉希宪、赵璧等奉诏星夜兼程，齐集开平城，这时已是蒙哥汗八年（1258）的春夏之交。

忽必烈正待举兵南下之际，由于佛教和道教在政治和经济利益方面再度发生了严重争端，双方均派代表告到了正在前线的蒙哥汗处，蒙哥汗遂让忽必烈先完成一个重要任务：组织第四次释道大辩论。

佛教与道教几乎是同时进入蒙古宫廷的。成吉思汗十四年（1219），蒙古开国名将木华黎将佛教禅宗海云法师（1202—1257）引荐给成吉思汗，此后，海云历成吉思汗、窝阔台、贵由、蒙哥四朝，又成为忽必烈之子真金的宗教老师，其地位极其显赫，被视为天下禅宗之首。同一年，成吉思汗闻道教全真派领袖长春真人丘处机（1148—1227）之名，派近侍刘仲禄至莱州，邀请丘处机往西域相见。后二人相会于西征战场，成吉思汗对丘处机十分尊崇，此后全真派达到全盛。

释道之争由来已久，前两次释道辩论，蒙哥汗都亲身在场，佛教一方略占上风。第三次辩论，再次由迦湿弥罗（今克什米尔）僧人那摩（蒙古国师，1252 年代替海云法师掌管天下释教）获得胜利。第四次辩论，释教一方仍以那摩为首，忽必烈向他推荐了一位年轻的同行——八思巴。

辩论的双方各出十七人，双方约定，失败者要向胜出者敬献花环，还要接受对方教法。忽必烈主持辩论，姚枢、窦默、廉希宪等人担任证义（辩论见证人）。

参加释道辩论，无疑给了八思巴一个展现自身才华的机会。佛教历来注重培养僧人的辩才及抽象思维能力，在某种程度上甚至可以说，佛教高僧无一不是优秀的辩论家。当年萨迦班智达就由于参悟佛教深奥玄妙的教义且能言善辩而享誉后藏及中藏、前藏地区。同样，海云、达摩、噶玛拔希等高僧亦因谙熟佛理、学识丰富、口才出众而得到历代蒙古大汗的青睐，被擢为蒙古国师。八思巴自幼在伯父萨班身边接受了严格的训练，于佛学、文学、史学的知识储备都极其丰富，在跟随忽必烈的几年中，又广泛地接触到各民族的精英人物，这一切都为他成为这种释道辩论的第二主要辩论人奠定了基础。

释道双方志在必得，一时间，你来我往，唇枪舌剑。当道士们提出以《史记》作为《老人化胡经》的依据时，八思巴开始出言反击，后发制人。他连连诘问，以高度严密的逻辑推理步步为营，终于使道教一方的十七人理屈词穷，忽必烈最终裁定道家失败，参加辩论的十七名道士被迫接受了出家为僧的惩处。

其后，八思巴为纪念释道辩论的胜利，写下一篇《调伏外道大师记》。在这篇文章里，八思巴虽然将道教视为外教，但还是本着学者应有的客观态度，承认太上老君的神通。

道教在辩论中失败后，其势力及影响力有所下降。八思巴在辩论中显示出来的才华，使他名声大振，播誉汉地。而他通过在汉地的活动和参加释道辩论，对汉地佛教、道教的历史与现状有了进一步了解，这也为他日后领总制院事、掌管全国佛教事务准备了条件。

释道辩论结束，忽必烈急于奔赴南征前线。藩府旧臣多数随行，余者——包括八思巴在内——以及家眷被忽必烈留在了开平府。

又一次分别，八思巴祈愿佛主保佑忽必烈一路平安，得胜而归。

忽必烈在河南濮州（今河南濮阳东）与宗王塔察尔会合。对于塔察尔兵败之责，他丝毫不予追究，反而一再强调南国水乡沟壑纵横、水网密布，而蒙古军队长于野战和长途奔袭，却忽略了宋以逸待劳、据城而守恰恰是以其所长克我所短等客观原因，旨在为塔察尔脱罪。

塔察尔万没料到忽必烈如此豁达大度，感动之余，心甘情愿地交出了东路军兵权。

忽必烈用兵，果然更胜塔察尔一筹。他不攻襄樊，而是从蔡州南下，直指汉江。不久夏往秋至，东路军一路攻城略地，很快全面突破宋军的淮西防线，直逼长江北岸。

在东路军一路斩将夺旗的同时，蒙哥汗亲率大军进攻四川。他的目的是攻占四川之后沿江而下，彻底摧毁宋军的长江防线。由于京西、湖北、湖南均遭到蒙古军的攻击，长江地区的宋军无力抽调重兵救援四川，到年底，川西、川北、川中大部分地区相继失陷。

至此，宋朝军队在四川实际控制的地区只剩下川东的合州州治钓鱼城。

在这里，蒙哥汗遇上了他命定的对手——智勇双全的宋将王坚。蒙哥汗数次组织强攻未果，无数将士倒在钓鱼城下。五月、六月，四川一地暴雨如注，军中暴发瘟疫，蒙哥汗不幸染病在身，与之前后患病的还有他的异母弟末哥、养子蒙可都等人。迫于无奈，蒙哥汗命三千精兵警戒钓鱼城，率领军队转攻重庆。七月初，蒙哥汗病势转沉，这时前线传来勇将汪德臣战死的噩耗。德臣自被蒙可都举荐给蒙哥汗，对蒙哥汗忠心耿耿，蒙哥汗也十分钟爱德臣的骁勇善战。而今，德臣的阵亡令他感到自己被斩去左膀右臂，他拖着病体，命全军为德臣治丧。之后，他派出一支精骑随德臣十七岁的长子唯正 (1242—1285) 护送其父灵柩归葬盐川。

七月二十一日，蒙哥汗在军中病故。

东路军陈兵江北，准备乘胜渡江，突然信使求见，呈上末哥大王的亲笔书信。忽必烈情知有异，接信匆匆浏览。信中，末哥向忽必烈通报了蒙哥汗在川东金剑山温汤峡（重庆北碚北温泉）驾崩，以及大汗之子阿速带、养子蒙可都已将兵权交给由六盘山南下增援的诸王，二人扶柩北上的消息。在信的末尾，末哥预感到，随着长兄的病逝，蒙古将掀起新的汗位之争，他特别提醒忽必烈，目前蒙古西路军主力群龙无首，人心浮动，他希望四哥速返蒙古本土议定选举大汗一事。

末哥是忽必烈的异母弟，在大那颜拖雷的十个儿子中排行第八。同胞兄弟中，忽必烈与比自己小两岁，如今西征未归的旭烈兀感情最好，异母兄弟中，忽必烈则与末哥手足情深，胜过同胞。此时的忽必烈尚且不知，末哥在进攻蜀地的过程中也染上了与大汗蒙哥相同的疾病，这封信是他抱病而写。

读罢末哥的信函，忽必烈的内心剧烈地翻动着。这其中既有对自己一向崇敬的长兄出师未捷、英年早逝的伤恸，更有对未来局势的忧虑。他命部队暂时停驻下来，全体将士向蒙哥汗致哀。

谋臣多建议立即北归，忽必烈思虑良久，不为所动。如今，在蒙哥汗身亡和西路军无法东进的不利形势下，东路军必须渡江接应奉旨经南宋辖区转战北上的南路军，否则南路军就有覆亡的危险，这是其一。其二，蒙古视武功重于一切，如果忽必烈像塔察尔一样知难而退，将在黄金家族中丢尽颜面，这也不利于他未来问鼎汗位。

为鼓舞士气，忽必烈听从刘秉忠（子聪和尚俗名刘秉忠）的建议，派近臣到军中慰劳，于是，将士们人人踊跃，愿为效命。

九月四日，东路军抢渡长江成功，渡江后，忽必烈履行诺言，颁布了严肃军纪的命令：军士有擅入民家者，以军法从事；凡是俘获人口，全部释放。对俘虏中的儒士，忽必烈则接受谋臣廉希宪的建议，予以"官钱购遣还家"的特殊优待，放还江南儒生多达五百余人。数日后，东路军正式完成了对鄂州的包围。

然而，对鄂州的围攻并不顺利。

随着吕文德所部八万水陆大军自合州驰援，宋丞相贾似道督率的援鄂大军也四面云集。两淮之兵尽集于白鹭，江西之兵集于隆兴，岭广之兵集于长沙，闽、越的舟师也奉命溯江逼近平江、建康、鄂州一带，孤军深入的忽必烈处境更加凶险。

恰在这时，他又接到王妃察必的一封密信，察必用暗语向丈夫通报了阿里不哥谋夺汗位的行为，敦促忽必烈立刻罢兵北还。看完察必的密信，忽必烈更有一种进退维谷的感觉。

鄂州虽久攻不下，好在南路军已然北上，正在围攻潭州，为忽必烈减轻了不少压力。而东路军其他各部也深入到南宋统治的腹地，对首都临安形成威胁。在这种情况下，宋丞相贾似道急于同忽必烈讲和，答应割江为界，岁奉银绢各二十万两（匹）。忽必烈也一改战初拒绝和谈的强硬态度，接受了南宋方面的议和条件。

和约既成，忽必烈与兀良合台顺利会合。他命兀良合台留驻江北，随时监视宋军北进动向，一旦有召，则立即北返。之后，他轻骑简从，昼夜兼程，不久后即抵达燕京。

冬十一月，八思巴陪伴察必王妃来燕京与忽必烈相会。夫妻君臣久别重逢，喜悦之余，也颇有几分隔世之慨。

伍

八思巴、察必到来的前后，宗王塔察尔等人和其他万户长也纷纷赶来燕京，与忽必烈会合。忽必烈原本一直期盼着末哥和蒙可都能来与他相会，这二人却因为同样的原因——染上瘟疫，治疗不及而在撤军途中先后病逝。如今，他只能寄希望于塔察尔。塔察尔是成吉思汗幼弟帖木格之孙，所属蒙古千户最多，威望最高，实为东道诸王之首。贵由汗将要即位之时，帖木格意欲谋夺汗位，后因汗位归于贵由而作罢。贵由汗命堂弟蒙哥审理帖木格举兵叛乱一案，蒙哥虽是奉旨而为，可这件事仍令塔察尔与蒙哥结下私怨。此次东攻鄂州，塔察尔指挥不力，蒙哥汗对他严词切责，这便更加深了塔察尔对蒙哥汗的不满。

相反，忽必烈接收东路军军权时，顾全塔察尔颜面，一再为其开脱。不仅如此，他还数次派廉希宪携带金银珠宝、酒肉牛羊犒赏东路军，暗中结欢于塔察尔。及至蒙哥汗去世，举国哀悼，消息传来，忽必烈又派廉希宪数往塔察尔帐殿，问以军政大事，相约"若至开平，首当推戴，无为他人所先"。

忽必烈比任何人都清楚，在阿里不哥鞭长莫及的漠南及中原地区，他不仅拥有广泛的支持，而且在控制和调动进入汉地的蒙军及汉军方面拥有无可比拟的优势，所以，他若即位，必选择开基之地。庚申年三月戊辰日（1260年4月12日），忽必烈派兵拘禁了阿里不哥派往燕京的使者，回到开平府商议拥立大汗一事。

三月甲午日（4月28日）。这一天，开平城歌舞升平，喜气洋洋。开平府洪禧殿内武士环立。参加忽里勒台大会的除塔察尔（帖木格之孙）、移相哥（合撒儿之子）、合丹（窝阔台之子）、阿只吉（察合台之孙）、只必帖木儿（阔端之子）等东、西道诸王计四十余人外，还有木华黎之孙霸突鲁、速不台之子兀良合台等一干勋将权贵。

蒙哥即位后，为巩固拖雷家族的地位，曾将窝阔台汗的许多子孙都遣往其家族封地，却唯独顾念窝阔台汗之子阔端与合丹的拥立之功，未将他们排除在新建的政权之外。合丹性情耿介，在攻打钓鱼城时与蒙哥汗发生争执，直言军队伤亡惨重乃蒙哥汗指挥失当所致，引起蒙哥汗不满，被调往殿军。虽然如此，合丹并未对蒙哥汗怀恨在心。只是蒙哥汗长逝，在忽必烈与阿里不哥之间，他更看重忽必烈的心胸气度、才华人品。阿只吉本身就在忽必烈麾下效命，受忽必烈惠顾良多，于情于理他都不可能支持阿里不哥。只必帖木儿只有十三岁，严格来说还是个孩子，但他的身份相当重要，他是阔端一系尚存世间的唯一的儿子。阔端生前，握有重兵，秦巩甘青诸地的不少将领感怀其德，悉听节制，而现在，只必帖木儿是其父遗产的继承人。这孩子的身份如此，因此他即使年幼，也绝不会有人看轻他的影响。事实上，在忽必烈与阿里不哥争夺汗位的过程中，他一直都是这兄弟二人努力争取的对象。

只必帖木儿年幼归年幼，主意倒是很正。在众位叔叔中，他本来最欣赏四叔忽必烈，加之他与八思巴感情甚笃，既然八思巴已成为忽必烈与阔端家族共同供奉的上师，他便认定这是佛主的安排，在宗教环境中长大的他，决不会违背佛主的旨意。

如忽必烈所愿，塔察尔言而有信，于诸王中率先推戴。

塔察尔此前已做好安排，或诱或逼其他宗王贵族相继劝进，结果，集会伊始，众人众口一词，皆愿奉忽必烈为君。忽必烈谦让三次，宗王贵族苦苦相劝，并跪伏于洪禧殿内厚厚的绒毛地毯上，解带脱帽，行三跪九叩大礼，十分虔诚，忽必烈始含笑应允。

鼓乐齐鸣中，忽必烈被扶上大汗御座，正式登基，成为蒙古新任大汗（庙号世祖），同时也掀开了蒙古历史的新篇章。即位之初，忽必烈采纳幕僚的建议，建元"中统"，意为"中原正统"。

在由亡金名士王鹗起草的诏书里，忽必烈明确表明了自己的治国态度：朕惟祖宗肇造区宇，奄有四方，武功迭兴，文治多阙，五十余年于此矣。盖时有先后，事有缓急，天下大业，非一圣一朝所能兼备也。……爰当临御之始，宜新弘远之规。祖述变通，正在今日。

接下来，忽必烈照例要对东、西两道诸王大行赏赐，对功臣宿将予以封赏。因蒙可都病逝，以汗子身份归葬起辇谷，忽必烈遂命只必帖木儿嗣西凉王位，以勋将塔海佐之。

从中统新朝行政要员的名单里，可以看出忽必烈在政治上依靠的主要是汉、契丹、女真族儒士。而在军事上，支持他的力量有两大类，其一是多数东道诸王、部分西道诸王、组成东路军的诸部蒙古军、北上途中病逝的末哥旧部，其二是史天泽、张柔等汉族世侯率领的汉军以及扈从南征的汪德臣旧部。

还在西征前线的旭烈兀所向披靡，短短七年时间，他消灭了亦思马因国，攻破了报达哈里发王朝，占领了西里亚诸地，统一了东起阿姆河，西至地中海沿岸，南自波斯湾、印度洋，北到里海、里海一线的广大土地。蒙哥汗病逝的消息传来，旭烈兀原想回国奔丧，行至帖必力思（今大不里士）时，听说四哥忽必烈与七弟阿里不哥之间发生了汗位之争，二人都是他的同胞兄弟，旭烈兀不愿卷入其中，左右为难，遂在其占领的广大地区建立了一个新的汗国。后来，也就是中统五年（1264），忽必烈遣使至波斯，正式册封旭烈兀为伊儿汗，从此旭烈兀建立的汗国以蒙古四大汗国之一的"伊儿汗国"被载入史册。

旭烈兀虽不愿回国，却还是致信阿里不哥，希望他能奉四哥为君。

他的信在六月初送抵阿里不哥的手中。十天前，也就是五月，阿里不哥在和林附近的驻夏之地匆匆即位，如此一来，蒙古历史上就首次同时出现了两位大汗，而且两位大汗都是拖雷的嫡子，都具备一定的威望资格和自己的拥护者。

获知旭烈兀支持四哥的心意，阿里不哥并不意外，可仍然觉得愤怒。现在，窝阔台系、察合台系的后王多数支持他，术赤系的后王除昔班明确表示支持忽必烈外，余者多抱中立态度。阿里不哥自己的诸兄弟中，末哥已逝，其余基本上分裂成两派，但不管怎么说，公然写信劝他主动退让的还真只有旭烈兀。阿里不哥三下两下撕碎了旭烈兀的信，他对飘落在地上的纸屑说：六哥，你看着吧，我要让你看看谁才是最后的胜利者。

陆

六月中旬，阿里不哥分遣东西两路军，逾漠而南。东路军图犯开平、燕京，西路军由阿兰答儿率领，下河西走廊，以便与支持阿里不哥的浑都海以及已至关中行尚书省事的刘太平汇合，进而控制关中地区，同时争取四川诸将。

阿里不哥深知，作为拖雷的守灶幼子，他几乎掌握着整个漠北本土的军事力量，还有他在中原分地上的汉军和扈从蒙哥汗南征的部分军队，仅从军事力量对比，他比四哥忽必烈还更胜出一筹。但从经济角度而言，忽必烈对汉地经营多年，掌握着漠南草原雄厚的财力和物力，这一点又非阿里不哥可比。在这种情况下，谁能抢先控制川陕地区，掌握这里的军队和财富，谁就能掌握战争的主动权。

忽必烈命干练的廉希宪、商挺出其不意地在五月初进据京兆，掩其不备，捕斩刘太平等阿里不哥的心腹。之后，希宪遣使传旨命浑都海入朝，浑都海拒不奉命，杀使者，起兵响应阿里不哥。鉴于京兆之地并无兵备，希宪急命巩昌总帅汪良臣尽发秦、巩之军讨伐浑都海。起初，良臣犹豫不决，以未得到诏旨为辞推托。六盘山之军系蒙哥汗南征的主力，皆精锐骑兵，良臣不愿与之为敌。这是一个原因。第二个原因是，汪氏兄弟多受蒙哥汗宠信，良臣感怀知遇之恩，无以为报，所以，他纵然看好忽必烈，却不想卷入蒙古内部的汗位之争。

希宪临危处置，将忽必烈所授虎符、银印授之，称奉有忽必烈汗密旨，命他为总帅，统领陕西汉军守备沿河（渭河）一带。良臣得诏，便尽起秦、巩之兵，发府中库银、帛劳师。又临时组织四千军队交给八春元帅，授以方略，谓六盘精兵，勿轻与战，但张声势，使其不敢来袭。浑都海见京兆方面有备，恐仓促间不能得手，遂率部西去。京兆之危旋解。忽必烈不敢掉以轻心，急命德臣长子唯正征集秦陇、平凉等处诸军，令八春招募陇右新军。至此，他初步掌握了川陕局势。

七月，忽必烈亲率东道诸王迎战阿里不哥，三战皆捷。而浑都海与阿兰答儿西路军会于甘州，合兵东进，先是击败了希宪派出的尾随监视之军，又遣人策动陇、蜀诸将图谋叛乱，关中形势再度趋于紧张。忽必烈派宗王合丹增援，希宪仍持皇帝诏命，遣良臣、八春与之合兵，分三路阻击。双方于珊丹之地接战，时值大风吹河，良臣令骑兵下马步战，首先突破其左翼，绕至阵后，再击溃其右翼。八春攻其正面，合丹率精骑截其归路。浑都海、阿兰答儿兵败被擒，解往京兆。二将甫被押至希宪帐下，忽必烈派来的诏使已至军中，准备宣布对二将的赦令。

阿兰答儿和浑都海都是蒙哥汗驾前重臣，一文一武，忽必烈爱惜二人才能，很想饶他们一命。希宪停诏不接，命将阿兰答儿、浑都海于军前斩首祭旗。直到二人人头落地，希宪方接诏上表，自请停诏先杀及擅权命帅、调军、发库之罪。他的胆气令良臣、八春心惊，也令在四川钓鱼城敢与蒙哥汗据理力争的合丹赞佩。

忽必烈并未追究希宪之罪，希宪从藩府追随他至今，他明白希宪的苦心。十月，阿里不哥见关陇援绝，兵食皆匮，乃假意请和。忽必烈令堂叔移相哥驻守和林，自己则率军南返。

冬十二月，忽必烈回师燕京。回到燕京后，他所做的第一件事就是正式将藏传佛教确立为国教，同时任命八思巴为国师，授以玉印，令其统领天下释教。

至此，追随忽必烈已经跨过八个年头，时年二十五岁的八思巴就不单纯是忽必烈的宗教导师，而一跃成为全国的佛教领袖了。原本海云、那摩比八思巴更早进入蒙古宫廷，也得到过历任蒙古大汗的推崇和重用，但不幸他们都已先八思巴离世，从而为八思巴让出了舞台。而个人威望和影响绝不亚于八思巴的噶玛拔希，又因为错误地选择了蒙哥汗和阿里不哥，特别是阿里不哥——这位忽必烈的对手，从而被忽必烈排除在中统政权之外。所以，当八思巴接过圣旨和玉印的那一刻，错综复杂的历史已经做出了明确的选择。

在八思巴受封国师的第三天，燕真奉旨，率领一支精骑从凉州接回了恰那多吉与墨卡顿。忽必烈就于金殿之上，将恰那多吉封为白兰王，同时赐嫁公主墨卡顿。

恰那多吉与墨卡顿双双跪谢皇恩。

忽必烈走下御座，来到二人面前，凝眸良久，伸手将他们扶起。岁月如流，改变多少物与事，他的内心不无感慨。

他知道，恰那多吉与墨卡顿的一段姻缘，可谓历经磨折。

五年前，忽必烈依八思巴所请，上奏蒙哥汗，希望将公主许嫁爱她至深的恰那多吉，与之前后蒙哥接到墨卡顿的来信，察知女儿心意，倒也没有反对的意思。但因女儿尚在守孝期间，他决定将此事往后放放。及至墨卡顿守孝期满，蒙哥与忽必烈之间的矛盾又开始趋于激化，蒙哥迁怒于追随忽必烈多年的藩府将臣，这中间，自然也包括八思巴这位为忽必烈所供奉的上师。而恰那多吉是八思巴的胞弟，蒙哥便不再看好这段婚姻，只是囿于当年对母亲的承诺，一时还不便将女儿另许他人。等到蒙哥与忽必烈的误会终于冰释，蒙哥撤销"钩考局"时，已是七年（1257）年底。不久，蒙哥即踏上征程，八年（1258），忽必烈亦接掌东路军帅印，之后战事繁复，蒙哥几乎忘了此事。九年（1259）春，墨卡顿在凉州筹备战马及军需，亲自运往四川前线，父女兄妹相见，蒙哥十分高兴，亲为爱女接风，并当面许下诺言：待拿下合州州治钓鱼城，他就在军中为女儿举行一个盛大的婚礼，让女儿风风光光地出嫁。

这是墨卡顿最后一次见到父汗和兄长。几个月后，墨卡顿在凉州接到父汗和兄长先后病逝的噩耗。

墨卡顿有心返回汗营奔丧，这次，恰那多吉态度坚决地出言阻拦。这倒不完全是出于儿女私情，更多的是对未来政局的预判：恰那多吉担心一旦七王爷阿里不哥与四王爷忽必烈之间发生汗位之争，墨卡顿置身汗营，很有可能成为阿里不哥制衡凉州军队的筹码。恰那多吉的内心是倾向于忽必烈的，在阔端大王病逝后，忽必烈已成为萨迦派的真正施主，但恰那多吉对忽必烈的信任主要还是建立在了解的基础上。

墨卡顿的个性远没有那么固执，她既然决定将自己的终身托付给恰那多吉，就将他视为自己最亲近的人，恰那的意见，她不能不认真考虑。事实证明，恰那多吉的担心绝非多余。蒙哥汗病逝后，蒙古主力撤回六盘山，与在这里看守辎重的贵族浑都海会合，由他率领，原地待命。据墨卡顿得到的消息，浑都海已公开向阿里不哥表明了愿奉他为新汗的态度。不久，阿里不哥在蒙哥朝重臣阿兰答儿、刘太平等人以及蒙哥汗诸子也即墨卡顿诸兄的支持下，正式以监国身份行使大汗职权。

按照蒙古幼子守灶的传统，阿里不哥拥有召开选汗大会的当然权力。一切都在紧锣密鼓的筹措中，阿里不哥一面遣使召集诸王宗亲勋贵前往和林参加忽里勒台，一面派阿兰答儿往漠南抽取质子军，并令刘太平行尚书省事于关中，做好了与四哥一较高下的准备。而在接到阿里不哥令旨的人当中，就有墨卡顿和弟弟只必帖木儿。

阿里不哥加紧谋夺汗位之时，忽必烈尚在征南前线。墨卡顿借口甘青局势出现动荡，亲率一半凉州军队出镇临洮，以此避开了七叔的邀请。恰那多吉与墨卡顿相识九年，经常面对与她的分离，无论时间是长是短，他始终做不到习以为常。一次次的离别之苦带给他的隐痛不断汇聚，终于令他身心俱疲。将墨卡顿送出凉州城时，他对她直抒胸臆：希望这是我最后一次为你送行，看着你离开，我很累，真的很累。墨卡顿的回答却有些出乎他的意料，她说：我答应你，这一定是最后一次。等我回来，我会把所有的权力移交给小弟。从那时起，我的身份将不再是蒙哥汗和阔端大王的女儿，而是你的妻子。

忽必烈从鄂州战场返回燕京，八思巴正与王子真金留守开平城。他分别致信只必帖木儿、汪氏叔侄和吐蕃诸大德高僧，请他们顺天应时，支持和辅佐忽必烈。他从佛主指引的角度，以洗练的语言阐明了他的观点：忽必烈是不二的人主之选。

接到八思巴的信函，只必帖木儿和唯正倒是没有多少犹豫。吐蕃各派高僧却由于噶玛拔希与八思巴——这两位在藏区最具威望和影响力的宗教领袖政见不同，多数选择了观望。

只必帖木儿动身前往开平时，刚刚回到王府的墨卡顿问他："你考虑清楚了吗？"

只必帖木儿回答："是的。"

墨卡顿望着眼前这张稚气未脱的脸庞。小弟的脸上挂着微笑，这是一种做出决断后轻松的笑容。墨卡顿想，她从此可以卸下肩上的重担了，像她答应过恰那多吉的那样。

只必帖木儿问姐姐："你真的不打算赴开平之约吗？"

墨卡顿摇摇头："我既然拒绝了七叔，就不能再答应四叔。父汗已经不在人世，他们两位都是我的叔叔，何况，他们都是奶奶的亲生骨肉，我不能辜负他们当中的任何一个人。"

只必帖木儿理解姐姐难以选择的心情，尽管这对他来讲不难选择。他抱了一下姐姐，在她耳边低声说道："就按你的想法去做吧。不过，这次到开平，我会跟四叔和上师讲明的，你该给恰那哥哥做新娘子了。"

墨卡顿看了恰那多吉一眼，大方地回答："好。"

一别五年，重新站在忽必烈面前的恰那多吉少了几分天真，多了几分沉稳，少了几分腼腆，多了几分庄重，除此之外，他还是一样的俊美，一样的儒雅。

转眼间，忽必烈与侄女墨卡顿足有七年未见。母亲临终前曾经对兄长说过，墨卡顿是带着她的心，她的眼睛，她的筋骨来到世间。的确，墨卡顿雍容大度的气质、聪慧美丽的容颜，以及她懂事孝顺的品行都与母亲有许多相似之处，而这也正是忽必烈从墨卡顿孩提时代起就格外看重她疼爱她的原因。说起来，这份心情，与当初兄长疼爱真金并无二致。

墨卡顿也凝神注视着四叔，她的眼睛仍像小时候一样清亮有神。忽必烈想逗逗她，故意板起脸，严肃地问道："你还认识四叔吗？"

墨卡顿笑了。

"四叔可是要认不出你了。事到如今，在四叔和七叔之间，你仍然不肯做出选择吗？"

"不是的，我已经做出了选择。恰那的选择就是我的选择。"

"哦？原来是为了恰那。说真的，你和恰那，四叔有件事一直感到很好奇。"

"什么事？"

"你们两个，到底是谁先向对方表明了心意？是恰那吗？"

"是我。是我对恰那说，愿嫁他为妻。"墨卡顿爽快地回答，毫无羞赧之态。

"果真？"忽必烈举目望向恰那多吉。恰那多吉这一刻虽说羞莫能言，但藏在他眉眼间的盈盈笑意，以及那种由内而外、如愿以偿的幸福感却是想遮掩也遮掩不住的。

"这么说，四叔做主将你许配给恰那，总算做对了一件事？侄女啊，你要如何感谢四叔这个主婚人呢？"

"即使侄女不谢四叔，佛主也会保佑四叔平安长寿，帝业永固。"

忽必烈被她的一番话说得哈哈大笑，"如此说来，为了长寿我也得赶紧给你们筹备婚礼了。是这样吧，国师？"他说着，回到御座上坐了下来，他从年轻起就患有足疾，不能久站。

"是，陛下。"八思巴从一旁注视着弟弟和公主，心中倍感欣慰。比起荣誉、地位、使命，弟弟的幸福在他心目中始终占据着首要的位置。

"选日子的事就交给子聪吧，看看哪天是合婚的好日子。"

"父皇，子聪先生已算定良辰，就在正旦的前五天。"真金插进话来。得知恰那多吉与墨卡顿即将入城的消息，他颇有预见性地请子聪为他们算定了成婚的日期。

"是这样吗？"忽必烈问子聪。

"是啊，王子有心，昨天已让臣推算出吉日。"

忽必烈满意地看了看儿子。他的儿子，任何时候都令他感到骄傲。

恰那多吉也将目光移向真金，真金正与子聪低声说着什么，大概是关于婚礼筹备的事情。当他的目光与恰那多吉的目光相遇，他举步走到墨卡顿和恰那多吉的面前。

十七岁的少年，已脱去五年前的稚气，越发显得形容端肃、仪表堂堂。

"王子。"恰那多吉轻轻唤道。直到今日，他也不清楚真金究竟是如何发现他写信那件事的。不过，也多亏了真金的帮助，他才终于等到他倾慕多年的女子向他表明了心迹。

真金看着恰那和姐姐墨卡顿，眼神里满满地全是欣慰，全是喜悦。他真的很愉快，也有那么一点点羡慕。他生平第一次被一份纯真的感情打动，就是在五年前的那一天，他看到了那些信，也清楚明白地看到了恰那多吉钟情于墨卡顿姐姐的那颗心。

"姐姐，白兰王，不，姐夫，祝福你们！"他真诚地说。

恰那多吉向他伸出了手，真金立刻回握了一下。谢谢你，真金。这句话，恰那多吉是在心里说的。

大殿中出现了片刻的沉寂，沉寂意味深长，却令人心神安逸。

柒

作为国师，八思巴的首要任务是为皇帝、后妃、宗王、皇子们传法授戒，传授灌顶。在他的影响下，忽必烈的宫廷生活逐渐充盈了佛教的内容。第二项任务则是不断发现、培养各类佛教人才，将他们输送至忽必烈的宫廷。最后一项，当然也是最重要的一项任务，就是八思巴作为吐蕃的代表，直接参与或影响了中央王朝对吐蕃的施政方针，为藏区完全统一于元帝国立下了汗马功劳。

初步战胜了阿里不哥的忽必烈，俨然以天下共主自居。而加强对吐蕃的治理，已被他视为维护帝国统一的重中之重。当然了，"以因其俗而柔其人"并非他的创举，当年，对吐蕃进行括户（户口清查）之后，蒙哥汗按照蒙古人分封征服地的习惯，在地方势力割据的乌思藏地区，诏封当地实力派首领为万户长，建立万户府，作为帝国管理乌思藏的代理。因蒙哥汗经略乌思藏的中心在乌思，所以前藏诸万户基本上建立于这一阶段。忽必烈继任汗位后，准备在后藏再诏封一些万户，在此之前，他觉得有必要对吐蕃进行一次全面调查。

不料，他正着手安排此事，阿里不哥竟再次逾漠而南，进逼燕京。

此前，阿里不哥的假意投降换来了两大蒙古集团间的短暂和平，也为他本人换来了重整旗鼓的机会。中统二年（1261）仲夏季节，阿里不哥出其不意，率军攻打驻守和林的移相哥。移相哥失备大溃，阿里不哥遂尽起精兵尾随而至。忽必烈在开平闻讯，匆匆集军迎战。他命赵璧率领蒙、汉军驻守燕京近郊及太行山一带，命张柔等七个汉军万户率兵北上，命燕真将右军，史天泽将左军，御敌于大漠南缘的草木土湖。诸军奋力还击，重创阿里不哥所部，俘获其士卒三千余众。赵璧、张柔一鼓作气追出五十多里，歼灭阿里不哥军大部。

阿里不哥折兵三万，被迫退回漠北草原。忽必烈仍想再给阿里不哥一个改过的机会，下令不许追击。第二天凌晨，统领后军的蒙哥汗之子阿速带率精兵六万赶到，与阿里不哥会合。阿里不哥转身杀回，双方复大战于大兴安岭西麓的一处空地。午后，忽必烈亲自督战，击溃了敌军的右翼，左翼却在阿里不哥的率领下顽强抵抗，一直坚持到夜间。天色黑透之后，双方各自鸣金收兵。

阿里不哥恐再战力不能敌，于是乘夜撤退，驰归首都和林。忽必烈随即亲征和林。此前，和林城的粮食多靠大车从汉地运来，忽必烈下令封锁粮食运输后，和林很快发生了大饥荒，物价飞涨。阿里不哥无法在和林坚守下去，不得不逃往吉利吉思地区。

九个多月的交战，转眼已到中统三年（1262）二月，阿里不哥的处境越发被动，一些追随他的宗王见他难成大事，纷纷弃他而去。阿里不哥败迹已显，战和不定间，忽必烈偏偏收到一份急报：益都世侯李璮联合宋兵举兵叛乱，攻占济南。

骤闻此讯，忽必烈不由迟疑片刻，他最担心的状况到底出现了。

自李璮降后，忽必烈为安抚这位山东世侯，不但授以高官厚禄，许以荣华富贵，甚至还从非常窘迫的军费中抽出一大部分赏赐给李璮。至于李璮手中所掌握的军队，因考虑到山东半岛和两淮前线的重要，忽必烈即使是在征服大理期间也未动用过其一兵一卒。李璮的叛乱，不啻在背后给了他一刀。忽必烈召集众将议事，做出如下安排：行军万户史天泽，汉军万户、安肃公张柔速率本部人马返回漠南，听候调遣；赵璧行中书省事于山东，便宜行事。

至于对阿里不哥，忽必烈要分兵山东，只能调派诸王、大将坐镇，并于诸世侯中抽调部分军队在开平、燕京一带布防。这种以守为攻的策略，客观上延缓了兄弟对决的时间。

右丞相史天泽受命挂帅，诸将皆受其节制。四月初，十七路人马完成了对济南府的包围。史天泽用姚枢之计,令诸军对济南城筑环城围困,六月上旬,包围圈合拢。

其间,李璮曾遣使求救于宋廷,宋帝派遣八万水军从蕲州北渡淮河,推进到亳州、徐州一带,被张弘范率军击溃,至此,李璮失去了一切可能的军事援助,无计可施。

史天泽于合围次日下令总攻,李璮无力抵挡,城破之时,叛军已如瓮中之鳖。万念俱灰中,李璮手刃爱妾,乘舟独入大明湖,自投水中,因水浅齐腰不得死,束手就擒。

李璮叛乱前,多与汉将世侯交通联络,相约举事,这些人中确有一部分人持观望态度,不置可否。史天泽和张柔担心李璮将死之时,乱攀乱咬,引起忽必烈怀疑。万一忽必烈盛怒之下大开杀戒,不止他们这些人前景堪忧,刚刚建立起来的中统王朝也将沦入血雨腥风之中。是以他们密商立斩李璮,永绝后患。

果然,李璮及其诸子被杀之前,都一口咬定史天泽、张柔等诸世侯多与其交通,欲趁蒙古政局未稳,汗位之争未定之时,相约举兵,附宋叛蒙,各博事业。只是到后来,这些人因惧忽必烈威势,临阵反悔,只将他一人推出,权充牺牲品。

他的这一番话,真让史天泽和张柔惊出了一身冷汗。

李璮之乱既平,史天泽、张柔于皇帝驾前请罪。忽必烈并未追究二将擅杀之罪,亦未追查曾与李璮私下交通之人,这使新兴的中统朝在李璮伏诛后没有出现更大的政治动荡。相反,忽必烈嘉纳姚枢、窦默等人谏言,将主要精力投放在关心民生、抚定民心上。但有一点毋庸讳言,自李璮之乱发生后,忽必烈对于汉族官员的信任,确实已不似他做藩王时以及中统建元之初了。

对忽必烈而言,李璮之乱也未必全是坏事。他原本一直致力于加强中央集权,李璮之乱给了他一个合适的借口。他接受藩府旧臣廉希宪、子聪、窦默、姚枢等人的建议,因势利导,大力改革旧有的军事采邑制度,以铁的手腕将诸世侯曾经拥有的军队、地盘、权力全部收归中央,统一调配。经过一番整顿,那些从成吉思汗时代起就专擅一方、拥有相对独立权力的诸世侯,就逐渐变成了中央派驻地方的高级将领。

捌

国体初立，百业待举，忽必烈尚且不能像后期国力强盛时那样经常举办皇室的佛事活动。即便如此，他对八思巴的赏赐倒是越来越多。中统三年（1262），八思巴派人将这笔可观的财宝送往萨迦寺，由释迦桑波在大屋顶旧殿之西兴建大金顶殿。

在萨迦一系，释迦桑波既是一位高僧，也是一位能干的行政官员。作为萨班座下的上部弟子，释迦桑波在萨班时代就深受八思巴的信任及倚重。后来，在至元四年（1267），经八思巴举荐，负责本派事务的释迦桑波被任命为首任萨迦本钦。所谓本钦，系元代统治乌思藏地区的萨迦地方政权的军政首领。除本钦外，八思巴设立的另一重要官职是萨迦朗钦，其职主管萨迦政权的内务，发布命令，下情上达。

忽必烈的目标是创建一个与大蒙古国、汉地传统王朝都有法统传续和连接关系的大元帝国，这使他格外关注吐蕃各教派的实际情况。多年来，他其实一直都在试图通过安抚并争取各教派僧人的支持，将吐蕃真正统一到蒙古汗国之中。

蒙哥汗在位时曾将藏区分封给兄弟子侄，而这种分封制同时也是对吐蕃分裂状态的认可。忽必烈在平定李璮叛乱后，立即派遣一批金字使者入藏调查，同时，向各教派的寺院奉献布施，举行法会。

八思巴全力配合忽必烈的旨意，他托金字使者带去一封致乌斯藏诸大德的书信，在信中，他表明了自己是继承法主萨班的遗志，在忽必烈皇帝的支持下掌管各教派的宗教事务，因此，他要求吐蕃各教派要坚决拥护皇帝的统治。

八思巴的这封书信颇有《萨迦班智达致蕃人书》的风格，措辞温和，表意清晰，在谦虚的背后，隐藏着坚定的意志。这封信可以被看成是萨迦派领袖对藏传佛教各教派的又一重要通告。

此外，八思巴需要配合忽必烈完成的还有一件非常重要的事情：在吐蕃建立驿站。

自成吉思汗仿中原驿站制度设立驿站以来，蒙古历代大汗都十分注重驿站的建设与完善，以期巩固对庞大帝国的统治。对内地如此，对"地广而险远"

的吐蕃藏区同样如此，如果没有完善的驿站制度作为保障，统治藏区的种种政策就将成为一纸空文。

吐蕃王朝强盛时期，也曾建立过一套比较完善的驿站制度，但随着吐蕃王朝的崩溃，藏区四分五裂，各地往来的驿站也陷入瘫痪。直到窝阔台汗十一年（1239），多达那波入藏侦察和后来忽必烈假道吐蕃、南征大理时才开始复设驿站，但那时受各种条件所局限，也只是在吐蕃东部设置了军事驿站。

忽必烈建立元朝后，深知要想对吐蕃进行有效的统治，必须建立更为完善的驿站，以沟通内地和吐蕃的信息、人员和物质交流。

为尽快完成这一工程，忽必烈委派以答失蛮为首的一批官员入藏调查沿途藏区的风土人情、自然风貌、物产资源以及道路情况，选择设置驿站的地点，着手建立内地至吐蕃的交通线，以便往来使臣和僧俗人员"止则有馆舍，顿则有供帐，饥渴有饮食"。

答失蛮等人进入藏区及吐蕃后，沿途都是凭借"上师的法旨"和"皇帝的札撒（诏书）"发号施令方才得以畅行无阻，这也说明元朝统治者已充分认识到藏传佛教在藏民精神生活中的地位，做出了倚重宗教首领治理吐蕃全境及所有藏区的决策。

事实上，在中央王朝对吐蕃施行统治的过程中，八思巴总是不遗余力地予以支持和协助，可以说，元朝时吐蕃驿站制度的建设与完善，八思巴功不可没。

诸事不断中，时光悄然流入中统四年（1263）。

这一年的五月九日，忽必烈接受刘秉忠的建议，将开平府更名为"上都"，置上都路总管府。同时，诏立为百姓治病的"上都惠民药局"，升宣德州为宣德府，隶上都。此前，忽必烈已设立中央最高行政机关中书省，五月，又设置总领全国军政的枢密院。

十二月，忽必烈赐封真金为燕王，守中书令。次年，真金又兼判枢密院事。

阿里不哥尚未投降，但已不具备与忽必烈继续争夺汗位的能力。边患初定，新兴的元帝国政简刑轻，百废俱兴，百姓安居乐业，处处呈现出一派繁荣兴旺的景象。随着国力日渐强盛，忽必烈开始考虑彻底改革蒙哥汗在吐蕃实行的分封制。

在南征大理途中，为了借道，忽必烈亲自领兵到过吐蕃地区，对吐蕃"地广而险远，民犷而好斗"以及教派林立、无所统属的现象比较了解，即大汗位后，他一直思考着一种能对吐蕃实行长远而又牢固的统治方式。当时，在蒙哥汗所分封的吐蕃领主中，大汗本人和阔端都已亡故，阿里不哥与忽必烈拥兵对垒，旭烈兀率军西征，留在了新的征服地。鉴于上述情况，对吐蕃的统治方式加以改变已势在必行。

其实，忽必烈即位之后，就撤回了蒙哥汗派往吐蕃的守土官，唯独保留了被分封给旭烈兀的帕竹派，这是因为旭烈兀在忽必烈与阿里不哥争夺帝位的过程中，一直给予了忽必烈坚定的支持。至于其他宗王在吐蕃的领地，早被忽必烈一并收归中央政府。

若在吐蕃设置中央王朝的机构，建立新的行政体制，少不了八思巴的协助。忽必烈决定派八思巴和恰那多吉一起返回萨迦。忽必烈建国之初，在封八思巴为国师的同时，将年轻敏慧的恰那多吉封为白兰王。显然，忽必烈那时就做好了以八思巴管理吐蕃宗教事务，以恰那多吉管理吐蕃军政事务的准备。

中统五年（1264）五月一日，八思巴临行前，忽必烈赐给他一份诏书，藏文史籍中通常称为珍珠诏书。诏书全文如下：

长生天气力里，大福荫护助里，皇帝圣旨。

晓谕众僧人及俗民等：

此世间之完满，是由成吉思皇帝之法度而生，后世之福德，须依佛法而积聚，明察于此，即可对佛陀释迦牟尼之道生起正见。朕善知此意，已向明白无误之上师八思巴请授灌顶，封彼为国师，任命其为所有僧众之统领。上师亦已对敬奉佛法、管理僧众、讲经、听法、修习等项明降法旨。僧人们不可违了上师之法旨，应敬奉佛法，懂得教法者讲经，年轻心诚者学法，懂得教法而不能讲经听法者可依律修习。如此行事，方合乎佛陀之教法，亦合乎朕担任施主、敬奉三宝之愿意。

汝僧人们如不依律讲经、听法、修习，则佛法又何在？佛陀曾谓："吾之教法犹如兽王狮子，体内不生损害，外敌不能毁坏。"朕驻于通衢大道之上，对遵依朕之圣旨、懂得教法之僧人，不分教派一律尊重服事。如此，对依律而行的僧人,无论军官、军人、守城官、达鲁花赤、金字使者俱不准欺凌,不准摊派兵差、赋税和劳役,使彼等遵照释迦牟尼之教法,为朕告天祝祷。朕并颁发下圣旨使彼等收执。僧人之佛殿及僧舍里,金字使者不可住宿,不可索取饮食及乌拉差役。寺庙所有之土地、河流、水磨等,无论如何不可夺占、收取,不可强迫售卖。僧人们亦不可因为有了圣旨而做出违背释迦牟尼之教律之事。朕之诏命于鼠年夏五月初一日在上都写就。

所谓珍珠诏书,是指以粉书诏文于青绘,而绣以白绒,网以珍珠,至御宝处,则用珊瑚。忽必烈在八思巴离京前颁发这样的诏书,显然具有委派八思巴管理吐蕃政教事务、建立行政体制的授权性质。而忽必烈特意采用珍珠诏书这种特殊形式,也正是为了表明自己对八思巴此行的极端重视以及八思巴地位的崇高。从忽必烈之后,元朝历代皇帝给帝师颁赐珍珠诏书成为一种惯例。

同时,赐予恰那多吉金印,命他掌管整个吐蕃地区。

玖

次日,忽必烈在鸿禧殿单独召见了恰那多吉。恰那多吉正欲大礼参拜,忽必烈命他站着回话就好。

一时间,君臣相对,都没有立刻说话。

这次的召见,主要是应墨卡顿所请,忽必烈琢磨着该如何对恰那多吉说明。墨卡顿与恰那多吉婚后,一直未有生育。出于款氏家族子嗣延续的考虑,墨卡顿求见四叔,表明了她暂时不随恰那多吉入藏,由恰那多吉另择同族女子的意愿。她的想法是,等延嗣的愿望达成,如果她与恰那前缘未尽,她将赴吐蕃与恰那团聚,共同抚养恰那的子女。如果前缘已尽,她又何妨了却红尘,从此与青灯古佛长伴。

忽必烈如何不明白墨卡顿的牺牲。作为恰那多吉的妻子和黄金家族的女人,她别无选择。但是,这些话如果由她亲口说出,恰那多吉必定不会同意,思虑再三,墨卡顿只能恳请他这个做叔叔的出面,所谓圣命难违,恰那多吉纵然不情愿,最终也只能遵旨而行。

果不其然，忽必烈刚刚委婉地提出让恰那多吉回到吐蕃后纳本族女子为妾一事，恰那多吉就产生了几分抗拒："陛下，去年，臣的三兄（指意希迥乃，恰那同父异母的兄长）家中已诞下男丁，即便臣暂且无后，也不影响款氏家族子嗣延续。"

忽必烈暗想，我需要的国师的继承人，是你白兰王的儿子。

"此事就这么定了吧，这是朕交给你的另一项使命，你无须多言。国师那里，朕已对他言明。如果你只是担心墨卡顿不能接受，朕不妨告诉你，这正是墨卡顿的主意。"

恰那多吉脸色一变，"公主？"

"是啊，墨卡顿对朕说，这一次，她不随你回返吐蕃了。朕想她做出这个决定，也是下了很大的决心吧。"

恰那多吉的眼前蓦然黑了一下。忽必烈见他神情有异，忙劝慰道："其实朕也不太赞同她这么做。不如这样，你先劝劝她，倘若你需要朕的帮助，朕可下旨命她随你同行。"

恰那多吉没作回答。

忽必烈看着恰那，不由忆起一件事来。他也忘了那是哪一年哪一天的事，只隐约记得是在上都，有一天他与皇后察必正在用膳，真金来看望他们。他见到儿子很高兴，让儿子留下，夫妻父子好亲热地说上一会儿话。真金在父亲面前谨言慎行，在母亲面前却很少掩藏内心所想，也少有拘束。他坐下来，与母亲随意地闲聊着，都是亲族中那些家长里短却很温馨的事，忽必烈不太清楚，插不上话，只是笑眯眯地听着，每当这种时候，总是他最放松最闲适的时刻。后来，母子俩的话题转到了恰那多吉和墨卡顿的身上。真金大概想到了什么，目光闪闪的，未语先笑，过了一会儿方缓缓说道：母后，您说白兰王是不是我们见过的性情最稳重的人？可是在墨卡顿姐姐面前，他竟很任性呢，像个小孩子一样。不过，每次看到他与姐姐那种恩爱和美的样子，又总是让人很羡慕。察必点了点头，脸色忽而变得有些凝重，她回道：是啊，你姐姐的确是用心爱着恰那的，问题在于，恰那对你姐姐的爱，却已经在他的血脉之中了。真金不解地问：这样不好吗？察必沉缓地回道：血脉中的爱，真的很让人为他担忧啊。那个时候他并不清楚妻子的意思，现在却似乎有些明白了。

血脉中的爱，当爱消失，也是生命消失之时吧？

"白兰王？"

恰那多吉回过神来，勉强应道："是。"

"你当协助国师，全力完成在吐蕃设置中央王朝的机构，以及建立新的行政体制的重任，这是关系千秋万代的大事，也是当务之急，你们切不可有所懈怠。朕会最大限度地给予你们兄弟人、财、物力的支持，待这件事完成后，朕就将吐蕃交在你的手中。"

"臣遵旨。"

君臣视线相接。恰那多吉的脸上有伤感，更有深深的留恋。忽必烈同样心绪复杂。此别，他与恰那还能相见吗？国师尚好，待全部建制完成，他必须回到他的身边。恰那不同，他作为中央政府委派的宗王，坐镇吐蕃本土，只怕将来想见一面也难。恰那多吉在他身边的时间虽不如八思巴长，但他是他的侄女婿，也是他钟爱的孩子，离别在即，他蓦然发现自己着实舍不得他。

"你还有什么话要对朕说么？"

"陛下，请您千万保重玉体。臣和兄长一定不辱使命，待大事完成，臣很快回来看望您和皇后。"

"朕知道了。朕会等着你的。恰那，墨卡顿……"

"陛下，臣会说服她的。"

"好。既然如此，你去吧。"

"臣告辞。"

五月五日，八思巴、恰那多吉、墨卡顿于金殿之上依依拜辞大汗，拜辞察必皇后、真金王子以及燕王妃阔阔真。这还是十年中，忽必烈与八思巴第一次较长时间的分离。

中统三年（1262），真金从弘吉剌部娶回了自己心仪的姑娘。婚后第二年，阔阔真即为真金生下长子甘麻剌，如今阔阔真又身怀有孕。阔阔真是个贤德的女子，她孝敬公婆，也尊重丈夫所钟爱的每一个人。当年，墨卡顿和真金都是在奶奶苏如夫人身边长大，那时真金还是个孩子，却从来不曾忘记过姐姐对他的疼爱与呵护。墨卡顿与恰那多吉婚后，姐弟又得以常聚，他们仍像往昔一样无话不谈。阔阔真也很喜欢墨卡顿豪爽开朗的性格，前些时候，她们甚至相约，等阔阔真生下第二个孩子，就由墨卡顿亲自将他抚养成人。

如今，该嘱咐的都已嘱咐，该交代的都已交代，三个女人执手相看，禁不住泪水泫然。这种场合男人们还算镇定，也不过是强作欢颜。

最后一次施礼，最后一次挥别，墨卡顿的脸上绽开了甜美的微笑，像当年送别奶奶一样，她要将这笑容永远留在四叔、四婶，留在真金和阔阔真的记忆中。她婚后的第三年，母亲在凉州王府病故，她与恰那多吉回王府奔丧，从那以后，她的至亲骨肉就只剩下小弟一人。方才，金殿面君时，她将小弟托付给了四叔和真金。除了与小弟不能再见最后一面的遗憾，她已别无牵挂。

当然，还一句更重要的话，她把它放在了心中：保重！我的亲人！可惜，我不能说后会有期了！

忽必烈端坐于御座之上，目送着离去的三个人。不经意间，他的目光落在墨卡顿就要消失在大殿之外的背影上，不知为什么，她的背影竟是那么压抑，那么陌生，呈现出一种再也无法回头的沉重。他忽觉内心茫然若失，伤感之余，只有一件事还能让他略感宽慰：不管怎么说，恰那多吉总算说服了墨卡顿。他哪里知道，这一次，并非恰那多吉说服了妻子，而是墨卡顿自己做出了决定。

拾

那天，恰那多吉回到白兰王府，墨卡顿并不在府中。侍女只知道夫人出去了，却不知道夫人去了哪里。恰那多吉十分烦躁，一直在前庭踱步，他猜测墨卡顿会不会去看望燕王妃了。直到黄昏墨卡顿才回到府中，她回来时，恰那多吉倒是正在书房抄写经文。

墨卡顿来到书房。屋里的光线暗淡了许多，恰那多吉却还没有点灯，墨卡顿走过去，将桌上的油灯点燃了，"你去见大汗了？"她问。

恰那多吉没作回答。

"你吃晚饭了吗？我去给你准备吧。"

"不用你管！"恰那多吉冷冰冰地回绝了。

墨卡顿对他的任性早就见惯不怪。其实，从小到大，恰那多吉只有在她面前，才会露出自己最本真的一面。

　　她透过窗棂，望着天际处绚丽的晚霞。原来，与夭折的生命相比，韶华渐逝也是一种幸福。

　　而她的人生，又该以怎样的姿态谢幕？一个念头蓦然闪过脑海：既然等待只会让她永远错过，为什么她不能自私一次，留在他的身边，走完自己的生命旅程？

　　觉察到妻子异样的沉默，恰那多吉不由抬头看了她一眼。

　　墨卡顿的眼角似乎有一些红肿，神态倒是格外平和。

　　恰那多吉的心忽上忽下，拿着笔，却一个字也写不下去了。他的确在生她的气，也感到伤心，任何时候，他都无法忍受她离开自己太远，太久，何况还是关山远隔，相聚无期？可他不明白，为什么每一次面对离别，她都表现得格外镇定，格外从容。

　　"你怎么了？"他问，将担忧与关切掩在了生硬的语气之后。

　　墨卡顿收回目光，笑着摇了摇头。他不再理会她，继续抄写经文。她很内疚，在她去见上都城那位以善治疑难杂症而远近闻名的大夫，终于确证了那件让她疑心已久的事情之前，她曾以为她的选择是对他最好的成全，唯有此刻她才发现，她对他的伤害莫过于此。好在，她还有机会弥补。她走近他，轻抚着他的肩头，他的手不由一抖，墨汁滴落在纸页上，很快洇湿了一片。

　　他挣扎着保持着脸上的冷漠。假如她不能随他同返吐蕃，他永远不会原谅她的绝情。

　　"恰那，你听我说……"

　　"我没心情。"

　　"你是不是还在埋怨我？"

　　"不可以吗？"

　　"不是。恰那，你听我说……"

　　"我不听。"恰那多吉甩掉她的手，站了起来，"你纵然有一千种理由，也不可能说服我。"他们四目相对，他的眼中喷射出怒火，"为什么？你告诉我，这一切究竟是为什么？即使经过了十四年的时光，即使你已经做了我的妻子，我仍然无法真正走进你的心里？我们一同走过的路，对你来说就只剩下逃避么？如果我不值得你珍惜，如果失去你是注定的结局，当初你就不要对我说，我是你愿意照顾一辈子的人！从始至终，你不觉得自己太自私了吗？我想问问你，这么多年，这么多次的分离，你可曾有一次真正在意过我的感受？"

墨卡顿心潮翻滚，一时无言以对。

二十多年的生命中，除了童年的时光她是在奶奶身边无忧无虑地度过，从父亲病重开始，她就背负了太多的责任。这责任里，包括照顾好小弟，照顾好从小就来到王府、可爱懂事却又孤独的他。后来，父亲去世了，母亲缠绵病榻，上师和哥哥又相继离开了王府，她无所依靠，只能更加辛苦，更加坚强。

不知不觉中，他长成了一位翩翩少年，她呢，一直都在依赖着他的体贴和包容却不自知，直到她接到真金的来信，才第一次确定了自己的心意。婚后的生活是令无数人羡慕的，从相识那天算起，这是十年等待才换来的相守，他格外珍惜。也不是没有遗憾，但那是她的而不是他的遗憾，她遗憾自己没能为他生下孩子。今天，她得知了原因所在，得知了在她体内悄然生长的病痛，不仅让她无法受孕，而且正在蚕食她的生命。她当然也恐惧也不甘，然而，她不得不再次选择承受。在她离去之前，她只想了却一桩心愿：看着他的孩子来到世间。

她忍住了悲伤，却忍不住泪水，那是心被爱融化的泪水。她想清楚了，既然他总要面对与她的长别，那么，她又何苦在那之前，让他们都在分离的痛苦和对彼此的思念中饱受煎熬。

面对她的眼泪，他所有的愤怒一击即碎。她是个性格刚强的女子，除了挚爱的亲人离她远去，他很少看到她流泪。

他强迫自己冷静下来，叹口气，伸手为她拭去脸上的泪水，"你怎么哭了？别哭。你呀，到底要我怎么办才好？我到底该拿你怎么办才好？如果你实在不想离开家乡，那我，我……"

他说不下去了，内心剧烈的痛楚淹没了他的声音。他真的可以放手吗？没有她的相伴，未来的那条路，他真的可以一个人走下去吗？他不知道，他不知道啊！

墨卡顿的泪水不断地从面颊滚落。

"别哭了，不要再哭了。你给我点时间，让我想想，让我再想想行吗？"他将她拥入怀中，语气近乎哀求。

"不是，恰那，你听我说，我想告诉你的是，我要跟你在一起，无论你去哪里，我都会在你的身边。"

恰那多吉将她的话听在耳朵里，可他心乱如麻，并没有立刻理解她话中的意思。不知过了多久，他的手臂突然抽紧了，接着，他一把推开了她，直视着她的眼睛："你刚才说什么了？"

"恰那，是我的想法错了，我很后悔。你不会真的生我的气，不肯原谅我吧？"

恰那多吉的眼中闪过一道犹疑的光芒。不是激动，而是犹疑。他太了解他的妻子，她从来不是个善变的女人。"告诉我，你怎么了？发生什么事了吗？"他缓慢地问。

他盯着她的脸。隐隐地，他的心里就有了一些不安。

"没有，没事。恰那，我这个人是不是很傻？我以为自己可以离开你，可我根本做不到。"

"你的意思是说，你终于想通了？"

"是。"

"你在安慰我吗？"

"啊？"

"因为不忍心看到我难过，才决定跟我返回吐蕃？你做出这样的选择都是为了我？"

"不是。这一次，我是为了自己。"

"为……你自己？"

是的,这一次，我是为了自己。我不知道这样做会对你造成怎么样的影响，可是，上天给我们的时间太短了，我不能不为自己抓住最后的时光。万一我做错了，也请上天原谅我的自私吧。

"对了，我奉旨的这段时间，你去哪里了？为什么这会儿才回来？"

"去哪里了？哦，我，我……"

"我还以为你去看望燕王妃了。"

"啊，对啊，我是去看望燕王妃了。"

"你改变主意，和燕王妃有关吗？"

墨卡顿避而不答："难道，你不喜欢？"

恰那多吉重新在椅子上坐了下来："当然,我不喜欢,我一点儿都不喜欢。"

墨卡顿泪湿的脸上倏然闪过一抹虚弱的笑意。他还是那样，像小时候一样单纯、善良，当然也有一点固执。今生能与他相遇，哪怕生命正在走向尽头，她依然觉得自己很幸福。

"喂，你能不能走近点？"他看着她，声音里尚存一丝怒意。

墨卡顿愣了愣，但还是听话地走到他面前。

恰那多吉伸手搂住了她的腰，将脸贴在她的胸前。他倾听着她的心跳，她的心跳总是有些急促。他不明白，为什么从小到大，他不止一次产生过她将离他远去的恐惧？即使后来他们结为夫妻，他仍然会在她消失不见的梦境中惊醒？

"你一定要这么折磨我吗？你这么折磨我觉得有意思吗？"他喃喃地抱怨。

她没说话，只是用手轻抚着他的头发。

"你说过的话，不会再反悔了吧？"

"不会。"

"吐蕃的生活跟上都、中都，甚至跟凉州相比都可能要艰苦一些，可是有我在啊，我会照顾好你的。"

"这个我不担心，我没那么娇贵。恰那，现在时间还早，不如我去看看我们的行装收拾得怎么样了。你在这里，专心地抄经。一会儿我让他们给你送茶过来。"

"喝茶又不顶饥，我饿了。从中午到现在，我还一口东西没吃呢。"

"唉，你呀……"

"不许你埋怨我，这件事本来就是你的错。那会儿，我的心里被堵得满满的，哪有什么胃口！收拾行装的事，交给仆人们去做就好了，你来帮我把经文抄完。瞧这一页，都被你弄糟了。"

墨卡顿哭笑不得："好，我帮你抄。可你也得先放开手吧，我去吩咐他们准备晚饭。"

"夫人。"

"嗯？"

"是我的错觉吗？我怎么总觉得你的脸色不太好看，整个人都显得很疲惫不堪。你是不是哪里不舒服？要不明天，我请许御医过来给你看看好不好？"

恰那多吉口中的许御医，正是汉族名医许国祯。他从忽必烈还是藩王时就追随左右，忽必烈建立中统朝后，任命他主管内医院。

"我又没事，看什么！其实，我是因为犹豫不决，心里累才会这样，你不用为我担心。现在，我已经做出决定，就不会再觉得辛苦了。"

"你的身体，真的不要紧吗？"

"真的不要紧，我好得很！"

"那我就放心了。你能保证，以后，再也不会像这样让我伤心难过了？"

"恰那，我很抱歉。"

"算了，我再原谅你一次吧。谁让你是公主，打不得骂不得，——我警告你，这是最后一次！"

"我知道了，再不敢了。"

"这还差不多！你猜你刚才想到什么了？我想啊，你一定是佛主派来惩罚我的人，我的前生一定欠了你太多，所以今生才要我用自己的生命来偿还。不过，我宁愿如此。我今生把命还给了你，来生就变成了你欠我的，然后，我们又可以在一起。虽然不知道来生你是谁，我是谁，我却知道，我一定还会遇到你。"

"恰那，既然我们来生注定还能在一起，那么今生，我们就不要在意谁先离去，活着的那个人，要好好地活下去，好吗？"

"说什么蠢话呢？从认识你开始，差不多每次都是我送你离开，最后一次，我要你来送我。别忘了，是你说过你要照顾我一辈子的，任何时候，你都不许食言。"

墨卡顿沉默了。她知道，此时此刻，无论她说什么，恰那多吉都不可能听得进去。想到未来，她的心中第一次充满了迷茫。迷茫之后，则是深深的忧虑。

与恰那多吉一同返回吐蕃，她真的做对了吗？

当那一天真的来临之时，恰那多吉又该如何面对她的离去？

第六章　那高原的风

壹

中统五年（1264）七月初五，穷途末路的阿里不哥在政权分崩离析以及众叛亲离的绝境中率众来降。

按照祖宗惯例，罪人但凡服罪，肩上要披大帐的门帘入见。真金一直等候在大殿之外，他坚持在这里迎接七叔。

当阿里不哥出现时，真金立即迎上，以子侄大礼见过阿里不哥。阿里不哥伸手扶起真金，注目端详，内心深处百感交集。是啊，无论阿里不哥心中对忽必烈做何感想，真金却始终是他的好侄儿，否则，在他派阿兰答儿扩军漠南之际，他就不会反复叮嘱阿兰答儿，要他无论如何不可伤害真金和四嫂察必。

"七叔……"真金叫了一声，哽住了。

"去通报吧。"阿里不哥沉沉地说道。现在，这样的场合，毕竟不是倾诉离情的时候。

真金顺从地退去。

不多时，忽必烈传旨阿里不哥入见。阿里不哥的身后，紧跟着阿速带等宗王和其他亲信。这些人都被五花大绑着，只有阿里不哥一个人保持着相对的自由。

忽必烈借着水晶殿明亮的光线细细打量着他那又黑又瘦的幼弟，藏在内心的手足之情使他一时心意难决。

"给七王爷松绑吧！"他吩咐玉昔帖木儿。

阿里不哥跪伏于地，他抬头看了四哥一眼，脸上不经意地流露出一种深深的厌倦与疲惫。

良久，忽必烈叹了口气，走下丹墀，将阿里不哥扶了起来："别跪着了。弟弟，你瘦多了。你的心中，是否还在怨恨我呢？"

阿里不哥苦笑了一下，没作回答。

忽必烈挪动着隐隐作痛的右足："好了，弟弟，你还是坐下说话吧。我知道你不会那么容易服气的。"

阿里不哥一直看着忽必烈回到御座之上，这才在专门为他设立的椅子上坐了下来。

忽必烈向安童做了个手势，安童明白这是要他开始对阿里不哥叛乱一事进行审理了。安童是蒙古名将木华黎的重孙，真金嫡亲的两姨表弟，同时也是朝中一位公认的少年才子。忽必烈平定李璮叛乱后，将只有十七岁的安童擢为中书省右丞相。

"当年，蒙哥汗在世时，从没有人想过要违抗他，更别提会发动叛乱来反对他。可现在，七王爷阿里不哥却这样做了。"安童字斟句酌地说着，语气很缓慢，却每个字都直入人们心扉，"大家都清楚，在当时的环境，谁若怀有叛乱的动机，就会受到最严厉的惩处。你们这群人引起了这样一场完全可以避免的战乱，致使生灵涂炭，经济衰落，国家遭殃，巨额的战争经费更是加重了百姓的负担，多少无辜的人死于非命，请问七王爷，你和你的追随者可知罪？"

"是啊，我们为什么不敢回答这个问题？"阿速带轻蔑地扫视着哑口无言、呆呆站立的诸王和贵族们，"当年，难道不是我们拥戴七王爷登上汗位的吗？难道不是我们这些人怀抱着自私的心愿希望有一天七王爷能带领我们去坐拥天下吗？现在，我们为什么都变成哑巴了？是不是因为该我们这些真正的罪人领罪的时候我们都起了贪生之念呢？如果不是，就让我们站出来吧，站出来，勇敢承认我们的罪行，然后，用我们的鲜血去洗刷七王爷的冤屈。"

阿速带的这番话显然出乎所有人的意外，大殿之上响起了一片交头接耳的"嗡嗡"声。

忽必烈并不加以阻止，唯目光久久停留在阿速带久病虚弱的脸上。此时此刻，忽必烈的内心里涌动着一种说不出来的感动。兄长蒙哥的亲生骨肉中，玉龙答失已在一年前病逝，阿速带却一直忠心耿耿地辅佐着阿里不哥。阿速带或许是蒙古习惯法的忠实拥护者，却没有任何野心和欲望，在他高尚的灵魂深处只有信义，只有忠诚，阿里不哥居然拥有这样的一份信义和忠诚，这不能不说是阿里不哥的幸运。

审判按照法定的程序有条不紊地进行着。

最终，诸王贵族们对阿里不哥等人审判的结果是，宣布他们有罪，阿里不哥的十名主要亲信被立即处斩。

忽必烈想饶恕阿里不哥和侄儿阿速带，他向宗王贵族征求意见，老于此道的宗王塔察尔早已洞悉了忽必烈的真实心意，他说，他会与安童等人商议后再做出决定。

忽必烈权衡再三，决定向全国颁发诏书，公开披露了这一事件的真相。次日，塔察尔和安童将诸王贵族形成的一致意见呈报给忽必烈，呈文用蒙古族最喜欢的诗歌形式写成："我们该如何看待阿里不哥和阿速带的罪行呢？看在忽必烈汗的面上，我们一致同意赐他们活命！"忽必烈对他们奏章正中下怀，当即御笔一挥，上书两个鲜红大字：准奏！

为纪念蒙古政权重新归于一统，忽必烈接受藩府旧臣的建议，将中统五年改为至元元年，同时大赦天下。得到大赦的阿里不哥、阿速带等人辞别忽必烈，一起返回首都和林。送别胞弟与侄儿的那一刻，忽必烈感到了些许轻松，更多的却是惆怅。一母同胞，骨肉至亲，只为那至高无上的权力，便拥兵对垒了四年。尽管最终放下武器的是阿里不哥，但谁又敢说他就一定是真正的胜利者？

阿里不哥的事情圆满了结，接下来，忽必烈该考虑如何对噶玛拔希做出处理了。

五年前，蒙哥汗在攻打合州钓鱼城时病故，噶玛拔希又选择了阿里不哥作为噶玛噶举派的施主。一母同胞为汗位而战，现在，忽必烈获得最终胜利，噶玛拔希却因涉嫌帮助阿里不哥叛乱而遭受监禁，对于他的处理，忽必烈一时还真有些举棋不定。

忽必烈并非气量狭窄之人，然而，每当他想起自己对噶玛拔希如此器重，两次遣使召见于他，并虚心结纳，噶玛拔希却弃而不顾的往事，他终究有些不快。这且不论，就算他能理解、能原谅噶玛拔希选择蒙哥汗作为自己的靠山，可在蒙哥汗病逝，他与胞弟阿里不哥争夺汗位的过程中，噶玛拔希又倒向阿里不哥，以国师的身份忠心耿耿地为阿里不哥作法祈福，这就让忽必烈无法不对他心存芥蒂了。

忽必烈犹豫了几天，决定还是见一见噶玛拔希。他命玉昔帖木儿和安童两个人去将噶玛拔希带到金殿。

虽遭到监禁，且生死未卜，噶玛拔希面对忽必烈时仍显得无忧无惧。他以佛家之礼见过忽必烈，然后便眼观鼻，鼻观心，垂首默立。

忽必烈端坐于御案之后，看了他好一阵儿。

令人不安的沉寂中，噶玛拔希心静如水。

终于，忽必烈缓缓问道，"你没有什么话要对朕说吗？"

噶玛拔希抬头看了忽必烈一眼，双手合十："阿弥陀佛。请问，七王爷，他可还好？"

忽必烈怎么也没想到噶玛拔希会问出这么一句话来，他一时间都不知道该如何作答了。

"你还是先关心一下自己的生死吧。"愣了好一会儿，忽必烈说道，是那种悻悻的语气。

"我生我死，皆在陛下一念之间。若我佛召我归去，僧人愿遵从佛主的旨意。"

"如此说来，你到现在也不曾改变心意？"

"佛在我心。当年，僧人只是听从心的声音。我想，国师（指八思巴）也是如此吧。"

忽必烈的脸上蓦然闪过一丝心意难决的复杂之色。对于这位在藏区妇孺皆知的转世活佛，他虽不复擢用之念，仍难免心存惋惜："也罢，你且退下，听候朕的诏旨。"

"是，僧人告退。"

不久，噶举教派的几个支派纷纷派遣僧人进京，为噶玛拔希求情。忽必烈出于安定藏区局势的需要，顺水推舟，将噶玛拔希放回本寺继续修持佛法。不过，由于中央王朝不再任用和扶持噶玛拔希，黑帽系的影响自此有所下降，既无法与如日中天的萨迦派比肩，连本派的其他大小分支，如蔡巴噶举、帕竹噶举、止贡噶举，其影响也开始超过该教派。直至元朝末年，在元顺帝的扶持下，噶玛噶举派才重新得势。

贰

忽必烈决定就在上都度过在燕京来说最炎热的七八两月，九月初再回返燕京。朝中之事他多委以安童和平章政事阿合马共同商议，全权处理。阿合马原是察必皇后的陪嫁媵人，因擅长理财而受到忽必烈青睐。忽必烈对阿合马的重用，也反映出自李璮叛乱之后，他对汉族士大夫的信任和情感，已开始蒙上了一层难以消除的阴影。

八月，忽必烈颁布了《建国都诏》，改燕京为中都（1272 年改为大都），分立省部，准备定都。

这是忽必烈在上都和中都正式实行两都巡幸制的开始。此后，他又在中央政府设置总制院，领之于国师，掌管天下释教和蕃地事务。其时，八思巴已在赴藏途中，遂由八思巴座下弟子代为领旨谢恩。

九月，忽必烈回到中都，正巧旭烈兀派遣使节前来入贡，他便在大宁宫召见了六弟的特使。为首的使节名叫伯颜，系八邻部人，其曾祖、祖父皆为蒙古的开国功臣，其叔祖纳牙阿，在成吉思汗开国之初，曾出任中路万户。成吉思汗逝后，八邻部领于拖雷家族，是以旭烈兀出征时，八邻部随征，伯颜就在西域长大。

中统五年初，应旭烈兀之请，忽必烈为旭烈兀建立的汗国赐名"伊儿汗国"。至此，旭烈兀与忽必烈建立的中统朝正式确立了臣属关系，而旭烈兀这样做，也充分表明了他承认四哥为蒙古帝国正统继承者的态度。从蒙哥汗二年（1252）算起，同胞兄弟已有十二年不曾见面，忽必烈对六弟思念甚殷，多次遣使致信旭烈兀，希望他能回草原一趟。旭烈兀虽不惯于表达感情，但在他的内心深处，对四哥，对故乡无时或忘，他决定赴四哥之约，一来为兄弟相会，二来借机调停一下四哥和七弟的争端。不料他正待起身，却生了一场重病，不得已，他只能先遣使入贡，同时带去他对四哥、四嫂和侄儿的问候。对于贡使的人选，旭烈兀也是煞费苦心，千挑万选后才确定了阿八哈的藩邸执事伯颜。

阿八哈出生于窝阔台汗六年（1234），是旭烈兀最钟爱的嫡长子，也是他的汗位继承人。阿八哈比伯颜年长两岁，比忽必烈的次子真金年长九岁。伯颜少年时即入阿八哈藩邸，因他遇事果决，多谋善断，阿八哈对他极为宠信，几乎大事小情都必与之商议。这一次，旭烈兀委派伯颜押送贡品前往四哥忽必烈处，阿八哈心里是一万个不愿意，无奈父命难违，他只能勉强同意将伯颜"借出"。

行前，阿八哈为伯颜置酒送行，他一再嘱咐伯颜早去早回。

伯颜容貌端肃，目光深邃，言谈举止自有一派特殊的威仪。忽必烈在金殿之上初见伯颜，就对这个年轻人生出几分好感。忽必烈问了问伊儿汗国的风土人情和旭烈兀一家的近况，伯颜对答如流。忽必烈对他更加喜爱，说道："伯颜，你的使命完成得很好。朕打算将你留在身边，让你的副使代你回去复命。你可愿意？"

对于留在中央王朝，伯颜明显有些迟疑："臣蒙圣上知遇之恩，敢不从命！但臣临来天朝前，阿八哈王子一再嘱臣早去早还。臣……"

"这个无妨。朕明日就给侄儿阿八哈写一封亲笔信，说明留下你的原委，然后让你的副使一并带回去。朕想阿八哈必定不会怪罪你的，你大可放心。朕要考虑的是该给你个怎样的职位？这个嘛，朕还需要费点心思。要么，你看这样可好？你就先在中书省和枢密院行走，待机会合适，朕再给你具体的任命。朕想，这个时间应该不会太长，期间你的表现也算朕对你的考验。"

"臣谨遵圣谕。"伯颜谢恩。此时，他纵然想到阿八哈王子的失望，也不敢抗拒"众王之王"的命令。

"伯颜。"

"臣在。"

"你在伊儿汗国成亲了吗？"

"哦，没有。额吉一直希望臣能从本土娶回一位姑娘。"

"既然没有成亲，朕可以帮你物色。安童，朕问你，你的妹妹巧丛今年有十七岁了吧？可曾许配人家？"

"尚未许配人家。"

"那么，你不妨回去商议一下，朕欲为伯颜与巧丛牵线，你意如何？"

为了能让伯颜安心地留在中原，忽必烈也算煞费苦心了。

"既是陛下赐婚，这事臣就可以做主。"

"你能做主，朕就择定吉日，将他们的婚事办了如何？"

"臣谨遵圣谕。"

真金悄悄向安童伸了一下大拇指。伯颜注意到真金这个表示赞赏又颇有几分孩子气的手势，目光移在真金的脸上。真金望着他微微一笑，这满含善意的笑容不由令伯颜心头一热。

与巧丛婚后，伯颜征得忽必烈的同意，派人前往波斯接回了自己的母亲。与此同时，他还修书一封，向阿八哈王子表明了自己的歉疚之情和祝福之意。

自被忽必烈留在身边，伯颜在朝中谋划建言，见解常高于其他大臣，处理事务尤其能够当机立断。他的才华渐为忽必烈所知，忽必烈打定了对他来日重用的主意。

叁

与伯颜入贡同时，八思巴和恰那多吉夫妇在蒙古士兵的护送下，充分利用新设立不久的驿站服务，行进速度比他们二十年前从萨迦到凉州时快了许多。

经过临洮时，听闻只必帖木儿已从凉州赶至临洮，八思巴、恰那多吉和墨卡顿既意外又高兴。

只必帖木儿与二哥蒙可都不同，他受八思巴影响至深，八思巴与只必帖木儿之间很早便形成了一种如父子亦师徒的关系。这个年轻人对佛教的信仰十分坚定，自他嗣西凉王位，在他的提倡和保护下，西夏故地萨迦派的信众与日俱增，而他的所作所为，也得到了八思巴的肯定。

自幼与八思巴感情深厚的只必帖木儿，又是在姐姐墨卡顿和恰那多吉的关爱、呵护下长大，在只必帖木儿心中，这三个人无论哪一个都是他生命中最亲近的人，当他从姐姐信中得知她将随国师兄弟返回萨迦时，他无论如何不能不赶来相送一程。

为了与只必帖木儿相聚，八思巴等人在临洮多待了几日。数日后，只必帖木儿依依不舍地将八思巴、姐姐、姐夫送出临洮境。当弟弟挥别的身影在墨卡顿的眼中消失不见，她不由流下了眷恋的泪水。恰那多吉心疼妻子，顾不得众目睽睽，伸手将她搂在怀中，轻声安慰。

从临洮出发，八思巴沿途仍不忘为僧俗人众讲经传法。经过朵思麻地区时，他遇到了一个出生于秦州（今天水市）的孩子，这孩子就是后来成为元代著名译经僧的沙罗巴（1259—1314）。沙罗巴当时只有五岁，却聪慧无比，八思巴十分喜欢他，将他留在身边。之后，沙罗巴随八思巴兄弟返回萨迦，他先从恰那多吉学习佛法、藏语和蒙古语，三年后（1267 年）恰那多吉去世，沙罗巴又得八思巴亲自教诲。八思巴返回大都时，将沙罗巴一同带回蒙古宫廷，沙罗巴当时只有十岁，却因善吐蕃音，说诸妙法，而且兼解诸国文字，屡次充当忽必烈和真金向八思巴学法时的翻译。八思巴的名著《彰所知论》系他为真金太子讲授佛学所作，沙罗巴为其汉译，同时也是八思巴讲法时的口语翻译。

除沙罗巴外，八思巴还遇到了一位聪明能干，精通蒙古、汉、畏兀儿、吐蕃等多种语言的青年，名叫桑哥。桑哥出生于甘青藏区，最初担任一名译使。他在汉藏交界之地拜见八思巴兄弟，请求为他们效力，八思巴遂将他置于侍从，一同带往萨迦。八思巴回朝后，将桑哥举荐给忽必烈，忽必烈赏识桑哥才华，将他留在朝中当官，若干年后，桑哥成为大元王朝位极人臣、权倾一时的丞相。

不久，八思巴一行来到朵甘思的噶巴域，他在这里受到盛大欢迎。他举行法会时，听法僧俗信徒达一万多人。为了纪念这次盛会，噶巴域自此更名"称多"（今玉树藏族自治州称多县。称多意为万人集会）。朵甘思丹麻人胆巴（1230—1303）也来迎接八思巴，胆巴幼年时即投在萨迦班智达座下，曾被派往西印度参礼高僧古达玛室利，尽得其传。八思巴见他学识渊博，将他带往萨迦，不久又派他回称多建寺传法，他在称多建了一座萨迦派寺院，又在八思巴讲经说法之处建起一座名叫白莲花的法座。至元五年（1268），八思巴奉旨回朝，路过称多时，为胆巴所建寺院赐名"尕藏班觉楞"（善缘富乐洲），通称尕藏寺。他还赐给尕藏寺一幅释迦牟尼十二岁身量的唐卡（现仍存寺中），在蓝纸上用金银汁书写的《大藏经》一套，一尺五寸高的镀金佛塔一座，九股金刚铃杵一个。

八思巴还颁给尕藏寺一道法旨，法旨以蒙古、藏、汉三种文字写在锦缎之上，内容大意是要求当地居民向尕藏寺交纳酥油、青稞、黄金、牲畜等，并规定任何人不得侵扰寺院。八思巴还赐给胆巴主管当地政教事务的象牙章和白檀木章各一枚。在八思巴的扶持下，尕藏寺很快发展成为称多地区的政教中心。八思巴离开称多时，胆巴又随八思巴至朝廷，觐见忽必烈，不久即受命住持五台山寿宁寺。后胆巴到大都及南方潮州为王公贵族授戒，赐号为金刚上师，圆寂后被追封为"大觉普惠广照无上胆巴帝师"，成为一代名僧。

作为萨迦派的法主和元帝国的国师，此次八思巴返回萨迦，影响遍及甘、青、川等藏区。八思巴深知宗教与政治的关系，他只有不断扩大宗教影响，才能扩大他在藏族地区的政治辐射力，从而真正建立和巩固在中央王朝统治下藏族地区的政治统一。因此，八思巴在联络各教派及地方势力首领的同时，随时注意在各地建立萨迦派的寺院，扩大萨迦派的势力影响。他在经过甘南卓尼时，见这里风脉很好，下令建造卓尼寺，并派精通经典、具有功德的萨迦派格西留在寺中，后来卓尼寺果然发展成为甘南东部的大寺院，并与当地地方势力结合，形成政教合一的局面，直到明代，才改宗为格鲁派（俗称黄教）。

八思巴和恰那多吉一刻也不曾忘记忽必烈赋予他们的使命。对他们而言，忽必烈不止对他们有知遇之恩，更是他们心目中的圣主明君。事实上，在元朝初期全国走向大一统的形势下，吐蕃不仅汇入了统一的潮流，本身也结束了分裂割据的状态，走向了民族的统一。八思巴兄弟心甘情愿地顺应了这一历史潮流，为增进藏区各地及同内地在政治、宗教、经济、文化上的联系做出自己的贡献。

肆

至元二年（1265）藏历新年时，八思巴一行顺利抵达拉萨。八思巴从拉萨大昭寺写了一篇新年祝词寄献忽必烈。祝词的题记说："阴木牛年新年之际，为庆赞吉祥，于吐蕃诸神变之王降世之地、佛法弘扬之根本、具吉祥拉萨神幻自成佛殿写成此吉祥颂诗寄呈。"之后，八思巴兄弟即启程向萨迦进发，着手完成建立吐蕃行政体制的重责大任。

作为国师的八思巴，除致力于自己教派的发展外，对其他教派亦采取了平等对待的态度。本来，忽必烈出于对萨迦派的尊崇，兼与八思巴感情深厚，想在吐蕃取缔其他教派，独尊萨迦。八思巴劝阻道："吐蕃各教派虽教法有所不同，但除本教以外都属于佛教，并无差别。若不许各派自愿奉行其教法，不仅有损陛下的国政与声威，对萨迦派亦无助益。故请允许各教派有依其自愿信奉教法之权。"

忽必烈思之有理，自此不再提起这一话题。

八思巴兄弟时隔二十一年重返萨迦，对萨迦派和吐蕃各地方势力来说都是一件震撼人心的大事。萨迦派特意为他们举行了盛大的欢迎仪式。当八思巴和恰那多吉并辔走向欢迎的人群时，他们的前面，是五僧五俗组成的前导，两边是夹道欢迎的僧俗人群。地上焚烧着香木，寺顶平台上，乐队正卖力地吹奏着法螺和长号。手捧哈达的政教代表各四人，正等在大门口，恭候八思巴兄弟的归来。

八思巴在萨迦安顿下来后，吐蕃各地的政教首领纷纷前来求见，八思巴向他们布施了从中都带来的大量财物。忽必烈的慷慨赏赐，令吐蕃各派人士增进了对这位皇帝的好感，也拉进了他们与蒙古皇室的联系。八思巴还请这些高僧中的一些人为他讲经传法，所学内容遍及佛教的五明三学、三藏经论、密法四续部以及有关的经籍、论著、灌顶、护持、咒语等佛学知识，他的谦逊好学为诸大德留下了良好的印象。不仅如此，八思巴在忽必烈想要取缔萨迦派之外的其他教派时，曾力主让各派奉行自己的教法，这一点尤其令潜心修习的僧人们感佩。

在萨迦寺，八思巴利用忽必烈提供的经济支持，在大金顶殿修建了几座金刚界诸天神的吉祥过门塔作为装饰，并为七座纪念先辈教主的灵塔建立了宝盖、金铜合金的法轮。此外，他还特意为灵塔修建了灵顶。八思巴离开中都时，携带有大量金银，他以金汁写造显密经典及般若经等，共二百余部。

在胞弟恰那多吉，异母弟仁钦坚赞、意希迥乃，公主墨卡顿以及萨迦派僧人的全力协助下，八思巴秉承忽必烈的旨意，经与各方政教首领反复商谈，开始了建立吐蕃行政体制的工作。当时的吐蕃，已进入封建农奴制度继续发展和巩固时期，各地的世俗封建主占有许多庄园和农奴，各教派的寺院和宗教领袖也同样占有一定数量的庄园和农奴，而这些僧俗封建领主之间又存在着千丝万缕、错综复杂的关系，这就造成了僧俗领主对农奴的占有关系并不确定，并因各种原因发生变动。反过来，这种变动也常常成为战争的起因。

随着吐蕃归入中央政府管辖，藏区在政治上开始走向统一，这就需要尽快建立一种稳固的社会秩序，进一步明确封建领主对农奴的占有关系。为此，对吐蕃的历史及现状有着深刻了解的八思巴所要做的第一件事，就是尽最大可能将这种关系确定下来，也就是将吐蕃的近六十万人口划分为俗人民户与寺属民户，即米德和拉德。

米德是世俗领主所占有的农奴，在人身上要依附于自己的领主，并世代保持这种依附关系。米德不仅承担领主的乌拉（劳役）和贡赋，还在一定程度上承担国家即元王朝的乌拉和贡赋；拉德则是佛教寺院和宗教领袖所占有的农奴，他们向寺院和宗教领袖承担义务，并享有能够免差免税的特权。

考虑到各派僧俗领主的经济利益及各万户对元朝的经济负担，八思巴将拉德划得更多一些，米德与拉德的划分比例大致为：米德百分之四十，拉德百分之六十。

这是八思巴建立吐蕃行政体制的第一个重要步骤。

在划分米德和拉德的基础上，八思巴借鉴蒙哥汗当年在前藏地区诏封万户长的做法，主持划分了十三万户，在此基础上，重新调整和确定了各万户的辖区，委任万户长和千户长，建立万户的管理机构。

这个过程尤其经历了矛盾与波折。

藏传佛教各派兴起时，并不是在一块整齐划一的地域中开展活动，而是各派的寺院和属民常常犬牙交错地混杂在一起。蒙哥汗在位时虽然分封过一些地方首领为万户长，但万户的机构和职权并不明确。八思巴划分十三万户，则是严格按照国家体制，调整和明确了各万户的辖地和属民，使各万户成为地域性的行政组织。从家族和教派政治走向地域政治是进步，却必然触及一些教派和家族的权益，所以，十三万户的最终确立，是经过极其复杂的斗争才完成的。

当所有的基础工作业已完成，八思巴便正式建立了管理吐蕃地方政教事务的萨迦地方政权，这个政权的最高首领是八思巴，以后为历任帝师。当帝师住在大都时，则由萨迦寺寺主负责。其职权主要有：对各教派的寺院、僧人、拉德行使管辖权，法旨与圣旨并行于吐蕃；依据皇帝的授权，掌管吐蕃行政机构如万户、千户的设置划分，有权赏功罚罪；举荐和委任吐蕃各级官员，萨迦政权的本钦、朗钦和各万户长；通过萨迦本钦处理吐蕃的行政、户籍统计及诉讼等事务。

在帝师和萨迦寺寺主之下，就是萨迦本钦。本钦意为大官，与蒙古诸王在自己投下所设的断事官相似，出任本钦的人通常是帝师的弟子或亲信。本钦之下是朗钦，掌管内务。朗钦之下，在各万户、千户设置朗索，形成一个系统。此外，八思巴还仿照蒙古的"怯薛"制，设立了拉章组织。拉章组织由十三种侍从官员组成，如管理饮食的索本，管理卧室、被褥服装的森本，管理供佛祭神等宗教仪式的却本，管理接见招待的皆本，管理文书档案等事务的仲译等等。

至于恰那多吉，忽必烈命他管理吐蕃军政事务。恰那多吉之后，元朝还封过三位白兰王。八思巴的侄孙索南桑布系元朝公主所生，又娶元朝公主，是第二位白兰王。索南桑布的异母弟贡噶勒贝坚赞也娶公主，封白兰王，其长子索南洛追坚赞受封帝师，幼子札巴坚赞亦受封白兰王。这几位白兰王，都具有宗王出镇的性质。

此外，忽必烈还封自己的儿子奥鲁赤为西平王。西平王虽无权干涉吐蕃的内政，但有权出兵镇压当地叛乱和调解教派僧俗纠纷。之后，这个由八思巴按照忽必烈的旨意建立起来的由萨迦政权管辖十三万户，受白兰王和西平王监督，并且完全置于中央王朝统治之下的政教合一的行政体制就正式确立起来了。这个政权是元朝统治下的地方政权，是元朝统治吐蕃的基础，它的组织形式不仅基本上沿用到元朝结束，而且对明清两朝统治西藏及藏区各地政教合一的政权组织形式影响极大。

伍

经过一年多的艰苦谈判与不懈努力，吐蕃的行政体制终于粗具雏形，且在不断地完善之中。在八思巴为完成忽必烈的使命而殚精竭虑的日日夜夜，三个弟弟和公主都是他最重要和最可信赖的助手。尤其是恰那多吉，他是皇帝任命管理前、中、后藏地区的白兰王，这个身份使他在与世俗领主的谈判中发挥了独一无二的作用。

每天，无论多么繁忙、疲惫，只要回到自己的宫殿，看见妻子温存、快乐的笑脸，恰那多吉都会得到莫大的安慰。这是第一次，他有将这个女人的心牢牢握在手中的感觉。这种感觉不同于他在凉州、上都和中都时，那时候，似乎是他对墨卡顿的依赖更多一些。而他，从小的时候起，就想成为墨卡顿无可替代的依靠。

至元三年（1266）正旦，八思巴在萨迦写诗遥寄忽必烈，祝贺新年。二月，八思巴在萨迦寺写诗二百零四颂，题为《珍宝之蔓》，寄给远在凉州的只必帖木儿。八思巴一生，从未忘记过他在阔端大王身边度过的岁月。如今，阔端大王留在世上的骨血，只剩下墨卡顿和只必帖木儿。墨卡顿是弟弟生命中的至爱，也是他最珍惜、最信任的亲人；而只必帖木儿，他对这个孩子始终怀有父亲般的怜爱。

十一月，八思巴接到忽必烈的书信，得知六王爷旭烈兀与七王爷阿里不哥在不到三个月的时间内相继病故。即使看破生死如他，也不能不慨叹命运的无常。经过准备，他在萨迦寺举行了一场法会，既为遥祭超度死者，亦为忽必烈祈福。

年底，墨卡顿的下体出现了不规律的流血症状，她想起上都那位大夫的话，知道这是自己的病情开始恶化的先兆。她不知道自己还有多少时日，在这有限的时间中，她决定将其他事情全部放下，只为恰那多吉做好一件事情。

她选择了一个合适的时机，避开恰那多吉，见到了正与首任本钦释迦桑波商议事情的八思巴。墨卡顿脸色严肃，令八思巴有点担忧，他让释迦桑波先行离去，然后温声问道："公主，你来找我，是有什么要紧事要对我说吗？"

对八思巴而言，墨卡顿绝不只是他的弟媳那么简单，她还是阔端大王和蒙哥汗的女儿，是当今圣上最宠爱的侄女。这且不论，他从在凉州时起，就极其欣赏她的睿智与坚强，这种欣赏之情，使他与墨卡顿的交谈一向充满坦诚，少有避讳。

墨卡顿在他面前同样如此。

"国师，返回吐蕃前，圣上曾交代，要为恰那娶一位当地的女子，延续子嗣。回到吐蕃后，国师和恰那一直都处在极度繁忙之中，几乎每天都在与诸大德、各方僧俗领主接触、交涉、谈判，这件事就被暂时放下了。现在，大局已定，余下只剩细枝末节，恰那的亲事不能再拖了。我来，就是想问问国师，你的心中是否已有中意的人选？"

她开门见山。

八思巴回答前迟疑了片刻。墨卡顿突然谈及恰那的亲事，使原本就有些忐忑不安的他在心中布下了一层厚重的阴云。"自我们离开中都，圣上但有私信往来，的确都会过问此事。前段时间，圣上从蔡巴僧人那里听说，尚阿礼有一女名唤坎卓本，年方十七，品貌俱佳，堪配恰那。他要求我与尚阿礼尽快议定婚仪。我将圣上的信给恰那看了，恰那当时一句话也没说，可我看得出他很反感。"

"你说的尚阿礼，可是十三万户中的夏鲁万户？"

"是他。"

尚阿礼早在忽必烈远征大理借道吐蕃时，就曾亲赴边界与忽必烈相会，忽必烈款留尚阿礼两日，君臣甚为投契。忽必烈开国后，尚阿礼成为朝中权臣。八思巴这次分封十三万户，以尚阿礼领有户数最多，其中不能说没有忽必烈与尚阿礼私交深厚的缘故。

"圣上果然深谋远虑。萨迦一派，在后藏的威望自然无出其右，但在前藏与中藏地区，由于吐蕃三百余年教派林立的现实，辐射力尚有欠缺。国师人在藏区还好，一旦国师返回帝都，恰那以白兰王的身份坐镇吐蕃，只怕很难同时威慑三区。然而，一旦恰那成为万户之婿，以尚阿礼的势力相辅，就能很好地弥补这个不足。"

"是啊，我想圣上正是此意。"墨卡顿虽是女子，八思巴却一向不会轻忽她的见解。

"所以我想，这是天赐良缘，决不可以错过。聘礼我早已备下，还有我的私人礼物，足以令尚阿礼满意。请国师权且放下教中之事，尽快为恰那迎娶万户之女。"

"公主……"

墨卡顿并没有回避八思巴的目光。相识十七年，她还是第一次在八思巴的脸上看到了一种极度震惊的表情。

"你告诉我，到底发生了什么事？"

墨卡顿原也没打算对八思巴隐瞒。她回答时，依旧心平气和："恰那的亲事在我们动身时就已确定，只因种种原因拖延至今。至于我为什么着急，国师想必已经猜出了原因。"

"不会……不可能啊！你什么时候发现的？又怎么能确定？我不相信，你一定弄错了！"八思巴竭力压低的声音听起来有几分嘶哑，这个从来不动声色的人，此时此刻完全是一副乱了方寸的模样。

"国师，你要镇静。请你一定要先冷静下来。如果连你都这样，恰那又该如何呢？在恰那成亲前，绝不可以将我的病情透露给他。我这病，在我们离开上都前我就已经知道了，我也一直在服用大夫为我配制的药丸。不过，现在药物开始不起作用了。值得庆幸的是，佛主护佑我，直到今天，我也没有过多的不适。国师，请把恰那带到万户家中，在那里为他完婚。我了解恰那，对于成为他妻子的女人，他会爱惜的。也许我无法等到恰那的孩子出生，可我相信，只要恰那肯担负起为人夫为人父的重任，就一定能够坚强地面对我的离去。"

就算恰那可以担负起为人夫为人父的责任，他恐怕也无法面对你的离去。你还是不了解恰那啊，他根本不具备你想象中的坚强。所以，你不能放弃，无论如何，我决不会让你放弃。

还有一句话，我不曾对你说过。这些年，无论我人在哪里，只要想到凉州的王府有你陪伴在恰那身边，我就会心无旁骛。你和只必帖木儿都是我生命中最重要的亲人，也是我最珍惜的人，在这点上，你们与恰那、与圣上并无任何区别。

"公主。"

"是。"

"用藏药试试，我会让释迦桑波为你请来藏区最好的大夫。你答应我，绝对不要放弃。"

"好。国师也要答应我的一个条件，治疗要等到你和恰那离开之后。"

"我知道了。公主，你能说服恰那吗？"

"圣命难违。何况，这也是恰那的责任。我心中有数。"

"公主，你……你……"

"国师，你别担心。任何时候，我都不会放弃的。"

"我们一言为定。我会通过释迦桑波随时了解你的情况。"

"你不用为我担心。恰那应该上完课了，国师，我先告辞了。"

八思巴默默颔首，目送着墨卡顿离去。此时，面对正在迫近的不幸，他的内心只剩下惊恐和无能为力的悲哀。

陆

墨卡顿走进卧房时，恰那多吉刚刚给沙罗巴上完课回来。每个月，恰那多吉都会抽几天时间，为沙罗巴讲授蒙古语和汉语，沙罗巴的聪慧、勤奋和进步神速，常常给恰那多吉带来许多意想不到的快乐。

他在门口接住妻子，关切地问道："天这么冷，你去哪里了？"

墨卡顿并不相瞒："我去见哥哥商议一件事情。"

"那怎么不等我一起去呢？"

墨卡顿回到屋里，在身后关上了门。她的脸冻得发青，恰那多吉急忙去给她倒了一杯热茶来："你还是到床上吧，喝杯热茶。看你冻的，声音都在打战。"

"没事，没事，喝杯热茶就好。去年的冬天好像没有今年冷。"

"去年更冷些吧？怎么，你也会怕冷啊？真是少见呢。来，喝了茶，我先给你暖暖手。"

"不用，我这会儿暖过来一点儿了。恰那，沙罗巴那孩子真的很招人喜欢是吗？每次看你给他讲课回来，都是心情愉悦的样子。"

"是啊，沙罗巴的天赋是少见的。"

"若你有了儿子，一定跟他一样聪明、可爱。"

恰那多吉的脸色顿时沉了下来，"又来了！"他咕哝了一句。

"圣上的信你一定看了。这件事是你答应过的，也是你的责任所在，我不认为再拖下去有什么意义。我和哥哥商议过了，这一两天你做些准备，就和哥哥去迎亲吧。"

"既然你和哥哥商议过了，那你们俩去好了，我不反对啊。我去书楼看书，晚上你自己先睡吧。"

"恰那！"

恰那多吉止住脚步，"做什么？"

"你若不去，这一次，我就当是你先放弃我了。"

恰那多吉蓦然回头，"你都在说些什么啊？你是个傻瓜吗？"

"没错，我的确是个傻瓜。一直挡在你的面前，一直心存内疚，我明知道这样的生活对你对我都没有好处，可还是放不下你。我想，我早该做出决定了，以后，你好自为之吧。"

"你！你！你简直……"恰那多吉又气又急，一时间不知该说什么才好了。

"恰那，没有我，可能一切都会变得好些。两天之内，要么是你动身，要么是我。一旦我离开，我们永生不再相见。"

"我说的一点没错，你果然是佛主派来惩罚我的人。"

"也许吧，那也是没有办法的事情。"

"你真的想好了？就这样把我推开？即使将来我的目光只愿停留在别的女人身上，即使我的心给了别的女人，即使你会被疏远，被冷落，被遗忘，你也不后悔？"

别说傻话了，我知道你不会！如果你能做到，我反而不必像现在这样忧心忡忡了。

"那不是别的女人，是你的妻子，恰那。只要你能好好地对她，好好地将你们的孩子抚养长大，我愿意你把我忘掉。你和她的孩子，是萨迦的希望，是帝国的希望。"

恰那多吉呆呆地看着墨卡顿，脸上除了愤怒，就只有伤心。那种不适感再次袭来，他的脸色先是变红，变得紫胀，接着又变得铁青，冷汗从他的鼻尖、额角不停地渗出，他的身体也随之发出一阵又一阵轻微的震颤。墨卡顿有点担心，走过去正想扶住他，却被他一把推开了。

"恰那，你哪里不舒服吗？"

"不用你管！"

"我去给你叫大夫吧。"

"站住！我说了不用你管！后天，我就出发。不过，你记住了，我会让你后悔的！"恰那多吉说完，拉开门径直离去，他如同喝醉酒一般，脚步踉踉跄跄。

墨卡顿目送着他，他的背影在她的眼中开始变得模糊不清。冷风呼啸，在门楣上卷过，她不由打了个寒战。

好冷！这是我一生中，最冷的冬天！她默默地想。

柒

至元四年（1267）一月，恰那多吉在夏鲁领地与坎卓本完婚。

操办完弟弟的婚礼，八思巴应日喀则几位世俗领主之请，前往日喀则及周围地区传教。

四月，八思巴接到释迦桑波和墨卡顿的来信。释迦桑波在信中说，墨卡顿公主的病情持续恶化，现在所有的大夫都已束手无策。墨卡顿则是在信中请求他说服恰那多吉留在坎卓本身边，她了解恰那多吉，从小，他就害怕与她的离别，她不愿让他守在自己临终的床前。

八思巴即刻启程返回夏鲁领地。在他与弟弟相会的前几天，坎卓本被诊出怀有身孕，万户府上上下下都洋溢着喜庆的气氛，恰那多吉对坎卓本更加体贴入微。

只是，兄弟重新聚首，八思巴从恰那多吉的眼眸深处，再也看不到往日的神采。

八思巴的内心充满了悲凉。一个生命的孕育，恰恰是在另一个生命行将消失之时，这难道是命运的刻意安排？他是不可能答应墨卡顿的请求的，将弟弟留在夏鲁领地，不让弟弟与墨卡顿见最后一面，这一点他无论如何做不到。然而，让他将墨卡顿的病情直言不讳地告诉弟弟，告诉恰那这个残酷的现实，他同样做不到。

晚上，兄弟俩单独在一起时，恰那多吉对哥哥说，我要回萨迦一趟。我已请求万户好好照顾坎卓本，明天，我和哥哥一起走。

四个月前，恰那多吉是赌气离开墨卡顿的，他也一直强迫自己不去想她。四个月后，当使命完成，他的忍耐也达到了极限。

五月二日，八思巴兄弟一行兼程赶回萨迦。一路上，八思巴根本不敢设想墨卡顿的情形。他万万没想到，当他们来到王宫门前时，一群人早已在这里迎候，为首的，正是墨卡顿。

墨卡顿显然精心妆装了一番。她的精神状态似乎很不错， 双眼睛闪闪发亮，怎么看都不像病入膏肓之人。八思巴的目光急切地落在释迦桑波的脸上，释迦桑波无法回避，心情沉重地摇了摇头。

八思巴的一颗心顿时落入了冰窟。原来，为了恰那多吉，这是墨卡顿用生命释放的最后的能量。

墨卡顿声音清朗地说道："欢迎回来。"

恰那多吉的目光一刻也无法从墨卡顿的脸上移开。这些日子，他无时无刻不在想念着她。过去，他们常常分离，他也常常为他们的分离烦恼，然而这一次，是他故意冷落了她。走之前，他一直对她不理不睬，走之后，他也克制着没有给她写过一封信，捎过一句话。他不知道他这样做会不会让她伤心，他同样不知道他是想让她伤心还是不想让她伤心。随着时间推移，当怨恨渐渐变得微淡，当他终于理解了她的苦心，他对她的思念如潮水一般汹涌澎湃。

八思巴想把时间留给弟弟和弟媳，他对墨卡顿说，他与释迦桑波有事商议，过一会儿，他再来看望他们。

人群跟在八思巴身后散去，王宫门前只剩下恰那多吉和墨卡顿。一时间，他们谁也没有开口，只是默默地望着对方。

恰那多吉的眼神中依旧凝结着微弱的怨愤，墨卡顿的目光里却深藏着无以言说的哀伤。

在她离开人世的时候，没有他陪伴在身边，她一定会感到寂寞吧？可是让他来送她，这一次又是永别，她不知道他该如何面对？

他曾对她说过，每一次送她离开，他都会觉得很累。

犹豫了半晌，恰那多吉到底把那句话说了出来，颇有几分无奈，又有几分委屈："我认输了。"

墨卡顿含泪而笑。"好可爱。"她用一种轻快的语气揶揄他，"没想到，快要做父亲的你，还是这么可爱。"

恰那多吉斥道："别胡说！"

遗憾的是，跟这样可爱的你，就要永别了。墨卡顿想着，泪水不觉夺眶而出。

他走近她，伸手捧住了她的脸。从小到大，每次看到她流泪，他都会心疼无比，事实上，他的固执永远赢不过她的泪水。"别哭啊，不要哭。让我好好看看你。你怎么瘦了许多，气色也不好，你生病了吗？还是哪里不舒服？"

一阵晕眩袭来，墨卡顿急忙抓住了恰那多吉的手臂，借以支撑摇晃欲倒的身体。

"你怎么了？你怎么了？"恰那多吉惊慌地问。

"恰那，先送我回屋吧，我有话要跟你说。"

恰那多吉俯下身，抱起了她。她的身体明显变轻了。他抱着她，那从他们别离开始就盘踞在他心头的种种疑惑和不安，正一点一点汇聚成真正的恐惧。

他们回到卧房，恰那多吉轻手轻脚地将墨卡顿放在床上："你等我一会儿，我去请大夫来。"

墨卡顿拉住了恰那多吉的手："恰那，不要走开，多陪陪我。"

"听话，我很快回来。"

"不要。不用。恰那，我有点冷，你抱住我。"

恰那多吉慌忙在床上坐下来，将她抱在怀中。她的身体簌簌发抖，冷汗转眼浸透了她的全身。

"你这样，不看大夫真的能行吗？"

"没事，我好一些了。恰那，我想问你，回来的路上，哥哥有没有对你说过什么？"

"哥哥？没有。"

墨卡顿的唇角溢出一丝苦笑，"我还真是强人所难。哥哥心慈，我的要求，他又怎么可能做到呢？换作是我，恐怕也说不出口……"

"你和哥哥有什么事情瞒着我吗？"

"是，恰那。不过现在，不能再瞒你了。我知道这对你有些残忍，可你还是要听我把话说完。"

恰那多吉抱紧了她。他不想听！他不要听！

"恰那……也罢，我还是从头说起吧。还记得三年前吗？我原本请求圣上为你赐婚，并让他转告你，我暂时不随你返回萨迦了。可后来，我对你说，我要与你在一起，我要为自己活一次。其实，我之所以突然改变主意，是因为你和哥哥即将离开上都时，我发现自己生了病，很重，无法医治。大夫说，倘若病情发展得快的话，我也许只剩下半年的时间。那个时候，我感到自己的天地变得一片黑暗，所有的坚强，所有的骄傲都在那一瞬间烟消云散。最后的日子，我只想跟你在一起，虽然我知道，这是我最自私的决定，可我真的不能没有你。同样也是在那个时候，我产生了一个愿望：在我活着时，能够亲眼看到有个人代替我留在你身边，代替我照顾你，然后陪你一直走下去。"墨卡顿行云流水般的声音听不出任何起伏，她似乎在讲述别人的事情。

好痛！恰那多吉不由自主地缩紧了一下身体。好痛啊！一种绝不陌生的痛感不知从何而来又迅速传遍全身，那痛感如此尖锐，他差一点叫出声来。然而，在忍受了剧烈的痛楚之后，早在他胸腔里变冷的血液，开始凝结成冰。与此同时，他的感觉也似乎结了冰，无论墨卡顿说什么，他都只是木然地听着。

墨卡顿担忧地望着恰那多吉，恰那多吉的脸上血色尽失，"恰那，你别这样。佛主惠顾我，给了我三年的时间，一直没有让我受太多的罪，我很知足了。这都是你带给我的福气，是你给了我坚持到现在的力量。在我离去之前，唯一让我感到欣慰的是，你已与万户小姐成婚，再有半年，你就要做父亲了。所以，哪怕只是为了坎卓本，为了你们的孩子，你也一定要变得坚强。"

你曾经有过那样的体验吗？灵魂离开了肉体，那一瞬间，痛到了极点，也冷到了极点。那种感觉实在太可怕了，如果让我再经历一次，我一定活不下去。这是他对她说过的话。

可那时，她却毫不犹豫地答应他，她愿意照顾他一辈子。她说过的话，怎么可以食言？

他从来没有将她永远留在身边的自信，现在，他明白这是为什么了。原来，佛主早就给了他启示：他没有将她永远留在身边的自信，是因为，他根本无法将她永远留在身边。

她终究要抛下他了，她终究要离他远去，再不回头。她好无情。

墨卡顿的气力在逐渐耗尽。为了见他最后一面，她即使陷入昏睡中也会告诫自己要醒过来，告诫自己不能放弃，一切苦苦的支撑，都是为了他，这个她生命中最重要的男人。在即将永别之时，她才明白自己有多么放不下他。

"恰那，"墨卡顿的声音有些喘息，"你说句话吧，不管什么都行。你不要闷着好吗？你要是这样闷着，我就算走也走得不安心。恰那，我的时间不多了，你跟我说句话吧。"

时间不多了？她在说什么呢？

"你，为什么要这样对我？你到底要伤害我、辜负我到什么时候？"他的声音哽住了，又匆匆忙忙地说了下去，"从认识你那天开始，不知道有多少次，我总是梦到我们分离的场面。每当那个时候，除了眼睁睁看着你的背影百唤不回，除了眼睁睁看着你从我的眼前消失不见，我从来没有将你留下的力量。你，即使在梦中，也会让我辛苦万分。"熟悉的抱怨，却透着无尽的苍凉与疲倦。

"对不起，都是我的错。来生我们还会在一起，我欠你的，就让我来生再还吧。"

恰那多吉久久凝视着墨卡顿。原来，从始至终，她都是佛主派来惩罚他的人，为了惩罚他，让她变成在他体内流动的血液，当她离去时，也带走了他生命中的一切。他不后悔，就因为带走他生命一切的人是她，他才从不怀疑，来生他们一定还能相遇。是啊，来生，为了来生的相遇，今生，他并不愿意等待太久。

"恰那，答应我……"

"什么？"

墨卡顿的气息越来越微弱了："我死后，不用把我送回本土了，就按照我的先人们离去的方式，将我葬在吐蕃离我家乡最近的地方。还有，我送给你的那个香串，你写给我的那些信，我的衣物，我用惯的所有用具，都让我一起带走吧。一样也不要留下。在我离开之后，你，要将我忘掉，要尽快地将我忘掉。记得那一次在凉州，你说过假如有一天你与我分离，就不会带走与我有关的任何记忆。现在，到了该抹去这些记忆的时候了。现在，是最好的时候，一定要抹去！只有这样，身在另一个世界的我，才可以了无牵挂。"

"先不说这个好不好？其实，我一直都想听你亲口告诉我，这么多年了，你有在意过我吗？像我在意你一样在意过我？"他缓慢地问，黑黑的瞳仁中闪过一道充满希冀的光亮。

墨卡顿冰冷的手指滑过他的脸颊。他还是过去的他，单纯得像个孩子。哪怕他们已相识十七年，哪怕他们已共同度过七年相伴相守的时光，他依旧没有任何改变。然而，他的这句话是她必须认真回答的："恰那，你是老天送给我的最珍贵的礼物，我怎么可能不在意你呢？我这一生，遇到了你，才会如此幸福。"

"是真心话吗？"

"是。"

"谢谢你。"

"恰那，我渴了，你去给我倒杯水来好吗？"

"好，我去倒，你等着。"

恰那多吉小心翼翼地放下墨卡顿，向外间走去。墨卡顿留恋的目光一直追随着他的身影，突然，她在他身后轻轻唤道："恰那。"

恰那多吉立刻回过头，"你还需要别的什么吗？"

"不，没有。"

"那你稍微等我一会儿，我马上回来。"

她向他微微笑了一下，在他悲伤的双眸中，这是天地间最美的笑容："恰那，好好地，活下去。"

好好地活下去，带着她的爱与祝福。这是她永远的心愿。

八思巴和释迦桑波闻讯匆匆赶到恰那多吉的寝宫时，他们看到了最后一幕：

墨卡顿安详的面容。

靠床坐在地上的恰那多吉。

碎了一地的茶碗。

这一幕，强烈地刺痛着他们的眼睛。

他们呆呆站立着，注视着墨卡顿的遗容。好一会儿，释迦桑波反应过来，双手合十，眼眶已然泛红。

八思巴强抑着内心的痛苦，走到弟弟面前蹲下来，抓住了他的肩头。恰那多吉目光呆滞地看着哥哥，好半晌才挣扎着说了一句："她让我去倒水，等我回来……她就这样走了，只有那么一小会儿……"

八思巴心如刀绞。

他用力将弟弟揽入怀中，那一瞬间，泪水已然夺眶而出。

这泪，为公主，为弟弟，也为他心底最深刻的遗憾。

捌

五月中旬，在安葬墨卡顿公主后的第二天，八思巴接到忽必烈要他回朝相见的诏命。八思巴将诸事做了安排，包括派出使者向朝廷通报墨卡顿公主逝世的消息。六月初，他与弟弟恰那多吉相别，从萨迦动身，准备返回京城。

他启程时正值盛夏，青藏高原的早晚依旧凉风习习，他知道，这时的中都城恐怕早已骄阳似火了。一转眼，他已与忽必烈分别三年。他虽自幼许身佛门，却不能真正地摒弃人情与挚爱，在与忽必烈分别的日子里，他的心中其实一直怀有思念。

恰那多吉将哥哥送出很远。告别坎卓本时，恰那多吉曾答应她，过些日子他会跟公主一起去看望她，等她生下孩子，他就把她和孩子接回萨迦，他们的孩子将在他的身边，由公主和她共同抚养长大。如今，墨卡顿长逝，他不复存此念。

这些日子，八思巴不止一次劝说弟弟要对坎卓本负责，对孩子负责，担负起做丈夫和做父亲的责任。这也是墨卡顿临终前的嘱托，恰那多吉的孩子是萨迦的未来和希望。

恰那多吉却只说："我知道了。"

墨卡顿去世的时候，安葬的时候，恰那多吉都没流过一滴眼泪，他的平静极不正常，八思巴实在是放心不下他。

八思巴不让弟弟再往前送了，他紧握了一下弟弟的肩头，正欲登上车轿，回头却见恰那多吉面对他跪了下去。八思巴看着跪在地上的胞弟，只觉得一颗心疼痛无比，此时的他，再也无法掩藏满腹的留恋与悲伤，他快步回到恰那身边，与弟弟紧紧地拥抱在了一起。

终于，蓄积已久的离情别绪都化作兄弟二人脸上肆意流淌的泪水。

过了好一会儿，恰那多吉深情地叮咛："保重，哥哥！好好地活下去！"

好好地，活下去！这是墨卡顿弥留之际留给他的最后一句话。无论发生任何状况，他都希望哥哥好好地活下去。

八思巴回答："你也一样。我在中都等你。"

"走吧，哥哥。"

"回到中都后，我很快派人来接你。我想，圣上也一定很想念你。"

"代我问候圣上。再见了哥哥，我在这里目送你。"

"再见，保重。"

八思巴拭去泪水，兄弟挥别。他们没想到，这一别，竟是永远。

按照原定计划，八思巴在萨迦本钦释迦桑波及大批随从的护送下经拉萨前往当雄。吐蕃各教派及地方领主已收到萨迦政权的通告，他们将在这里为八思巴举行隆重的欢送仪式。

八思巴动身不久，从萨迦传来噩耗：七月二日，恰那多吉在廓如书楼突然圆寂，年仅二十八岁。这个时间，离墨卡顿病逝正好两个月，离坎卓本为他生下遗腹子达玛巴拉，还有半年。

八思巴和恰那多吉从孩提时代就在一起生活，后来又随伯父萨班一起远赴凉州，几乎很少分开。他们一起奋斗，一起奔波，无论悲喜，都共同承担。他们之间的兄弟之情，更胜过许多俗世兄弟。如今，一朝相别，竟成永诀，八思巴内心的震惊与悲痛可想而知。他当即折回萨迦，为弟弟主持了遗体火化仪式及超度法会。

超度法会结束后，为了弥补因恰那多吉英年早逝而在中藏地区造成的权力真空，八思巴迅速做出决定，授予萨迦本钦释迦桑波为"三路军民万户"，这个头衔赋予释迦桑波的权力不单是管理中藏地区，还包括管理朵甘思、安多藏区在内。将所有的一切安排妥当之后，八思巴强压着悲伤，毅然踏上了回朝之路。毕竟，逝者已矣，身为国师的他任何时候都不能不以国事为重。

沙罗巴原本师从恰那多吉，师徒之间的感情极其深厚。恰那多吉既逝，这孩子变得孤苦无依，八思巴便将他带在身边，亲自教导。沙罗巴聪慧、安静、善良，他的身上似乎有着恰那多吉的影子，看到他，八思巴仿佛看到了小时候的胞弟，这对八思巴而言，也算是某种安慰吧。

八思巴到达当雄时已是隆冬季节。然而，吐蕃各教派和地方首领仍按照通告聚集在当雄为八思巴送行。仅从这件事也能反映出当时的八思巴具有怎样崇高的威望，以及他确实受到各派大多数僧人拥戴的事实。而且，当雄的这次送行仪式对后来办事注重成规的格鲁派影响很大。格鲁派的领袖们，无论是达赖还是班禅，若要进京朝见皇帝时，也会仿照八思巴之故事，在当雄接受僧俗首领的送行。

公元1652年正月，五世达赖喇嘛动身到北京朝觐顺治皇帝时，西藏各地的僧俗首领曾聚集在当雄送行，当时四世班禅已八十二岁，仍从日喀则赶到当雄，与五世达赖共住七天。

公元1779年六月，六世班禅从日喀则动身到北京朝觐乾隆皇帝时，八世达赖喇嘛和驻藏大臣等僧俗官员也聚集在当雄送行，八世达赖还陪同六世班禅同行八天。

玖

像八思巴这样设置衙署、赠给藏传佛教上层人士各种官衔、出行有大批前导随从的宗教领袖，在藏区高僧中尚属首位，因此他难免遇到一些主张摈绝尘世潜心修习的僧人的讥讽。当他来到纳塘寺时，该寺一名叫作觉丹热智的高僧献诗嘲讽道：

> 佛陀教法为衙署乌云所遮，
> 众生幸福被官长一人夺去，
> 浊世僧人正贪图官爵富贵，
> 不懂这三条就不是圣者。

这里的"圣者"是指八思巴，因为"八思巴"的意思即为圣者。八思巴对此诗作回答道：

> 教法有兴衰是佛陀所言，
> 众生的幸福是业缘所定，
> 教化一切要按情势指导，
> 不懂这三条就不是贤者。

这里的"贤者"是指觉丹热智，"觉丹热智"意为断除有坏的利剑，即专心学佛贤者。觉丹热智也确有真才实学，后来，他与其他佛教学者、译师把当时前后藏及阿里地区能够收集到的藏文佛经和论著都收集起来，加以校订，按次序编排，并编制了《大藏经目录论典广说》，对保存和发展藏传佛教文化做出了重要贡献。

但觉丹热智在政治上是保守的。他希望藏传佛教与世隔绝、独立发展的愿望根本不可能实现，也与当时绝大多数僧人的所思所想相背离，所以八思巴批驳了他的责难，指出应按照情势教化众生。吐蕃统一到中央王朝已是大势所趋，八思巴希望无论僧俗都要看清这一形势，不可逆天行事，自取灭亡。

如来时一般，在返程内地途中，八思巴依然不忘潜心修习佛法，并怀抱探讨的心态向各位高僧大德学习，他这种谦逊的态度和高尚的品格为他赢得了更多的敬仰。

当时，前来当雄为八思巴送行的除各派高僧大德外，还有一些虔诚向佛的普通僧人，其中有一位六十一岁的噶当派僧人南喀本与八思巴相处了七天，八思巴的平易近人、真诚友善、细致周到、虚怀若谷都为他留下了深刻的印象。

八思巴事务繁忙，白天要接见诸派僧人，南喀本与八思巴讲经论法多在晚上，每次诵经完毕，八思巴都让南喀本在自己的床铺上休息。有几件事南喀本印象十分深刻：八思巴给南喀本传授灌顶前，曾派侍从征求他本人的意见，是单独进行还是与其他僧人一起进行；传法后又脱下法衣送给他。南喀本提到他师父写给八思巴的信函未得回复时，八思巴当即征求南喀本的意见该如何回复，之后写好回信，还答应从汉地为他们带来全套经典。告别之时，八思巴又送给南喀本一块方缎子和一匹配着全套鞍具的骏马。他告诉南喀本，马是众侍从送的，鞍具是他送的。

南喀木与八思巴分别时恋恋不舍，八思巴的威望与形象在他心目中无比崇高，他经常在梦里梦到他与国师相处七天的种种情形。后来，他写下了一篇《记法王八思巴的一些奇异事迹的传记》，在这篇传记中，他真实地记录了八思巴的为人，并表达了这样一个愿望：希望来世同今生一般转生在八思巴身边，成为他的弟子。

行前，八思巴还召集随同他前往汉地的高僧和官员们，发放供养，并为他们讲解去汉地的走法、饮食吃法、举行佛事的仪轨等，因为这些随行的僧人和俗官有许多都是第一次前往汉地。这一行人中，就有后来的一代权臣桑哥、著名译经师沙罗巴和高僧胆巴，八思巴将他们带到汉地，是要举荐他们在朝廷任职。八思巴此举，也是为了密切吐蕃与汉地的关系，促进民族间的了解与交流，使吐蕃不仅从地域上、政治体制上，而且从民族心理上真正成为中央帝国不可分割的一部分。

拾

八思巴自追随忽必烈，用忽必烈和众贵族的供奉，多次扩建了萨迦北寺。离开拉萨时，八思巴又做出了兴建萨迦南寺的决定。随着萨迦政权在前中后藏的确立，八思巴不能不考虑在何地以何种方式建立首邑的问题。萨迦北寺地处偏僻，八思巴一度曾想在拉萨或日喀则建立首邑，但虑及教派势力分布，又不得不予以放弃。在建筑形式上，吐蕃王朝的首邑拉萨基本上是城镇，而吐蕃王朝崩溃后各派的势力中心都是寺院，八思巴很想将这两者完美无缺地结合在一起。

八思巴一行到达拉萨杰日拉康的晚上，慨叹佛殿的雄伟，释迦桑波趁机禀奏，希望国师允许，在萨迦北寺对面修建一座"能将杰日拉康从天窗中装进去的佛殿"，他一再请求，终于得到了八思巴的首肯。释迦桑波立即对杰日拉康进行了测量，后来，他把图纸带回了萨迦，即向乌思藏地区各个万户和千户府发布命令，征调人力。在释迦桑波的亲自主持下，于次年为南寺萨迦大殿奠基，还修建了里面的围墙、角楼和殿墙等。

八思巴本人并没有看到萨迦南寺的落成。这项浩大的工程直到八思巴圆寂十五年后才建设完成，全部修建时间长达二十八年，期间轮换九任本钦。

首任本钦释迦桑波在运来修建大殿的木料等建材后圆寂，第二任本钦贡噶桑波（1268 — 1274 年在任）建成了大殿的底层、顶层、外围墙和内围墙，以及黄金制成的屋脊宝瓶，还修建了用以纪念萨迦班智达的观音菩萨镀金像，并完成了大殿回廊的绘画。最后完成萨迦南寺的建造并对元朝在吐蕃的统治做出重大贡献的本钦是阿伽伦（1290 — 1298 年在任），他在任期间主持修建了南寺的柽柳女墙，在天窗八柱、大殿顶层等处彩绘了形式各有不同的内外坛城六百三十九座。此外，他还修建了大围墙，以及纪念上师八思巴、达玛巴拉佛塔的金顶和玉顶，修建了本波日山上的围墙，并兴建了觉莫林（尼姑庙）。

萨迦南寺坐落在仲曲河南面的平滩上，与萨迦北寺隔河相望。这本身就含有南寺与北寺并非一体的寓意。萨迦南寺是一座将藏区寺庙与中原建筑的特点完美集于一身的建筑群，占地面积约一公顷半（实际为 14760 平方米），外形为城堡，中心为佛殿，四面城墙为灰黑色，有数层城楼，坚固的围墙全部涂有萨迦派寺院特有的红、蓝、白三色条纹标志。萨迦大殿亦为四方形闭合式建筑，高两层，中间有天井，主殿为西殿，其中四根大柱之一称"薛禅噶哇"，意为忽必烈所献的柱子。

萨迦寺所存文物极多，著名的有忽必烈献给八思巴的大法螺、刻有龙纹的头盔、描绘八思巴生平的唐卡、萨迦历代教主的灵塔等。西殿后墙堆列之经典，从地面直至殿顶。用梵文书写的贝叶经，数量之多世所罕见。其中一部用金汁书写的佛经，重达六十余斤。后世，人们常将萨迦比作第二敦煌。

八思巴决定兴建萨迦南寺，并非只是单纯地为了加强和壮大本派势力，更多的还是出于全局考虑。八思巴是一位目光远大、心怀天下的僧人，他对忽必烈、对元帝国十分忠诚，任何时候都不忘协助忽必烈完成统一大业。从这个角度而言，萨迦南寺的兴建，不仅对萨迦派的发展具有重大意义，而且具有十分重要的政治意义：它既是萨迦地方政权建立的标志，也是这一政权通过向十三万户征派劳役、物资，显示自己在元帝国的支持下取得权威地位的重要途径。

何况，在艰苦的地理环境与经济条件下，能顺利地建成如此宏大的建筑群，也充分显示了吐蕃人民的智慧与力量。而其建设过程中得到内地工匠的帮助，更加体现了吐蕃统一于中国之后在经济文化上的长足进步。

至元五年（1268）元月，八思巴在当雄写祝词寄忽必烈，遥祝新年。同月，恰那多吉遗腹子达玛巴拉出生，八思巴为护持他，命在萨迦专建一座木殿，由其外祖父夏鲁万户派人守护。

时隔三年之久，八思巴再次来到青海玉树的称多地区，在此大力发展萨迦派寺院。同年十月，到达秦州，并在此致信只必帖木儿。只必帖木儿的回书字里行间都浸满了哀伤，他几乎同时失去了自己从小就引以为傲的姐姐和如兄长一般的姐夫，如今他心中真正亲近的人只剩下八思巴。想到自己与只必帖木儿一样，失去的都是自己生命中最重要的亲人，八思巴不胜唏嘘。

在给八思巴的信中，只必帖木儿还提到他在距西凉府城（今武威）北三十里筑造新城的情况。他说，皇帝感念当年阔端大王支持长兄蒙哥登临汗位以及将吐蕃纳入帝国版图的功绩，以及他本人在皇帝与六王爷阿里不哥发生汗位之争时，是坚决支持皇帝的西道诸王之一，对新城的建造给予了极大的人力、物力支持。新城竣工后，皇帝不仅遣使祝贺，而且钦赐名"永昌府"，如今，他亦改封永昌王。

这的确是件值得庆贺的事情，此后，八思巴在给只必帖木儿的信函中，一概以"永昌王"相称。至元十五年（1278），忽必烈又以永昌王宫殿所在立永昌路。

只必帖木儿盛情邀请八思巴驾临永昌城与他相会，八思巴虽不能马上成行，却许下来日重游故地的诺言。

第七章　青锋剑·如意藤

壹

八思巴从拉萨动身之日，正是忽必烈下令在上都重建孔庙之时。同年（1267）正月，忽必烈命太子太保、光禄大夫、参领中书省事刘秉忠（子聪和尚，秉忠是其俗名，上都城的设计者。后忽必烈以功诏命子聪还俗，并将驾前重臣窦默之女赐嫁秉忠）主持在燕京建造新都城，并以张柔同行工部事，负责建城工程。

燕京古时名蓟，是燕国的都城。它坐落于燕山脚下，东环沧海，西拥太行，南临河济，北连朔漠。至春秋战国时，蓟已发展成为"富冠天下"的历史名城之一。自秦汉至隋唐，它逐步成为统一中原地区的郡国和幽州的治所。与北宋对峙的辽国，改幽州为南京，又称燕京，为辽的陪都；与宋对峙的金国亦迁都于此，经营六十余年。可以这么说，燕京无论从其地理形势还是从历史积淀上，都优于远离中原的开平城和哈剌和林。

忽必烈夺取汗位前，刘秉忠曾对他说："方今谁能重用汉族士大夫，又能推行中国原有的治国之道，谁就能成为中原之主，统治中国。"这对抱有统一愿望的忽必烈来说，无疑具有极大的启发与激励作用。后来，忽必烈奉蒙哥汗之命统领漠南汉地初至燕京时，木华黎之孙霸突鲁亦曾向他进谏："幽燕之地，龙盘虎踞，形势雄伟，南控江淮，北连朔漠，且天子必居中以受四方朝觐。大王果欲经营天下，驻跸之所，非燕不可。"

藩府重臣郝经也力主忽必烈迁都燕京。他认为：燕都东控辽东，西连三晋，背负天岭，瞰临河朔，南面以莅天下。忽必烈正是受这批开明的蒙古贵族和汉族谋臣学者的影响，才在战败了阿里不哥的守旧势力之后，采纳众议，迁都燕京。

忽必烈诞生那年，蒙古大军挥兵南下，攻破金中都，旋即大肆掠夺，继而纵火焚城，大火蔓延月余方息，一代宫阙付之一炬，只有位于东北郊外的大宁宫免于战火。

中统初年（1260），忽必烈移驻中都后就驻跸于大宁宫。大宁宫附近风景优美，忽必烈决定环绕大宁宫另建新都。他将这个艰巨的任务再次交给了刘秉忠。

刘秉忠在上都领旨之时，忽必烈对他说："上都为卿的杰作，朕希望看到一个更加宏伟壮观的中都城再现。你此去中都兴建新城，朕还是那句话：要人给人，要钱给钱，无论如何要保证工期和质量。你是否估算过，整个工期需要多长时间？"

"臣仔细计算过，整个工程完工大约需要十六年。前期工程如宫城、皇城和外城的一部分则需要四年时间。"秉忠胸有成竹地回答。

为示重视，忽必烈令皇子亲送秉忠上任。

八月，中秋佳节过后，天子銮驾亦从上都回返中都。忽必烈在大宁宫召见五子忽哥赤，与忽哥赤同时被召见的还有王傅阔阔带和曾跟随忽必烈出征云南的骁将宝合丁。

随着内外局势日趋稳定，国库充盈，蒙古军队大举南征进而统一中国已被提到议事日程。忽必烈审时度势，认为首先应该加强对云南这个攻宋前哨阵地的统治，以便日后从这里进兵，实施对宋的全面包围。为此，他特加封忽哥赤为云南王，加封宝合丁为云南都元帅、阔阔带为云南六部尚书，由他们辅佐忽哥赤，共同治理云南。

云南之地，地形复杂、多山多水，加之民族众多，民风悍烈，自古以来就是易守难攻之地。纵观历史，历朝历代用兵云南之军队，多以全军覆没告终。而忽必烈能够一战征服白蛮族建立的大理国，进而据有云南全境，其根本原因在于一个"仁"字。选择忽哥赤治理云南，也为体现他的"仁"政。如果说"仁义"可以征服一个国家，那么，在百废待兴的时期，一位仁义之主的清静无为同样可以使自身的统治更符合兴衰规律，更容易赢得民心。忽哥赤禀性仁弱，具备了忽必烈对"仁"的要求。然而，"弱"终究是种欠缺，为此，忽必烈才派宝合丁和阔阔带辅佐他。宝合丁曾随忽必烈出征云南，对云南的风土人情较为熟悉，且能征善战；阔阔带做过忽哥赤和其他王子们的老师，中统元年，被忽必烈敕封"王傅"。这两个人，一武一文，正可做忽哥赤的左膀右臂。

不论心中是否情愿，忽哥赤都不敢违抗圣命。次月，他动身前往云南，与他同行的除了宝合丁和阔阔带这二位王臣之外，还有一位是忽哥赤的上师意希迥乃。

意希迥乃是八思巴的同父异母兄弟。八思巴举贤不避亲，除了胞弟恰那多吉之外，他还将自己的两位异母弟仁钦坚赞和意希迥乃一并举荐给忽必烈。仁钦坚赞是继八思巴之后的元帝国第二位帝师，意希迥乃到达中都后即被忽哥赤迎去藩邸，奉为上师。这次忽哥赤被封为云南王，意希迥乃自然要随行左右。意希迥乃随忽哥赤进驻云南后，在他不懈的努力下，萨迦派藏传佛教在云南多处盛行起来，至今仍有摩梭、普米族信奉萨迦派。几年后，意希迥乃在云南圆寂。

贰

至元七年（1270）正月刚过，中都城外，宫廷僚属备仪从、音乐、彩舆和香舆出城十里，准备迎接国师八思巴。

经过长达四年半的分别，忽必烈对八思巴顺利完成重责大任如期归来极其重视，特意安排了隆重的欢迎仪式。

不多时，便望见西边卢沟桥方向帝师八思巴的扈从队伍迤逦东来。代摄国政的皇子真金于路旁下马，与后妃、文武百官一道，准备以在印度大象背上安设珍宝璎珞装饰的宝座，飘扬珍贵锦缎缨穗的伞盖、经幡、旌旗和鸣钲鼓乐做前导的盛大仪式将国师迎入宫中。

车轿停在离真金几步远的地方，八思巴走出车轿，与真金相见。

一别四载有余，两个人执手相见，都有一种恍若隔世之感。

真金一向敬重八思巴的才能人品，与恰那多吉更是情若手足。此时，面对久别的八思巴，想起姐姐墨卡顿，想起恰那多吉，伤悼之情不免冲淡了重新聚首的喜悦。

八思巴如何不了解真金的心情，那其实也是他自己的心情。二人礼毕，真金恭请八思巴登上大象宝座，八思巴说道："时间还早，不如我与王子同行一段路程如何？"

"哦，也好。"真金应允，神态恭敬。

八思巴与真金并肩而行。真金关切地问了问八思巴的身体状况，以及旅途中的见闻。由于极力避免谈到恰那多吉，他们只好将话题转到了正在进行中的攻宋战争。

早在蒙哥汗九年（1259），忽必烈渡江进围鄂州时，谋臣郝经就主张"先荆后淮，先淮后江"。次年，郭宝玉之孙、在第三次西征中屡建奇功的汉将郭侃向忽必烈建议："宋据东南，以吴越为家，其要地则襄樊而已。今日之计，当先取襄阳，既克襄阳，彼扬、庐诸城，弹丸地耳，置之弗顾而直趋临安，迅雷不及掩耳，江淮、巴蜀，不攻自平。"

至元四年（1267），南宋降将刘整（1212—1275）又陈述方略："直先从事襄阳，如复襄阳，浮汉入江，则宋可平也。"见忽必烈仍旧有所顾虑，刘整慷慨陈词："自古帝王，非四海一家，不为正统。圣朝拥有天下十之七八，何置一隅不问，而自弃正统邪？"忽必烈遂纳刘整所献搁置川蜀，夺取襄阳，扼制长江中游，截断东西交通，然后由汉入江，直趋临安之策。秋天，忽必烈以刘整为汉军都元帅，协助蒙古军都元帅阿术南进，准备围攻襄樊。

刘整昔为宋将，沉毅有智谋，善骑射。金乱时入宋，投到荆湖制置使孟珙麾下。孟珙攻金信阳，刘整为先锋，夜纵骁勇十二人，渡堑登城，袭擒其守。孟珙闻报大惊，谓刘整之功胜似唐朝李存孝率十八骑拔洛阳，乃亲为刘整书旗曰："赛存孝"。不久，刘整亦以军功升迁潼川十五军州安抚使，知泸州军州事。

刘整虽威名远播，怎奈他是北方汉人，南方诸将皆出其下，招致宋宰执吕文德忌妒，是以"所画策辄捄沮，有功辄掩而不白"。不仅如此，吕文德还利用宋将俞兴和刘整之间的矛盾，派遣俞兴制置四川以图控制刘整。俞兴以军机大事召刘整，刘整识破其陷害计谋，不赴行营，俞兴遂构陷刘整。刘整不服，遣使诉诸临安，又不得送达圣听。而此时，刘整亲信部将皆为奸谋所害，刘整自忖危不自保，遂北上投奔了忽必烈。

中统三年初，刘整入朝，被忽必烈授行中书省于成都、潼川两路，并命刘整仍兼都元帅，立寨诸山，以扼宋兵。有人嫉妒刘整，执书状告刘整怀有二心，书曰：既能叛宋，将不能叛蒙古耶？刘整担心朝廷误解，执书廷辩，请求分帅潼川。忽必烈从其请，七月，诏改刘整为潼川都元帅。次年五月，宋军进逼成都，刘整领兵驰援。宋军闻"赛存孝"兵马至，急忙远遁，企图迂回偷袭潼川。刘整早有所料，遍设伏兵，激战于锦江之地，聚歼宋军。至元三年六月，忽必烈嘉奖刘整之功，迁昭武大将军、南京路宣抚使。

刘整当年跟随宋名将孟珙驻扎襄阳多年，又曾经略巴蜀地区。他有一个习惯，每到一处驻防，首先要做的一件事就是查图观貌，把每一座山，每一条河，每一处沟壑都牢记于心。因此，他对襄阳的山形地貌十分熟稔。在他呈送给朝廷的奏折中，他一方面详细介绍了襄阳的地理环境，另一方面也陈明了他主张先攻襄樊的理由。

他在奏折中这样写道：襄阳为半山区平原地区，西部山区为荆山山脉和武当山余脉的东段，最高峰名曰望佛山，高六百余丈。东部为低山丘陵，桐柏山踞北，大洪山踞南。中部为平原岗地，乃北部南阳盆地和南部汉江平原的边缘接壤部分，地势相对平坦。襄阳西南部为低山地带，系荆山余脉的残余部分，壑幽林深，是屯兵驻防的理想之地。襄阳有大小河流近五百条，分属于长江、淮河两大水系。这些纵横交错的河网，皆发源于桐柏山北麓。汉江从西北入境，流经襄阳县境，由南部入长江。襄阳地形如此，只要掌握了汉江，就能扼住长江的咽喉，东可以顺流而下，直取临安；溯江而上，则可轻取川蜀之地。

忽必烈阅读后，红笔御批：准奏。

在采纳刘整献策的同时，忽必烈命燕王真金、同知枢密院事伯颜与刘整、阿术、阿里海牙、张弘范等攻宋前线将领再议具体战法。几个年轻人反复商讨之后，针对宋朝拥有精兵七十余万，加上团练兵丁，总数在两百万左右，而元军蒙、汉军队加起来只有五十万人马，既要安抚西北边陲，又要发兵征宋，实际机动兵力只有三十万，且长途奔袭，兵马疲惫等现状，献上了"围城打援"

之计，以期在对襄樊的围困中，逐渐消耗宋廷的财源、兵源，最终一举灭之。

对于他们的建议，忽必烈一并加以采纳。

大军开赴襄阳前，忽必烈密召阿术入宫。他一再叮嘱阿术，要懂得尊重刘整，前线诸事多与刘整商议，注意协调好蒙、汉两支军队的关系。阿术受真金影响，对刘整的军事才能十分敬服，当即表示一定遵从皇命，与刘整同心协力，早日拿下南宋门户襄樊。

回到军中，阿术请刘整过府议事，刘整再度重申了他的计划："襄阳粮秣储备充足，吕文焕又足智多谋，乃南宋一员帅才，襄阳在短期内必定固若金汤。依末将判断，一旦襄樊遭到围困，宋廷必然调派军队全力救援，这固然会增加我方的困难，但从另一方面来看，襄阳围困愈久，南宋人力物力消耗愈巨，这对我朝而言未尝不是一件好事。"

阿术深有同感："刘将军所虑甚是。这是两步棋，走好了，一定能将宋军逼入死角。我有一个想法正想与将军商榷。而今，大汗分兵十万，由你我二人共同指挥。正如将军所言，一旦襄阳危急，南宋必派援军。届时，我意由将军率汉军五万围攻襄阳城，我率五万精骑打援。你围城攻坚打得越猛烈，宋援城部队越会加紧增援，咱们就来它个'围点打援'，机动歼敌。刘将军以为如何？"

刘整颔首："但不知阿术将军有何具体部署？"

"这些日子，我仔细研究了襄阳、樊城及周围城池、险隘情况，将军你来看，"阿术指着地图上他特意标注出来的几个城池，"如果顺利，我得手后，将率精骑一万人入南郡，取仙人、铁城等栅，退兵时设法避开宋军主力的拦截。同时将四万精锐布防在中心岭区域，立虚寨，设疑火，布下埋伏，诱使京湖制置大使驰援襄阳，在中心岭，形成对宋军的伏击圈，如此，定可给敌军重创。"

"妙！此计甚妙！"刘整击节叫好。但有一件事，他悬虑已久："我军骑兵、步卒优良，所向披靡，唯水战不如宋军。如能夺其所长，造战舰、练水军，必能获得成功。"

"明日，我和将军上朝，可向朝廷建议，尽快组编水师，由将军全权负责训练和指挥。南国江湖河网密布，城池高大坚固，不适宜骑兵展开和步兵攻击，没有水师配合作战，若想击败宋军，夺取攻宋战争的最后胜利，将是一句空谈。"

"既然如此，一旦皇上批准，我将全力训练水军。"

次日朝议，忽必烈果然批准了阿术、刘整共同提议的建造战舰五千艘、训练水军七万人的"襄樊战役"计划。此后，刘整日夜操劳，训练水兵，遇到雨天风大浪急，不能外出行船，就在地面上画出船形进行模拟演习。三个月之后，刘整便训练出七万干练的水军士卒，并拥有了一批优秀的水军将领。

至元五年（1268）九月，襄樊战役正式拉开序幕。

叁

襄阳战役开始的前前后后，八思巴通过远至甘肃迎接他的燕真，倒也有所了解。燕真还悄悄告诉了他一件事，战前，由于训练水军所费甚巨，平章政事、权臣阿合马一再向忽必烈请示压缩训练经费，若非真金据理力争，忽必烈下旨压缩了其他费用包括宫中各项开销，以确保训练经费到位，刘整的一切计划可能早已成为一纸空文。

而唯独对于这件事，刘整至今一无所知。

作为忠诚的臣子和藏区宗教领袖，八思巴极想在佛主的帮助下，为忽必烈的统一大业尽一份心力。而忽必烈同样希望借助佛主的力量以及天意，消灭南宋，统一南北。

八思巴在甘肃停留期间，曾接到过忽必烈的来信，信中，忽必烈请他为平宋将士告天祈福，同时，委托他寻访可以平定南宋的主帅之选，对于这件事，八思巴一直很留意、经心。

或许是心有灵犀，真金也突然想起这件事来："国师，我听父皇说，他在上次给国师的信中曾请国师为他寻访一位可建立灭宋功业的主帅之才，敢问国师的心里是否已有合适人选？"

"暂且没有。不过，僧人当为圣上细细寻访。"

真金略一沉吟。

"燕王想到了什么人吗？"八思巴敏锐地问。

真金点点头，"如今，朝中有一位文武奇才。他隶属八邻部，曾做过阿八哈王子的藩府执事，国师离朝那年，我六叔旭烈兀汗派他入贡朝廷。他虽自幼生长在伊儿汗国，却谙熟中原和各汗国礼法，言谈气度异于常人，我父汗欣赏他的才干，自此将他留于朝中供事。他现任同知枢密院事。国师可否为父汗观其面、察其行呢？"

"既然燕王一力推举，想必不是什么等闲之辈，僧人定当格外留意此人。请问此人叫作什么名字？"

"伯颜。"

"伯颜？果真是叫伯颜吗？"

"怎么了？国师为何如此惊奇？"

"僧人经过四川讲解经法时，偶尔听一位刚从南方返回的云游僧人谈起，南方一夕之间，在市井坊间传唱开一首童谣，闻者无不人心惶惶，担心是否会有灾祸降临。"

"哦？那是什么样的童谣呢？"

"只有两句：江南若破，百雁来过。你不觉得有些怪异吗？这百雁……虽不能据此做出断言，不过，僧人倒真的很想见见王子的这位朋友。如果此'伯颜'即彼'百雁'，陛下的统一大业就有擎天之柱了。"

"既然如此，还须借国师慧眼一观。"

"燕王不必客气，这也是僧人的职责所在。"

"国师，请登临宝座，我当陪国师入城。"

"好。王子也请上马。"

真金的目光落在八思巴的脸上。八思巴历经风霜，容色黯然，真金想起恰那多吉，心中又是一阵难过。

肆

当天，忽必烈在大明殿接见了国师八思巴一行。

这一天，佛法如月，大明殿金碧辉煌。

忽必烈身着锦缎龙袍，端坐于龙椅之上，他的左边为察必皇后，右边为国师八思巴。台下群臣依礼恭贺国师还朝。

此次，执掌天下释教及吐蕃政教事务的八思巴回京，所做的第一件大事并非宣讲佛法或传授灌顶，而是向忽必烈汗进献了由他精心创制的新型文字—— 一种谁也没有见过的隽永清秀的蒙古文字：八思巴文。

忽必烈即位后，尊八思巴为国师，赐玉印，并命创制蒙古新字。八思巴对当年伯父萨班仿搔木形制蒙古字的往事记忆犹新，虽说阴差阳错，伯父创建的新字最终没有流传下来，但伯父创字的心得，却给了八思巴许多积极的启示。经过数年不懈地研究和努力，八思巴于返回内地途中，创制出一种全新的文字，后人称之为"八思巴文"或"方体字"，被忽必烈钦定为国字，主要应用于元代官方文书及官方造发的印章、碑刻、牌符、钱钞等上面，也翻译了不少汉文书籍，如《资治通鉴》《贞观政要》《大学衍义》等，当然更多地用于翻译藏文或梵文佛经。

虽然，八思巴文因其字母过多，书写不便，最终被他的弟子、元代蒙古语文学家、翻译家搠思吉斡节尔改进的新蒙文所取代，但它在蒙古文化史上确曾占据过重要的地位。

搠思吉斡节尔原名达麦多吉（意为无我金刚），"搠思吉斡节尔"（意为法光）是他的法名。他精通蒙古语、维吾尔语和藏语，仁宗时为国师，著有《蒙文启蒙》，直译为"心箍"。

《蒙文启蒙》是一部既有理论意义又有实用价值的著作。在《蒙文启蒙》中，搠思吉斡节尔借鉴八思巴文的创制经验，对"老蒙文"（指塔塔统阿蒙古文）进行了比较系统的改革。经搠思吉斡节尔改革而成的"新蒙文"，是一种竖写、由左及右的拼音文字，他明确地将回鹘式蒙古文字母区分为元音、辅音，共有七个元音字母和二十四个辅音字母。此外，搠思吉斡节尔还对八种格的形式和所表示的主要意义以及各种助词的用法一一列举加以说明。应该说，"新蒙文"对蒙古语文的规范化起了很大作用，对蒙古族社会、经济、文化的发展，都起到了重要的促进作用。

搠思吉斡节尔除了用"新蒙文"翻译《五守护经》《十二因缘经》等佛经外，还把印度学者寂天的哲学著作《入菩提行论》翻译成蒙古文，并著《入菩提行疏》。

此乃后话不提。

那么，忽必烈为什么如此执着于创制新的蒙古文字？又为什么会选择八思巴作为创制新文字的不二人选呢？

忽必烈即位之后，一方面主张参用汉法，另一方面又强调祖述变通，在接收外族先进文化和继承祖先有益传统加以消化的过程中，要建立蒙古统治者领导的元帝国各项政治制度，以及向南宋及西方诸汗显示自己的崇高地位，在文字上就迫切需要一种既与本民族特性相合，又与以前蒙古汗国使用过的几种文字都不相同的新型文字。

在叮嘱八思巴创制蒙古文字时，忽必烈明确表达了自己的意思：旧蒙古文以畏兀儿字母拼写蒙古语时还算流畅，但为汉文注音却存有诸多不便，这是旧体蒙古文的最大局限。作为"五色之国"的大汗以及统治着由多民族组成的泱泱大国的君主，忽必烈迫切需要这样一种文字——它不仅可以为新兴的帝国、为蒙古人，还可以为帝国所属的其他语言服务。

而忽必烈决定将这个艰巨的任务交给八思巴，也决非一时的心血来潮。一方面，忽必烈尊崇藏传佛教，倘若新的蒙古文字能由八思巴创制完成，那当然是件最理想的事情；另一方面，八思巴个人具备的条件也使他成为忽必烈委托重任的首选。八思巴博学多才、知识渊博，又在蒙古宫廷生活多年，深谙蒙古语言，熟知必要的印度和吐蕃的语言学知识，加上他是萨班的侄子和继承者，从小深受萨班的熏陶，当年萨班改造蒙古旧字的尝试必定对他有着某种有益的提示。

事实证明，忽必烈果然深谋远虑、慧眼独具。

八思巴接受使命后，经过八年的苦心研究，终于在藏文的基础上，创制出一套方形竖写的拼音字母，这套拼音字母也可用来拼写其他民族的语言文字。八思巴还以自己创制的文字书写了一份"优礼僧人诏书"，证明这种蒙古新字已达到可以自如使用的程度。

数日后，伯颜巡边归来，忽必烈在大明殿召见了他。伯颜觐见时，八思巴也在座。从伯颜走入大殿那一刻到他行毕大礼平身，八思巴一直都在仔细观察着他。真金顾不上去看伯颜，只是密切注意着八思巴每一个细微的表情变化。

良久，八思巴向真金点了点头，脸上闪出一丝笑意。

真金悬在心里的石头顿时落了地。

八思巴的座位就在忽必烈旁边，他压低声音向忽必烈说道："所谓将中之将，无双国士，正是此人。"

原本，为彻底平灭南宋，忽必烈对主帅人选一直心存犹豫。听了八思巴的话，忽必烈顿悟，不久即令伯颜改任左丞相，参决国家军事。

伍

二月，忽必烈下诏将八思巴文颁行天下：

> 朕惟字以书言，言以纪事，此古今之通制。我国家肇基朔方，俗尚简古，未遑制作，凡施用文字，因用汉楷及畏兀字，以达本朝之言。考诸辽、金，以及遐方诸国，例各有字，今文治浸兴，而字书有阙，于一代制度，实为未备。故特命帝师八思巴创为蒙古新字，译写一切文字，期于顺言达事而已。自今以往，凡有玺书颁降者，并用蒙古新字，仍各以其国字副之。

任何一种新型的文字从创制到推行再到被普遍接受认可和熟练使用的程度，期间势必要经过一个艰难的过程。幸运的是，八思巴不仅得到了他的弟子们如胆巴、桑哥、沙罗巴、阿尼哥、阿鲁浑萨理、扎巴俄色（八思巴三大弟子之一，后在成宗时任帝师）、益西坚赞（八思巴三大弟子之一，忽必烈之子忙哥剌的上师，他后来参加了藏汉佛教大藏经的对勘工作）等人的协助，还得到了如四川名僧元一大师、陕西名僧法闻大师，以及大学者赵璧、王磐、窦默等人的全力支持和配合，加上忽必烈以诏命形式数次强行推广，终于使这一新型文字正式成为"国字"，并逐渐推广应用到元帝国的各个领域。

忽必烈经常向八思巴请教佛法，君臣相知相信，一如往昔。一日，忽必烈请八思巴为真金讲解佛法，当时，除八思巴与真金外，沙罗巴也在座，这是沙罗巴第一次担任真金学法时的翻译。几年后，真金护送八思巴返回藏区途中，八思巴为真金详解佛法要义，著成《彰所知论》这部佛学名著，而沙罗巴就是这部著作的汉译者。

讲法完毕，真金见沙罗巴眉目清俊，口齿伶俐，与年少时的恰那多吉颇有几分神似之处，不由心生喜爱。他向沙罗巴招招手，让他过来坐在自己身边，问道："你今年几岁了？"

"回王子殿下：小僧今年十岁。"

"小小年纪，竟然精通藏语、蒙古语，兼通汉语、梵语，真是难得。国师果然慧眼独具。"

"国师提携之恩，师父教导之德，小僧时刻不敢忘记。"

"你师父是……"

"回王子殿下：小僧师父是白兰王。"

真金微微一愣，目光落在八思巴脸上。八思巴双目濡湿，在与他感情深厚的真金面前，他不想也无法掩藏由来已久的悲伤。

真金犹豫了片刻。此时，父亲和母亲都不在身边，他和八思巴之间的交谈不必有那么多顾忌。他真的很想了解姐姐和姐夫去世前后的情形，他知道，这是一个任何时候提及都会令人感到痛心的话题，可如果不问，他的心里更不好受："国师，我们收到姐姐的最后一封来信时，是在姐姐已经过世的第三天，五月五日。当时，姐姐在信中告诉我们，她离开上都前就已经知道了自己的病情，尽管那时，她也舍不得我们，可在最后的日子里，她想陪伴在恰那身边。姐姐似乎一直都在为恰那担心，哪怕恰那已经娶了万户小姐，可姐姐还是……姐姐还是……"真金的声音不觉颤抖起来，"我在想，姐姐一定……"他有点说不下去了。

一样心中难过，八思巴尚能勉强自持，沙罗巴到底是个孩子，想起师父恰那多吉，想起公主墨卡顿，想起他们对自己的关爱、教诲，不由低声抽泣起来。真金轻抚沙罗巴的肩头，努力平复着心绪，好一会儿，才接着说道："国师，姐姐对我而言，是我最重要的亲人；恰那对我而言，是我最重要的朋友。自从分别，我一直都在想念着他们。无论相隔多远，我总在期待着重聚的一天。我真的抱着这样的信念，没想到……所以，国师，对不起了，我真的很想知道，姐姐在去世前，是否确实如她在信中告诉我们的那样，她得到了佛主的眷顾，并未饱受病痛的折磨？还有恰那，他怎么会那么突然……期间，到底发生了什么事？"

八思巴将手合在胸前，双目微闭："其实，在公主察觉到自己的病情出现恶化的迹象时，她找到了我，催促我在一两天内带恰那去向尚阿礼求亲。而在那之前，公主总是神采奕奕，全力以赴地协助我，协助恰那，像她在凉州、在陛下身边时那样，我们谁也不知道她的心里竟然隐藏着这样的秘密。那时，公主将我带恰那立刻前往万户领地以及让恰那在万户领地成亲作为她接受治疗的条件，她的心愿如此，我又怎么忍心违背？所以当时，我只好委托释迦本钦（指释迦桑波）全力照顾她，并随时将她的情况报告给我。本钦几乎每隔一段时间都有信来，一开始，治疗取得了一定效果，公主的病似乎出现了好转的迹象。可不知为什么，我依旧放心不下，她的情形，总让我联想起当年的阔端大王。渐渐地，治疗和药物都开始不起作用，从病情恶化到最后不治，只有不到二十天的时间。等我们回到萨迦时，正如公主所说，她的身体已变得异常虚弱，但她的确从始至终并未经历过难以忍受的疼痛与不适。公主是个坚强的女子，是佛主握在手中的明珠，这样的女子，想必佛主一定也不希望她在饱受折磨中离开人世。"

"果真如此，我心里还能略感宽慰些。那么恰那呢？说真的，接到国师的奏报时，我的心情已经不能用惊愕来形容了。不，不只是我，父皇和母后同样如此。"

"回到萨迦的那段日子，是恰那一生中最快乐最充实的时光，因为那个时候，无论谈判与交涉多么艰难，日常事务多么繁杂，恰那都不会为之沮丧和退缩，那样自信果决、一往无前的恰那，着实让人钦敬，也让人羡慕。恰那从来不是一个什么话都会对别人说的人，可他即使在本钦面前，也不会掩藏他的幸福——那种发自内心的被最重要的人所依赖的幸福。如果我的猜测没错，他在前往万户领地与坎卓本小姐成亲前，一定与公主起过争执。当时，他那么决绝地离开了公主，然而从那以后，我再也看不到他脸上的笑容。确定万户小姐怀孕后，他立刻决定与我同返萨迦，对他而言，思念远比误会更有分量。没想到，就在我们回到萨迦的当天，只为见恰那最后一面而努力坚持的公主……"

"最后一面……那也是恰那见姐姐的最后一面啊。"

"是。临终前，公主留下遗言，要恰那将与她有关的所有东西都随她一起埋葬，包括她与恰那初见时送给恰那的那个香串以及恰那写给她的家信。公主希望恰那尽快将她忘掉，希望恰那带着她的祝福好好地活下去。公主安葬前后，我看着一滴眼泪也流不出来的恰那，如同看着几个月前平静地请求我尽快为恰那成亲的公主一样，除了恐惧，就只有无奈。不久，我接到圣旨，六月中旬，我离开萨迦，那之后，发生了一桩很奇怪的事情。我在法会后听释迦本钦和沙罗巴说起时，唔，该怎么说呢？意外地，竟有几分释然，觉得一切莫非都是佛主的旨意？"

"哦？那是怎样的怪事呢？"

"公主去世后，恰那一直住在廊如书楼。恰那无法忘记公主最后望着他的眼神，也无法再踏进他与公主的卧房一步。僧人走后，藏区所有的军政事务都压在恰那身上。白天，他忙于处理政务；晚上，他会给沙罗巴上课，或与释迦本钦及其他人商议事情。然后，他便独自留在书楼抄写经文，常常通宵达旦。本钦劝过他多次，他只是说，这样他心里可以平静些。在他圆寂的前三天，有一天黄昏，他回了一趟王宫。那天晚上，沙罗巴来书楼上课，等了很久不见恰那，他急忙来见释迦本钦，本钦问了侍女，才知道恰那一个人回王宫了。他们两个人急忙来寻恰那。远远的，他们就看到了卧房中透出的光亮，果然，是恰那，他正坐在床边的地上，一如公主去世的那天，同样的位置，同样的姿势。接着，他们看到了不可思议的一幕：恰那的手里，竟然拿着那个香串，那个本该随公主一同埋葬的香串。当时，恰那取出香串套在公主的手腕上时，我们这些人都在场，亲眼看见。本钦和沙罗巴的震骇可想而知。本钦不由自主地脱口追问，白兰王，这到底是怎么回事？恰那平静地回答，他一点亮烛台，就看到了桌上的香串。香串回来了。说着，他站起身来，向门外走去。他的步履从容、轻快，与前段时间的他判若两人。本钦和沙罗巴面面相觑，都呆住了。在门前，恰那又说了一句：我先走了，记着把灯烛熄灭。依旧是平和的语调，可里面分明隐含着某种告别的意味。"

"国师，等等，你说的香串，是指？"

"公主送给恰那的，在我们第一次见到公主的那天。十七年中，恰那不是戴在手腕上，而是珍藏在这里。"八思巴示意心口的部位。

"难道……"

"所以，我把恰那的离去视为佛主的安排。我清楚，佛的世界之外，是公主给了恰那不一样的人生，即使短暂，他也从不后悔。"

真金轻叹："原来，血脉中的爱，就是这个含义啊。"

"你说什么？"

"噢，没事，没事了。国师，明天入宫，你带沙罗巴一起过来吧。"

"好。"八思巴、沙罗巴起身告退。真金将他们送到门外，站立了片刻。早春的中都，依然清寂峭寒，万里晴空，不着一片孤云，湛蓝得近乎透明。不期然地，真金又想起了那一天，那一天，也是这么清冷，无云无风。那天，他看到了恰那写给姐姐的那些应该永远不会寄出的信。他忽觉悲从中来，泪水潸然而下。

爱已在血脉之中。说什么值与不值，幸与不幸，佛的世界之外，恰那紧紧握在手中的，其实是只属于他自己的人生。

或许，正因为如此，他才能从容来去，无怨无悔。

陆

忽必烈在以八思巴为国师之初，八思巴就肩负着为帝国发现、培养、举荐人才的重责，而作为一位品德高尚的学者、胸怀社稷的政治家，八思巴在这一点上可谓不遗余力。

经八思巴推荐的人才后来有许多都在元王朝发挥过独特的作用。除前文已经提到过的桑哥、沙罗巴、胆巴以及八思巴的弟子、兄弟等人之外，还有阿尼哥、阿鲁浑萨理、刘容等人。

至元元年（1264），八思巴返回萨迦之际，受命主持在吐蕃建造黄金塔，他命尼波罗（尼泊尔）国王选派一百名工匠参加建造，结果选出八十名，并派往吐蕃。其中有一位十七岁的青年名叫阿尼哥（1244—1306），他主动请行，众人开始觉得他年轻，故意出语难为他，他回道："年幼心不幼。"众人见他机智，遂欣然带他同行。

这位阿尼哥，就是后来载入史册的尼波罗匠人。他自幼敏悟异于凡儿，及长，诵习佛书，能通晓其意。长大后精于造像术、泥塑和铜铸，皆称绝艺。八思巴视之为奇才，命阿尼哥监督黄金塔的建造。塔成，阿尼哥请求回国，八思巴力劝其入朝，并为之剃度收为弟子。八思巴回到燕京后，将阿尼哥举荐给忽必烈，忽必烈命阿尼哥修复一直无人能够修复的明堂针灸铜像，其技之巧，无出其右，遂得到忽必烈赏识。

此后，凡两京（大都、上都）寺观之像，多出其手，曾制作七宝镶铁法轮，车驾行幸，用以前导。先后领建大寺庙九座、塔三座、祠二座、道宫一座，其中大都圣寿万安寺（今北京白塔寺）中白塔仿自尼波罗塔式，最为有名。

前代塑像法传自印度，称汉式造像，阿尼哥传入尼波罗之法，号梵式造像，以后在元朝逐渐盛行。凡经阿尼哥之手制作的天文仪器、织制图像及其他工艺品，无不精妙绝伦。至元十年（1273），元朝设诸色人匠总管府，忽必烈命阿尼哥任总管，赐银章虎符，统管十八个四品以下司局。十三年（1276），忽必烈遣使往尼波罗为其求娶当地女子。十五年（1278），诏还俗，封光禄大夫、大司徒兼领将作院事。卒后追赠"太师、开府仪同三司、凉国公、上柱国"，谥敏慧。

因阿尼哥直接服务于元王朝，又兼领将作院事，在他恪尽职守的同时，还用心为中央王朝培养了一批建筑工艺方面的专门人才，他最著名的弟子名叫刘元，"凡两都名刹，塑土、范金、抟换为佛像，出元手者，神思妙合，天下称之！"其艺堪与其师比肩。而这一切，都与八思巴对阿尼哥这一奇才的发现和举荐密切相关，若非如此，也许就不会有这样一段中尼文化交流史上的佳话。

畏兀儿人阿鲁浑萨理，祖父阿台萨理精通佛理，追随成吉思汗从西域来到燕京。其父精通佛理，曾任释教都总统、同知总制院事。阿鲁浑随八思巴学习密乘，不数月尽解其书，且旁通多种民族文字及汉文经史百家之学，被八思巴视为奇才。八思巴对他说：以君之才，岂可永远埋没于佛门？君当出仕为朝廷效力。八思巴从吐蕃返回中都后，先将他举荐给真金，真金与他意气相投，二人相知颇深。其后不久，阿鲁浑入朝晋见忽必烈，忽必烈见他精通经史百家及阴阳历数图纬方技之说，大加赞赏，命他为真金宿卫。

阿鲁浑后官至集贤馆学士，兼太史院事，负责延揽人才及学术文章。因他明于决断，直言敢谏，于国事多有匡补。八思巴弟子桑哥受到重用时，他曾与桑哥并为丞相。至桑哥伏诛，阿鲁浑虽受到牵连罢相，但仍为忽必烈信用。真金去世后，忽必烈欲在真金膝下三子中择一人为太子，阿鲁浑举荐三王子铁穆耳（元成宗），说他"仁孝恭俭宜立"。后来铁穆耳即位，成为元朝守成之君，首推之功当归阿鲁浑。为感谢阿鲁浑举立之功，成宗重新启用阿鲁浑为相。

青海人刘容，自幼聪慧喜读书，苦练骑射，及至长大成人，文武双全。八思巴将他举荐给太子真金，专掌库藏，后官至太子司仪，改秘书监。刘容性情忠直，敢于直谏不惧。至元十五年（1278）奉旨出使江西，抚慰归附百姓，有人劝他趁机敛财贿赂权贵，可得迅速升迁，刘容一口回绝了。从江南返回时，他只运回几车书献籍给太子。刘容一生清廉自守，其言行对真金影响最深。

蒙古立国后，通过军事征服的手段，打破了亚欧疆界，亚欧诸国及各民族的政治、经济、文化、宗教交流活动趋于频繁。至吐蕃纳入中央帝国，蒙、汉、藏语无论是在书面翻译还是口语翻译方面都已达到相当快捷和准确的程度，汉、藏僧人的佛法交流没有任何阻碍。八思巴博学多识，气格高远，与人交往尤其能推诚相待，他的这种品德为他赢得了不少汉族文人和学问僧的认可。远在蒙哥汗时期，八思巴就与藩府旧臣姚枢、窦默、张文谦、子聪和尚刘秉忠等人建立了深厚的友谊。及至封为国师，总领天下释教后，他更加经常地与汉族高僧切磋研习佛法。

四川名僧元一，曾游印度，归来晋见忽必烈，以印度玉佛和贝叶经敬献。忽必烈视为宝物，于万山供之。某日，忽必烈、八思巴以及元一、元兀二位汉僧在一起讲论佛法，忽必烈兴之所至，让三僧不妨以佛家之理做个语言游戏。元兀眼珠一转，以元一年轻，戏道："从小至大为次。"元一立刻对道："海青身至上，天鹅身至大，海青彻天飞，天鹅生惧怕。"元兀驳道："猪豚身至小，象王身至大，象见豚来欺，掷向大千界。"八思巴笑望二僧，说道："我以大千界，化为一釜瓮，煮尔四件物，大小都容了。"三僧对毕，忽必烈拊掌大笑。

八思巴与元一固然友谊甚笃，与另一位汉地名僧法闻的交往则更被传为美谈。法闻，陕西人，俗姓严，幼年出家，从大德高僧温公学习法华、般若、唯识、因明及四分律。曾在山中苦读，六年不出，读藏教五千卷三遍，遂以学问大成而著称于世。八思巴久闻其名，亲自拜访，与他讲论般若、因明，法闻皆指明要义，八思巴赞道："不料汉地竟有如此学问僧。"自此对法闻十分敬重。

由于八思巴的主导和积极参与，北方汉藏佛教交流空前活跃。

至元七年（1270）四月八日，忽必烈下旨，敕封西土法主八思巴为皇天之下、大地之上、西天佛子、化身佛陀、创制文字、辅治国政之帝师，并赐玉印。

晋封八思巴为帝师，绝非出于一时之需，事实上，它是忽必烈一系列施政措施的必要一环。忽必烈要建立自己的天下，立自己的国号，要成为一统天下之主，故而，他先是诏令八思巴创制新蒙古文，继又在全国推广八思巴文，其后又仿效古制，尊八思巴为"帝师"，这一切都是为他建号"大元"所做的精心准备。

如今，襄阳城被困已有三个年头，阿术、刘整围城打援，二将配合默契，南宋方面的多次救援努力都付诸流水。吕文焕虽坚守不降，但襄樊二城在被困的第二年就已发生盐荒，第三年粮食储备出现严重不足，如果这种局面持续下去，只怕全面断粮也为时不远。

再度回到中都城，八思巴为给皇室祈福，举行了几场内廷佛事。这期间，八思巴还组织了一场被称之为游皇城的盛大佛事活动，这场佛事活动的规模之大堪比汉地的元宵社火。唯一不同的是，八思巴是把一场佛教法事演变为大都朝野的宗教节日。八思巴经过周密思考，还创造性地第一次启用了白伞盖，于大明殿御座上置白伞盖，用以象征佛化现世的转轮王即是忽必烈，又因蒙古习俗尚白，"以白净大慈悲遍覆法界"也与忽必烈吞灭南宋统一海内的舆论需要相符。所以，忽必烈对这场皇城僧俗军民可自由参加的宗教庆祝游行十分重视。他深知，通过这样的活动，既能起到君民同乐、凝聚人心的作用，也无异于为元帝国受到佛法保佑进行了最广泛的宣传，特别是在元宋决战于湖北襄樊胜负未分的情况下，它所起到的思想鼓舞作用，是难以估量的。

七月，燕京接连下了几场罕见的暴雨，流经京城的高梁河、永定河等几条河流水位暴涨，直接威胁到京城百姓的生命财产安全，汉臣张文谦、郭守敬等人带领五万民工日夜奋战和坚守在防汛工地。八思巴为京城百姓计，在京城外举行法事，冒雨参加诵经的僧侣和信众达数万人之众。当日，暴雨骤停，天空中飘起小雨。

举行完这场法事之后，八思巴受命在高良河畔筹建大护国仁王寺，藏语称之为"梅朵热瓦"，梅朵热瓦中建有帝师的法座，也是后来历任帝师的居住之所。与此同时，为助力元军攻宋之战，八思巴一面命弟子阿尼哥塑摩诃葛剌神殿并亲自为之开光，一面命另一名弟子胆巴在五台山寿宁寺建立道场，举行诸佛事。摩诃葛剌又称大黑天，是印度崇拜的一种神，据说是大自在天的化身，祭祀此神，可增威德，举事能胜，后来被佛教作为密宗护法神之一，元、清时都将其视为保护神。八思巴所做的一切，对于中世纪那些笃信佛教僧人掌握着役使鬼神能力的百姓和将士们来说，无疑具有极大的精神激励作用。

柒

除举办日常或临时的佛事活动外，弘法对八思巴仍是一件重要的事情。在成为国师后，萨迦派的信徒日渐增加，这些人中，有蒙古人、汉族人，其他民族的人，还有元朝属国或征服地的信众。从至元元年开始，八思巴先后为尼波罗、印度、汉地、西夏、蒙古、高丽、云南、畏兀儿、合申等地的比丘和比丘尼、沙弥和沙弥尼授戒剃度，总计四千人，并为四百二十五人担任过授戒的堪布（藏传佛教中主持受戒者）。

至元八年（1271）四月初，八思巴因身体缘故，辞驾欲返临洮藏族地区休养。按八思巴原来的计划，他此次到临洮只是暂住，等身体康复后还要返回中都。所以，他在告别忽必烈离开京都之时，仅仅将中都的宗教事务托付给弟子胆巴，并没有辞去帝师职务。

然而，不知道为什么，对于这一次的分别，忽必烈的内心竟有一种说不出的不祥预感，似乎这一别他与八思巴再难相见。在这样的预感驱使下，他决定亲自相送一程。

从蒙哥汗四年（1254）八思巴追随忽必烈至今，忽必烈始终将他视为心腹爱臣和精神上的力量。君臣二人相知相惜，几乎很少分离，即使八思巴因传教之故有时也会离开忽必烈，但通常在较短的时间内就会被忽必烈召回。只有至元元年八思巴为完成在藏区建立行政体制返回吐蕃，君臣才第一次天各一方，长达数年。

吐蕃建制完成的前后，八思巴一直处于极度操劳之中，这使他的体力在吐蕃时就已出现透支现象。加上弟媳和弟弟先后病逝带给他的创痛，旅途的劳累，返回中都后不间断的说法收徒，以及为皇室举办各种佛事活动，无不令他身心俱疲，特别是近一个月，他只不过是在勉力支撑而已。如今，蒙宋襄樊之战正酣，巩昌路已成为元朝西路最重要的军事基地。忽必烈在这种时候同意八思巴再度离京，一方面固然有为八思巴身体考虑的因素，另一方面则是希望八思巴出居临洮后，能够凭借帝师的威望安定甘青藏族地区，保证元军攻蜀的胜利，并有效协调在甘青的阔端后王、朵思麻宣慰司、巩昌总帅府之间的关系。

三十五年前，皇子阔端由秦、巩一路南下四川，曾招降这一带的吐蕃部落。当时归降蒙古的重要首领有巩昌总帅汪世显，熙州也即临洮节度使赵阿哥昌父子等。后元朝设巩昌路便宜都总帅府、汪世显及其子孙相继任都总帅，赵阿哥昌及其子阿哥潘相继任临洮府帅、达鲁花赤。巩昌路总帅府下辖五府二十七个州，成为在蒙哥汗时期设置的吐蕃宣慰司（朵思麻宣慰司）以外的西北主要藏族地区。在行政管辖上，巩昌路属陕西四川行省，朵思麻宣慰司隶属总制院，但因巩昌路各府州有许多藏族部落，有一些事务总制院和朵思麻宣慰司都要干预，引起诸多不便。

在这种情况下，如何妥善解决上述矛盾，兼顾各个功臣及诸王的权益，或者说得更直接一点，如何协调好汪氏叔侄、赵氏父子及阔端后王之间的关系，便成为当务之急。

而以上提到的这些人，都与忽必烈及八思巴有着或这样或那样的渊源。

当年，汪德臣战死于合州后，其长子唯正奉蒙哥汗旨意至四川，经伯父副总帅忠臣和巩昌军将校推奉，诸王认可，权袭父帅之职，戍守青居（顺庆府）。中统元年（1260）忽必烈即位，正式授唯正巩昌便宜都总帅之职。时留戍青居的蒙古军帅乞台不花与浑都海勾结，欲起兵响应阿里不哥争夺汗位，唯正遵照廉希宪传达的忽必烈旨意，缚斩乞台不花，忽必烈嘉赏其功，令他统掌东川军事。中统二年，唯正入朝。三年，唯正奉旨还驻巩昌，而改由其伯父忠臣领兵戍守青居。同年，唯正率本部军平定西羌部火都的叛乱。至元八年正旦，唯正回朝入贺，因他顾念叔父良臣出戍青居多年，戎马劳顿，再三奏请由自己替换他。忽必烈准其所请，于是唯正与叔父换防，良臣回镇巩昌。其时，良臣已于青居之南建武胜城以备抵御合州宋军，唯正又在其地临嘉陵江设栅栏，扼其水路，夜悬灯笼于栅间，中置火炬，顺地势蜿蜒，可照百步之外，以防敌方夜袭。忽必烈接到唯正的奏报，对他大加赞赏。

汪德臣十三岁即入侍阔端王府，得阔端言传身教，对法主萨迦班智达、八思巴兄弟一直怀有敬重之心。蒙哥汗时期，巩昌府帅仍受阔端后王蒙可都节制，在蒙可都的举荐下，德臣成为独当一面的汉军将领，多次受到蒙哥汗的嘉赏。德臣像阔端一样，一生重情，虽然当时恩主阔端已然病逝，但德臣即使在戎马倥偬之中，也不忘与蒙可都及八思巴保持着密切的联系。而身为德臣长子的唯正，自幼最得父亲宠爱，及至继承父位，亦将八思巴视为精神上的导师。

汪世显诸儿孙中，与忽必烈个人感情最为亲厚的是良臣。忽必烈与阿里不哥争夺汗位时，良臣虽起初有所犹豫，但在关键的耀碑谷一战中还是选择站在了忽必烈一边。由于此战粉碎了阿里不哥据有关陇地区的企图，对忽必烈稳固统治地位起了决定性作用，忽必烈感于良臣相助之功，从此后一直将良臣视为爱将。

中统二年（1261），良臣赴上都谒见忽必烈，忽必烈盛赞其功，良臣却谦虚地说，自己只是奉行统兵诸王的成算而已。忽必烈越发爱重他的品德，诏就佩已给虎符，授巩昌路同签都总帅，军民官皆受其节制。至元元年（1264），奉命代兄忠臣出领屯戍青居的巩昌军。这一年，宋将昝万寿率战船二百艘溯嘉陵江来袭青居，良臣将之击退。捷报送抵忽必烈案头，忽必烈对良臣及手下将士予以重赏。至元三年（1266），改授良臣为阆、蓬、广安、顺庆等路征南都元帅，与蒙将同为东川四府最高统帅。四年（1267）九月，良臣以钓鱼城险绝难攻，奏请在逼近其地的母章德山建立城寨，以控扼钓鱼城宋军，忽必烈准其请，于是良臣将巩昌军南移九十里，夹嘉陵江东西筑武群、母章德两城。五年（1268）三月，改母章德山城为定远城，武群城为武胜城，并出兵败宋将于重庆。六年（1269），授东川副统军。八年（1271）正旦，唯正入贺，向忽必烈请求由自己代替叔父出镇青居，不久，朝廷下旨，良臣回巩昌驻防。与之前后，因元军已占领四川三分之二地区，忽必烈遂于成都分立行省治之。

当时，各地诸侯世袭管领本境兵民之权早已被削夺，独汪氏犹掌巩昌二十四州军民，其间原因，与良臣得到忽必烈的信任有很大关系。而良臣受兄长德臣影响，亦与八思巴交厚。

汪氏一门的情况如此。

赵氏父子系南宋时诸羌豪富之一，世居临洮。唐安史之乱后，西北吐蕃大举进入陇右，前部占据今甘肃天水一带，战火曾一度蔓延到陕西关中平原中西部。赵氏先祖曾在青海、甘肃等地建立吐蕃政权。因他与宋朝关系良好，北宋真宗、仁宗年间，曾受封宁元大将军、爱州团练使。其孙木征以洮州、河州二州之地降宋，并到汴京朝见了神宗，赐姓为"赵"。木征后裔巴命统领着一支强大的部落，其势力范围兼有今渭源、临洮、漳县、卓尼、临潭直到迭部等地。

赵阿哥昌系巴命之子。金亡，阔端攻取未降诸州，降服汪世显。这时赵阿哥昌正任金国熙河节度使，率部退守莲花山，收集散众，后来也投顺蒙古，被窝阔台汗封为迭州安抚使。赵阿哥昌在迭州招抚逃亡，立城垒，课农桑，安辑百姓，行了许多善政。

赵阿哥昌相貌雄伟，勇猛过人。其子赵阿哥潘，事亲至孝，做官勤谨，处事大方，是蒙元时期有名的羌族首领。曾跟随蒙哥汗伐蜀攻宋，立有奇功，被赐号"拔都"。"拔都"在蒙古语中是勇士之意。并得赐金符,授职临洮元帅。

忽必烈为藩王时,潘扈从南征,自此与忽必烈结下友谊。赵阿哥昌年八十于迭州安抚使任上寿终,潘继承父位。有一年,当地发生灾荒,饥民很多,他调拨家族中的私仓粮食救济饥民,许多人因此而得活。在当地有些交通要道的驿站,运输能力很弱,疲于供给,他知道后,把家中的百十匹私马送给这些驿站,作为驿馆的坐骑。在他治下的有些人家,交不起官府摊派抵税牲畜,他也不强征,赶来自家的羊千余只,代替穷户完税。这些事情传到忽必烈耳中,忽必烈很感动,欲按羊只折价付银,他却不肯因私事接受皇家公赏,恳求忽必烈收回成命。

潘喜好收购、饲养良马。他家常常畜有上千马匹,每年他都要从中精选最好的良马五匹,进献朝廷。后来,他的子孙一直遵循这条祖传规矩,从未有所间断。他与朝中重臣尤其是八思巴的私交最好,他本是吐蕃贵族后裔,自祖上便笃信藏传佛教。萨班、八思巴伯侄在甘青诸地传教时,他与父亲昌多次前往拜会,亲自聆听萨班、八思巴传授教法。萨班、赵阿哥昌先后辞世,潘依然十分尊奉八思巴。这也是忽必烈同意八思巴往临洮养病的主要原因之一。

至于阔端后王只必帖木儿,则更不必说。只必帖木儿可以说是八思巴看着长大的,二人之间的关系情若父子。可以这么说,无论汪氏叔侄、继承父位的赵阿哥潘、永昌王只必帖木儿,还是忽必烈之子西平王奥鲁赤都与八思巴有着很深的渊源。事实上,忽必烈早有完善朵思麻宣慰司的建制,划定它与巩昌总帅府、甘肃行省的管辖范围,委任宣慰司及其下属各级官员的打算。鉴于甘青一带藏、汉、党项等民族交错分布,民族、宗教情况复杂,又有西平王和永昌王的世袭分地属民,要妥善处理川陕、甘肃两个行省和朵思麻宣慰司的划界设官等问题,有着在吐蕃建立政教合一的萨迦地方政权的丰富经验、在藏区僧俗信众中拥有崇高威望,并且自身能力超群的八思巴,无疑是最合适的人选,忽必烈相信他一定能够胜任这个重大的使命。

忽必烈一直将八思巴送出中都城外,八思巴不让忽必烈再往前送,合手拜辞。忽必烈注视着八思巴略显憔悴的脸色,内心涌起深深的歉意:"从帝师返回吐蕃,朕能够与帝师相见的时间似乎越来越短。可是有些事情,又不得不借助帝师之力。"

八思巴眼窝阵阵酸涩,忙掩饰着笑道:"陛下千万莫如此说。能为陛下尽一份心力，是僧人的荣幸。"

"可是，朕还是很担心帝师的身体。"

"不妨事，休养一段时间就好。倒是陛下，千万要保重玉体。"

"这句话也是朕要嘱咐你的。我们就以两年为期吧，两年后，等帝师完成了在川陕、甘肃和朵思麻划界设官的重任，朕就在新建的中都城为你接风。"

"僧人听仲禄大人说，中都城的内城年底就能如期竣工。"

"是啊。"

"那好。就如陛下所言，两年后，僧人将在新建的中都城为陛下祈福。请陛下銮驾回转，僧人就在这里与陛下拜别。"

"不必，朕在这里目送你就好。"

八思巴硬起心肠，登上车辇，在军队的护送下，迤逦而去。忽必烈目送着车队渐行渐远，眼前心中一片虚空。

第八章　莲心

壹

　　似乎，至元八年（1271）注定是一个不同寻常的年份。四月，八思巴离开京城，前往临洮。八月，忽必烈在宫中接到急使来报，方知晓云南境内发生的变故。

　　七年前，忽必烈封五子忽哥赤为云南王，命他出镇云南，以都元帅宝合丁、六部尚书阔阔带为其辅佐。不料，忽哥赤个性太过仁柔，赴云南伊始便处处受到都元帅宝合丁的牵制，忽哥赤不愿与宝合丁发生冲突，故百般忍让。忽哥赤的软弱越发助长了宝合丁的野心，宝合丁深知，云南山高地远，在这里建立自己的独立王国不成问题。他首先利用美色拉拢和控制了六部尚书阔阔带，继而又与一些心怀异志的部落首领达成秘密协议，约定待他取得对云南的绝对统治权后，他将允许这些部落首领继续拥有昔日权势，不称臣，不纳贡，依旧各自为政。

　　待一切安排妥当，宝合丁在帅府以设宴为名，给忽哥赤喝下了毒酒。忽哥赤临死前，乘人不注意，将侍卫的手指伸进他的嘴里。见他嘴里的肉已经全都腐烂，侍卫顿时明白了一切。侍卫很机警，故意装作一无所知的样子，借口去给王爷备轿，逃出了元帅府。之后，他一刻也不敢停留，逃回国都向皇帝示警。

忽必烈被儿子的惨死激怒了，他椎心泣血，后悔自己所托非人，白白害了儿子一条性命。他当即调遣大军赴云南平叛，哮喘病已经十分严重的兀良合台坚决要求执掌帅印。这位蒙古名将，多少年转战云南境内，对云南的每座大山、每条河流都了若指掌。这一次，为了剿灭宝合丁这个叛贼，他要再披战袍，激浊扬清。

大军翌日出发，迅速向云南方向开进。宝合丁万万没想到自己有备而战，却还是难抵兀良合台兵锋，最终落了个兵败被擒的结果。阔阔带原本是受宝合丁胁迫，宝合丁既败，他自知犯下不赦之罪，追悔莫及，留下一封忏悔书，在尚书府服毒自尽。

忽哥赤的尸体被宝合丁的手下乘夜丢于元帅府后的山涧之中，已不知被激流冲到哪里。兀良合台只能以宝合丁之血遥祭忽哥赤英魂。十一月初，云南全境平定的消息传来，忽必烈命兀良合台暂时留在云南，等待新的云南王及官员到任。

云南平定之时，正是新建的中都城竣工之日。

至元四年，刘秉忠奉旨修建中都城。如今，四年弹指一挥间，新建的中都城已初具雏形，宫城、皇城、外城如期竣工。

这一天，中都城披红戴绿，张灯结彩。光禄大夫刘秉忠、安肃公张柔等人身着一、二品官服，巡视全城。行工部事官员张弘略等骑马随行。只听鞭炮骤响，鼓乐齐鸣，兀鹰飞翔，欢声雷动。在初冬阳光的照耀下，中都城抹上了一层金辉。

新建的都城，规划整齐，格局宏大，把雄伟的宫殿群与优美的自然景物融为一体。外城平面为长方形构图，南北长十五里许，东西宽约十三里半，周长是五十七里。城墙全部用夯土夯实，墙基部宽十五步（约二十四米），其宽、高、顶宽的比例为三比二比一。都城四隅建有巨大的角楼，城墙外每隔一定距离筑有数座加强防御用的"马面"，也就是"墩台"，墙外环绕宽三十步的护城河，河水深约二丈。

新城的设计完全遵循了《周礼·冬官考工记》中规定的"匠人营国，方九里，旁三门，国中九经九纬，经涂九轨。左祖右社，面朝后市"的原则。皇城位于全城南部的中央地区，周围筑墙，称为萧墙，又称红门阑马墙。墙基宽约十步，周长二十里。皇城南面正门为灵星门，又称红门，正对外城丽正门。皇城南墙外侧与大城南之间是宫廷广场，左右两侧为千步廊。灵星门内数十步有河，河上建桥，绕桥植高柳万株，气氛森严。

萧墙以内有三处苑囿，最著名的是宫城之西太液池中的万岁山。万岁山原是金代大宁宫的琼华岛，年初奉旨改名万岁山。忽必烈初到中都常住大宁宫，三次修缮琼华岛。山高数丈，山皆叠玲珑石，峰峦掩映，松桧葱郁，秀若天成。湖水引上山顶，由龙口喷出，蔚为壮观。登上万岁山顶，可以俯瞰都城。山上建有华丽的殿阁亭榭，栋宇飞翠，金碧交映；复阁危榭，左右拱间，吞松古桧，烟云缭绕，隐若蓬莱仙府。广寒宫内，整玉雕琢而成"渎山大玉海"（玉瓮）、"五山珍御榻"，放置殿内。俯瞰万岁山池水，但见波光澄澈，绿荷芳藻，含秀吐香，游鱼浮鸟，竞戏群集。太液池广有五六里方圆，驾飞桥海中，起瀛洲之殿，绕以石城，作洲岛拱门，便于龙舟往来。太液池中万岁山南的小岛上建有仪天殿，殿三面有桥，可通东内、西内和万岁山。

池中还有方丈岛（墀山台）。万岁山、小岛、墀山台三岛浮于池面，形成了一池三岛的神仙宫苑的态势。

御苑位于宫城北，南起厚载门之北，西临太液池，珍禽异兽豢养其间，人称"灵囿"。西御苑高五十丈，巍然与琼华岛遥相呼应。

大都城内的街道有东西向和南北向的干道各九条，纵横交错构成棋盘式的布局。另有街巷三百八十四条，胡同二十九条，内居工匠六万七千余户，工匠及其家属达三十三万八千人。宿卫诸军达十万人。乐工、富商六万三千人。佛教寺院、基督教徒万人，下层市民、农业人口四十一万人，官府与其家属、宫廷人员十一万人，总共达一百一十万人。

繁华的钟鼓楼大街及其附近的羊角市一带，果市、面市、绸缎市、皮帽市、珠宝市、牛市、羊市、马骡市、骆驼市、鹅鸭市等集市商旅云集，除了国内的各族百姓外，还有许多高鼻蓝眼、奇装异服的外国商人。

全城居民活动有时间限制，城内有报时中心，台南是鼓楼，台北有钟楼，一更三点，钟声绝，禁人行。五更三点，钟声动，听人行。

十二月四日，皇城里的二十余万宿卫、官府人员照例身着崭新的官服，在宫廷乐曲的美妙旋律中，举行隆重的开国奠基仪式。

集贤大学士兼国子祭酒许衡立于御台前，庄严宣布："奉当今皇帝忽必烈汗圣旨，自至元八年十一月初一（这里指阴历）始，前中统王朝，至元王朝赐名为'大元'，取《易经》'大哉乾元'之意，象征大元帝国如日东升，欣欣向荣！"

《盛世之典》音乐奏响，引来阵阵欢呼。一个威震世界的大元帝国，在冉冉升起的太阳伴随下，诞生了！

大元王朝堪称十三世纪世界上最强盛的封建帝国，元大都自然也就成为一座最为宏伟繁华的国际化大都市。在此基础上，元朝的对外交往得到了空前的发展。外国使节、商人、传教士、建筑师、科学家和医生等，络绎不绝地从四面八方汇聚大都。

贰

十二月十八日清晨，宋知襄阳府兼京西安抚副使吕文焕像往常一样，早早登上樊城的箭楼。

浓雾在隆冬的时节里像团团蒸汽，从江面上慢慢扩散。太阳出来一竿高后，乳白色的雾霭开始散去，陆地、湖面渐显，只有远山还被浓雾包围着。元军营地，一面面旌旗猎猎招展，上面写有"大元"字样。

望着这两个字，吕文焕不由从心里打了个冷战。襄樊之战开始后，度宗听信贾似道谗言，将经营襄樊防御颇有政绩的高达排挤调离，任用贪贿好利且与贾似道沆瀣一气的吕文德总领襄樊军务。吕文德志大才疏，决策屡屡失误，他先是贪贿好利，令元军在鹿门山以置榷场为由建成第一座城堡据点，后又不听其弟吕文焕的蜡书报告，未在元军筑城伊始增兵打击。

吕文德病故后，接替他督师进援襄樊的京湖制置大使李庭芝，又受到殿前副都指挥使、吕文德的女婿范文虎的掣肘。范文虎总领禁军先至，他在贾似道的纵容下，阳奉阴违，致使李庭芝难有作为，丧失了元军合围前对襄樊实施救援的最佳时机。

八个月前以及半年前，范文虎率舟师十万两次沿汉水援救襄樊，结果被阿术所率元军在湍滩等处击败。在大规模的援救失败后，李庭芝和范文虎所率援军往往扼关隘不克进。

苦苦支撑中的襄樊城，此时已如重病之躯，奄奄待毙。

阿术和刘整一直没有放弃劝降吕文焕的努力，他们于新年伊始遣使者携劝降书和"建国号诏"入城，面见吕文焕。

劝降书和"建国号诏"均用汉文写成，吕文焕匆匆浏览一遍，不置一词。使者费尽唇舌，吕文焕始终不为所动。

吕文焕并非不知，元军在距襄阳城东南三十余里鹿门山筑堡百余，置重兵、火炮把守，以阻遏宋陆路军队；在白河口、唐河口、老河口、沮水、漳水、游河、小林河、出山河、永名河一线，筑垒置军，竖炮架弩，拦截宋援襄水师；在邓城、夫人城、庆元已未摩崖、岘山寺、高阳池馆、马跃檀溪、老龙堤、白马洞、古隆中、刘表墓和百里之遥的徐庶庙，亦遍置骑兵、水师游动穿梭。如今的襄阳和樊城，四面被围，犹如铁桶一般，而他就在这样的处境下，与元军抗衡了五个年头（1268 年九月至 1272 年一月），这已堪称历代战史上闻所未闻的奇迹。

他只恨奸臣误国，忠贞之臣、有识之士报国无门。

元使劝降未果，匆匆拜辞出城。吕文焕仍然寄希望于朝廷派来援军。五月，宋军派遣张顺、张贵率三千勇士，携衣甲食物，拼死冲破元军舰队封锁，向襄阳逼近。为掩护张贵进城，张顺战死江中。

而后，元军在汉水江面布列撒星桩，封锁数十里，围困襄阳城的形势更为严峻。

七月七日，吕文焕又派张贵率部突出重围，期望与驻扎龙尾洲的范文虎部会合，内外夹攻元军。不料，范文虎军违约提前撤离，造成张贵战败被杀。至此，宋军援救襄樊的所有努力，均因内部倾轧及军心涣散而宣告失败。

十一月，正当元军扫清樊城外围，强化围攻之际，李庭芝使出离间计，试图造成忽必烈对刘整的疑心，进而自断手臂。

本来，忽必烈刚刚任命刘整为河南行省参政、诸翼汉军都元帅，兼统水军四万户，进一步明确了刘整与阿术并为元军统帅的地位。李庭芝清楚地知道，刘整被重用，意味着元军即将对襄樊展开更大的军事行动。于是，他用金印牙符授刘整为汉军都元帅、卢龙军节度使，加封燕君王，还书写信函，让永宁僧人一并送给刘整。印符和书信为永宁县令所截获，立即驰驿奏报朝廷。

忽必烈初闻密报，心中不由暗暗吃惊，冷静一想，已知八九。刘整是襄樊战役的真正设计者和具体执行者，在这襄樊危若累卵、赵家天下也朝不保夕之时，他怎么可能再降宋廷？恰在这时，刘整自襄阳军前赶回京师，往忽必烈驾前分辨真伪，他直言这是宋将李庭芝所使离间计，目的就是为了除去他这位襄阳之战的策划者。忽必烈笑道："当年，祖汗西征之前，金地多风传木华黎已自立为靖南国王，祖汗遂命臣下制国王印，建九斿白纛，于木华黎晋见之时，将九斿白纛交给木华黎，正式封木华黎为蒙古太师，靖南国王。他对这位跟随他出生入死几十年的开国名将说：太行以北，我自经略；太行以南，由卿治理。又交代诸将：木华黎以建此旗为号，如见之，应视我已亲临。信任之重，由此名言可知。朕虽不敢自比祖汗英明睿智，不过，李庭芝的雕虫小技也瞒不过朕去。朕信得过将军之谋、之勇、之忠。将军返回襄樊后，可立即执杀永宁僧人及其党羽。"

刘整十分感动，谢之不尽。

忽必烈心念一动，又对刘整说道："将军何不给李庭芝写封回信？"

刘整微微一愣，转而明白了忽必烈的用意，欣然领命。当天，刘整按照忽必烈的意思给李庭芝写了一封回信：整自受命以来，唯知督厉戎兵，举垂亡孤城耳。宋若果以生灵为念，当重遣信使，请命朝廷，顾为此小术，何益于事。

写完回信，刘整匆忙返回襄樊前线。对他而言，唯有尽快拿下襄樊，才是他报答忽必烈信任的最好方式。

转眼已是十二月，针对襄樊久攻不下的情势，张柔之子、万户张弘范向前军指挥刘整、阿术建议：襄阳、樊城互为唇齿，宜先攻克樊城，断绝其声援。阿术上书朝廷，忽必烈审时度势，批准了这一总攻计划。正好行省参政阿里海牙（1227—1286）回京面圣，忽必烈便将几门在蒙古第三次西征中降服的亦思马因人所献的回回巨石炮交给阿里海牙，命他运至襄樊前线。这种新型的回回炮出自西域，攻击力猛于火炮，连最大的树木也能就地摧毁，炮石直径数尺，坠地可陷入三尺。

随后，元军兵分五路，强行攻下樊城。

樊城已破，襄阳孤立无援，危在旦夕，忽必烈再次遣使入襄阳城下劝说吕文焕归降。回来后，使者告诉阿术、刘整、阿里海牙，吕文焕虽仍拒绝投降，但态度已不似围城之初那么强硬。

叁

樊城陷落，吕文焕是战是降，仍然举棋不定，然而面对现状，他的内心苦闷至极。

这位宋宁宗嘉定十九年（1220）出生于安徽寿县的宋军杰出将领，在得不到任何外援的情况下苦苦守城达五年之久，如今他突然觉得自己很累，对前途也充满了迷茫。

他曾寄希望于朝廷派来援军以解襄阳之围，但随着时间一月一天、一分一秒地流逝，他的希望一点点变成失望最终只剩下绝望。如果说元军围城之初他还有充分的理由相信，元军对襄阳的久攻不下得益于襄阳军民的同仇敌忾以及他这位统帅的正确谋划，那么现在他则发现，事情并没有他想象的那么简单。元军固然也想早日拿下襄阳进而一举征服南宋，但如果做不到，他们也不妨借围攻襄阳之际最大限度地消耗宋军的有生力量。

这是明显的两步棋，问题在于这两步棋无论走哪一步，元军都是最后的赢家。而布下这两步只赢不输的棋子的始作俑者，正是对宋军的军队建制以及兵力部署都了若指掌的刘整。

作为对手，刘整的杰出才能，吕文焕素有所知，而且，他更知道刘整之所以最终叛宋降元与他的亲哥哥吕文德的妒贤嫉能有着很大关系。虽是同胞兄弟，吕文焕对兄长的所作所为却一向不齿。他很为宋廷惋惜，刘整这样的帅才宋帝不知重用，反而任用的全是贾似道、李庭芝、吕文德之流。鄂州与襄阳近在咫尺，李庭芝督师援襄，一败再败。老将夏贵出身行伍，官至淮西安抚制置大使兼知庐州，手握大宋重兵却只知保全自己。"蟋蟀太师"贾似道在朝野培植亲信，排除异己，擅权枉政。陈宜中、贾余庆、李庭芝、吕文德等中书门下省重臣纷纷依附贾似道，为虎作伥；相反，文天祥、张世杰、陆秀夫等中书门下省、枢密院、制置司官，却是报国无门，屡受排挤。

事实上，他的忠诚和信心正逐渐被大宋的现状耗尽。

他如何不清楚，如今的襄阳城，被元军团团围困，已无挣扎之力，加之战争损耗，民困兵疲，襄阳犹如一只被囚困于铁笼之中遍体鳞伤的猛虎，除了做一番垂死挣扎外已别无出路。

他该怎么办？

如果一意孤行，襄阳及樊城百姓必将因为他的一意孤行而付出更为惨重的代价。

他并不惧死。早在襄阳遭受更猛烈的炮击之前，刘整亲至城下劝他投降，他回答刘整的是万箭齐发。他看到刘整中箭，但刘整的话却比刘整所中的那一箭更深地射中了他本人："大局已定，将军何必死守一点愚忠，令襄阳无辜百姓遭殃？我劝将军顺应天意，献城来降。如若不然，也应出城与我决战，方不辱勇士声名。似将军这般龟缩城中，岂是勇者之举？"

他置若罔闻。

卯辰交时，元军向樊城发起总攻。樊城守将以疲弱之师抵抗，渐不能敌，樊城城郊、夫人城等险要悉被元军占领。樊城被元军将领刘整攻破，宋将范天顺战败，于守地自缢而死。牛富率死士百人巷战，遇民居烧绝街道。元军亦很顽强，步步紧逼，牛富身受重伤，蹈火而亡。裨将王福亦从死，樊城遂陷。樊城既陷，襄阳更是再无生机。

至此，为自己的置若罔闻付出代价的是冒着青烟的残垣断壁和一具具血肉模糊的尸体。当吕文焕行走在声声不绝于耳的呻吟和咒怨中时，他头一次感到自己愚不可及。

这真的是他所希望看到和得到的结果吗？原来信念会像人的躯体一样也可以被肢解，而信念一旦被肢解，剩下的便只有无穷无尽的悔恨。

他该怎么办？

他到底该怎么办？

至元十年（1273）初，襄阳城已是山穷水尽。刘整主张按拒降例以武力夷平襄阳，襄樊之战旷日持久，他很想早日拿下襄阳城，早日征灭南宋。阿里海牙坚决不同意，他爱惜吕文焕杰出的军事才能，很想将他网络在皇帝麾下。

数日后，阿里海牙调集巨石炮、火炮瞄准襄阳，一炮击中谯楼，声如雷霆，全城震动，诸将士多弃城而逃，作鸟兽散。

阿里海牙亲至襄阳城下劝说吕文焕："将军以孤城御我数年，今鸟飞路绝，我大元皇帝钟爱将军才智出众，忠信无双，特降诏：如若来降，必保全将军及全城百姓性命，将军及手下将领皆加官晋爵。请将军上体天意，下应民心，速做抉择。"

阿里海牙折箭起誓，吕文焕感于阿里海牙诚意，终于决定归降。

襄樊即破，南宋门户洞开。

肆

八思巴并没能实现他与忽必烈的约定，在两年后返回大都城，所以如此，与藏区形势有变，需要八思巴坐镇临洮有关。

八思巴初至临洮时，得到了赵阿哥潘的热情接待，潘是虔诚的佛教徒，对八思巴十分敬仰，每当八思巴为人讲经说法，潘都陪侍其旁。汪氏叔侄、永昌王只必帖木儿、西平王奥鲁赤从西线配合攻宋之战，未克其暇，即便如此，他们仍与八思巴保持着书信往来。

不出忽必烈所料，八思巴凭借皇帝赋予的权力和自身的威望，在近两年的时间里很好地协调了诸路关系。

帝师的特殊身份使八思巴的政治活动总与宗教活动联系在一起。他坐镇临洮期间，命四大弟子分别把朵思麻南部地区的本教予以改宗萨迦派，在其地建立寺院和香火庄。八思巴通过一系列的传法建寺活动，既扩大了萨迦派在甘青藏族地区的势力，也使元朝对甘青藏族地区的统治得到进一步的巩固和加强。而临洮也成为甘青藏族地区的宗教文化中心，有许多学者聚集在这里，讲经和翻译事业十分发达。

现在，蒙古在四川的统治趋于稳固，已在西线转战多年的只必帖木儿奉诏回镇永昌诸路。考虑到塔海在成都一战中被流矢击中左臂，自此落下残疾，只必帖木儿便让塔海随自己一同返回永昌府，至于西路军的统率权，他则交给了老将按察尔。

塔海追随阔端多年，阔端逝后，他又得到继承王位的蒙可都和只必帖木儿的倚重，在四川战场上领兵作战，屡建战功。多年来，他习惯了军旅生涯，如今骤然享受安闲的生活，他只觉得浑身不自在，对于只必帖木儿的新任命，他一点提不起精神。

一别数年，只必帖木儿十分想念八思巴。回到永昌府后，将诸事安排妥当，他决定前往临洮看望八思巴，他问塔海是否同行，塔海正觉百无聊赖，欣然同意。

八思巴也期待着与只必帖木儿的会面。胞弟恰那多吉病逝后，只必帖木儿以及真金这两个人在八思巴心目中占据着仅次于忽必烈的地位，只必帖木儿又是他看着长大的孩子，这许多年来，无论人在何处，八思巴都十分牵挂他。

只必帖木儿和塔海一路风尘赶到临洮时已是十五的晚上。一轮圆月高高悬挂，高低错落的民房衙署在星空映照下呈现出铅灰色的轮廓，小风如手，逗弄般地拂过面颊，仍有几分料峭的寒意。

只必帖木儿甫到城外，一队人马早已在这里恭候多时，为首的正是八思巴的弟子沙罗巴。原来，八思巴得到只必帖木儿已至临洮境的消息，急忙派人出城迎接。城内，赵阿哥潘已在元帅府备下酒宴，专为只必帖木儿一行接风。

半个时辰后，只必帖木儿和塔海被八思巴派出的第二队人马接入帅府，八思巴、潘走下座位相迎。

只必帖木儿先以拜见帝师的礼节见过八思巴，八思巴将他搀起，目光久久落在他的脸上。一晃八年过去，只必帖木儿更加成熟稳重，魁梧英俊的体貌与当年的阔端大王有许多相似之处。而八思巴在只必帖木儿眼中，儒雅高贵的面容依旧，只是在眼角处多了几分沧桑。

"王妃可好？王子、公主可好？"八思巴温声询问，语气中似有些许感慨。

"都好。谢帝师挂记。"

只必帖木儿在八思巴离开上都返回吐蕃的那一年成婚，如今膝下已有一子一女。这次，只必帖木儿急于见到八思巴，并未携家眷同行。

"帝师的精神看着还好。上回帝师在信中说，此次是回临洮休养，莫非身体有恙？"

"无妨。只是那段时间在大都有所不适，圣上体恤，命僧人回临洮休养。"

"原来是这样。"

"王爷，这是潘元帅。你们见过吧？"

"是，前年的正旦，我与元帅在皇帝驾前见过。"只必帖木儿说着，与赵阿哥潘重新叙礼相见。

塔海也来拜见八思巴。八思巴微笑道："将军不可多礼。当年，恰那承蒙将军照顾了，我当代恰那谢过将军。"

八思巴说的是墨卡顿回蒙古为苏如夫人服丧期间，塔海代行王府诸事，那也是塔海与恰那多吉和只必帖木儿朝夕相处的一段时光。

塔海摆摆手，"帝师言重了！那段日子，倒是末将多承白兰王从中协助，否则末将……"塔海的脑海蓦然闪过恰那多吉清秀的面庞和寂寞的眼神，心中不由难过。他停了停，又接着说道："末将也是在执掌王府之后，才发现那远不是末将所能胜任的。末将只是一介武夫，上马作战还算在行，每天处理那些琐事，真是不胜其烦。若非白兰王熟稔王府事务，给了末将诸多指点，末将一定坚持不了那么久。不瞒帝师和王爷，每当末将焦头烂额的时候，都时常在想，公主究竟是怎么做到的？不过是个小丫头罢了，却将王府内外打理得游刃有余——想必是天生的？"

八思巴与只必帖木儿目光相接，只必帖木儿的眼中闪动着泪花。时光悄然流逝，淡漠了悲伤，却始终淡漠不了思念。

气氛陡然变得沉闷起来。塔海有点后悔自己口无遮拦，又不知道该如何圆场，尴尬之下，摘下帽子，挠了挠一紧张就有些发痒的头皮。

潘见相谈正欢的三个人突然都不再说话，急忙挥了挥大手，做了个"请"的动作，"帝师、王爷、塔海将军，请随我入席。待会儿在酒桌上我们再开怀畅谈如何？"

贵由汗三年（1248），西羌叛乱，汪德臣、赵阿哥潘奉旨出兵，阔端亦派塔海协助平叛，三人率领军队穿过川北荒凉的草地，通力合作，击败羌人，之后会师松潘。塔海与潘就是在那时相识，而潘与德臣也是久慕对方大名，第一次见面。因三人都是性情豪爽的武将，行事为人经历都有许多相似之处，遂一见如故，相互间引为知己。德臣长逝于四川战场后，潘与塔海依然保持着书信往来，此番塔海随永昌王只必帖木儿前来临洮，也存与潘一会之意。

作为古丝绸之路要道，临洮既是兵家必争之地，也是和平时物产相对富足的西北重镇之一。随着元朝大一统局面的形成，特别是八思巴坐镇经营临洮之后，临洮更成为联结内地与藏区的枢纽，而宗教的兴盛，也带来了文化与经济的繁荣。

虽说无法与皇家国宴相比，潘依然罗尽珍馐，为帝师和永昌王准备了一场盛宴。宴会结束后，只必帖木儿、塔海等人就在帅府外一处独立院落安歇了，这里离帝师的住所不远，潘如此费心安排，也是为了只必帖木儿与八思巴相聚方便。

十八日有一场法会，听法现场人山人海，只必帖木儿和潘为法会布施了大量金银，只必帖木儿还将自己写造的《华严经》《金光明经》《大般若经》献给佛堂。两个月前，八思巴曾为只必帖木儿写造的经卷作赞词。法会结束后，八思巴又奉只必帖木儿之请，作《吉祥法轮胜乐五尊坛城之修行法》相赠。

只必帖木儿决定在临洮多住一段时间。他的陪伴给八思巴带来了极大的愉悦，八思巴曾对真金说过，佛的世界之外，是一份纯挚的感情给了恰那多吉不一样的人生。那么对他而言，佛的世界之外，他是皇帝的臣子，弟弟们的兄长，弟子们的师父，许多人相知的朋友。或者说，佛的世界之外，他同样也是一个有血有肉的平凡人。他对只必帖木儿原本就怀有一种与父爱相类的感情，在他们失去了共同的最重要的亲人之后，这种彼此依赖的父子之情尤胜以往。

二十日，唯正也至临洮看望八思巴。他带给八思巴、只必帖木儿等人一个好消息：真金已被忽必烈皇帝正式册立为太子。唯正有幸参加了册封大典，辞驾时忽必烈听说他不久后即往临洮拜见帝师，遂请他亲口将这个消息告之帝师。

得知真金被册立为太子，八思巴虽不觉得特别意外，却也为之欢欣鼓舞。八思巴只比真金年长八岁，他们平常相处，亦师徒，亦朋友，亦兄弟。在忽必烈的众多子侄中，与八思巴感情最亲密，最得八思巴欣赏、信任以及喜爱的人始终都是真金。这份感情的结成，固然与八思巴、真金有着相似的为人处事之道有关；另一方面，则是因为真金是恰那多吉生前最知心的朋友。

作为宗教领袖，八思巴对于元朝廷汉法派与敛财派的争斗从不介入，这是他的准则。毕竟，他的宗教活动离不开忽必烈的支持，而他又是忽必烈的追随者。但在内心深处，他是倾向于汉法派的，这不仅由于他在忽必烈的潜邸时就与众多汉儒交好，而且由于儒教与佛教在利乐民众方面有着异曲同工之妙。八思巴是个心怀天下的僧人，即使他必须努力远离残酷的政治斗争，他也不可能真正地将宗教同政治分割开来。身为帝师的他，以协助皇帝为己任，祈愿民族昌盛，国家富强。怀抱着这样的信念，他无时无刻不在关注着民生、民心、民情。可以这么说，他永远不会改变对忽必烈的忠诚，可在治国理念上，他更希望在忽必烈与真金之间找到一个最完美的平衡点。

而真金，自幼接受了汉儒们的精心培育，无论从师从教养方面，还是在政治前途上都与汉族儒臣们息息相关，及至受封燕王，他更是奉行以儒治国，以佛治心，一生从未改变。汉儒们也将真金视为汉法派与敛财派斗争的中流砥柱，在这些有代表性的汉儒中，也包括八思巴推荐给真金的刘容。真金一贯倾心汉文化，并极力庇护遭受阿合马打击的汉族儒臣。问题在于，敛财派的背后站着的是忽必烈本人，面对精明专断的父亲，真金与阿合马的斗争从来都是艰巨、复杂而又微妙的。

此次，真金能够被忽必烈立为太子，其实也是汉儒们多年争取的结果，不管怎么说，这是一个初步胜利，不仅汉族儒臣，就是汉族将领们也不免为之深感振奋。

只必帖木儿一向最喜欢真金，他不容唯正见礼，一把拉过唯正，让他先给大家讲讲册封大典的情形。

伍

至元十年（1273）二月初一，大明殿被茫茫瑞雪环绕，在肃穆中显出几分不同寻常的喜庆。

司晨郎“报晓”之后，大都城正六品以上的官员分两列由日精门和月华门依序入殿。

丹墀之上，照例端放着宝舆方案。这是用上等南洋红木制作的桌案，做工考究，工艺精美，光泽闪烁。成排的“金红连椅”依序摆放，专供王公贵族和三品以上的官员就座。

九十管的“兴隆笙”奏响，顿时鼓乐齐鸣。隆重的册封太子仪式即将在这里举行。

伯颜持节授予真金玉册金宝。之后，太傅刘秉忠宣读册立皇太子诏书。

立皇太子册文

咨尔皇太子真金，仰唯太祖皇帝遗训，嫡子中有克嗣服继统者，豫选定之。是用立太宗英文皇帝，以绍隆丕构。自时厥后，为不显立冢嫡，遂启争端。朕上尊祖宗宏规，下协昆弟佥同之议，乃从燕邸，即立尔为皇太子，积有日矣。比者，儒臣数奏，国家定立储嗣，宜有册命，此典礼也。今遣摄太尉、左丞相伯颜持节授尔玉册金宝。於戏！圣武燕谋，尔其承奉。昆弟宗亲，尔其和协。使仁孝显于躬行，抑可谓不负所托矣。尚其戒哉，勿替朕命。

至元十年二月初一

蒙古旧制，新汗人选一般由前大汗生前提名，死后再由忽里勒台选举确认。这种"双重选举制"既是造成蒙古帝国内部政局长期动荡不安的重要因素，也特别不利于中原汉地农业经济生产力持续、稳定的增长。因此，忽必烈采用中原传统的"嫡长继承制"，本身就意味着"附会汉法"的继续深入。

早在至元三年（1266），忽必烈传召汉儒张雄飞，问以"方今所急"，张雄飞回答："太子天下本，愿早定以系人心。间阎小人有升斗之储，尚知付托。天下至大，社稷至重，不早建储贰，非至计也。"四年，姚枢议政，提出八条建议，又把"建储副以重祚"的事提了出来。此后，汉儒重臣不断向忽必烈上疏，请求册立太子，在这些儒臣们的反复劝说下，忽必烈终于决定册立真金为皇太子，授予玉册和皇太子宝，并为之设立"宫师府"，择儒臣三十八员。

对汉儒而言，真金能够被册立为太子，标志着"汉法派"与"敛财派"的力量对比比之元初时"敛财派"占据绝对主动的态势更趋于均衡。虽然忽必烈依然信用阿合马及敛财派，阿合马及其党羽也依然能够擅权专政，但随着元王朝的日益强盛，忽必烈已不再像中统年间和至元初年那样急于积累财富，而开始向以讲求"与民休养生息"为治国方略的更加正统的中原文化靠近。

册封大典后是三天极尽豪奢的"质孙宴"，唯正在真金的引见下，有幸与阿里海牙和吕文焕共席。

吕文焕是在册封大典的前两天由阿里海牙陪同来到大都城的，那天，在大都城外，他见到了亲自出迎的皇子真金。

襄阳被围期间，真金曾亲赴前线劳军，对吕文焕有过血书劝降之恩。当时，与血书一同送抵吕文焕帅府的，还有一壶血酒。真金在血书中这样写道：

吕将军台鉴：

将军守城近五年，军民日见疲惫，为免生灵涂炭，恳请将军为全城百姓计，更为中国大一统捐弃前嫌，回归正途。

我与将军素昧平生，却于元宋交战于襄阳、樊城之际尽知将军忠义禀性，由此心生无限敬仰，渴望早日与将军对坐共饮，畅论得失成败。将军既与奸相贾似道等不能同路，又何能长久共侍一主？今宋帝只知宠信宵小专权，致使民怨沸腾，社稷如大厦将倾，亡国之日，为时不远。襄樊一战，已开战争史上历时最长、投入兵力最多、消耗财力最巨之先河，将军之英名亦如日月可耀青史。然将军倘一味愚忠，城破之日，只怕一世英名终究毁于一旦。

自古良臣择主而事，望将军三思。将军出降之日，我当在大都城外亲迎。血书之盟，真金愿以性命担保将军之未来。

血酒一壶，与将军共饮。

　　　　　　　　　燕王真金于至元九年冬十二月血书于元军大营

吕文焕当时未作回复，心底最脆弱的部分却被真金在字里行间袒露的渴慕与真诚打动了。即使一月后的归降为情势所迫，但在归降之前，他的心意其实比行动更早地做出了抉择。

大都城外，真金依约出迎让吕文焕再次感受到一种难能可贵的信诚守诺的品质。他正欲拜见皇子，却被真金拦住了。真金见文焕仍旧身着白衣，急忙将父汗赐予他的天鹅绒大氅披在了文焕的身上。

"谢殿下。"吕文焕望着真金，沉缓地说道。

真金爽快地摆摆手："将军何出此言？请将军上马，随我入城。父皇还在大殿等候将军。"

"那壶酒……"

"是。"

"罪臣尽饮，一滴未剩。"

真金笑了："能与将军共饮，那酒实在很甘醇。"他一语双关地说道。

"燕王。"

"是。"

"臣……"吕文焕欲言又止。

真金没有催问，挥了挥手，玉昔帖木儿牵着一匹毛色乌亮、高大神骏的坐骑走到吕文焕面前，真金对吕文焕说："这是父皇赐给将军的西域宝马。请将军上马，随我进城。"

吕文焕没有再说感激的话，只是从玉昔帖木儿手中接过马缰。

上马前，吕文焕深深回望着来时的路。

这是最后的回望。当他饮尽金壶中的血酒时，他已知道，那条路，他再也回不去了。只是与那时不同的是，现在的他，不再感到歉疚，也不再感到遗憾。

忽必烈一向欣赏吕文焕的才华、气节，从未动摇过将他收归己用的决心，听说吕文焕已至城中，当即赐见。吕文焕于金殿之上拜见忽必烈。这位南宋名将，凛凛一躯，气度严正，绝无丝毫谄媚谦卑之态。忽必烈天性爱才，一见之下，就对吕文焕生出许多好感，他命真金搀起吕文焕，一席长谈后，传命设宴。

次日，忽必烈再次召见吕文焕，命为昭勇大将军、侍卫亲军都指挥使、襄汉大都督和行省参政，其麾下诸将士也各有封赏，各得安置。

忽必烈还邀请吕文焕参加册立太子仪典。对吕文焕而言，这个消息远比加官晋爵更令他振奋。

他是降将，是汉臣，这一点在他心中永远不会被抹去。当初，他迫于情势献城降元，一方面是一种无奈的选择和为朝廷腐败所迫，另一方面也是感于真金和阿里海牙的赤诚。这原本是冥冥中的一种力量，让他将自己的命运与真金连在了一起，他需要这种心灵的力量，而这，也是他与同为南宋降将的刘整最不相同的地方。

唯正曾多次参加宫廷盛宴，但哪一次也不像这一次令他刻骨铭心。唯正只比真金年长一岁，这许多年来，他与真金十分相知，真金能被册立为太子，他的喜悦之情绝不亚于任何人。

质孙宴结束后，吕文焕向忽必烈献上攻打鄂州之策，并自请为先锋，忽必烈欣然应允。唯正也向忽必烈请求参加日后的平宋之战，却没得到允许，忽必烈仍命他从西线牵制宋军的力量。

唯正在临洮逗留半月有余，行前，他邀请帝师往巩昌之地弘法收徒，兴建寺庙。八思巴与他约定次年前往，届时，他还想参观唯正修建的藏书楼。唯正从祖上即喜收藏图书，祖父汪世显，南征巴蜀，诸将皆争抢金玉财帛，独世显搜救典籍，捆载以归；父德臣嗜书成性，又补所未足，创办书院未竟而卒。唯正守此藏书,又极力罗致旧籍,建别墅于东南,筑藏书楼为"万卷楼",对所有藏书,悉加编目,经、史、子、集四部达二万卷,并收图、画、琴、剑、鼎、砚及其他珍玩,横陈其间。八思巴于典籍经卷亦有大爱,所以对万卷楼颇怀向往之情。

送别唯正,八思巴暂离临洮,往渭源修建寺庙。只必帖木儿、塔海依旧相伴。塔海与当年的蒙可都有一定的相似之处,他们从心里敬重八思巴,却不像阔端大王和只必帖木儿那样笃信佛教。不过,通过这一段时间与八思巴朝夕相处,塔海逐渐建立起对藏传佛教的信仰。

只必帖木儿与八思巴相聚半年有余,一直到中秋过后才告辞八思巴转回凉州。行前,八思巴问他:"君可有意与我再续儿女之约?"

只必帖木儿回答:"帝师有玉一般爱侄,我有水一般爱女,若前缘重续,岂非佛主垂赐?"

后来,在至元十九年(1282),恰那多吉遗腹子达玛巴拉被册封为元朝第三任帝师,果然娶只必帖木儿之女贝丹。

陆

襄樊既下,大举攻宋前,忽必烈开始考虑如何妥善解决云南问题。

至元九年(1272),忽必烈委派亲族脱忽鲁为云南王。不久,领兵平定云南的勋将兀良合台病重,返回大都后即逝,忽必烈命人将其遗体送回漠北草原安葬。杀害忽哥赤的元凶虽已伏诛,但忽哥赤治理云南期间的失之以宽以及宝合丁和阔阔带的叛乱都在云南境内造成了诸多动荡。以罗槃酋长为首的一些少数民族首领原本已归附朝廷,今见时局不稳,又纷纷设栅立寨,各行其政。对此,新任的云南王脱忽鲁上任后尽管采取了一些措施,怎奈收效甚微。

云南的稳定与否直接关系到元王朝对云南的统治是否能够长治久安,同时也关系到元朝对宋战争的最终成败,忽必烈一直在思索着这个问题,在反复权衡后,终于做出决定:派陕西五路、西蜀四川行中书省平章政事赛典赤转仟云南行省平章政事。

赛典赤·赡思丁(1211—1279),一名乌马儿,系阿拉伯别庵伯尔后裔,原籍不花剌(今布哈拉)。赛典赤,意为"尊贵的领袖",是对先知穆罕默德后裔的称号。赡思丁意为"宗教的太阳"，乌马儿则有"长寿"之意。成吉思汗西征时，赛典赤年方九岁，随其族人和祖父迎降。西征结束后，赛典赤随蒙古军队来到中国。

蒙哥汗三年（1253），赛典赤迁任燕京路总管。其时还是亲王的忽必烈奉命攻打大理，率师抵达六盘山，军队饥馁不堪，是赛典赤及时送来军队必需的粮秣武器等军用物资，受到忽必烈赏识，赛典赤由此与忽必烈建立一种亦君臣亦朋友的关系。

忽必烈对赛典赤信爱殊深，赛典赤也对忽必烈忠心耿耿。最令忽必烈难忘的是，他受命总理漠南军务期间，不顾朝中许多守旧势力的反对，大胆采行汉法，并在金莲川建府招士，致力于完成统一大业。但忽必烈手头银两短缺，无法畅意所为，为难之际，又是当时正主管燕京行省财赋的赛典赤经常暗中资助藩府钱粮，最终使忽必烈如蛟龙入水，在漠南草原开创了帝王基业。

赛典赤不仅在财力上资助忽必烈，还按忽必烈令旨，负责在蒙古占领地增修文庙和兴办学校。中统元年（1260），他受到重用，被委为燕京路宣抚使。中统二年六月，忽必烈兑现了自己在藩邸时许下的诺言，于设立中书省时，诏命赛典赤成为第一位被中统朝起用的回回人。这段时间，赛典赤主要掌管财、赋。当时忽必烈以丝为本发行交钞，赛典赤对交钞的发行实行控制，使交钞信誉很高。至元十一年（1274），在赛典赤正式出任云南行省平章政事前，忽必烈曾两次召见他，还向他面授机宜：尽快创建新的云南行省；正确处理云南少数民族及邻邦关系；尽快恢复和发展经济；广泛传播中原文化，使其融入云南社会生活。

数日后，忽必烈命中书省颁发金银牌十九道，赛典赤身负朝廷重托，远赴云南，走马上任。

赛典赤启程后，忽必烈又先后颁下两道旨意，其一是以伯颜和史天泽并为左丞相，平宋统帅，以阿术为平章政事，阿里海牙为右丞，吕文焕为参知政事，行中书省于荆湖；合丹为左丞相，刘整为左丞，董文炳为参知政事，行中书省于淮西。

毅然启用伯颜，与当初八思巴对伯颜的举荐有很大关系，忽必烈一直记着八思巴对伯颜的评价：平宋之将，当属此人。不过，在正式启用伯颜前，忽必烈还是请他最信任的阴阳术士田忠良为之做了占卜，占卜后，他问田忠良："朕今欲拜一大将为朕取江南,朕心已定,果天意属意何人？"田忠良回答："伯颜伟丈夫，可担重任。"忽必烈闻言，更加坚定了委任伯颜为平南元帅的决心。

伯颜离京陛辞前，忽必烈嘱咐他道："曹彬不嗜杀人，一举而定江南。你此番担当重任，要时时以曹彬为念，不可妄动杀念，滥杀无辜，致使我之子民零落。"

伯颜拜受教诲。

此次平宋之战，是蒙元历史上出兵最多的一次。受伯颜直接节制的将士达二十万众，加上川蜀、淮西两支军队，计三十余万人。川蜀、淮西二军主要是从侧翼佯攻牵制宋军，不使增援两淮战区。当时，南宋主力驻于两淮，城坚兵精，号为南宋北藩。

史天泽虽与伯颜并为主帅，但因他年事已高，体弱多病，难以承受鞍马劳顿之苦，遂上表请辞。忽必烈不允，只命他在家中安心休养。时隔不久，史天泽便在家乡真定（今正定）病逝，忽必烈派大臣前往吊唁，同时，诏命伯颜节制全军，阿术为副，全力攻宋。

对攻宋诸事做罢安排，忽必烈又颁下第二旨意：由真金太子代他远赴临洮为帝师八思巴送行。

在确定直接从临洮返回吐蕃前，八思巴本想先回大都待上一段时间。转眼间，他与忽必烈分别又近三年，他们虽彼此间书信往来不断，但分别愈久，八思巴愈是想念皇帝，想念大都，想念与他相知的朝中同僚，包括他的异母弟仁钦坚赞和弟子胆巴、桑哥等人。上次他离开大都时没有辞去帝师职务，也是因为他做好了一旦处理好藏区事务就随时返回大都的准备。岂料计划总没变化快，萨迦内部发生了一些事情，必须由八思巴亲自出面解决，而这一离去,很可能在短期内难以返回内地。因此,他在行前向忽必烈辞去帝师一职，改由其弟仁钦坚赞主持他在梅朵热瓦的法座，这样，仁钦坚赞就成为元帝国的第二任帝师。

让八思巴略感欣慰的是，为了他的吐蕃之行，忽必烈竟派真金太子前来相送。忽必烈膝下十二子，嫡子四人，嫡长子早逝，真金为嫡次子，其他两位嫡子，忙哥剌先受封安西王，次年改封秦王，忽必烈命他开府京兆，负责四川军事；嫡幼子那木罕受封北平王，坐镇和林，镇守北方。真金以太子之尊，且已诏命参决政事，忽必烈竟肯派他远行临洮，代自己送别八思巴，仅凭这点，也能看出八思巴在忽必烈心中占据着怎样特别和重要的位置。

至元十一年（1274）三月，八思巴和真金从临洮启程。在向忽必烈奉表辞行时，八思巴的内心产生了永诀的预感。他年幼时曾经做过一个奇怪的梦，他梦见自己手中拿着一根有八十节的藤杖，到第四十六节时弯曲了。次日清晨，他将这个梦讲给伯父萨迦班智达，伯父对他说："这节数象征你的寿数，第四十六节上弯曲预兆着你四十六岁时有难，到时需当心（八思巴去世时，虚岁正好四十六岁）。"

本来，按照父亲初时的安排，真金只需将八思巴送出临洮境就应立刻返回，但真金不忍与八思巴相别，送行的时间从一天增至十天，从十天增至一个月，两个月……不知不觉已至吐蕃边界。真金于沿途向八思巴请教佛法，八思巴一一为他讲解了佛教经义，每讲解一段，都用特制的金粉记录下来，这就是著名的《彰所知论》。八思巴在《彰所知论》的题词中也说明了他是为真金太子讲述佛法所著此文，"彰所知论者，为菩萨真金皇太子求请故"。并作赞语："种相富具足，睿智皇太子，数数求请故，慧幢吉祥贤，念往日藏论，起世对法等，依彼造此论。"

真金一路相送，八思巴过意不去，数次恳请真金转回大都，真金只是笑而不语。其实，从内心来讲，八思巴也不想与真金分离，真金的陪伴，总让他想起自己与胞弟恰那多吉亲密友爱的过去，也让他感到自己并未真正远离皇帝和内地。

八月，真金接到父亲手谕，忽必烈在手谕命真金协助八思巴完善和巩固朵甘思宣慰司，同时筹备建立乌思藏宣慰司。另外，如果条件允许，他让真金不妨探索一下从吐蕃到旭烈兀的伊儿汗国，是否有打通陆路通道的可能。

真金将手谕给八思巴看了，八思巴问真金："这一定是太子向陛下请求的缘故？"

真金避而不答："帝师觉得我可有慧根？不若我就随帝师出家如何？"真金纵然与八思巴的感情亲密，仍不似他与恰那多吉那般可以言语无忌，这是他难得的玩笑之语。

八思巴虽未当真，仍正色回答："太子，国之根本，岂可轻弃其躯？太子以佛治心，足以恩泽天下黎黍。"

真金表示受教。二人相视而笑，愈觉心意相通。

柒

至元十二年（1275）正旦，八思巴写祝词寄忽必烈，祝贺新年。七月十五日，八思巴在马尔康赞多新寺为忽必烈写造《忽必烈皇帝造广、中、略三种般若经的说明》；八月八日，写造《王子忙哥剌父母造广、中、略三种般若及华严经的说明》；二十八日，写造《给忽必烈皇帝所授佛经要义》。九月，真金接到伯颜的来信。

伯颜写给真金的这封信很长，是他在戎马倥偬时写就。自伯颜归朝，真金一直虚心结纳，伯颜娶安童之妹，安童之妹亦是真金的两姨表妹，伯颜的身份从此与皇室发生关系。

之后数年，伯颜得到忽必烈重用，职位一再升迁，他也得以与真金、安童、阿术、燕真、玉昔帖木儿等人成为挚友。真金的个性爱憎分明，待人质朴真诚，许多人都愿与他结交，也以能与他倾心结交为荣。伯颜尤其如此。伯颜在伊儿汗国，原与旭烈兀汗之子阿八哈私交最好，二人感情深厚，胜如兄弟。那一年，伯颜押贡入朝，起初绝无留在中国之念，及至为圣意勉强，却无法不对阿八哈王子心怀愧疚。在西域生活多年，骤然远离母亲、朋友和自己熟悉的环境，伯颜难免感到孤独，他最苦闷的时候，不是忽必烈，也不是他的新婚妻子，而是真金用他的细致、包容、理解、关怀和信任令他敞开了心扉。君臣之外，他与真金的友谊，更像是他与阿八哈友谊的继续。

伯颜没想到真金会亲送八思巴返回吐蕃。分别一年有余，他很想让真金了解战事进程。攻陷鄂州后，他怀着喜悦的心情给真金写了这封报捷信，信中的消息，着实令真金和八思巴为之振奋。

元军重拳出击，首选目标当然是郢州（今湖北钟祥）。郢州城位于汉水北岸，整个城池用条石砌成，高如山峰，矢石炮火都打不进去。宋军又在汉水南岸修筑了一座新郢城，并在汉水中打插许多木桩，以拦截船只往来。此外，一千多艘战船游弋江面，离郢州不远的黄家湾堡也设有重兵把守。

伯颜分兵袭城，被宋将张世杰击退。

面对张世杰的顽强抵抗，伯颜改变策略，命部将李庭连夜攻克黄家湾堡，李庭系南宋降将，智勇双全，尤擅水战，自降后深得伯颜器重。

李庭不负所望，破竹席地，拖船荡舟，由藤湖进入汉江，神不知鬼不觉地越过宋军的第一道屏障。张世杰发现元军由藤湖入汉江南下，急调郢州宋军出城来追。伯颜亲自殿后，斩杀宋朝一员大将，击溃数万追兵。

元军一路势如破竹，连克沙洋、新城。宋军守将战败逃窜，元军继续逼近，宋复州知州降元，伯颜约束诸将不得入城扰民。

不久，元军抵达获蔡店，伯颜往观汉口形势，见宋军在沿江一带严密布防，宋将夏贵领战舰万艘分据要塞，江北渡口阳逻堡城防坚固，江面上也有宋游击军扼守中流。元军面临的形势是，前有宋将夏贵的一万余艘兵舰阻截，后有张世杰所率十万郢州守军追击，两侧有三十五万宋军精锐严阵以待。为求万全，伯颜与众将议定一计：首先让士兵放出风声，大军将由汉口渡江，引诱夏贵移兵来援，而后遣骑兵借道兼行，袭破沙芜堡，控制沙芜堡江口，然后对阳逻堡实行警戒。

计议停当，汉军万户张弘范不辱使命，率骑兵一举袭破沙芜堡。诸将皆要求从沙芜口渡江，夺取南岸宋军的战船，伯颜未允，命修攻具，进夺江北要隘阳逻堡。守堡宋军戮力死战，元军连攻三日不克，战事呈现胶着状态。

阳逻堡，一名武矶，治在湖北黄冈，是长江中游的一个有名的渡口，自古以来就是兵家必争之地。三国时，刘备和孙权曾在这里陈兵抗击北方的曹操。元宪宗蒙哥末年，忽必烈率东路军围攻鄂州时也是从阳逻堡渡江南进的。

伯颜不愿纠缠于一城一地的得失，当即放弃对阳逻堡的强攻，由阿术率三千骑兵，乘夜渡江，偷袭长江南岸的宋军阵地。

之后，伯颜又遣张弘范攻打武矶堡以吸引宋军的注意力，同时以李庭等宋降将率所部溯流西上四十里，泊于青山矶，确保阿术军飞渡天堑，抢占屏障南岸的沙洲，架起浮桥。

按照伯颜的部署，阿术军在沙洲率先得手。伯颜闻捷大喜，迅疾回师攻打长江重镇阳逻堡。

其时，宋淮西制置使夏贵试图以战舰万艘阻挡元军的进攻，舰上配备有重型火炮和强弩、石弹，并有二十万重兵坚守阳逻堡。

张弘范所率舟师与宋将夏贵部在长江展开了激烈的水战。宋军兵无斗志，将校纷纷弃船逃命，张弘范乘胜掩杀。夏贵手臂负伤，只率少数战舰溃逃。其余万余艘战舰，或沉没，或焚毁，或被元军缴获。

是夜，当东、西线鏖战之际，主帅伯颜也在积极采取行动。他披坚执锐，亲临前线，指挥主力强攻阳逻堡。阳逻堡守军获知主将夏贵兵败江心的消息后，全军上下笼罩着悲观的气氛。四天后，阳逻堡陷落，守将于城头自刎。

阳逻堡一役，宋陆军、水师数十万精锐消耗殆尽，天堑失守，此后，失去最后一道屏障的宋军陷入惊惶混乱之中，沿江十数城池不战而降，元军兵势日盛。

捌

在夏贵顺江东逃的同时，自江陵提兵支援的京湖四川宣抚使也仓皇西遁。长江南岸的重镇鄂州，被置于全无备御的地步。伯颜、阿术不失时机地分别率兵直逼鄂州、汉阳二城，迫使守将投降。

伯颜进军神速，与任荆湖行省的吕文焕谕降之功密不可分。当年，文焕之兄吕文德长期担任京湖制置使，聚集甲兵，势力膨胀，子弟将校，皆典州郡，握兵马，沿江诸将多为其部曲。吕文焕降后，受到忽必烈信任，委以重任，对这些人影响很大，是以每当吕文焕出面劝降，往往俱收其效，宋将的相继归附，的确大大加快了元军灭宋的进程。

在东、西、中三战区对宋军事行动中，忽必烈只允许川蜀、淮西两战区从侧翼佯攻牵制，阻止对中路宋军的救援，不许分散兵力，喧宾夺主。唯正回镇青居后，多次上表请战，欲由嘉陵下夔峡，与伯颜会钱塘，忽必烈却下诏优言安慰道：四川事重，除爱卿外朕无人可托！他日蜀境全平，爱卿之功岂在伯颜之下？

襄樊战役结束后，刘整与阿里海牙的矛盾渐深，不能相容，忽必烈出于人局考虑，只好将其共同节制的汉军分为两部，令其各统一部。后又将刘整调至淮西行省担任左丞。

阿里海牙是忽必烈驾前畏兀儿族将领，祖籍高昌回鹘（元称畏兀儿），很早就迁入内地，父母均务农。他与阿术、张弘范、汪良臣等将领不同，并无任何煊赫的出身及背景。

阿里海牙少年时即聪慧善辩，立志建功立业，年及弱冠入侍王府，成为忽必烈的帐前侍卫。在此期间，他用心学习武艺和用兵之道，很快崭露头角，引起忽必烈注意。蒙哥汗九年（1259），阿里海牙跟随忽必烈攻打鄂州，攻城时，他身先士卒，负伤不退，忽必烈对他的英勇大加赞赏，特赏赐白银五十两。次年，忽必烈继立汗位，阿里海牙因多谋善战得到器重，职位不断升迁，由左右司郎升为参议中书省事。攻宋战争开始，又为荆湖行省右丞，配合主帅伯颜行动。

自襄阳城下说降吕文焕，阿里海牙对吕文焕的才能与人品极为欣赏，二人均视对方为知己，彼此尊重，配合默契。阿里海牙不嗜戕杀，这一点又与忽必烈重在招抚、有征无战的大政方针相符。荆湖一带多吕氏亲族及门生故吏，以吕文焕出面招降，可发挥他人无法替代的作用。然而，刘整与吕文焕、阿里海牙均有嫌隙，将刘整与此二人分开，也是为了避免过多的内耗。

刘整极想早日渡过长江，直取鄂州，伯颜担心刘整急功好胜，渡江后大行杀戮，便没有批准，仍命他从东翼掩护配合中路主力的进攻。不久，主力入鄂，捷报传来，刘整懊恼不已，对部将说道："首帅不许我渡江，致使我无法先于他人建功。自古以来，善作者必不善成，果然如此。"说完，刘整大放悲声。

当夜，刘整便在无为军（今安徽无为）愤郁而终。

得知刘整亡故，忽必烈十分惋惜，传旨予以厚葬。对忽必烈而言，从始至终，他对刘整和吕文焕并无厚此薄彼之意，只是各取所长，嘉用其才。刘整之逝，令他痛失一员爱将。

毫无疑问，刘整是元宋后期战争中对整个局势产生过重要影响的军事将领，同时也是元朝大一统进程中举足轻重的关键人物。事实上，如无刘整定策先下襄樊，也无日后伯颜渡江灭宋之功。

鄂州的失陷，震撼了南宋朝廷。

元军休整几日后，于至元十二年（1275）二月，伯颜亲率主力进入池州（安徽贵池），沿江所过州郡黄州、蕲州、江州、南康、安庆等城相继迎降。宋泰州观察使以精兵七万人驻守在池州附近的丁家洲，宋淮西制置使夏贵搜集战船两千，将其中五百艘停在长江试图阻拦元军。

同时，为挽救覆亡的命运，宋廷派丞相贾似道督率诸路兵马十三万，战船二千五百艘横亘江中，在芜湖一带布防，摆出决战的架势。贾似道最忌惮的人是汉将刘整，如今刘整在阵前亡故，贾似道顿觉心中的一块巨石骤然落地。

宋军建立了抗元都督府，贾似道担任都督府总帅，号称雄兵百万。然而宋将之间，仍旧矛盾重重。尤其是夏贵，他在阳逻堡被元军击败，最害怕别的将领打了胜仗宋廷治他的罪。因此，他从一开始就暗存了明哲保身的念头，并不肯真心出力。

而此时的元军正相反，士气旺盛，诸将纷纷请战。伯颜平静地劝止了他们："敌众我寡，我军又分兵四处攻掠，兵力显然不足，因此，此战不可力拼，宜以计胜。"

每逢关键时刻，阿术总能与主帅伯颜想到一块儿。他建议在军中建造大船十余艘，船上满载柴草、引火硫黄、蜡油等易燃物，再让兵士四处扬言烧毁敌人战船，这样，一方面可以借此在宋军中制造紧张空气，另一方面久扰不战，又可麻痹军心。

伯颜采纳了阿术的建议。

待宋军兵势有所松懈，伯颜与李庭等部步、骑兵展开正面进攻，阿术与张弘范等部炮兵、弓弩手强攻宋火炮营主力。元军从东、西两线同时攻入宋军营寨。宋军不及防备，死伤无数。元军将士奋勇争先，杀散宋将孙虎臣、夏贵。贾似道惊惶失措，夺路而逃，伯颜率主力一路追杀，缴获战船二百余艘，军资器械无数。

气数将尽的宋帝国，朝野上下人心浮动，临安城仿佛被笼罩在恐怖的阴影中……

玖

元军将士斗志昂扬，包括阿术、张弘范等高级将领，都要求乘胜攻打宋都临安，伯颜受将士情绪感染，也萌生了尽快拿下临安、灭亡南宋的念头。而此时，丞相贾似道一败再败，终于被垂帘听政的太皇太后谢道清贬往广东龙州。途中，又遭负责押送他的大臣擅杀，消息传到临安，两淮制置使兼参知政事李庭芝急忙将羁押十四年的郝经放出了监牢。

中统二年，国信使郝经率三十六名使者赴宋与理宗皇帝商讨"鄂州之盟"的有关款项落实之事，丞相贾似道担心他在鄂州战役中背着朝廷与蒙古签订秘密协议，而后蒙古方面依约退军，他却向朝廷谎报大捷的阴谋败露，竟在途中将郝经一行拘捕，关进监狱。

这一关，就是十四年。

期间，忽必烈虽数派使者与宋廷交涉，贾似道却都不允许他们面见理宗，而是坚称自己从未见到郝国信使，一定是郝国信使在路上遇到土匪打劫，以致活不见人，死不见尸。再后来，贾似道干脆下令，不许元朝使者进入宋朝国境。就这样，郝经一行在狱中度过了他们生命中最宝贵的十四年。而与郝经一起被分散关押在不同监狱的三十六个使者当中，已有三分之二因各种原因在狱中亡故。

为迎接郝经一行归来，忽必烈在大明殿设国宴为他们洗尘。郝经离开京城正在意气风发的壮年，出狱时已然白发苍苍、病魔缠身。君臣相见，不觉都流下了感慨的泪水。

宋方这一次无理的关押，限制住的只是郝经的人身自由，却限制不住他自由的思想。这位铮铮铁骨的硬汉子，凭借顽强的意志和惊人的毅力，在狱中分别写完了《续后汉书》《易春秋外传》《太极演》《原古录》《玉衡贞观》《通鉴书法》六部著作，当他出狱归国时，这六部著作成了他最重的"行囊"和最宝贵的财富。

忽必烈吩咐隶属国家的书局以最快的速度将这六部书稿刊印成册。数月后，身体虚弱不堪的郝经卧床不起。当生命悄然流逝，他最大的快乐是看到了快骑送来的、已经刊印出版的他的六部著作。

阳逻堡大捷后，伯颜采纳了阿术的建议，决定先攻取附近鄂、汉地区以策万全，在巩固和扩大既得战果的基础上，集中优势兵力向长江下游的蕲、黄等地发展。元军兵临鄂州，纵火烧毁了宋军的数千艘战船，一时火光冲天，鄂州、汉阳、德阳的宋守将为元军的声势吓倒，降者无数。伯颜安排好新降诸城事务，充实了军饷，又留吕文焕率四万兵马镇守鄂州，监视荆湖未下之地，自己则与阿术率主力沿长江水陆并进。

　　元军在担任先锋的董文炳率领下长驱直入，沿途势如破竹。江东、淮西的宋诸郡如太平、无为、镇巢、和州、溧阳、镇江、江阴、宁国之守军非逃即降，接着，元军顺利攻占长江下游重镇建康（南京）。

　　阳春三月，国信使廉希宪南下传旨："诸将各守营垒，毋得妄有侵掠。"伯颜受命以行中书省驻节建康，阿术分兵北方攻打扬州。

　　是时，江东时疫流行，居民乏食。伯颜下令开仓赈济，发药医病，江东人心始定。忽必烈得知江南流行疫病，密令伯颜"时暑方炽，不利行军"，要他暂停进攻，"俟秋再举"。伯颜以战局为重，上奏朝廷："宋人之据江海，如兽保险，今已扼其吭，少纵之则逸而逝矣。"

　　宋军一败再败，败讯传来，时年已六十五岁的太皇太后谢道清不免气急攻心。太皇太后谢道清在理宗朝正位中宫，理宗去世后，度宗即位，尊谢道清为皇太后。度宗在位十年，于咸淳十年（1274）七月病逝，四岁的太子赵㬎即位，史称恭宗。当时谢道清已六十多岁，体衰多病，被尊为太皇太后。皇帝年幼，虽贾似道主政，仍须赵家长辈辅佐皇帝才显得名正言顺，故谢道清被推上了垂帘听政的位置。

　　元军大举东下，宋各地守军或叛或逃，朝廷百官纷纷弃官保命，临安一片混乱。眼看京师危急，谢道清广泛号召四方勤王，但响应者极少。文臣更是争相让位，有的索性不辞而别，远走高飞。

　　转眼到了宋恭帝赵㬎德祐元年（1275）十月初一，谢道清在自己居住的慈元殿召集文武百官议事，其时，元军攻打扬州甚急，李庭芝固守待援。谢道清问大臣如何增援，大臣竟回说无兵可派。

　　谢道清伤心至极，张贴诏书于朝堂之上，诏书上写着："我国家三百年，待士大夫不薄。吾与嗣君遭家多难，尔小大臣不能出一策以救时艰，内则畔官离次，外则委印弃城，避难偷生，尚何人为？亦何以见先帝于地下乎？"谢道清此话，明着是在痛骂群臣，实际上却在埋怨开国之主赵匡胤。当年，赵匡胤黄袍加身，阴夺帝位后，为消除藩镇割据的危险，疏远、压制武人，标榜"以儒治国"，重用文士，被定为大宋"国策"。进士出身的士大夫虽说熟悉辞赋文章，对治国理政、富国强兵却几乎一窍不通，只能不着边际地空发些议论，坐而论道。加之文人相轻，互相攻讦，堂争此起彼伏，朝廷不得安宁。文士的低能造成了国家的羸弱，羸弱的国家豢养着冗官、冗员、冗兵，百姓困苦不堪。在朝廷，将无斗志，只知委曲求全，无论对辽、金、西夏还是蒙古都只希望用"岁币"换取暂时的"和平"。既然金钱丝帛比军队管用，又用不着大臣自掏腰包，何乐而不为？

如今，继贾似道之后出任宋朝丞相的文士，也尽是些昏庸无能之辈。这些执掌朝政的宰辅大臣，不思进取，反而对招募万余人往京师勤王护驾的赣州知州文天祥怀有忌惮排挤之心，不许勤王之师入城。

十一月十六日，阿术、董文炳、伯颜分三路围攻常州城，常州守将刘师勇坚守不降，着实让元军吃了些苦头。鉴于常州久攻不下，伯颜将指挥部从镇江迁至常州前线。正午，伯颜命人射书城中招降，刘师勇依然不予理睬。伯颜大怒，亲督帐下主力强行攻城，昼夜不停。十八日拂晓，中军率先登城，竖伯颜红字帅旗于城头，四面攻城元军欢呼"丞相已登城"，士气大振，未几，常州城破。

宋将刘师勇退入城中巷战，不敌，刘师勇单骑闯出城关，奔往平江（苏州）。诸将请求追杀刘师勇，伯颜劝道："西征之时，成吉思汗纵放花剌子模王位继承人札兰丁渡申河（今印度河）逃去，是为以其君威，降其民勇。如今，刘师勇单骑逃窜，正可借刘师勇之口，使负隅顽抗的宋守城者闻风丧胆。"

几天后，伯颜挥军进至平江。平江守将弃城而走，都统王邦杰献城乞降。不久，战报传来，阿术、董文炳一举袭破独松关。

腊月，伯颜命崇福司使爱薛与宋宗正少卿陆秀夫一行数人同赴临安，交涉宋朝廷投降事宜。

除夕之夜，伯颜挥师自平江出发，继续南进。他要按预定作战计划，与左、右路军会合。而阿术在占领盐官城当天，即秘密分兵临安城南，驻扎在浙江亭，封锁了出海口，堵住了宋室海上南逃的通路。

拾

正月初二，谈判代表爱薛一行到达临安。

陆秀夫安顿好爱薛及其随行人员，匆匆赶往慈元殿，向太皇太后谢道清汇报了与伯颜谈判的结果。谢道清无计可施，决意投降。

伯颜命行省郎中孟祺、参知政事吕文焕携带厚礼入临安城，慰问谢太皇太后。次日清晨，伯颜率元军主要将领在帅旗和鼓乐的导引下巡视临安城，观潮于钱塘。宋廷留在都城的宗室成员和百官依次具名来见。当晚，伯颜移驻湖州（浙江吴兴）。

不久，宋廷献上降表、玉玺，伯颜安排宋主及朝臣北上觐见，这一切意味着享国三百余年的宋王朝从此灭亡，也意味着忽必烈"南北共为一家"的梦想终于成为现实。

至元十三年 (1276) 二月，宋恭帝率领文武大臣在他的寝宫祥曦殿向北遥拜，发布降元诏书。事毕，文武大臣骑马离开临安府，前往潮州拜见伯颜及行中书省官员。

伯颜按照忽必烈的旨意，改临安府为两浙大都督府，率阿术、孟祺、吕文焕等元朝文武官员巡视临安，查核宋军民户籍和钱谷数量，清点仓库，罢宋各官府，收百官诰命，接收宋廷的符印图籍。一批"新符官"带着谢道清的降表手谕，驰往两广、四川、福建等地招降。至此，宋元之间的受降仪式全面完成。

第二天，谢道清命一干文武大臣为祈请使，奉表押玺，一同北上大都，向忽必烈呈献降表和谢道清本人的表笺。

这天傍晚，当最后一缕阳光消失在西方的地平线上时，伯颜终于写完了他献给忽必烈皇帝的《贺平江南表》。

> 臣伯颜等率大军恭行天罚，从襄汉上流出师，在武昌渡过长江，沿江防线崩溃，战火烧到钱塘。宋室仍然不自量力，乃发生杀使者、毁诏书事件。皇帝亲自授命，宜先取其根本之地，遂命阿术进军独松关，董文炳取海道南下，臣督率中军，直指伪都临安；摆开掎角之势，水陆大军并进。攻占常州之后，列郡传檄而定，诸将率军按期会师于临安。宋室穷途末路，不断奉人哀求，先请称侄纳币，后请称臣奉玺。为促其归附，率精兵直抵临安近郊，招来宋廷执政大臣，解散其禁军卫士。宋人虽想挣扎，已无抗争之力，逃走亦不可能，终于立意投降。二月初五，宋国君向北遥拜，恭顺归附本朝。现在所有仓库等物，都已封存待命。臣谨奉宽大之命，安抚官吏百姓，使临安内秩序井然，繁华如故。

十一日，忽必烈颁发的《归附安民诏》贴满了临安城的各重要场所。临安城街头巷尾、酒肆茶楼，识字的儒生或不识字的白丁，相识的或不相识的人们无不交头接耳，谈论着"安民诏"的内容。

丽正门（南正门）前的牌楼两侧，醒目地悬挂着盖有忽必烈皇帝玉玺的《归附安民诏》：

间者，行中书省右丞相伯颜遣使来奏，幼主暨诸大臣百官，已于正月十八日赍玺绶奉表降附。朕唯自古降王必有朝觐之礼，已遣使特往迎致。尔等各守职业，其勿妄生疑畏。凡归附前犯罪，悉从原免；公私逋欠，不得征理。应抗拒王主逃亡啸聚，并赦其罪。百官有司、诸王邸第，三学、寺、监、书省、史馆及禁卫诸司，各宜安居。所在山林河泊，除巨木花果外，余物全免征税。书省图书，太常寺祭器、乐器、法服、乐工、卤簿、仪卫，宗正谱牒，天文地理图册，凡典故文字，并户口版籍，尽仰收拾。前代圣贤之后，高尚儒、医、僧、道、卜筮，通晓天文历数，并山林隐逸名士，仰所在官司，具以名闻。名山大川，寺观庙宇，并前代名人遗迹，不许折毁。鳏寡孤独不能自存之人，量加赡给。

大元忽必烈皇帝

至元十三年二月 (1276 年 2 月 28 日)

下面落款处加盖着鲜红的大印。

第九章　无限江山

壹

在赞多新寺，真金接到了伯颜的第二封来信。这封信依旧很长，信的末尾，还有两段话分别是阿术、弘范的笔迹和署名。阿术不改本色，没有任何客套话，只催促真金快点回来。东宫存有两坛察合台汗国进贡的上品葡萄酒，真金曾与伯颜、阿术有约，待拿下临安，他将亲赴前线慰问诸将。阿术说，他已等不及想喝真金的庆功酒。弘范则首先问候了帝师和真金，然后才表明了与阿术相似的愿望。

得知蒙古军队已攻入临安，八思巴兴奋之余，挥笔写下《赞颂应赞颂之圣事》（汉译为《贺平江南表》，与伯颜的《贺平江南表》属于同一类贺表，故有此译）。

顶礼上师三宝！

向一切福德之源、三界之依怙、殊胜之佛陀虔诚顶礼！

陛下仗先世所积善业海之福德，安定各方及边土之众生。陛下之国政不劳而自成，以一身之福德智慧，任运治理，令人叹为神奇。陛下亲属王族中，或有受他人欺惑而反叛者，复迷途而知返，前来归顺，此亦足称神奇。

较之先世众多帝王亲率大军讨伐不臣，陛下未曾亲征，亦未劳神费力，而能治理各地。以此福德，施政于各方，臻于安乐。如此威德，大地之上先前无人有过，故陛下声名遍及三界。陛下一人之福德，世上实无匹敌。亲见陛下之福德受用者，莫不眼神迷离，以为所见俱是幻化神功，不敢置信；听闻陛下之功业威力者，莫不心动志摇，犹如受干渴煎逼之人，闻山雨欲来之风响。陛下之福德使社稷安宁、江山一统，奋转轮之威，合四洲为一。须弥山之上所居众神睹此，亦当疑惑浊世何以竟有如此伟业。如此福业之果已成，众生唯愿享陛下之福荫，具足圆满。能使天下众生享受如此安者，先前帝王中未曾有过。颂扬陛下子育黎民、亘古所无之欢悦声，犹如铙钹击响。伏愿陛下圣心喜乐，众生亦得欢悦。

陛下除以法度治理臣民，复播下教法之种，施以水肥，使安乐之幻芽生，解脱之果实熟，自他俱享各种欢乐。犹如福德黄金大地，吉祥之水绕流，无论自他，无论何时，布富足自在之种。陛下洞悉诸种教法，于诸物无不察，于诸教无不通，陛下之英明天纵，非言语所能说明。闻陛下之名声，余心即得康乐。犹莲花之芳香，因轻风而传之偏远，弱小蜜蜂觉之，亦振翅而作响，逢此应赞颂之圣事，余亦寄此而示贺。所有十方佛陀，亦为此赞颂吉祥。愿陛下圣体坚如须弥，福德广如大海，常以如意之宝，满足众生之愿！

因蒙古第五传大皇帝忽必烈之福德，所有国土终成一统，尤其立国已久、王统未尝断绝、社稷稳固、疆土广大之蛮子国归降于人主脚下之莲台，使皇帝福运之光遍照于直抵大海之大地坛城。为赞颂此圣业，比丘八思巴阴木猪年（1275）秋八月二十二日吉时写于马尔康地方之赞多新寺。

这是一篇声情并茂的贺信，八思巴饱含激情，一气呵成。真金展读良久，沉思着说道："父皇常对我说，今生得帝师相助，是他最大的幸运。"

八思巴摇了摇头，"并非如此。若无皇帝陛下，何来僧人八思巴！"

八思巴虽已辞去帝师一职，不再负责日常的宫廷佛事，他却从未忘记自己作为大元帝国、皇帝及皇室成员的"告天人"身份，离开临洮，回到吐蕃的日日夜夜，他依然恪守圣职，情系京都。在远离大都的千里之遥，每逢新年之际，他一如既往写祝词向忽必烈祝贺新年，还不断应皇帝、皇室成员、诸王百官的请求，写造佛法仪轨和修习法则等。即使在艰辛的旅程中，他也时刻关注着宋元之战的进展，对他而言，他的前途和命运，早已同大元帝国的荣辱兴衰连在了一起。

至元十三年（1276）年底，八思巴在真金的陪同下回到萨迦。他们到达萨迦的那一天，似乎是萨迦僧俗人众的节日。到处都是欢迎的人群，山腰间，山脚下，人山人海，无数信徒顶礼膜拜，盛况空前。乌思藏各地许多掌管教法的格西与管理各地宗教事务的首领，手捧哈达前来相迎。人们莫不被眼前的一幕震撼：在吐蕃之黄河河曲地方，蚌拉山像神鸟站立，黄河像天河降落，犹如一双日月之施主和上师，在此聚会，边地四王的军队以及十一位诸王之随从等数十万人环绕，无数的资财像夏天之祥云装饰天空一样布满施主与上师的脚下，供养十分丰厚。

为彰显大元皇帝忽必烈的恩德，八思巴向僧众供茶供饭，发放布施。其后几天，他为萨迦班智达举行了超荐法会，并修建了纪念萨班的内供多门菩萨塔，还建了金顶、金瓶。同时，为了纪念胞弟恰那多吉，又发放了不计其数的财物作为布施。

亲眼看一看姐姐墨卡顿和挚友恰那多吉最后生活和安息的土地，是真金由来已久的心愿。墨卡顿去世后，遵照她生前的遗嘱，恰那多吉将她密葬在吐蕃与汉地的交界地，不留墓碑，不留任何可供辨识的标志，唯有灵魂可以自由来去。甚至八年后八思巴重返吐蕃，真金也只能在他指出的大致方位进行遥祭。

如今，站在恰那多吉的灵塔前，想起那些遥远又不遥远的往事，真金只觉五内如摧，百感交集。

八思巴走过来，无言地站在真金身后。

许久，真金缓慢地说道："这些日子，我一直在想，姐姐在最后的时刻，究竟是怀着怎样的心情，想要消失在恰那的生命之中？她又怀着怎样的心情，让自己长眠在那么孤独的地方？"

他似自语，又似询问八思巴。他并没有回头，因为，他不想让八思巴看到他脸上的哀伤。

八思巴沉默了一会儿："我似乎……"他的语气稍稍停顿了一下，"有些能懂得公主的想法。在这个世界上，没有比公主更了解恰那的人，也没有比公主更在意恰那、更为他着想的人，当她即将离开人世时，她多么希望恰那能够好好地活下去。她远离了萨迦，却没有回到蒙古本土，她一定是想在恰那的视线之外，继续关注着恰那的人生。所以，她才做出了那样的选择：不能太近，也不愿太远。"

"恰那呢？恰那又是怀着怎样的心情，面对姐姐的离去？"

"等待。"

"什么？"

"想必是前生来世的约定，令佛主赐予了恰那等待的心意。用十一年的等待，换来了公主的出现。又用十七年，在每一次分离之后等待相聚的时光。正因为不得不忍受分离之苦，才情愿用生命等待重逢。这就是恰那的心情吧。"

真金的脸颊早已被泪水浸湿，他努力克制着，却无法掩饰声音的颤抖："这样的心情，无论姐姐还是恰那，会不会很辛苦？"

"即使辛苦，也无悔无怨。公主送给恰那的香串，他从来都珍藏在离心口最近的位置，他去世前，香串回到了原来的地方。我虽然没能见恰那最后一面，可是我听释迦桑波说过，那天，他们看到恰那时，他的遗容格外安详。"

"话虽如此，还是很想再见他们一面啊。"

"佛主给了太子想念的心意，公主和恰那会知道的。恰那能与太子相识，是他的幸运。"

"这一次重逢，恰那和姐姐不会再分开了吧？"

"暂时还会分开的，在我们不知道的地方，等待下一次重逢。分离与重逢，是命运的两端，等待才是桥梁。不过，恰那活着时，纵有许多无奈，他眼神里的幸福，我同样看得清楚明白。"

"听帝师这么说，我心里倒有些释然。愿佛主保佑他们早日重逢。"

"会的。说不定在茫茫人海中，他们很快就能等到对方。"

贰

次年（1277）正月，八思巴在曲弥仁莫举行了有七万名僧人参加的大法会，向七万多僧人供献丰盛的饭食，真金代表皇帝在法会上担任施主，给每位僧人发放黄金一钱，为每三名僧人发放一套袈裟，并广为宣讲佛法。参加法会的人还有三万多普通信众，约有十万余众，当时那种万众向佛的盛大场面，令真金深深感受到了宗教的力量，同时也让他明白了父亲尊崇八思巴的政治远见和良苦用心。

事实上，在曲弥举行的大法会，从规模而言已至极致，后世再无可与之相比者。而其寓意之深，作用之大，也充分表现出八思巴在元廷的支持下所取得的崇高地位，表现出强盛的元帝国所具备的雄厚财力。如果说在大都举办的游皇城等大型佛事活动对元朝军民进攻南宋、统一中国产生过凝聚民心、鼓舞斗志的作用，那么曲弥法会则展示了吐蕃在并入大元帝国之后歌舞升平的景象，它将帝国的强盛，将八思巴领导下的吐蕃对中央政权的拥护完全彰显出来。

讲经传法之余，八思巴依旧致力于搜集和整理典籍，翻译和写造佛经。光他为写造三藏《甘珠尔》一百一十五函就用去纯金四百二十多两。在他返回吐蕃，途经朵甘思的赞多新寺时，由大近侍顿楚为首的众人在一天之内就向八思巴奉献了以一千五百函珍贵经籍为主的，包括土地、寺院、属民、财宝在内的大量供养。

那些从印度、迦湿弥罗（今克什米尔）、尼波罗（今尼泊尔）等远道而来的僧人，向八思巴求教佛法所献上的大供养中，也少不了一些珍贵的佛教经典。每当八思巴获得一部佛经，他都如获至宝，令人用金银和珠宝的粉末和汁书写，珍藏在萨迦寺内。在八思巴的影响下，写造经典在元朝宫室和萨迦僧人中蔚然成风，并经久不衰。经过一代代人的努力，萨迦寺成为元朝颇具规模的藏书中心。

历时八年的蒙宋战争，在对宋皇室成员举行完隆重的受降仪式后落下帷幕。宋室遗臣文天祥、张世杰拥立杨太妃所生二子为益王、广王，逃往广东、福建，游弋海上，招兵买马，以期复辟宋室。闽、广一带群起响应，已达十五郡县。忽必烈一直密切关注着这方面的情报。

至元十五年（1278）端午节过后，忽必烈在大明殿召见张弘范。他委任张弘范为蒙古汉军都元帅之职，前往追剿亡宋卫王残部。张弘范委婉地推辞道："臣弘范不才，请以蒙古信臣为首帅，臣愿副之。"

忽必烈很清楚张弘范的顾虑所在，他给张弘范讲述了一段往事。当年，成吉思汗以义子察罕为主帅，以张柔（弘范之父）为副帅，协力攻打金军事重镇安丰。战前,察罕与张柔在制订作战方案时发生分歧,察罕不听张柔建议,将帅失和,终使安丰一役进退失据,损兵折将。战后,察罕和张柔引残兵败将与成吉思汗会合,察罕倒没有推卸责任,但张柔想起这原本可以避免的失败,深以为恨,生平第一次当着成吉思汗的面痛哭不止。成吉思汗了解了全部作战经过后,并没有怪罪察罕和张柔,而是自责他委任不专,才致安丰之败。忽必烈说,他以弘范为帅,正是不愿他复有其父张柔之遗恨!

张弘范感于忽必烈信任之重,跪受皇命。

八月,张弘范率两万元军与数倍于己的宋军会战于江西兴国。宋军畏敌如虎,不消两个时辰,溃不成军。此役,宋军用以复国的正规军、民兵和淮兵所剩无几。益、广二王闻讯大惊,慌忙逃往海上。幼小的广王受惊吓而死,张世杰、陆秀夫遂拥立八岁的益王为帝。

冬十一月,蒙古南征军在潮州集结,兵发潮阳,一举击溃走海而来的赣州义军,并擒获宋丞相文天祥。不久,张弘范获知宋帝君臣的藏身之地在广东崖山,当即挥师追踪而至。

崖山是一处东西峰对峙的近岸小岛。昔日,宋人建宫殿于岛上山麓,而今,这些年久失修的宫殿权且充当了张世杰为益王"营造"的"皇宫大内"。年幼的皇帝只不过是个摆设,军政大权都掌握在不可一世的张世杰手中。文天祥兵败海丰的消息传至崖山,张世杰传命陆秀夫于岛下结巨舰千艘,船头向内,船尾向外,船与船之间结粗索为栅。而且,为防火攻,船体皆涂以厚泥,船外缚长木以拒火舟。

元军水师泛舟洋面,张弘范将文天祥押上海船。海船风鼓帆满,似离弦之箭驶向崖山。

中午时分,崖山遥遥在望。张弘范下令,将军队一分为四,以三路从东南北三个方向靠近敌船,自己则率主力从西南方向发起强攻。元军每艘战舰均构造战楼于舟尾,外覆帆布,内藏甲兵。张弘范与诸将相约以他的"旗舰"上的乐声和锣声为号令。

"旗舰"接近崖山,突然乐声大作。宋军初闻,以为元军摆宴,未以为意。直到元军弃舰乘舟,冲犯舰前,才大惊而起,放箭拒敌。元军按照主帅命令,皆伏盾不动,待宋元舟师相接,突然鸣金撤盾,一时间,弓弩火石交作,宋军战阵俱毁。元军将士不失时机,登舰力战,黄昏时分,宋军最后一支抵抗力量被消灭殆尽。

舟师即破，崖山无险可守，眼见复国无望，陆秀夫竟执剑逼妻儿跳海自尽，然后回到宫中，背出幼主，蹈海而亡。只有张世杰率十余艘战舰拼死突出重围，向南海逃窜。

文天祥被解往大都，其诗作《过零丁洋》为世人传颂。

忽必烈在大明殿召见文天祥，直截了当地提出请文天祥出任大元丞相一职，遭到文天祥的严词拒绝。忽必烈知道一时难以说降文天祥，遂下旨在北兵马司东南择一景致优美处，专门为文天祥修建了一处豪华、气派的宅院，知道的大都百姓皆以"文府"称之。

文天祥遭受软禁的四年间，一直都住在这个金丝笼中。忽必烈爱惜文天祥的才华品行，从未放弃将他收为己用的决心，先后派了包括张弘范、伯颜、吕文焕、夏贵以及宋皇室成员赵孟頫在内的许多文武大臣再三劝说文天祥款服，然而，文天祥始终不为所动。

四年后，亡宋遗民忽然风传正组织力量营救文天祥，忽必烈担心宋遗民变乱复起，终于痛下决心，于同年十二月赐死文天祥。

文天祥为气节而生，亦为气节而死。

叁

元宋战争的同时，忽必烈一直很关注西南政局。通过频繁往来的官方文牒，云南的局势一直都在忽必烈的掌握之中。

赛典赤是至元十一年（1274）七月抵达云南的。他上任后所做的第一件事就是遣使至云南王脱忽鲁处，陈明自己绝无专权之意，希望与脱忽鲁共商建设新云南大计。脱忽鲁开始本不相信，赛典赤凡事均与脱忽鲁商议，脱忽鲁始信赛典赤之诚，当即派两名亲信往见赛典赤。赛典赤以国朝之礼隆重接待了脱忽鲁的二位使臣，并授予二位使臣为行省断事官，参决行省事务。至此，脱忽鲁疑虑全消，同意将云南政令庶务悉交赛典赤裁断。

赛典赤卜任伊始，终日接见乡甲父老不辍。当他了解到政出多门、主多役繁是导致云南各族百姓不堪其苦乃至反叛的主要原因后，即采取果断措施，先任命段实为大理总管，收回了段氏统辖万户以下官吏的权力，使其权力范围仅限于大理地区。接着奏请忽必烈汗批准，由宣慰司兼行元帅府事，并听行省节制，使宗王权力得到限制。然后奏改万户、千户、百户为路、府、州、县，使云南地区的行政建制始与全国统一起来，置于元帝国的直接控制之下，从而一举结束了南诏、大理五百余年的地方割据状态。与此同时，为安抚宗王，允许宗王拥有对行省的施政方针进行监督、建议及重大军事行动的指挥权。

民心思定，赛典赤开始考虑平定云南境内由于阔阔带、宝合丁叛乱而叛离的云南少数民族诸部，他与部将商议后，决定先收服罗槃部。

罗槃部位于红河一带，据元城而守。赛典赤陈兵于此，部将请求强攻，赛典赤不允。赛典赤遣使谕降，罗槃酋长有所感动，同意择日归降。使者出城后，罗槃酋长召集部属商议出降一事，有人提出异议，担心蒙古人不会真心原谅他们的背叛行为，也可能专等他们出降时大行杀戮。罗槃酋长曾参加过舍利畏领导的反蒙、反段大起义，终究有所顾忌，思前想后，决定暂不践约。

眼见约定之日已过，元城中罗槃酋长仍无动静，众将愤怒，要求即刻攻城，赛典赤断然拒绝了他们的请求。原属兀良合台所部现受赛典赤节制的猛将铁鲁打心眼里瞧不起赛典赤的优柔寡断，离开军帐后，不顾赛典赤三令五申，竟率将士攻打元城。赛典赤闻讯大怒，急令鸣金制止，并派兵丁执大汗权杖拘捕铁鲁。铁鲁不服，赛典赤将铁鲁绑于军前，叱责道："大汗命我安抚云南各部，我岂能以专事杀戮为能？你无主将之命而擅自攻城，论军法当诛。"

部将皆知铁鲁行事鲁莽不假，却不失为一员虎将，一起为铁鲁说情。赛典赤只好将铁鲁死罪饶过，却命他跪于元城之下，权作赔礼。

正在城头备战的罗槃酋长目睹了城下发生的一切，内心深受感动，环顾部将说："平章宽仁若此，我若仍旧怀疑他，那绝非我罗槃部的祥瑞之兆。"于是在城头竖起降旗，举部出降。

赛典赤弃马步行，于城门处亲迎罗槃酋长。二人一席长谈，相见恨晚，至此，罗槃酋长铁心降元，再无丝毫犹疑。

罗槃酋长的归附在云南各反叛部落中引起强烈震动，不久，广南溪洞侬士贵及左江李维屏、右江岑从威等率两千余人归附。渐次招降临安、白衣和泥分地城寨一百余所；威楚、金齿、落落分地城寨军民三万多户；秃老蛮、高州、筠连州等城寨十九所；八番、罗氏鬼国等计洞寨一千六百有余。

赛典赤的所作所为，不可避免地触动了个别少数民族上层土吏的利益。

这些人怨恨赛典赤，选出数人到京城诬告赛典赤"专僭数事"。忽必烈不予接见，令刑部给诬告之人戴上刑械，送回云南由赛典赤发落。赛典赤宽宏大度，非但不做计较，反而各自委以官职，这样一来，这些告状的士吏皆感激赛典赤再造之恩，发誓誓死以报。

在赛典赤等人的共同努力下，短短两年，云南全境大治。消息传到大都，忽必烈喜悦万分，当即下赐重金以资奖赏。赛典赤得到这笔可贵的经费后，第一件事便是与行省官员、水利工程工匠深入滇池进行实地勘测，准备对滇池进行改造，疏通淤塞，兴修水利。该工程的主要设计者预计，一旦工程全部完成，滇池周围的万余顷土地将变成良田。

至元十三年，滇池改造工程正式启动。忽必烈再次派人送来赏赐，赛典赤面向大都的方向，叩首施礼，拜受大汗所赐。当得知宋主已然归降，天下重归一统时，这位忠心耿耿的回回老臣竟喜极而泣，一再虔诚地感谢真主护佑。

作为一名虔诚的穆斯林，赛典赤于治滇期间，筹资在昆明建造了南城清真寺和永宁清真寺，使伊斯兰教在云南地区广为传播。

忽必烈平定云南，并域吐蕃，灭亡南宋，完成了中国历史上规模空前的大统一。元朝的疆域"北逾阴山，西及流沙，东尽辽左，南越海表"，其里数只能以经度和纬度计算。这样的大统一，拆除了宋、金、西夏、大理、吐蕃、畏兀儿、西辽、蒙古等各政权并立以来的此疆彼界，结束了中国三百余年的分裂割据局面。

在行政管理上，忽必烈建立和完善了行省制度。所谓行省，是行中书省的简称。起初，它是朝廷中书省的临时派出机构，至元十年（1273）以后陆续带有了地方最高官府的性质，忽必烈所设置的行省主要有：江淮（江浙）、江西、湖广、云南、四川、陕西、甘肃、辽阳、河南九行省。后来又增加了岭北行省。

元朝确立的行省制度，不仅从政治上加强了中央集权，巩固了国家统一，也为国内各少数民族的发展提供了便利条件。当时全国设立的十个行省（包括中书省共十一个）中，岭北行省治所在和林，辖区包括贝加尔湖、谦河（今叶尼塞河上游）及唐努乌梁海一带。被称为"腹里"的中央特区由中书省管辖。畏兀儿（新疆）与吐蕃（西藏）分别隶属察合台后王封地和宣政院管辖，虽未设立行省，但同样由中央派官设府，对其行使有效的管辖。

元朝在畏兀儿要地派重兵镇守，设提刑按察司、北庭都护府、宣慰司等，在西藏设立乌思藏等三路宣慰司都元帅府，派出都元帅、宣慰使、安抚使、招讨使等官员进藏治理。至于海南岛、台湾及东南沿海等地，也均由元朝政府设置机构、派员管理。例如在澎湖设立巡检司，管辖澎湖和台湾，每年在此收盐税十锭二十五两，并派兵驻守，此为中央政府在台湾正式建立行政机构，行使国家主权之始。从此，台湾与大陆归属关系有了新的发展。

肆

再度回到萨迦的八思巴，除致力于宣扬佛法外，要完成的头等大事就是确立萨迦派的继承人。

这并非一件易事，却是一件亟待解决的事情。

八思巴兄弟四人，胞弟恰那多吉于至元四年（1267）七月突然崩逝于廓如书楼，异母弟意希迥乃又于至元十一年（1274）十一月在云南圆寂。另一位异母弟仁钦坚赞担任帝师，未娶妻生子，只有意希迥乃和恰那多吉各生一子。意希迥乃之子名达尼钦波桑波贝，生于中统三年（1262）；恰那多吉的遗腹子名叫达玛巴拉，生于至元五年（1268）初。两个孩子年龄相差六岁。

萨迦款氏家族一直都有年长者出家，年幼者娶妻生子延续后代的传承习惯，如果按照传统，由达尼钦波桑波贝继承八思巴的衣钵，达玛巴拉娶妻生子也在情理之中。但到了真正需要确定这件事时，又出现了令人不能不认真对待的问题。

提到这些问题，不能不先说说两个孩子的身份。

首先，达尼钦波桑波贝的父亲意希迥为八思巴的异母兄弟，他的生母系八思巴父亲的第五任妻子，她原是家中侍女，与八思巴和恰那多吉生母长妻的地位自然无法相比。

再说兄弟之情。八思巴与恰那多吉是同胞兄弟，两个人从小随伯父萨班前往凉州，相依为命一同长大，在恰那多吉去世前，兄弟俩几乎很少分离。反观八思巴与意希迥乃，他们在年少时错过了一起相处的时光，到八思巴成为一人之下，万人之上的国师时，他向忽必烈举荐了自己的两位异母兄弟，但这种举荐主要还是出于巩固萨迦派以及款氏家族势力的考虑，兄弟之情倒是被放在了次要地位。纵使八思巴贵为帝师，面对私人情感时仍不能完全免俗。因此，在达尼钦波桑波贝和达玛巴拉这两位侄儿中，他对达玛巴拉难免要更偏爱一些。

三者，达玛巴拉的母亲是夏鲁万户尚阿礼的女儿。达玛巴拉出生后，一直由外祖父照顾长大，尚阿礼当然希望由自己的外孙继承萨迦权力。尚阿礼本身是一位受朝廷重用的权臣，而八思巴对中藏地区的控制，尚且有赖于尚阿礼的支持。

最后最重要的一个因素，也是八思巴不能不首先加以考虑的，就是忽必烈的心意。恰那多吉从小在蒙古地方长大，着蒙古服，学蒙古语，娶蒙古公主，还被忽必烈封为白兰王。忽必烈钟爱恰那多吉有如钟爱自己的子侄，恰那多吉去世后，忽必烈十分难过，一再叮嘱八思巴一定要护持好恰那多吉的遗孤。这次他重返萨迦，忽必烈通过儿子真金，也透露出让八思巴早日决定继承人的意愿。

事实上，萨迦派已在忽必烈的扶植下取得了空前的权势，达尼钦波桑波贝无论取得教派或家族的哪一项继承权，都有可能受封为帝师或白兰王，成为与达玛巴拉权势相当的人物。而他又比达玛巴拉年长六岁，脾气暴躁，会较快形成与达玛巴拉竞争的势力。出于这样的考虑，忽必烈当然希望能在八思巴尚且年富力强，能完全控制藏区局势且游刃有余之时就解决继承人问题，以此避免日后许多不必要的麻烦。

毫无疑问，作为元帝国的皇帝，忽必烈当然希望由白兰王之子继承八思巴的衣钵。八思巴既知忽必烈的真实想法，在做决定时就不能犹豫再三。正好真金近日要离开萨迦，返回大都。八思巴就在真金离开之前，举行仪式，正式确认达玛巴拉为萨迦派未来教主及款氏家族的继承人。达尼钦波桑波贝和达玛巴拉继续跟从八思巴学习佛法，不过这时两个孩子的地位已有区别。

在萨迦派，达尼钦波桑波贝也有自己的支持者，这就注定了他是一个悲剧人物。在八思巴圆寂，达玛巴拉继承法座后，有人向忽必烈举报达尼钦波桑波贝与达玛巴拉之间多有争执，且达尼钦波桑波贝违反了追荐八思巴的规矩，忽必烈遂将他流放到江南之地。面对朝廷一再相逼，达尼钦波桑波贝不得已只好到普陀山修习瑜伽行。就这样，达尼钦波桑波贝被完全排斥在吐蕃的政教权力之外，忽必烈以铁的手腕，确保了一切权力归于达玛巴拉，同时也确保了藏区局势的稳定。

这也是后话。

真金接到诏命，要返回大都父亲身边了。八思巴依依送别真金，行前，真金问帝师何日返京。八思巴想起自己幼时的梦，犹豫片刻，回说少则一年，多则两年。

伍

回京后，真金向父亲通报了萨迦上层出现的权力之争及分裂苗头。

首任萨迦本钦释迦桑波于至元五年（1268）去世后，本钦一职由首任朗钦贡噶桑波接任。贡噶桑波不仅是一位精通佛法的僧人，更是一位能力很强的行政官员，他在萨迦南寺的修建和萨迦北寺的扩建上都有贡献，对萨迦派的事务尽职尽责。但同时，他也是一位惯于独断专行、行事狠辣、为达目的不择手段的人物。

八思巴在大都和临洮期间，异母弟仁钦坚赞一度担任萨迦寺寺主，他根本无法节制贡噶桑波，贡噶桑波不仅拥有很大的自主权，而且拥有一股对他誓死效忠的势力。贡噶桑波的所作所为很快被人通报给远在汉地的八思巴，八思巴开始只是予以警诫，但阿里事件发生后，八思巴与贡噶桑波的矛盾开始激化。贡噶桑波为从帕竹派手中夺得一块阿里的领地，竟不惜唆使帕竹派在这里的首领南萨拔希的侍从毒死了他的主人。贡噶桑波似乎是那种随时随地都能将对手置于死地的人物，而他阴毒的手段，尤其为八思巴所厌恶。所以八思巴在从临洮动身时，就免去了贡噶桑波的本钦职务，令他回到甲若仓居住。

对八思巴而言，理顺萨迦政权的关系，巩固款氏家族的统治权，确保吐蕃及所有藏区始终如一地臣属和效忠于中央政府是当务之急，为此，他才顾不得回京面圣，而是直接由临洮返回萨迦。忽必烈派真金太子相送，也有为他壮行之意。

贡噶桑波为萨迦派效劳多年，如今被免去本钦职务自然愤恨难平。从八思巴回来后，他时时处处不忘同八思巴作对，无论是选择继承人问题，还是筹建乌思藏宣慰司问题，他都与八思巴唱反调。他本身又有一批忠实的追随者，使八思巴在决断中难免受其阻碍，难以畅行，这一切，都被真金看在眼里。

维护国家统一是忽必烈不可改变的信念，他决不允许吐蕃有这样一股分裂的逆流存在，为了防止贡噶桑波日后在他影响所及的地方煽动起叛乱之火，忽必烈决定先下手为强。

他选择了熟知吐蕃事务又具有军事才能的桑哥作为平叛总帅。

在确定出兵人数时，忽必烈曾与桑哥商议，桑哥说：乌思藏地区山谷险峻，难容大军。忽必烈遂派七万蒙古军，三万朵甘思、朵思麻军队共同入藏，剿灭贡噶桑波。

按桑哥原来的计划，欲选择地势开阔处，取道拉襄进军。大军至恰米钟时，有一位八思巴的司茶侍从前来劳军，他是桑哥的好友，桑哥很高兴地接待了他。酒宴上的闲谈中，司茶侍从建议大军绕道朗卓，桑哥遂改变进军路线，先攻下朗卓唐玛土城，然后直扑甲若仓。贡噶桑波在炮火猛攻下不得不认罪伏法。

桑哥不负重托，只用三个月的时间便完成了全歼贡噶桑波叛军及重建毁于战火的寺庙的任务。他留下部分蒙古将士在各地驻守，以保证萨迦政府和款氏家族的安全，保证元朝中央与吐蕃之间政令畅通。之后，他还对一直治理不善的乌思藏驿站进行了大规模的整顿和改进，使之重新正常运作，继续发挥重要作用。多年后，桑哥以理财见长，在汉儒心目中与阿合马、卢世荣等人并入奸臣之列，但桑哥其人确有军事和政治才能，且在维护国家统一方面发挥过重要作用。

桑哥在呈送给忽必烈的奏折中说：藏区局势复平。藏区僧众百姓无不感天朝之威、颂天朝之德，决心忠心归顺中央政府，不复有贡噶桑波之乱。捷报传到大都城的同一天，郭守敬穷尽十余年精心编制的《授时历》也正式颁行。

《授时历》推算的一年时间为三百六十五点二四二五日，比地球绕太阳一圈的实际时间只差二十六秒。这个数据在当时处于世界领先地位，在中国其后的三百年间未曾改变其内容。不仅如此，郭守敬还研制了简仪、仰仪、高表等天文仪器。简仪的制造提高了观测天文的精确度；仰仪可以很好地观测太阳的位置和日食；高表的改制，降低了观测日影的误差。此外，郭守敬还很好地解决了大都至通州的运河，使杭州与大都间的运河完全通航。为了表彰郭守敬的卓越贡献，忽必烈在郭守敬原来三品都水监的实职上又加封集贤院大学士，使郭守敬可以享受到从一品散官的待遇。

《授时历》的颁行给沉闷已久的大明殿带来了些许喜气，尤其是藏区的平定使忽必烈解除了后顾之忧。不久，他即诏命桑哥回朝，同时派真金和伯颜抚镇西北前线。

陆

至元十六年（1279），赛典赤·赡思丁病逝于行省任上。安葬之日，百姓巷哭。忽必烈惊闻噩耗，于心甚痛，降旨"思赛典赤之功，诏云南省臣尽守赛典赤成规，不得辄改"。

赛典赤有子五人，忽必烈以其长子纳速剌丁继承父位，任为云南行省左丞，主持政务，不久升职为右丞和平章政事。余子亦皆有任用。纳速剌丁奉行其父成规，既宽厚为怀，又不断改进行省建立发展中的一些弊病和不足，基本上实现了忽必烈的嘱托与希望。

至元二十八年（1291），纳速剌丁调任行省平章，翌年去世。其子弟多人长期任职于云南行省，口碑很好。赛典赤后裔多居云南，后有赛、哈、马、丁等十三大姓。据考，明朝著名回族航海家、外交家、武术家、宦官郑和（原名马和，小名三宝），是其六世后裔。

就在贡噶桑波之乱平定后不久，八思巴却于萨迦内部刚刚理顺、萨迦政权异常巩固之时于当年（1280）十一月在萨迦南寺的拉康拉章圆寂，虚年正是四十六岁。

八思巴一生四处奔波，两次往返于萨迦和汉地之间，差不多有一半时间在旅途和他乡度过，加上他又参加了许多有历史意义的重大事件，操心劳力过于常人。从与他相处七天的南喀本的传记中可知，八思巴就是在旅途中睡眠也很少，过度的劳累终于使他积劳成疾。此外，贡噶桑波的分庭抗礼，异母弟仁钦坚赞于至元十六年（1279）三月卒于大都这两件事也带给他心灵上的打击，当桑哥平定叛乱，八思巴稍稍放宽心情之时，病魔却将他彻底击倒了。

这是一种说法。

还有一种说法，八思巴是为贡噶桑波的追随者所毒杀。虽无确切的证据，不过，八思巴火化后，确实有一部分尸骨出现了变黑现象。

八思巴盛年早逝，令忽必烈不胜悲悼。从至元八年（1271）始至十七年

（1280），共有王恂、张柔、兀良合台、刘秉忠、史天泽、郝经、姚枢、窦默、赛典赤等二十余位藩府旧臣先后辞世，在忽必烈的内心留下了永久的伤痛和遗憾。而其中，最令忽必烈为之惋惜的是汉军都元帅张弘范英年早逝，最令他为之震惊的是帝师八思巴在藏区圆寂，这两个人离世时都只不过四十多岁，正值壮年之际。

八思巴去世后，年仅十三岁的新任法主达玛巴拉在萨迦寺为他举行了盛大的超荐法事，还在萨迦寺为八思巴修建了灵塔。八思巴弟子扎巴俄色背负法主灵骨往大都报丧，忽必烈命建大窣堵波于京师。次年十二月，又造舍利塔。

忽必烈是在扎巴俄色负骨报信后才知八思巴去世的消息，当时已是次年年中。这一年的二月，皇后察必突患风疾卧床，不仅如此，她的病情来势既凶且急，令所有的御医都为之束手无策。

察必病重之时，真金正与伯颜抚镇西北，察必曾交代真金，伯颜才兼将相，忠于所事，要他对伯颜万不可以常人遇之。真金谨记母亲教诲，每与伯颜论事，尊礼有加。

察必一直牵挂着儿子真金，可惜没有等到儿子归来。

察必死后，忽必烈大恸，一夜之间苍老了许多，好似变了一个人。太子真金在归途中听到母亲的死讯，悲恸欲绝，三天未进一口茶饭，昼夜兼程，赶回宫中，为母亲守灵。

真金事亲至孝，母亲突然病逝的打击，以及母亲临终前自己未能守在床前的憾恨，都变成了他心灵上最沉重和最久远的折磨。从此，他的健康状况便每况愈下了。

忽必烈与八思巴一别成永诀，他的内心却一刻也不曾忘怀这位与他亦师亦臣亦友的吐蕃高僧，为了褒扬八思巴在吐蕃正式归入中国版图过程中发挥的特殊作用，他特意诏命达玛巴拉赴京，接任帝师一职。达玛巴拉不敢忤逆圣意，于至元十九年（1282）十二月到达宫廷，被忽必烈任为第三任帝师。达玛巴拉任帝师后，较为注重文化建设，曾参加藏汉文大藏经的对勘工作。他还在八思巴的舍利塔处建了一座水晶灵塔和大佛殿，用以纪念八思巴的丰功伟绩。

帝师本是出家僧人，只是，考虑到当时得到承认的款氏男性后裔只有达玛巴拉一人，忽必烈恐萨迦款氏绝后，强使他娶了两位妻子，她们一位是阔端后王只必帖木儿之女贝丹，另一位是藏族女子觉莫达本。至元二十三年（1286）达玛巴拉受命回萨迦管理吐蕃事务，次年行至朵甘思的哲明达地方圆寂，年仅十九岁。达玛巴拉和觉莫达本育有一子，名叫仁特那巴扎。仁特那巴扎五岁时夭折，款氏家族的这一支自此绝嗣。

柒

据载，有元一朝共十四位帝师，他们中有款氏家族成员，也有八思巴的弟子。忽必烈在世时任命的帝师共有五位。

第一位帝师八思巴，于至元十七年（1280）去世。

第二位帝师是八思巴的异母弟仁钦坚赞，他早于八思巴去世。

第三位帝师是八思巴的侄子达玛巴拉，他于至元二十三年（1286）十九岁时去世。

第四位帝师是意希仁钦。意希仁钦的祖父夏尔巴跟从萨迦班智达出家，为萨迦派东、西、上三部弟子中的东部弟子，在萨迦寺的东面建立夏尔拉章，有自己的法座传承，俨然是萨迦派分支；西部弟子为伍由巴，上部弟子为释迦桑波。萨班前往凉州时，曾委托三部弟子共同主持萨迦事务，夏尔巴系其中之一。意希仁钦的父亲乃夏尔巴出家前所生，意希仁钦共有兄弟三人，其兄担任过皇孙阿难答（后封安西王）的上师，其弟为元朝第六任帝师，其表弟担任过皇子忙哥剌（封秦王）的帝师。由此可见，夏尔巴一家与八思巴和蒙古宫廷的关系十分密切，这也是意希仁钦能够继任帝师的主要原因。意希仁钦于至元二十三年（1286）被任命为帝师，至元二十八年（1291）去职，三年后在五台山圆寂，出任帝师五年。

第五位帝师是扎巴俄色，也就是那位负骨报丧的八思巴弟子。他曾任八思巴的侍从却本，八思巴圆寂后，又任过达玛巴拉的侍从。此人胆识过人，曾数次前往朝廷，深得忽必烈的信任，于意希仁钦去职后出任大元帝师，统领诸国僧尼释佛事。元成宗继位后，再度被立为帝师。扎巴俄色在位时，极力为被逐的达尼钦波桑波贝系萨迦款氏后裔申诉，达尼钦波桑波贝因此于元成宗继位两年后获准从江南返回。元成宗将表妹门达干公主嫁给达尼钦波桑波贝，并令其返回萨迦繁衍款氏后裔。从第八任帝师开始，帝师之位又回到款氏家族，扎巴俄色为此做出了重要贡献。扎巴俄色于公元1303年在大都圆寂。

纵观八思巴之后的历任帝师，无一人在声望和影响上超出八思巴。作为一位杰出的宗教及社会活动家、佛学大师和政治家，八思巴顺应历史发展潮流，用毕生精力促使吐蕃和广大藏族地区归附元朝中央，为加强吐蕃与内地的联系而不懈努力。八思巴和忽必烈开创的中原皇室与藏区佛教领袖的宗教、政治关系的格局，影响了元明清三朝数百年。他支持元朝统一中国，反对分裂，把自己的教派、家族的命运与元朝的统一大业紧密地联系在一起，这一点尤其难能可贵。他主持或参与的元朝在藏族地区建立军政机构、建立行政体制、建立驿站、清查户籍、推行法律等工作，都极大地推进了藏区与内地的政治、经济、文化联系，对于西藏成为中国不可分割的一部分，对藏族形成认同统一的民族心理，对藏汉、藏蒙民族关系的发展，都建立了不朽的功勋。

在文化方面，八思巴创制蒙古新字，极大丰富了祖国的文化遗产。他把藏区的宗教、医学、艺术介绍到蒙古皇室及汉地，又把中原的文化介绍到藏区，使汉蒙藏各民族的文化交流进入了一个崭新的时期。

对于这样的人物，历史做出了公正的评价：八思巴不只是藏传佛教发展史上的一代宗师，还是继松赞干布之后藏族又一位伟大的政治家，是中华民族杰出的历史人物之一，他的名字将永载于中国历史的史册。

这样的评价绝非溢美之词。

捌

至元二十二年（1285）冬，大都城一连下了数日大雪，鹅毛似的雪花积有二尺多厚。如同阴云密布的天气一样，太液池西岸的兴圣宫也一直被笼罩在沉闷压抑、惶恐不安的气氛之中。扶病半年之久的真金病情继续恶化，忽必烈和南必皇后虽天天探视，并且下旨遍访名医，仍不见任何起色。十二月的一天，这位励精图治、一生盛德的大元太子便离开了他的父汗、妻子，离开了对他寄予厚望的诸臣百姓，离开了他所深深热爱的一切，于兴圣宫溘然长逝，年仅四十二岁。

真金英年早逝令忽必烈伤心欲绝，饮食俱废。大都城中许多官员、百姓自发拜祭，参加祭奠的人们无不感到痛惜莫名。

真金代表着一个时代，一个与兴盛划等号的时代。随着真金的病逝，人们所感到的远远不只是这个时代的终结，更多的是对未来时局的迷茫和忧虑。

真金逝后，面对昔日藩府汉儒尽数凋亡的现状，忽必烈决定启用南方汉儒，他将这个任务交给了集贤院直学士程钜夫（1249—1318）。程钜夫奉旨求贤，不久将赵孟頫、吴澄、叶李等二十余人推荐给朝廷。

在入仕元朝的江南名儒中，程钜夫和赵孟頫无疑是最具代表性且名望、成就、影响最大的两个人。

程钜夫号雪楼，建昌（今江西南城）人，是最早被元朝廷重用的南方汉儒，历世祖、成宗、武宗、仁宗四朝，终生飞黄腾达。

钜夫归元有着一定的偶然性和戏剧性。钜夫叔父程飞卿于宋德祐元年（1275）任建昌军通判，钜夫随其叔父来南城寄居。次年，元将攻南城，程飞卿献城降元，因钜夫为其嗣子，遂作为人质入京面圣，以质子授宣武将军，管军千户。

钜夫五岁就学，幼年时就能过目成诵且文思敏捷，与翰林学士，元代著名思想家、教育家吴澄（1249—1333）同为南宋大教育家李燔的三传弟子。吴澄因理学成就斐然，与当世经学大师、藩府旧臣、国子监祭酒许衡并称"北许南吴"。而李燔、吴澄均有"文正"谥号（所谓"文正"，相当于今世"卓越的教育家、思想家"之评价）。

钜夫入朝不久，忽必烈闻钜夫才名，诏问宋权臣贾似道其人，钜夫应对极详。试以笔札，钜夫书二十余幅以进，越发被忽必烈视为奇才。忽必烈问钜夫担任何职？钜夫回说："臣任千户之职。"忽必烈遂将他改授应奉翰林文字，并当面嘱咐他："从此国家政事得失，朝臣邪正，卿当为朕言之。"钜夫谢恩道："臣本疏远之臣，蒙陛下知遇之恩，敢不竭力以报陛下。"未几，进翰林修撰，再任集贤直学士，兼秘书少监。

至元十九年（1282），钜夫向朝廷奏陈五事：开科考选江南才子，汉蒙官员互通，建立官员政绩考核制度，对贪赃枉法者给予惩处，被录用的江南官员发给一定俸禄，使其安心为朝廷服务。这些意见多被朝廷采纳。后又建议举办国学，促使汉蒙文化交流，派官员往江南搜访贤才，御史台、按察司等部门应允许录用南北之人，以利民族融洽，促进统一。他的奏议再次得到忽必烈认可。

至元二十四年（1287），忽必烈计划任命钜夫为御史中丞，台臣谏阻："程钜夫系南人，况且年轻，不可重用。"忽必烈大怒，斥道："你没用过南人，怎知南人不可用！今后省部台院都必须参插任用南人。"于是钜夫仍以集贤直学士职，加拜侍御史台事。

至元二十六年（1289），桑哥专权，法令苛急，四方骚动。钜夫时任南台侍御史，与御史台都事王约互为呼应，上书朝廷要求"清尚书之政，减行省之权，罢言利之官，行恤民之事"，矛头直指桑哥。桑哥大怒，六次奏请诛杀他们，皆被忽必烈所止。

此后，钜夫数任肃政廉访使，均政绩斐然。

钜夫仕元时，八思巴已从临洮启程在返回吐蕃途中，因此钜夫从未见过八思巴本人，但钜夫在江南为官的过程中，其命运轨迹却不可避免地与八思巴的弟子桑哥和沙罗巴发生了交集。钜夫为官清正，刚直不阿，数与桑哥作对，桑哥曾六次请杀钜夫，都被忽必烈压下。以桑哥做后盾的吐蕃喇嘛杨琏真迦在江南胡作非为，后虽被处死，但江南僧风并无任何好转。朝廷欲正其风，却不得其选，第五任帝师、八思巴弟子扎巴俄色举荐沙罗巴。沙罗巴受命为江浙释教总统后，业绩斐然，很快令江南风气大正。与此同时，作为元朝最著名的译经师、学问僧，沙罗巴与许多江南名儒多有交往，在江南期间还曾与诸儒举行清香诗会。金元大家元好问的弟子王恽（号秋涧）、正奉大夫同知行宣改院事廉复（他曾应沙罗巴所请，为汉译《彰所知论》作序）、程钜夫等人尤其与之交厚。

沙罗巴离开江南遁迹陇坻（甘肃别称）时，钜夫作诗以送，题为《送司徒沙罗巴法师归秦州》，钜夫在诗中竭力宣扬和高度评价了沙罗巴的人品、学识和功德，并深情吟咏了他们之间难舍难分的深厚友情。诗云：

> 秦州法师沙罗巴，前身恐是鸠摩罗；
> 读书颂经逾五车，洞视孔释为一家。
> 帝闻其人征自遐，辩勇精进世莫加；
> 视人言言若空花，我自翼善刊浮侉。

雄文大章烂如霞，又如黄河发昆阿；

世方浩浩观流波，五护尊经郁嘉嗑。

受诏翻译无留瑕，辞深义奥极研摩；

功力已被恒河沙，经成翩然妙莲华。

大官宠锡真浮苴，舍我竟去不可遮；

青天荡荡日月赊，何时能来煮春茶？

钜夫兴儒重文，佛道并重，与当世名臣大儒多有结交。加之他才能杰出，秉性忠直，通晓各种典章制度，又熟悉了解江南情况，能与宋遗民有效沟通，因此，他为官之时，不仅为朝廷倚重，而且赢得了许多南方汉儒及百姓的热爱。他一生所为，在一定程度上很好地起到了缓和民族矛盾的作用。钜夫留下的代表作品有武当山碑刻《大天乙真庆万寿宫》，乃道教在朝野上下备受推崇时所作。曾主修《成宗实录》《武宗实录》，并结撰《雪楼集》四十五卷，包括函诏制册文十卷、序记书文十五卷，还有部分诗歌集，具有相当高的史料和文学艺术价值，为治史者所经常引用。

钜夫虚年七十而终，死后追赠大司徒、柱国，追封楚国公，谥文宪。

赵孟頫（1254—1322），字子昂，号松雪，生于吴兴（今浙江湖州），系宋太祖赵匡胤第十一世孙，秦王赵德芳嫡系后裔。

孟頫之父赵与告曾任宋朝户部侍郎兼知临安府浙西安抚使。宋朝灭亡后，归故乡闲居。孟頫天生颖悟，博学多才，能诗善文，懂经济，工书法，精绘艺，擅金石，通律吕，解鉴赏。特别是书法和绘画成就最高，开创了元代新画风，被称为"元人冠冕"。书法上，他善篆、隶、真、行、草书，其中，尤以楷、行书著称于世。其书风遒媚、秀逸，结体严整，笔法圆熟，世称"赵体"，与颜真卿、柳公权、欧阳询并称楷书四大家。他在绘画上，于山水、人物、花鸟、竹石、鞍马无所不能，于工笔、写意、青绿、水墨，亦无所不精。

至元二十三年（1286），行台侍御史程钜夫"奉诏搜访遗逸于江南"，举荐江南才子二十余人，其中就有赵孟頫。忽必烈久闻孟頫之名，立即予以召见。孟頫才气英迈，神采焕发，如神仙中人。忽必烈十分喜欢他，命他坐在右丞叶李上首。

叶李（1242—1292），杭州人，江南名儒。入仕元朝后官至一品丞相，死后追封资德大夫、南阳郡公，谥文简。

一些近臣提醒忽必烈，孟頫系宋宗室子弟，不宜使其侍奉左右，忽必烈拒而不纳。

时朝廷重立尚书省，忽必烈命孟頫草诏颁于天下，孟頫一挥而就。忽必烈览其书，高兴地说："孟頫所言，皆朕心中所想。"遂委孟頫官职。忽必烈逝后，孟頫归隐。仁宗时，孟頫官居一品。自此，"荣际王朝，名满天下"，成为元朝最显赫的文人。

也许是根植于皇族赵氏血脉中那令人不可思议的文化艺术潜质，赵氏一门子弟多具才华，而集大成者当属北宋末年的宋徽宗和宋元时期的赵孟頫。宋徽宗或许没有做皇帝的才能，却是一位当之无愧的艺术大师，他的书画艺术开创了一个时代。

至宋元，孟頫创造性地继承了徽宗的衣钵。

在中国绘画史上，赵孟頫绝对是一个不可绕开的关键人物。如果说，唐宋绘画的意趣在于以文学化造境，而元以后的绘画意趣更多地体现在书法化的写意上，那么，赵孟頫在其间起到了桥梁作用。如果说，元以前的文人画运动主要表现为舆论上的准备，元以后的文人画运动以其成功的实践逐步取代正规画而演为画坛的主流，那么，引发了这种变化的巨擘仍是赵孟頫。赵孟頫提出的"作画贵有古意"，扭转了北宋以来古风渐湮的画坛颓势，使绘画从工艳琐细之风转向质朴自然。他提出"书画本来同"，以书法入画，使绘画的内在功能得到深化。他的绘画兼有诗、书、印之美，相得益彰。他在蒙古族入主中原的政治形势下，吸收南北绘画之长，并与其他民族的画家如高克恭、康里子山等一道，将元绘画水平推到了一个崭新的高度。

孟頫弟子众多，交游广泛。他与夫人管道升同为中峰明本和尚的弟子，管夫人，字仲姬，笃信佛法，在古代女书法家中的地位仅次于王羲之的老师卫夫人。其子赵雍、孙赵麟也都是杰出的画家。元末黄公望、倪瓒等都在不同程度上继承发扬了孟頫的美学观点，使元代文人画久盛不衰，在中国绘画史上书写了瑰丽奇美的篇章。

元朝是一个洲际开放的朝代，孟頫书画诗印四绝，当时已名传中外，日本、朝鲜、印度等许多国家的人士皆以收藏他的作品为贵。元代画风也直接影响了中亚细密画风骨的形成。

忽必烈统一南北后，八思巴派亲传弟子往江南传教，听法者甚众，佛教遂在江南兴盛。赵家人多崇道信佛，孟頫也不例外，他传世的书法作品中，《道德经》《大元敕赐龙兴寺大觉普慈广照无上帝师碑》（《胆巴碑》）等，都是其中杰出的代表作。

鉴于赵孟頫在美术与文化史上的成就，1987 年，国际天文学会以赵孟頫的名字命名了水星环形山，以纪念他对人类文化史的贡献。散藏在日本、美国等地的赵孟頫书画墨迹，都被人们视作珍品妥善保存。

玖

至元二十五年（1288），经尚书右丞相桑哥提议，"总制院所统西番（吐蕃）计宣慰司，军民财谷，事体甚重，宜有以崇异之，奏改为宣政院，秩从一品，用三台银印"，提高级别，位等中书省、枢密院、御史台。桑哥以尚书右丞相兼宣政院使，院使初署二人，后增至十人。宣政院有权节制吐蕃境内的各宣慰司、安抚司、招讨司等，不仅掌管天下释教，而且掌管吐蕃军政事务。如此一来，由宣政院、宣慰司、万户府、本钦组成的一整套完备的行政系统，就构成了元朝政府治理吐蕃的政权主干。

当信任的臣子、钟爱的妻儿一个个离自己远去时，忽必烈正渐渐步入老年，在他生命的最后时光，他仍旧致力于维护国家统一。

忽必烈统治的中后期，先有西道诸王海都，后有东道诸王乃颜发动叛乱。忽必烈为防止东、西道诸王夹攻岭北，联兵南下，特命北平王那木罕所部从杭爱岭及和林驻地东行，在土拉河一线布防，俟机挫败乃颜叛军西掩之势。

海都数叛不敌，已然西遁，乃颜试图由东向西打通岭北，占领"国家根本之地"。但在叛乱之初，其战略意图和进攻方向就为朝廷所掌握。至元二十四年（1287）五月初九，已是七十二岁高龄的忽必烈亲乘象辇，以迅雷不及掩耳之势兵进大兴安岭。

乃颜是一个受洗过的景教徒（景教系基督教的分支），叛军的所有旗帜上都绣有一个十字架作为标志。在海都反叛之初，乃颜原本是站在忽必烈一边的。不过，乃颜毕竟是一位旧有生活习惯和思维方式根深蒂固的人，他喜欢恣行攘夺和榨取无厌。对于忽必烈采行汉法，建立了一套相应的制度、法令，他不但视为束缚，而且深为反感。

只是，骄横的乃颜做梦也没想到年事已高且患有严重风痛之疾的忽必烈会以如此快的速度集结起数万大军，向他的营地发起进攻。

六月三日，忽必烈大军突进到撒儿都鲁之地（今呼伦湖东南沙尔土冷呼都克），乃颜所部六万骑兵逼象舆而阵。随后，叛军气势汹汹地包围了元军部队。

当时正值大兴安岭久雨季节，元军远道奔袭，兵马俱疲，加之元军在数量上居于劣势，且军中乏食，两军会战，各有胜负。忽必烈临危不惧，依然乘象莅临阵。因叛军强弩劲射，忽必烈命全军固营自守，不复出战，以此疑惑叛军。

入夜，大雨稍停。玉昔帖木儿身先士卒，率领壮士三百持火炮刀剑，潜入酒酣入睡的乃颜军营。一时炮声大作，刀剑格斗之音铿锵震耳。原本就心存疑惧的叛军听到炮声和喊杀声，大为惊恐。突然，狂风骤起，夜黑星移，各营寨纷纷火起，叛军自相砍杀，全军尽溃。玉昔帖木儿军乘胜追杀，拂晓时分与击败了叛王哈丹秃鲁干的安童会合，两家兵合一处，包围了乃颜的军帐。

乃颜正与宠妾共寝，忽闻炮声大作，慌忙披挂上阵督战。火光中，只见忽必烈亲率怯薛军、汉军于一土山上以汉法排兵布阵。忽必烈汗端坐由四只大象牵引的大木楼，楼上竖立日月皇旗，楼高各处可见。其众皆合三万人成列，骑兵之后多有一人执矛相随，步兵全队皆做此阵。

鼓吹之时，两军战争乃起。双方部众各执弓弩、骨朵、刀矛、火炮而战。双方发矢蔽天，有如暴雨。刹那间，双方骑卒坠马而死者甚众，尸陈遍野。会战自寅时至午时，叛军大败，乃颜狼狈逃向大兴安岭西侧哈尔哈河与诺木尔金河交汇的三角地带有鹰山。该山位于联结大兴安岭东、西两侧的交通枢纽。

玉昔帖木儿奉旨率领蒙古军主力循踪追击。两军于有鹰山对阵，玉昔帖木儿突骑先登，陷阵力战，叛军溃散。乃颜手刃爱妾仓皇出逃，至失列门林之地为元军骑卒追擒。忽必烈下旨：按蒙古《大札撒》处死，尸弃老哈河。

所谓按蒙古《大札撒》处死，是指一种"不出血"的死法。受刑者被捆绑后裹进毡毯，然后被力士们反复拖曳抛甩，受簸震而毙命。处死乃颜后，玉昔帖木儿领军折回哈尔哈河，扫荡呼伦贝尔草原。得胜后，元军东逾大兴安岭北端蒙可山，追击乃颜残部至嫩江。

在忽必烈擒杀乃颜逾大兴安岭缓缓东行经由辽东班师之际，镇守漠北的征讨副元帅伯颜正日夜兼程率军东进，复转渡辽水，进趋懿州，彻底剿平乃颜余党。至此，燃烧一月有余的叛乱之火被悉数扑灭，宗王乃颜叛乱遂告平定。

乃颜叛乱平定后，海都不敢再进扰元朝，到成宗继位后，出兵彻底消灭了海都的分裂势力。

至元三十一年（1294）正月二十二日，忽必烈在大都紫檀殿溘然长逝，在位三十五年。

八思巴弟子、尼波罗著名工匠阿尼哥为忽必烈举办了水陆大会四十九日，超度亡灵。他还亲自用彩锦绘织忽必烈和察必皇后御容，奉安于大护国仁王寺和大圣寿万安寺别殿。大护国仁王寺和大圣寿万安寺等藏传佛教寺院随之成为忽必烈帝后的祭祀影堂所在，后来又称神御殿。

忽必烈继祖父成吉思汗降服畏兀儿即今维吾尔诸地之后，又将云南、西藏、台湾正式并入帝国领土，加上四大汗国的领土，幅员极其辽阔。忽必烈在统一战争结束后的 1279 年，接受郭守敬的建议，派出十四个观测队，分赴全国指定区域进行实地测量及天文学工作，其观测范围北到北极附近，南到曾母暗沙（位于南沙群岛南端），具体观测区有北海、铁勒、衡岳、南海等二十七处，而在南海所设的观测点就在黄岩岛（中沙群岛中唯一露出水面的岛礁）附近。这就是历史上有名的"四海测验"。

大元帝国的广阔疆域，奠定了今日中国版图的雏形——当然元帝国的版图要更为辽阔。在风云变幻的中世纪，在中国实现大一统的进程中，成吉思汗、窝阔台、蒙哥、忽必烈、阔端，萨迦班智达、八思巴……这些无疑都是那个时代最令人无法忽略、也最令人无法忘怀的名字，他们作为民族领袖、宗教领袖，作为政治家和社会活动家，在历史赋予他们的舞台上，或仗剑驰骋，纵横捭阖，或奔走和谈，斗智斗勇。不可否认，他们的身上固然有着那个时代留给他们的鲜明而又深刻的烙印，即便如此，在新疆、西藏、台湾、中沙群岛、南沙群岛陆续固定下来并最终成为中国领土不可分割的一部分的过程中，他们的功绩恰如那天空中灿烂永恒的星座，闪耀着不可磨灭的光彩。